FRONTS ORAGEUX

UNE ROMANCE DE MILLIARDAIRE BAD BOY

CAMILE DENEUVE

TABLE DES MATIÈRES

Publishe en France par:
Camile Deneuve

©Copyright 2021

ISBN: 978-1-64808-987-9

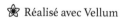 Réalisé avec Vellum

Ce qui démarra comme un jeu et finit par changer des vies...
Trois hommes pénètrent dans un bar en quête de nouvelles proies
pour leurs jeux sexuels.
Les trois femmes sélectionnées se trouvent être sœurs et sont les filles
du patron du bar.
Ethan, Phoenix et Griffin s'imaginent avoir choisi les femmes avec
lesquelles ils veulent jouer.
Mais, ils ne peuvent encore soupçonner que Kel, Cait et Jess les ont
démasqués et ont bien l'intention de s'amuser un peu.
Le désir et la séduction sont la clé, et les prouesses sexuelles un
impératif lorsque l'on joue pour gagner.
Que la fête commence...

Quand le magnat de l'immobilier Théo Storm se rend dans son
université pour prononcer un discours lors de la remise des diplômes,
la jeune diplômée Jess Wood le voit d'abord comme un homme
d'affaires riche et gentil. Lorsqu'il la remarque dans l'assistance
cependant, son admiration évidente pour elle suscite la curiosité de
ses amis et collègues et Jess s'échappe de la foule un peu gênée, pour
se rendre compte qu'elle est incapable d'arrêter de penser à lui.
Storm la traque jusque dans son minuscule appartement et la
persuade de dîner avec lui. L'incroyable attraction entre eux devient
presque insupportable. Théo ramène Jess dans son luxueux
appartement terrasse et à l'encontre de toutes les règles qu'elle
s'impose, Jess couche avec lui. Au lieu de briser la tension sexuelle
entre eux, leur alchimie tempétueuse et sans complexe éveille
quelque chose de sauvage en Jess, la laissant de plus en plus
désireuse de cet homme incroyable.

CHAPITRE UN
VIENS AVEC MOI

C'était peut-être son quatrième verre de bourbon, voire le cinquième ou le sixième, Théo Storm n'en était plus très sûr. Il ne se souvenait que de ce pari idiot avec Max, qui lui avait serré la main d'un air malicieux, en lui murmurant bonne chance à l'oreille.

Théo ouvrit les yeux et regarda fixement le plafond de sa chambre d'hôtel. Mon Dieu, pourquoi est-ce qu'à chaque fois qu'il allait boire un verre avec Max, il devenait cet abruti à grande gueule qui pensait diriger le monde ? Ils étaient partis à Vegas pour fêter l'ouverture de leur dernière boutique-appartement et il en avait profité pour remercier Max d'avoir travaillé si dur jour et nuit pour obtenir ce résultat. Théo s'était promis qu'il ne se saoulerait pas – il ne sortait jamais gagnant d'une cuite avec Max – mais ce mec pouvait descendre une telle quantité de verres !

« Bordel... » Un mal de crâne commençait à se faire cruellement sentir et Théo gémit. Il roula hors du lit, atterrit sur le plancher et pensa un instant rester là jusqu'à la fin de sa vie. Il se mit debout à contrecœur, se rendit dans la salle de bains pour prendre une douche bien trop chaude et poussa un soupir de soulagement en sentant l'eau frapper son corps fatigué. Une fois sec, il enroula une serviette autour de sa taille et se lava les dents en se dévisageant dans le miroir. Il approchait de la quarantaine mais il se comportait toujours comme un ado de vingt ans, et faisait la fête presque tous les soirs. Il savait ce que son père en pensait. Il lisait déjà la déception dans ses yeux. Calme-toi, fils. Pose-toi. Achète une maison, fonde une famille. Théo soupira. Pour son père, le fait qu'il soit à la tête de StormFronts, entreprise que Théo avait construit à partir de rien, n'était pas suffisant. Ni le fait qu'il ait été major de promo au MIT, qu'il ait conçu, construit et payé la maison de retraite de son père aux Everglades en Floride, qui était heureusement située assez loin de son propre appartement terrasse de Seattle.

Théo se rinça la bouche et avala coup sur coup plusieurs verres d'eau pour tenter de combattre sa gueule de bois. La nuit passée, il s'était plaint de l'attitude de son père à Max, qui l'avait écouté de mauvaise grâce et à moitié saoul, il avait simplement levé les yeux au ciel et l'avait appelé un pauvre petit garçon riche. Max avait raison, il le savait, il lui suffisait d'ignorer la pression parentale mais... c'était probablement pour cette raison qu'il avait fait ce pari ridicule avec Max.

Je trouverai l'amour de ma vie dans les trois mois qui viennent.

Théo secoua la tête rien qu'en y pensant. Mais pourquoi avait-il donc fait ce pari ? Orgueil démesuré et exagération. Il haussa les épaules – ce n'était pas comme si Max l'avait forcé.

« Je serai là pour surveiller que tu tiens ton pari », lui avait-il dit dans l'avion qui les ramenait à Seattle. Théo soupira et s'avachit dans son siège. Sa gueule de bois ne partait pas du tout et il était maintenant l'heure de faire son discours à l'université la plus prestigieuse de Seattle. Théo était habitué à prendre la parole en public dans son travail, et même si ce n'était pas ce qu'il préférait, il avait été d'accord pour le faire lorsqu'il avait rencontré cette fille de Tacoma, dont il avait oublié le nom. Il avait un peu honte en y repensant, parce que son cousin faisait partie de cette promo de diplômés. Le discours était écrit, son costume trois-pièces Armani sur mesure l'attendait et il avait même réussi à se raser ce matin. Il avait l'apparence d'un parfait milliardaire mais au fond de lui, il avait la nausée. « Espèce d'abruti, se dit-il, pourquoi te bourrer la gueule la veille d'un discours ? »

Théo n'était certainement pas d'humeur à subir un interrogatoire en règle de la part de son meilleur ami. Max le regarda fixement. « Tu m'as promis que tu trouverais la perle rare. Je veux que tu y arrives. Essaie au moins d'avoir une vie sociale. Tu n'es sorti avec aucune fille depuis Lorelei. »

Théo grimaça et Max rigola. Lorelei était une fille sympa, mais son obsession pour les vertus curatives des cristaux avait plombé leur relation très, très rapidement. Théo sourit en y repensant.

« Tu parles... »

Max leva les yeux au ciel. « Tu n'as aucune raison d'éviter tout ce qui ressemble à un rencard. Tu ne peux pas tirer un trait sur toutes les filles juste parce que ta dernière copine était persuadée qu'elle pouvait communiquer avec le monde des esprits. C'est une partie importante de la vie et en plus, tu n'es plus si jeune. »

« Merci vieux. »

Max sourit au ton sarcastique de Théo. « Je suis sérieux. Je veux que tu rencontres quelqu'un qui te rende heureux. »

Théo regarda son ami. « Tu dis ça avec toute la satisfaction condescendante de celui pour qui tout va bien. »

Max lui adressa son plus beau sourire. « Que veux-tu que je te dise ? J'ai eu la chance de rencontrer Joël. Maintenant si tu décides de devenir gay, j'ai des centaines d'amis mourant d'envie de te rencontrer. »

Théo grimaça. « Ça y est, tu recommences à vouloir me faire changer de bord. Désolé mon pote, j'apprécie mais... »

« Tu es un adorateur à l'autel du vagin, je sais. »

Théo rigola. « Très joliment dit ! »

Max soupira de manière théâtrale. « Ouais, tout le monde peut rêver. Depuis combien de temps tu n'as pas eu de relation sérieuse avec quelqu'un ? »

Théo ne répondit pas, surtout parce qu'il n'arrivait pas se rappeler s'il avait jamais eu de relation sérieuse. « On peut parler d'autre chose ? »

« Non, lui répondit Max avec un grand sourire, et tu sais quoi, je sais ce qui peut rendre ça intéressant. Marie-toi avant Noël et je travaillerai gratuitement pour toi pendant un an. »

Théo leva brusquement les sourcils. « Tu es sérieux ? Me marier ? Ce n'est pas demain la veille ! »

Max hocha la tête et se pencha en avant sur sa chaise. « Écoute... tu es mon meilleur ami et je veux juste que tu te poses un peu. Tu travailles, travailles et travailles encore, ce qui est bien, mais tu passes à côté de tellement de choses. Rencontre quelqu'un, tombe amoureux, et mariez-vous. Je serais déjà content que tu rencontres quelqu'un seulement. Allez, aide ton vieux copain romantique. Sans compter que, ajouta-t-il en râlant, je refuse catégoriquement de te voir mourir d'une crise cardiaque à cause du stress derrière ton bureau. De plus, on n'arrivera jamais à enlever l'odeur du tapis. »

Théo sourit à son ami. Alors que Max remontait la couverture sur lui pour faire une sieste, il regarda par le hublot les eaux bleues et scintillantes du Pacifique, la beauté rocailleuse de la côte Ouest et il se demanda si, au fond, Max n'avait pas raison. Il était peut-être temps de changer, de vivre quelque chose de vrai. Mais il ne savait pas par où commencer, ni ce qu'il cherchait, quel genre de femme il voulait aimer.

Il jeta un œil à son ami endormi et sut qu'il avait raison. Théo sourit et s'installa confortablement dans son siège pour apprécier le reste du vol.

« ÇA M'EMBÊTE de te demander ça. »

Jessica Wood regarda son patron en plissant les yeux. Le Professeur Gerry Land lui sourit timidement et haussa les épaules alors qu'ils s'asseyaient tous deux dans le réfectoire de l'université, des tasses à café devant eux. Jess soupira. Elle connaissait ce ton enjôleur. Gerry avait été son mentor, son modèle ces quatre années passées à l'université et quand elle avait candidaté pour être sa partenaire de recherche pour son doctorat, il avait frappé aux bonnes portes pour lui obtenir le poste.

De temps en temps cependant, comme maintenant, c'est lui qui lui demandait une faveur.

« Bon, qu'il y a-t-il ? »

Gerry sourit d'un air affecté, sachant qu'il obtiendrait ce qu'il voulait. « La cérémonie de remise des diplômes. »

Jess fit une grimace. « Ah non, sûrement pas... j'y suis déjà allée l'année dernière. » Leur département d'art était censé envoyer un représentant à la cérémonie et même s'ils appréciaient tous deux cette tradition, c'était d'un ennui mortel. Ils restaient assis des heures, applaudissant chaque personne, à devoir écouter telle ou telle célébrité raconter comment les diplômés pouvaient « décrocher la lune », ils tenaient réellement un registre de tous les clichés employés par ces illustres invités.

« S'il-vous-plaît... J'ai tellement de travail... et cet appel de fonds ne va pas s'écrire tout seul. »

Jess lui grimaça un sourire, sachant qu'il avait déjà gagné. Si elle n'allait pas à la cérémonie, Gerry lui demanderait de rédiger l'appel de fonds et ça, il en était hors de question.

« D'accord. »

Gerry la poussa gentiment de l'épaule. « Je vous devrai un service. »

« Vous m'en devez déjà beaucoup. » Mais elle lui adressa un sourire. À vingt-quatre ans, Jessica Wood faisait ce dont elle avait toujours rêvé, elle évoluait dans le monde de l'art et de l'étude. Elle n'était pas riche, ce monde appartenait à Jules, son demi-frère. Sa mère avait épousé le père de Jules, un Français millionnaire, mais maintenant qu'ils étaient tous les deux morts, il ne restait plus qu'elle et Jules, qui tirait les ficelles sans fin. C'était la seule chose qui clochait dans sa vie. Elle travaillait pour Gerry et occupait un emploi à temps partiel dans l'un des cafés artisanaux de Seattle et malgré tout, elle parvenait tout juste à payer son loyer et sa nourriture. Cela lui convenait mais Jules parvenait toujours à exercer son influence sur sa vie de différentes manières.

Elle essaya de ne plus penser à lui. Et elle lutta contre la crainte que lui inspirait toujours son demi-frère puis partit se changer pour la cérémonie.

Son appartement était à moins d'un pâté de maison de l'université. Elle prit rapidement une douche et se glissa dans sa robe de soirée préférée, un fourreau en soie bordeaux foncé qui s'évasait vers le bas et mettait ses courbes en valeur. Elle mesurait 1m65, ce qui ne faisait pas d'elle une grande femme, mais sa robe était bouffante à la taille, et montrait ses jambes étonnamment longues. Ses cheveux acajou foncé tombaient presque jusqu'à sa taille et elle les ramena sur une épaule. Après s'être légèrement maquillée, elle ajouta à sa tenue une délicate chaîne en or qui s'allongeait sur sa peau sombre et plongeait dans le creux de ses seins. Jess hocha la tête en se regardant dans le miroir. Elle savait qu'on la trouvait attirante mais... Ils ne pouvaient pas voir ses faiblesses intérieures. Elle chassa cette pensée et fila vers la porte.

De retour à l'université, elle se rendit à la cérémonie, qui se déroulait dans la cour principale. Elle jeta un œil à sa montre et vit qu'elle était en avance. Elle grimaça et décida d'appeler Gerry pour passer le temps. Elle se trouva un couloir tranquille et sortit son téléphone portable.

« Je vous appelle pour faire une menace de mort officielle. »

Gerry rigola. « Vous pourrez au moins entendre à quel point ce monde est indiscutablement et égoïstement une opportunité pour tous nos étudiants. »

« Et que ce n'est que le début de l'aventure ? »

« Ouais et bien sûr, qu'ils deviendront tous astronautes. »

« Hein ? »

Gerry soupira. « En décrochant la lune ? »

Jess rit. « Bien sûr, désolée. Mon Dieu, est-ce que ça tuerait quelqu'un de citer Eudora Welty ? Ou du Dorothy Parker ? Même Bill et Ted ce serait bien. »

« Espèce de snob. »

« Vous pouvez parler ! Je vous verrai plus tard et je serai armée. »

Gerry éclata de rire. « Je vous inviterai à dîner pour compenser. »

« J'espère bien. »

Elle raccrocha et fit demi-tour en direction de la cour. Elle s'arrêta, et un petit cri lui échappa. Un homme l'observait au bout du couloir, à moitié dans l'ombre. Le cœur de Jess commença à tambouriner violemment dans sa poitrine alors que l'homme gardait son regard fixé sur elle, plongeant littéralement les yeux dans les siens. Il était grand, très, très grand même, au moins 1m95, et son corps immense et paré d'un élégant et coûteux costume trois-pièces, des boucles sombres coupées court et un visage angulaire, il était sculpté comme un dieu.

Ils se regardèrent fixement l'un l'autre pendant un long moment, puis le doyen apparut et l'emmena avec lui. Jess soupira et laissa son cœur reprendre un rythme normal. Que s'était-il donc passé ? Elle avait senti son sang brûler à travers tout son corps, et des pulsations jusque entre ses jambes. Mon Dieu... Il l'avait regardée d'une telle façon, comme s'il avait voulu déchirer ses vêtements, et la posséder ici et maintenant... Jess se retourna et appuya son front brûlant contre le mur en pierre frais. Elle ferma les yeux une seconde et imagina ce qui se serait produit si le doyen n'avait pas interrompu ce moment. Cet homme se serait-il approcher plus près, l'aurait-il poussée contre le mur pour l'embrasser ? La tension avait été palpable malgré la distance qui les séparait et elle se mit à fantasmer en imaginant l'homme la soulever, lui retirer sa culotte et la baiser violemment ici et maintenant. Elle poussa un petit gémissement à cette pensée puis reprenant ses esprits, elle se dirigea vers la cour et s'assit parmi les autres enseignants et représentants de l'université.

Mais qu'est-ce qui m'arrive ? Elle secoua la tête alors que cette pensée l'assaillait de toutes parts. Ce n'était pas parce qu'elle n'avait pas de vie sexuelle qu'elle devait s'imaginer qu'un parfait inconnu la prenne violemment. Humm oui... Elle soupira, secouant la tête. La femme à côté d'elle lui lança un regard étrange et Jess lui sourit timidement. Le doyen était en train de parler sur le podium et Jess essayait de se concentrer sur ce qu'il disait.

« ... à la tête d'une multinationale qui s'est, non seulement, spécialisée dans de grands projets immobiliers haut-de-gamme mais qui a également travaillé étroitement avec Habitat for Humanity pour construire des logements pour les nécessiteux à travers le monde. Je suis heureux de vous présenter Théodore Storm. »

Jess senti son cœur s'emballer quand elle vit l'homme du couloir s'avancer sur la scène et serrer la main du doyen. Le premier aperçu qu'elle en avait eu ne lui rendait pas justice. Il était extrêmement séduisant, un dieu grec parmi les hommes, avec une expression sérieuse mais affable, et un large sourire. Le regarder était comme regarder le soleil, et Jess trouva cela dangereux et risqué pour sa santé mentale mais lorsqu'elle essaya de détourner les yeux, elle en fut incapable. Il commença à parler, sa voix grave et mélodique rendait son discours bien plus intéressant et Jess se sentit heureuse de l'entendre parler d'opportunités et de dur labeur.

On vous dira beaucoup que c'est votre moment de briller, et peut-être que ce le sera. Théo captivait ses auditeurs avec son regard confiant et sûr de lui. Mais ils ne vous diront pas que vous devrez travailler très dur si vous voulez réaliser ne serait-ce qu'un pour-cent de vos rêves. Sachez que rien, absolument rien, n'est gratuit en ce monde. Je dis cela parce que j'ai grandi dans une famille pauvre. Certes, je peux aujourd'hui vivre confortablement comme n'importe qui, mais j'ai dû réellement m'accrocher pour y arriver. Faire preuve de détermination et de volonté pour travailler chaque minute de chaque heure. À un moment, j'ai vécu dans ma voiture pour économiser l'argent d'un loyer. »

Un murmure parcourut la foule et Théo haussa les épaules avec un petit sourire.

« Je sais, un magnat de l'immobilier qui vit dans sa voiture... Mais, et il redevint sérieux, c'est ce qui est nécessaire. Ce genre de sacrifice. Si à peine diplômé vous n'êtes intéressé que par le dernier iPhone, ou les dernières chaussures à la mode, allez travailler pour quelqu'un d'autre, de neuf à cinq. C'est ce que certains d'entre vous feront, et croyez-moi, ce n'est pas une mauvaise chose si c'est ce que vous voulez. Ce n'est pas ce que je voulais. Je ne pouvais pas faire ça. Je crois qu'il faut aller chercher ce qu'on veut. »

Il regarda Jess droit dans les yeux, capta son regard et continua à la fixer encore et toujours. Jess sentit son cœur chavirer et devint écarlate alors qu'ils ne pouvaient détacher leurs regards l'un de l'autre. La foule, jusque-là silencieuse, commençait à murmurer et Jess se rendit compte que certaines personnes la regardaient. Une minute ou deux s'écoulèrent, au bout desquelles Théo s'éclaircit la gorge et lui sourit.

« Certaines choses seront toujours inaccessibles malgré tout », reprit-il. Le ton posé de sa voix ne laissait rien transparaître du feu qui brûlait dans ses yeux. « Mais la meilleure façon d'y remédier est de prétendre que ce n'est pas impossible. Faites semblant de croire que vous pouvez avoir qui vous voulez – ce que vous voulez pardon – tout ce que vous voulez et vous aurez déjà fait la moitié du chemin. C'est tout. Je vous remercie, monsieur le doyen, de m'avoir invité et pour conclure, mon dernier conseil sera celui-ci... » Storm sourit à l'assistance et les angles de son visage s'adoucirent, lui donnant un air de petit garçon. Il laissa échapper un petit rire en regardant fixement Jess, qui ne put s'empêcher de lui rendre son sourire. Théo hocha la tête et se pencha légèrement vers le micro pour énoncer sa conclusion. « Soyez gentils les uns envers les autres... et amusez-vous. »

JESS SE MIT à rire nerveusement alors qu'elle prenait la direction du département d'art. Théo Storm était riche, séduisant et merveilleusement drôle. Il avait tout pour lui... Jess soupira et se mit à le désirer ardemment. Elle raconta ce qui s'était passé à un Gerry toute ouïe.

« Eh bien, votre souhait est en train d'être exaucé », dit-il avant de retourner à son travail. Jess soupira, et rougit légèrement. Presque. Ses pensées la ramenèrent dans ce couloir, et ce besoin sauvage à l'intérieur d'elle-même, elle voulait que Storm la prenne dans ses bras et...

« Un département d'art avec sa propre œuvre d'art vivante et en chair et en os. »

Sa voix la fit se retourner d'un bloc. Théo Storm était appuyé sur le chambranle de la porte et lui souriait.

« Bonjour... » Théo ne put s'empêcher de rire en voyant son expression.

« Heu... salut... » Elle parlait à voix basse, presque en chuchotant et elle sentit son cœur s'emballer et se serrer. Elle était vraiment belle : de grands yeux bruns, de longs cheveux foncés et un visage doux mais ce n'était pas cela qui avait captivé Théo. C'était son sens de l'humour, son intelligence évidente.

Il se rendit compte qu'il la dévisageait fixement et que son visage rougissait de plus en plus sous son regard intense et scrutateur. Il fit un pas vers elle et la vit trembler et jeter un œil en direction d'un bureau sur le côté de la grande pièce. Il y aperçut un homme entre deux âges, concentré penché sur son bureau. Théo ramena son regard sur la fille et lui prit la main.

« Viens avec moi. » Il fut rassuré quand, après une légère hésitation, elle glissa sa petite main dans la sienne et le suivit hors de la salle.

Jess n'avait aucune idée de l'endroit où il la conduisait, mais elle savait qu'elle le suivrait n'importe où. Il l'emmena dehors vers une limousine qui attendait, lui ouvrit la porte et elle se glissa sur la banquette arrière comme dans un rêve. Il s'assit près d'elle, dit un mot au chauffeur, qui inclina la tête et releva la cloison de séparation. Théo lui sourit et lui effleura la joue du bout des doigts.

« Re-bonjour, je suis Théo. »

Elle déglutit, voulant prolonger le contact. « Jess... je suis Jess. »

À côté de lui, elle se sentit minuscule, toute petite alors qu'il rapprochait son corps du sien, sa paume effleurant toujours son visage.

« Bonjour Jess... » murmura-t-il, son visage tout près du sien alors que leurs lèvres se rencontraient. Elle se noya dans ce baiser, ses lèvres douces bougeant tendrement sur les siennes, sa langue jouant délicatement avec la sienne. Elle gémit doucement, le baiser de Théo se faisant plus appuyé et leurs respirations devenant plus fortes. Il la coucha sur la banquette et elle passa ses bras autour de son cou pendant que ses mains glissaient autour de sa taille, ses grands pouces massant son ventre d'une manière qui la fit flancher.

« Tu es magnifiquement belle », murmura-t-il contre sa bouche. Elle ouvrit les yeux et le vit la regarder fixement de ses yeux vert clair.

Elle soupira légèrement quand sa main se glissa entre ses jambes et la caressa à travers le coton de sa culotte.

« J'ai envie de toi », lui dit Théo Storm, et chaque cellule de son corps fondit en entendant ces mots. Elle inclina la tête, souhaitant qu'il lui parle davantage.

« Nous allons chez moi, Jess, et quand nous y serons, j'effeuillerai cette robe de ton corps splendide et je te baiserai toute la nuit. Tu es à moi maintenant, tu comprends ? »

Elle inclina la tête, à bout de souffle et sans voix. Est-ce que c'était vraiment en train de se produire ? Si c'était un rêve, elle ne voulait pas qu'il se finisse, elle voulait que cet homme la possède complètement, elle voulait ne jamais se réveiller. Il l'embrassa encore, d'un long baiser envoûtant, qui lui fit perdre la tête puis, la limousine s'arrêta.

Elle ne se souvenait même pas comment ils étaient descendus de voiture et montés dans l'ascenseur. Mais tout ce qu'elle savait, c'est qu'une fois à l'intérieur Théo fit glisser les bretelles de sa robe, ce qui révéla son sein gauche, il attrapa son mamelon dans sa bouche et le suçota. Elle gémit à cette sensation et sentit ses jambes trembler. Elle tenta de glisser sa main vers son bas-ventre et sentit alors son énorme sexe dur et chaud contre sa main, sa longueur et sa chaleur la firent frémir. Théo gémit à son contact et lui sourit doucement.

« Je serai en toi très, très bientôt, Jessica. » Sa main, qui frottait sa culotte déjà humide, se glissa sous le coton et ses doigts commencèrent à frotter son clitoris, glissant le long de la fente de son sexe. Il glissa deux doigts en elle, en leur faisant faire des va-et-vient réguliers. La tête de Jess tournait et elle entendit à peine l'ascenseur s'arrêter. Théo la prit dans ses bras et l'embrassa alors qu'il la portait vers ce qu'elle supposait être sa chambre à coucher. Il la posa délicatement sur ses pieds et comme il le lui avait dit, il fit glisser sa robe le long de ses épaules et la laissa tomber au sol. Il se mit à genoux, enfouissant son visage dans son ventre et elle sentit sa langue faire des cercles autour et plonger dans son nombril, ses lèvres contre sa peau. Mon Dieu, elle le désirait tellement, elle le releva difficilement et, en riant de son impatience, il la bascula sur le lit. Il caressa tendrement son visage.

« D'accord, mais c'est la dernière fois que je t'autorise à changer les règles, ma Jess. » Elle l'entendit ouvrir sa braguette, mettre un préservatif, et puis il écarta ses jambes pour plonger son énorme queue en elle. Jess cria presque de plaisir alors qu'il la baisait de plus en plus fort. Il lui enserra les mains au-dessus de la tête, ses hanches frappant les siennes si fort qu'elle ressentit une douleur mais elle choisit de l'ignorer. Elle le voulait tout entier, elle le sentait la pilonner pour son plus grand plaisir, un plaisir hors de ce monde. Elle jouit à plusieurs reprises, mais il ne s'arrêta pas, son sexe massif s'enfonçant toujours plus profond encore et encore, jusqu'à ce qu'elle pleure de plaisir. Elle le sentit jouir enfin, son immense corps tressaillant et frissonnant sous la puissance de l'orgasme. Il resta en elle jusqu'à ce que son corps cesse de trembler puis il l'embrassa si passionnément que sa tête se remit à tourner.

« Jessie, Jessie, Jessie... » La façon qu'il avait de prononcer son nom lui donna envie de pleurer. Personne d'autre ne l'avait jamais appelée ainsi, si tendrement et si intimement. Il enfouit son visage dans ses seins, la respirant à pleins poumons, reprenant son souffle. Elle lui caressa la tête un moment puis, lorsqu'il se retourna pour la regarder, elle posa ses paumes à plat contre son immense torse musclé, fascinée de sentir ce corps si viril. Son visage s'était adouci et il lui souriait.

« Coucou. »

Elle gloussa. « Bonjour ». Elle se sentit soudainement toute timide, ridicule, mal à l'aise. Théo effleura ses lèvres avec les siennes.

« Jessica... je t'ai voulu à la minute où je t'ai aperçue dans ce couloir. Ce matin, j'avais une méchante gueule de bois et un discours à donner. Je ne m'attendais pas à rencontrer une déesse. »

Elle rougit encore à ses mots et se sentit soudainement vulnérable. Est-ce qu'il essayait de l'embobiner ? Qu'en avait-il à faire maintenant qu'il l'avait eue ?

Théo examina son expression et caressa son visage avec ses grands pouces. « Je ne raconte pas de conneries, je te le jure. Mais je devais, je devais t'avoir. »

Il caressa la lèvre inférieure de son pouce et le fit descendre jusqu'au milieu de son corps. Son ventre trembla lorsqu'il la caressa de sa grande main. Jess ne pouvait détacher son regard de lui et elle essaya de caresser les cernes foncés qu'il avait sous ses yeux. Il sourit en la voyant faire.

« La nuit dernière a été difficile, lui expliqua-t-il. Si j'avais su, je me serais reposé davantage et j'aurais été prêt... »

« Prêt pour quoi ? » Son cœur battait la chamade, sa voix était à peine un chuchotement. Théo Storm l'embrassa encore, et un petit rire profond vibra dans tout son corps.

« À te baiser toute la nuit, belle Jess, toute... la... nuit... »

CHAPITRE DEUX

Jess se réveilla au milieu de la nuit, assoiffée. Théo dormait à côté d'elle. Avec son beau visage détendu et assoupi, il semblait beaucoup plus jeune, presque adolescent. Il était tourné de son côté, lui faisant face, sa main posée sur son ventre de manière protectrice, ses lèvres serrées contre son épaule. « Waouh... » dit Jess du bout des lèvres en souriant. Elle pouvait à peine croire tout ce qui était arrivé juste en quelques heures. En sentant sa gorge sèche, elle glissa doucement hors du lit.

La nuit était fraîche sur sa peau et elle trembla. Elle ramassa la chemise de Théo sur le plancher qu'elle enroula autour de son corps. Elle était si longue qu'elle lui tombait presque aux genoux, si bien qu'elle aurait pu faire deux tours autour de son corps. Elle sourit en enfouissant son visage dans le tissu pour sentir son parfum : frais et boisé, avec une bonne odeur de propre. Elle se dirigea vers la cuisine et prit un verre dans l'évier, le rinça et le remplit d'eau. Elle le but en entier, le remplit à nouveau, puis se promena dans la salle de séjour. Trois murs étaient entièrement en verre. Elle s'approcha de l'un d'eux et regarda les rues tout en bas, appuyant son front chaud contre le verre frais.

Théo avait tenu parole, il avait possédé tout son être et l'avait baisée de manière experte jusqu'à ce qu'elle soit épuisée. Il avait entièrement dominé son corps, en faisant se liquéfier ses membres vides et exploser ses sens.

Maintenant, dans le silence de la nuit, Jess se demanda comment elle en était arrivée là, comment sa virilité délicate, charmeuse et dangereuse lui avaient permis de déroger aux règles qu'elle s'était fixées : ne jamais se laisser approcher de trop près.

Elle se raisonna en se disant que le sexe ne voulait pas forcément dire intimité émotionnelle mais d'un autre côté... quelque chose lui disait que Théo n'était pas l'homme d'une seule nuit.

« Tu devrais toujours être éclairée par la lune. »

Elle se retourna au son de sa voix et lui sourit. Il était appuyé contre le chambranle de la porte, comme il l'avait déjà fait, et la regardait. Il sourit en la voyant rire, et s'approcha. Il glissa ses bras autour d'elle alors qu'elle lui souriait.

« C'est tellement cliché », murmura-t-elle et il rit en l'embrassant. Il tira sur sa chemise pour l'ouvrir et découvrir son corps et elle l'observa alors qu'il admirait ses seins et la légère courbe de son ventre. Il effleura sa joue du bout des doigts et elle se pencha à l'encontre de son toucher, son regard plongé dans le sien. Il inclina la tête et l'embrassa lentement, lui prenant le verre des mains et enlevant sa chemise. Tout en la soulevant, il la poussa contre la vitre et elle haleta en sentant le froid contre sa peau. Elle pouvait sentir sa queue, qui frappait si fort contre son sexe qu'elle en gémit de désir, toute dégoulinante de plaisir.

Son expression était si féroce, si concentrée sur elle qu'elle sentit un frisson d'adrénaline la parcourir. Personne ne l'avait jamais regardée comme ça, comme s'il voulait la posséder, la vénérer. Elle enroula ses jambes autour de sa taille alors qu'il la soutenait avec ses grandes mains, en la maintenant collée contre le verre et tout en continuant ses va-et-vient en elle. Son incroyable force lui donna l'impression qu'il pouvait la déchirer en deux alors qu'il continuait à la ramoner sans cesse, sa bouche lui souriant tout en lui mangeant les lèvres. Il était si fort qu'il pouvait la tenir d'un seul bras, sa main libre emmêlant ses cheveux foncés, les enroulant autour de son poing, tenant toujours sa tête.

« Jessica... dis mon nom...»

Elle réussit à le murmurer, à peine capable de reprendre son souffle. « Théo... »

« Encore. »

« Théo... »

Il enfonça son sexe si profondément en elle qu'elle cria son nom à plusieurs reprises. Elle aperçut des flashs de lumière alors qu'elle jouissait mais il ne s'arrêta pas et Jess eut l'impression qu'elle allait s'évanouir. Il la posa enfin au sol, haletante, et elle eut l'impression d'avoir pris une dose d'héroïne. Théo s'allongea près d'elle, la tête posée sur son épaule, et observa ses seins monter et descendre alors qu'elle reprenait son souffle, sa main nonchalamment posée sur son ventre. Elle lui sourit un peu et il inclina la tête pour l'embrasser. Elle caressa les traits durs de ses pommettes. Son regard était doux et, en plongeant dans ses yeux, elle eut l'impression de le connaître depuis toujours. Il sourit, semblant lire dans ses pensées.

« Jessica Wood, dit-il doucement, et le son grave et mélodique de sa voix la fit frémir, tu es la meilleure excuse pour rester éveillé toute la nuit. J'aimerais te revoir... te faire découvrir mon monde, apprendre à vivre dans le tien. » Il colla ses lèvres aux siennes et fixa ses yeux. « Je veux te faire découvrir un monde de plaisir, celui dont tu as toujours rêvé. »

Son souffle se bloqua dans sa gorge et un frisson à la fois de crainte et de plaisir chatouilla ses sens. Ses yeux étaient foncés, dangereux, et les angles pointus de son visage bien plus nets dans l'obscurité, sous l'éclat de la lune. Il embrassa sa gorge, prit chacun de ses mamelons dans sa bouche l'un après l'autre et les taquina jusqu'à ce qu'ils deviennent tellement durs qu'ils palpitent de douleur. Il pressa ses lèvres contre son ventre, puis leva la tête vers elle.

« C'est un aperçu. Je te promets que je goûterai chaque centimètre de ta peau. Je vais te baiser comme un fou Jessica Wood, comme un sauvage. Ma langue ira si profondément en toi que tu hurleras mon nom, et me supplieras de te baiser. Tu prends la pilule, Jessica ? »

Elle hocha la tête, sans voix. Il sourit. « Bien. Parce que je veux sentir ta chatte si douce contre ma queue, Jessie, chair contre chair. Je veux te remplir de foutre. »

Ses mots la faisaient tellement mouiller qu'elle pouvait à peine parler mais elle réussit à dire dans un souffle : « Je veux te sucer. »

Théo sourit et la renversa pour qu'elle puisse le chevaucher. Elle descendit le long de son magnifique corps, embrassant son torse si musclé, ses abdominaux, prenant son sexe en main, si rigide et énorme dans sa petite main à elle, et glissant ses lèvres au-dessus de la large crête, sentant le corps de Théo se raidir alors qu'elle commençait à le lécher, sa langue taquinant le bout de sa verge. Elle pouvait sentir le goût acidulé et salé de son sperme, la douceur propre de sa peau. Elle sentit ses doigts s'emmêler dans ses cheveux, ses pouces massant son cuir chevelu. Elle planta ses ongles dans la peau de ses hanches, entendit son souffle s'emballer, et le murmure de sa voix : « Oui ! ». Ses hanches commencèrent à trembler lorsqu'il sentit l'orgasme approcher et Jess sentit son sexe se durcir et palpiter alors qu'il se déchargea à plusieurs reprises dans sa bouche.

Il la retourna d'un seul coup, lui écarta les jambes, sa bouche fourrageant voracement son sexe, sa langue s'agitant à toute vitesse autour de son clitoris, alors que ses dents frôlaient le bouton sensible, ses lèvres se mirent à gonfler et palpiter d'excitation. Elle voulut attraper sa tête mais il lui bloqua les mains de chaque côté du corps. Sa langue montait et descendait le long de sa fente et fouillait profondément en elle. Elle se mit presque à hurler sous la violence de cette sensation. Sa peau toute entière vibra d'extase d'un plaisir presque insupportable et quand elle jouit enfin, elle se laissa complètement aller, oublia tout sauf son toucher, sa bouche sur son sexe. Elle n'eut pas le temps de reprendre son souffle qu'il la pénétra à nouveau, en écartant si rudement ses jambes qu'elle en eut mal aux hanches. Il l'embrassa et elle enroula ses bras autour de son cou, refusant de le laisser partir, jamais, jamais, jamais...

·   ·   ·

LE SOLEIL PÉNÉTRAIT à flot par les fenêtres de la chambre à coucher quand elle ouvrit les yeux. Elle jeta un œil à l'horloge posée sur la table de nuit. Onze heures trente. Merde. Elle se redressa d'un bond puis se rappela qu'on était samedi. Elle entendit du bruit dans la cuisine et se leva, la chemise de Théo encore sur les épaules. Elle se promena dans l'appartement, suivant l'odeur de la nourriture.

Torse nu et portant un pantalon de jogging gris, Théo lui tournait le dos et était en train de poser des pancakes sur un plat. Elle glissa ses bras autour de son ventre. Il sursauta légèrement, puis reposa la poêle et arrêta le gaz.

« Salut... Tu es réveillée. » Il se retourna toujours dans ses bras et l'embrassa, visiblement ravi de la voir. « Tu m'as manqué. Tu as bien dormi ? »

Elle pressa ses lèvres contre les siennes. « Merveilleusement bien, merci. »

C'était vrai : elle avait bien dormi pour la première fois depuis des mois, des années peut-être. Habituellement, elle se réveillait toutes les demi-heures ou presque, tendant l'oreille à chaque bruit, de peur d'un intrus. Jules en était le responsable : il avait pénétré par effraction une nuit dans son appartement et l'avait battue si fort qu'il lui avait cassé des côtes.

Mais la nuit dernière, enveloppée dans les grands bras de Théo, elle s'était sentie en sécurité. Elle savait que c'était ridicule mais elle avait l'impression de le connaître depuis toujours, et pas simplement depuis quelques heures. Elle lui sourit et il écarta les cheveux de son visage.

« Parfait. » Il se pencha pour l'embrasser lentement, profondément et elle soupira, son corps se détendant au contact du sien. « Hum. Je t'ai préparé un petit-déjeuner, mais maintenant je pense que je devrais plutôt t'aider à retrouver l'appétit. »

Son sourire s'élargit, et elle leva un sourcil en le regardant. « Et comment allez-vous faire ça, monsieur ? »

Il rit, en levant les sourcils. « Je pourrais te le dire mais je préfère te le montrer. »

Elle l'embrassa. « Que voulais-tu dire la nuit dernière par un monde de plaisir inconnu ? »

Il sourit. « Pardonne ma prétention mais quelque chose me dit que personne ne t'a jamais fait l'amour comme le mérite une belle et passionnante femme comme toi. Je me trompe ? »

Elle sourit légèrement. « Jusqu'à la nuit dernière. »

Il rigola, l'embrassant pour la remercier du compliment. Ses lèvres se déplacèrent vers son oreille. « Ce n'était rien comparé à ce que je vais te faire maintenant, ma belle Jess. »

De courtes montées de plaisir la parcoururent à ses mots, son souffle se faisant plus rythmé dans sa gorge lorsqu'il la regarda fixement de ses yeux verts magnifiques. Elle lui caressa doucement le visage, étudiant sa mâchoire forte, son nez aquilin, ses cils foncés et épais. Elle réalisa que son expression pouvait dure, presque dangereuse, mais quand il la regardait...

Théo glissa ses bras sous elle et la posa sur le plan de travail, ses lèvres cherchant les siennes. Jess enroula ses jambes autour de sa taille pendant qu'il faisait glisser sa chemise de ses épaules. En se penchant, elle sentit son sexe dur et long pointer sous son pantalon. Mon Dieu, il était si énorme, et à son contact, il grandissait et durçissait à chaque instant. Il lui sourit, la regardant d'un air lascif et ivre d'amour lorsqu'elle glissa ses mains à l'intérieur de son pantalon et libéra sa queue, en la massant avec ses mains de bas en haut. Théo lui mordilla le lobe de l'oreille.

« Allonge-toi pour moi, ma belle... »

Elle obtempéra et sentit qu'il lui écartait les jambes, ses gros doigts caressant les lèvres de son sexe, la taquinant du bout de son sexe. Théo appuya ses lèvres contre son ventre, en traçant des cercles autour de son nombril avec sa langue, ce qui la fit gémir de plaisir. Elle entendit son petit rire.

« Ton ventre est sensible, hein ? »

Elle hocha la tête, trop frémissante de désir pour parler. Théo enfouit à nouveau son visage dans son ventre, très brièvement, avant de lui écarter les jambes autant que possible. Il se glissa lentement en elle – trop lentement – souriant alors qu'elle haletait dans l'attente. Il poussa son sexe en elle jusqu'à ce que leurs hanches soient collées et alors qu'il commença à pousser toujours plus profond, il l'embrassa.

« J'adore ton ventre, lui dit-il, c'est le plus doux, le plus sensuel, et le plus baisable du monde. »

Son pouce frotta son ventre, plongea dans la cavité de son nombril et commença à imiter la poussée de son sexe. Jess gémit en réponse à cette douce douleur, sentant le pouce de Théo pressant sa chair et Théo sourit de manière triomphante.

« C'est ça, Jessie, laisse-toi aller maintenant... laisse-toi partir... »

Il la pénétrait si fort qu'un verre tomba du plan de travail et se brisa mais ni l'un ni l'autre n'y prêtèrent attention. Théo gémit en sentant qu'il approchait de l'orgasme, enfouissant son visage dans le cou de Jess.

« Je vais jouir sur ce joli ventre », chuchota-t-il et elle gémit tellement fort qu'il éclata de rire. « Tu aimes ça, hein ? »

Elle hocha la tête et son corps se tendit sous l'orgasme. Théo se retira et jouit, envoyant d'épais jets de sperme sur son ventre, en gémissant de plaisir de son propre orgasme. Ne la laissant pas reprendre son souffle – il était bon à ce jeu-là – il la souleva du plan de travail et la porta de nouveau dans la chambre à coucher. Il l'étendit sur le ventre et couvrit son corps du sien. Il prit ses fesses dans ses mains, les séparant doucement. Jess était haletante, essoufflée, essayant en vain de se calmer quand il chuchota dans son oreille, avec un ronronnement sensuel.

« Je peux ? »

Le souffle coupé, elle hocha la tête et gémit alors qu'il pénétrait lentement ses fesses. Une violente douleur mêlée à un plaisir inattendu traversa son cul, et elle ressentit un tressaillement d'un nouveau genre de. Théo bougeait lentement, et un autre orgasme la fit trembler de tout son corps et, finalement, il jouit aussi, s'effondrant sur elle, haletant, pesant sur elle de tout son poids.

« Mon Dieu, je pourrais te baiser sans fin, Jessie », murmura-t-il dans son oreille avec habilité pour pouvoir la regarder. Sa peau était rose, ses cheveux foncés décoiffés et collés à sa peau à cause de la sueur. Théo la regarda. « Est-ce que ça te dit, Jessie ? »

Plantant ses yeux dans les siens, Jessica Wood ne put qu'hocher la tête. Oui. Oui. Oui.

BIEN PLUS TARD, morts de faim, ils mangèrent les pancakes froids et prirent une longue douche chaude ensemble. Jess rassembla ses sous-vêtements et les fourra dans son sac, et se glissa dans sa robe. Théo, debout, l'observait d'un air amusé. « Suis-je censé penser à autre chose qu'au fait que tu es toute nue là-dessous ? »

Elle sourit et se mit à rougir, ce qui le fit éclater de rire et se rapprocher d'elle. Elle s'esquiva et partit en courant dans la salle de séjour, riant nerveusement. Théo, le pantalon descendu à mi-jambe titubait en courant après elle, bras tendus, gémissant comme un zombie. Il réussit à l'attraper et dégringola avec elle sur le canapé. Jess riait sans pouvoir s'arrêter, les larmes coulant sur son visage, et il les embrassa doucement.

Jess reprit son souffle. « Vous êtes un PRÉSIDENT, Mr. Storm, un tel comportement n'est pas bien vu. » Théo sourit, ses mains glissant sous sa robe mais elle les repoussa d'un air espiègle. « Et tu es insatiable. »

Un téléphone portable sonna quelque part dans la chambre à coucher, et à contrecœur, ils se levèrent tous les deux.

« C'est le mien », dit Jess et Théo vit son beau visage s'ombrager lorsqu'elle vit qui appelait. Elle lui jeta un coup d'œil en s'excusant. « Je dois répondre, c'est la famille. »

Théo hocha la tête. « Naturellement. » Il quitta la chambre pour lui laisser un peu d'intimité. Il avait compris qu'elle n'avait pas envie de répondre à la personne au téléphone – qui qu'elle soit. Le regard de détresse qu'il avait lu sur son visage quand elle avait vu qui appelait... Mon Dieu, si quelqu'un osait embêter sa copine...

Waouh... Sa copine. Théo alla à la cuisine et se versa un verre d'eau. Vraiment, ta copine ? Si rapidement ? Théo serra la mâchoire, essayant de mettre ses idées au clair. Elle l'avait complètement envoûté ; toutes ses pensées ces dernières – il vérifia sa montre – dix-huit heures avaient été pour elle et maintenant, ouais, il ne pouvait plus imaginer sa vie sans elle.

Cependant, il ne savait presque rien à son sujet, sinon qu'elle travaillait ou étudiait à l'université et qu'elle était, sans aucun doute, la femme la plus belle sur laquelle il n'ait jamais posé les yeux. Sa peau couleur de miel, ses yeux d'un brun si doux et si profond, sa bouche aux lèvres pleines et roses, sa voix grave et veloutée... mon Dieu !

Il l'entendait parler et sa voix se faisait plus forte. Il décida de s'approcher de la porte, incapable de ne pas l'écouter.

« Non..., non, va te faire foutre, tu ne dirigeras plus ma vie, Jules. Non... » Elle semblait exaspérée maintenant, sa voix se brisait. Théo s'avança vers la porte de la chambre à coucher. Elle lui tournait en partie le dos et il pouvait voir ses épaules se secouer, sa tête baissée.

« Ça ne te concerne pas où je suis... Comment peux-tu même savoir que je ne suis pas à la maison ? Bordel, pourquoi ne veux-tu pas me laisser tranquille ? »

Elle sanglotait maintenant et son corps entier s'effondra. Théo traversa la pièce, l'enlaça avec un bras, et de son autre main libre, lui prit le téléphone des mains.

« Appelle-la encore une fois, fils de pute, et je te tue. » Théo éteint le téléphone et prit Jess tremblante dans ses bras. Il l'entendit sangloter deux fois puis s'arrêter, et respirer profondément. Elle s'écarta, se retournant pour essuyer son visage avec ses mains.

« Je suis tellement désolée pour ça », dit-elle d'une voix tremblante.

« Qui était ce ? »

Elle essaya de sourire. « Mon demi-frère. Il est... il veut toujours tout contrôler. »

Théo eut le sentiment qu'elle ne lui disait pas toute la vérité mais en la regardant, il sut que s'il lui demandait maintenant, elle fondrait en larmes. Il décida qu'il avait beaucoup de temps devant lui. Elle lui en parlerait quand elle serait prête et quand elle le ferait, il ferait tout son possible pour que la situation s'arrange.

Théo Storm se rendit alors compte qu'il était tombé amoureux de ce petit bout de femme magnifique et mystérieux. Cela lui coupa le souffle – elle lui coupait le souffle.

Il caressa son visage avec le dos de sa main. « Jessie... tu veux passer la journée avec moi ? »

Elle hésita, le regarda fixement, puis regarda au loin. « J'aurais vraiment adoré... mais je dois rentrer chez moi. »

Théo ravala sa déception. « C'est ton demi-frère ? »

Elle fit un bruit de dégoût. « Peu importe ce que Jules pense, je ne suis pas à sa disposition. Non, je dois m'occuper de quelqu'un à la maison. »

« Un enfant ? »

Elle sourit en secouant la tête, amusée du regard inquiet qu'il lui lançait. « Un chien. »

Son expression se radoucit et il sourit. « Ne me juge pas pour cela. Hé, je peux te raccompagner chez toi – on peut passer du temps ensemble, non ? »

Jess sourit mais elle jeta un œil autour d'elle. Son minuscule studio était à mille lieues de cet appartement. Théo vit son expression et la prit dans ses bras.

« Peu importe ce qui te préoccupe, n'y pense plus... C'est juste une façade, c'est l'entreprise qui paie l'appartement. Je ne l'utilise que quand je suis en ville. J'ai une maison beaucoup, beaucoup plus petite sur l'île de Bainbridge. »

Jess hocha la tête. Cela expliquait le peu de décoration dans cet appartement, pensa-t-elle, mais quand même... son studio à elle était propre, rangé et aussi confortable qu'elle pouvait se le permettre mais...

Théo lui fit un bisou sur le front. « Jessie, tu pourrais vivre dans une boîte en carton avec une douche en fer blanc, ça ne m'empêcherait pas de vouloir passer du temps avec toi. »

Son expression ne changea pas et elle dit d'un ton monotone : « En fait, j'habite sous un pont en ce moment. »

Théo feint de réfléchir puis lâcha sa main. « Bon, j'ai été ravi de te rencontrer mais il est temps que tu partes. » Il sourit avant d'avoir terminé sa phrase et Jess rit nerveusement, en lui pinçant le bras. Il l'attira dans ses bras, et l'embrassa jusqu'à ce que la tête lui tourne. Théo soupira profondément et posa sa tête sur la sienne. « Ton chien peut attendre une demi-heure ? »

Elle rit nerveusement et se dégagea, se hissant sur la pointe des pieds. « Allez, Casanova, ramène-moi à la maison. »

UNE FOIS À SON APPARTEMENT, Théo caressa Stan pour le saluer, son berger allemand, comme s'il le connaissait depuis longtemps et se mit à jouer avec lui sur le sol de son minuscule studio. Elle les observa tous les deux, avec un grand sourire alors qu'ils jouaient comme des chiots. Un Stan surexcité fonça dans la petite table recouverte de livres et les renversa. Théo se figea et le chien et lui prirent un air si coupable qu'elle éclata de rire.

Elle mit Théo sur ses pieds et commença à ramasser les livres. Il l'aida, en lisant les titres tout en les commentant. « J'ai adoré celui-là. Et celui-ci. Pas réussi à le lire celui-là, dit-il, en tenant un livre comme si c'était le dernier succès littéraire, et toi ? »

Elle secoua la tête. « Trop compliqué. J'ai déjà essayé deux fois mais... non. »

Théo sourit et s'assit sur le canapé qui prenait presque toute la place dans la pièce. Il parcourut du regard le petit espace, occupé par les livres et les copies d'œuvres d'art, les papiers, les pastels et les tubes d'aquarelles éparpillés sur la table, et les croquis au crayon de Jess. Il en prit quelques-uns et les étudia. Jess l'observa nerveusement. Il lui sourit.

« Ils sont excellents. Tu les vends ? »

Elle secoua la tête. « Je m'amuse, c'est tout. La plupart du temps je travaille dans la restauration d'œuvres d'art ; je n'ai pas encore travaillé sur de grandes œuvres, juste quelques pièces mineures à l'université. Mais non, pour répondre à ta question, je ne me trouve pas assez douée pour en vendre. » Elle caressait Stan pendant qu'elle parlait, soudainement timide.

« Je ne suis pas d'accord », dit doucement Théo et elle lui sourit.

« Je te remercie. »

Il la prit dans ses bras. « Et j'adore ton studio. Ça me rappelle ma maison sur Bainbridge. »

Jess le regarda de travers, incrédule. « Ouais, c'est ça. »

Théo rit. « Je t'y emmènerai et tu verras ce que je veux dire. Toi et Stan. Il y a un grand jardin où il pourra courir autant qu'il voudra – et il aura un copain. J'ai un cocker épagneul anglais. Elle s'appelle Monty. »

« Elle s'appelle Monty ? »

« C'est de la faute de mon neveu de quatre ans. » C'était la première fois qu'il parlait de sa famille et Jess voulut en savoir plus mais il l'embrassa, glissant ses bras autour de sa taille et l'attirant vers le sofa et elle oublia tout.

Cette fois elle n'arrêta pas ses mains alors qu'elles glissaient sous sa robe mais lorsqu'il commença à faire entrer et sortir deux doigts en elle, ses halètements de plaisir firent aboyer Stan, ce qui les fit tous les deux éclater de rire. Mais lorsqu'il se calma, ils essayèrent à nouveau et le chien recommença à aboyer. Jess soupira.

« Le moment est passé, trop tard! » dit-elle en riant nerveusement alors que Théo, d'un air défait, s'asseyait en secouant la tête d'un air de dégoût feind. Stan, fier de lui et triomphant alla se coucher dans son panier, affichant un grand sourire de chien. Théo caressa d'un doigt la joue de Jess.

« Tu sais ce que je te parlais de ma maison à Bainbridge... eh bien, les chambres à coucher ont des portes. » Il regarda Stan d'un air menaçant, qui fit rire Jess à nouveau. Elle enroula ses bras autour de lui.

« Eh bien, M. le millionnaire, si vous avez des objets étranges qu'on appelle des portes, comment puis-je résister ? »

Il attrapa ses lèvres avec les siennes, l'embrassant jusqu'à ce que sa tête tourne. « Et quand nous y serons, Mlle Wood, je commencerai votre éducation sexuelle avec la méthode Storm... »

Elle gémit de plaisir alors qu'il embrassait sa gorge et Théo rit doucement. « Plus tôt nous y serons et plus vite je serai en toi, mieux ce sera pour moi. »

Elle rit en un souffle. « Tu es une machine, Théodore Storm... »

· · ·

Il était assis dans sa voiture garée dans la rue en face du studio de Jessica et il la regardait partir avec un grand type qu'il ne connaissait pas. Jaloux jusqu'à la fureur, Jules Gachet observa sa demi-sœur, sa Jessica, qui parlait et riait avec cet étranger. Quand l'homme se pencha pour l'embrasser, les mains de Jules se mirent à serrer le volant. Espèce de putain. Elle savait pourtant ce qui se passait quand elle osait le défier, le trahir. Jessica lui avait appartenu dès le moment où son père lui avait présenté sa mère et elle, alors que Jessie n'était qu'une enfant, à peine adolescente. Jules avait toujours obtenu ce qu'il voulait et il l'avait voulue dès le début. Il se souvenait de ses yeux effrayés lorsqu'il se glissait dans sa chambre la nuit et lui mettait une main sur la bouche. Chut, petite Jess...

Aujourd'hui, en l'observant embrasser cet autre homme, cet étranger, ce bâtard, en imaginant son superbe corps contre le sien, la colère de Jules le consumait. Elle recevrait un avertissement, décida-t-il, elle se souviendrait à qui elle appartenait, qui possédait chaque cellule de son beau corps.

Et si elle ne s'y conformait pas, elle mourrait...

CHAPITRE TROIS
JOUE AVEC MOI

Après une nuit incroyable avec le milliardaire Théo Storm, Jess passe le week-end avec lui alors qu'il continue à dominer son corps tout entier. Jess se donne complètement à lui et découvre que Théo l'introduit à ses jeux sexuels personnels qui mettent son corps en feu. Elle sait qu'elle est en train de tomber amoureuse mais Théo veut-il une relation sérieuse avec elle ou la prend-t-il juste pour une conquête ? Alors que Jess pense qu'elle est sur le point de le découvrir, son week-end est ruiné par l'arrivée de son demi-frère Jules, un maniaque du contrôle, qui lui demande de rentrer à la maison ou sinon, il lui coupera les vivres. Ne voulant pas mêler Théo à son drame familial, elle lui dit qu'elle doit rentrer à la maison. Ne comprenant pas ce qui se passe, Théo pense qu'elle le rejette et réagit froidement. En partant, elle se demande si elle le reverra un jour.

Théo l'observa depuis la porte. Mon Dieu, elle était si belle, il ne pourrait jamais se lasser de la regarder. Certaines fois, ses cheveux caressaient son bras, ou son T-shirt dévoilait son ventre lorsqu'elle levait les bras. Son sexe durcissait alors et la seule chose qu'il pouvait faire pour se calmer était de la prendre dans l'instant.

Maintenant toutefois, – et il sourit à cette idée – les autres clients du café où Jess Wood travaillait pourraient ne pas apprécier le spectacle de leurs ébats.

« Salut toi. » Sa voix le sortit de sa rêverie et il réalisa qu'il bloquait le passage de l'entrée du café. Il fit un pas de côté pour laisser entrer un vieux couple, qui lui sourit et inclina la tête pour le remercier.

Jess lui sourit depuis l'arrière du comptoir. Elle était déjà en train de préparer son café, juste comme il l'aimait, un Americano avec une dose de café en plus.

« Bonjour mon cœur. » « Je te remercie. » Il se pencha sur le comptoir pour l'embrasser lorsqu'elle lui tendit la tasse. Il prit une gorgée et le liquide chaud lui brûla la langue. Il apprécia le petit piquotement de douleur. Il posa sa tasse. « Parfait, comme toujours. » Il sourit. « Comment vas-tu aujourd'hui ? »

« Encore mieux qu'hier, sourit-elle. Tu crois que je peux te convaincre de goûter un muffin aujourd'hui ? » Elle lui proposait chaque jour et il refusait poliment à chaque fois. Il aimait qu'elle essaye d'en faire une plaisanterie entre eux, cela resserrait étrangement leurs liens, même si ce n'était à propos que d'un petit gâteau. C'était leur truc à eux. Théo s'amusa de cette pensée et le lui dit.

« C'est drôle, murmura-t-elle et elle se pencha pour lui chuchoter dans l'oreille, je pensais que notre truc à nous c'était de se baiser comme des animaux. »

Théo rit et attrapa sa bouche avec la sienne. « Tu ne devrais pas dire des choses comme cela quand nous ne sommes pas seuls. »

Jess jeta un œil à l'horloge fixée au mur. Sept heures moins dix. Le café fermait à sept heures et ensuite ils pourraient retourner chez elle ou chez lui et se mettre à nouveau nus...

Théo l'observait d'un regard très suggestif. Pendant un long moment, leurs yeux ne se quittèrent pas et ils communiquèrent silencieusement.

« Tu n'as aucune idée de ce que je vais te faire ce soir, Jessica. » La voix de Théo était grave, régulière et il vit ses joues rosir et ses yeux s'agrandir d'excitation.

Dix minutes plus tard, elle ferma la porte et descendit les rideaux métalliques du café. Théo se tenait au milieu de la salle et l'observait. Elle baissa les volets de toutes les fenêtres, éteignit toutes les lampes en laissant seulement la lueur des machines à café éclairer la salle.

« Reste où tu es », lui demanda Théo alors qu'elle avançait vers lui. Elle obéit en souriant, ses yeux se plissant doucement de désir alors qu'il avançait lentement vers elle. Il tourna autour d'elle puis se pencha vers elle.

« Enlève lentement ta chemise. Puis, ton soutien-gorge. »

Elle fit passer sa chemise au-dessus de sa tête, décrocha son soutien-gorge, et les laissa tomber tous deux sur le sol, puis attendit, ses cheveux chutant sur ses épaules. Théo lui fit face, traçant le contour de ses lèvres avec son pouce puis le faisant descendre douce-ment le long de son corps, entre ses seins, au-dessus de son estomac jusqu'à le poser dans son nombril. Jess tremblait maintenant et Théo sourit en voyant l'excitation dans ses yeux. Sa main dériva sous sa jupe en jean, caressant l'intérieur de ses cuisses. Il fut content d'en-tendre sa respiration s'accélérer mais il enleva sa main pour débou-cler sa ceinture. Il lui poussa les mains dans le dos et les attacha avec la ceinture, en pressant ses lèvres contre sa gorge.

« Jessie, murmura-t-il, si tu veux que j'arrête... »

« Non », l'interrompit-elle et il sourit en la regardant droit dans les yeux.

« Laisse-moi finir, ma belle, dit-il doucement, ses yeux vert clair ne quittant pas les siens. Nous allons faire quelque chose que tu pourrais trouver... provocant. Je te promets deux choses : je ne te ferai pas mal, sauf si tu me le demandes. Et si tu me demandes d'arrêter, je m'arrêterai. Aucune question, aucune culpabilité. Je veux que tu apprécies ce que je m'apprête à te faire. »

Elle hocha la tête, le souffle coupé, et il se recula un moment, l'ad-mirant dans la lumière tamisée. Puis il retira sa propre chemise et se laissa tomber à genoux devant elle. Tout en faisant glisser sa jupe vers le bas, il enfouit son visage dans son ventre alors que ses doigts grif-

faient son flanc en retirant sa culotte. Jess poussa un petit gémissement pendant que la langue de Théo descendait du bas de son ventre
jusque dans son sexe. Sa langue s'agita autour de son clitoris, le
faisant se durcir et devenir si sensible que Jess pensa qu'il pourrait
exploser. Théo lui écarta doucement les jambes tout en gardant sa
langue profondément en elle, l'explorant et la goûtant sans cesse. Jess
gémissait, elle voulait désespérément le toucher mais elle en était
incapable à cause de ses mains liées dans le dos. Elle l'entendit rire
sous cape et il se releva, l'embrassa à pleine bouche, glissant ses
mains autour de sa taille pour nouer ses doigts aux siens. Ses yeux
brûlèrent avec une intensité qui la fit frémir et l'effraya en même
temps.

« Jessica, murmura-t-il, frottant son nez doucement contre le sien,
je vais te baiser maintenant. »

Elle eut à peine le temps de répondre qu'il la coucha sur une des
tables et la recouvrit de son propre corps, ses mains nichées dans le
creux de ses reins alors que les doigts de Théo ouvraient les lèvres
douces de son sexe et que sa queue entrait profondément et violemment en elle. Théo verrouilla ses jambes autour de ses hanches
pendant qu'il la baisait, fougueusement et si profondément qu'il en
était presque violent.

Jess se laissa aller dans le délire de l'instant, totalement soumise à
cet homme magnifique et viril, dont elle ne voulait plus jamais se
séparer. Elle soupira son nom et fut récompensée par un sourire
triomphant.

« Est-ce que tu m'appartiens ? » Ses yeux verts lui parurent plus
foncés, si éperdus qu'elle inclina la tête, incapable de respirer. « C'est
bien, parce que je suis à toi, ma belle Jessie... »

Cette simple déclaration fit fondre son cœur et elle se colla contre
lui, pour lui permettre d'aller plus profond, plus profond, encore plus
profond. Théo était insatiable, souriant en réponse à ses halètements
de plaisir et de douleur. Elle jouit si fort qu'elle pensa qu'elle allait
mourir, des lumières vives éclatèrent dans ses yeux, son corps se
liquéfia et quand, un instant plus tard, Théo se retira et jouit sur son

ventre, elle se dit qu'elle pourrait mourir heureuse à cette seconde même sans s'en soucier.

Théo n'en avait pas fini avec elle et tout en la mettant debout, il la colla contre le mur et la prit par derrière, son sexe dur donnant des coups de rein encore plus profondément dans l'humidité lisse de sa chatte. Le mur était froid contre ses seins et son ventre, et la soulageait de l'enfer brûlant de sa peau. Les lèvres de Théo se collèrent sur son oreille.

« Tu veux que je t'encule comme un fou, Jessie ? »

« Oui... »

« Dis-le. »

« Je veux que tu m'encules comme un fou, Théo. »

« Appelle-moi Mr. Storm. »

« Encule-moi, s'il-te-plait, Mr. Storm », frémit-elle alors qu'un orgasme la faisait vibrer, la pression du sexe de Théo appuyé sur son ventre la comblant. Théo rit et la retourna, sépara ses fesses et entra en elle. Jess grogna, laissant sa tête basculer contre son épaule. Ses doigts coururent sur son ventre, autour de son nombril, à cet endroit qui la rendait folle. Elle était vraiment à lui, réalisa-t-elle, toute à lui, pour toujours...

PLUS TARD, quand ils se rhabillèrent et se calmèrent à contrecœur, il la ramena à son appartement et ils burent une bière sur le petit balcon donnant sur les rues de Seattle. Théo s'assit contre le mur, Jess assise entre ses jambes, son bras enroulé autour d'elle, appuyée contre son torse. Il était si immense, grand et large, que Jess se sentait minuscule mais en sécurité avec lui. Il souffla dans ses cheveux, pressant ses lèvres contre sa tempe.

« Tu es bien calme, lui dit-il et bien que sa voix ne semblât pas lui faire de reproche, elle sentit qu'il cherchait à savoir quelque chose. Elle attendit, un petit sourire sur les lèvres.

« Tu as aimé ce que nous avons fait ? » Lui demanda-t-il et elle sourit, tournant sa tête pour l'embrasser.

« Beaucoup. J'ai adoré. » Elle vit le soulagement dans ses yeux. « En fait, si tu veux faire ça... plus, je suis d'accord. »

Sa surprise se mélangea à son désir. « J'en suis heureux. Je veux essayer tous les plaisirs avec toi, Jessie. »

Elle aima la manière dont il dit son nom, tellement tendrement, tellement intimement. « Y-a-t-il quelque chose que tu ne veux vraiment pas essayer ? » continua-t-il, en caressant sa joue d'un doigt.

Jess regarda ailleurs et but une longue gorgée de bière avant de répondre. « Rien avec des couteaux. » Elle détesta que sa voix se cassa quand elle dit cela et elle sentit le bras de Théo se resserrer autour d'elle. Quand il parla, elle sentit une pointe de colère dans sa voix.

« Je ne ferais jamais ça... Jessie ? »

Merde. Des larmes chaudes se mirent à couler le long de ses joues. Et merde. Elle ne voulait pas penser à ce que Jules lui avait fait et elle ne voulait vraiment pas en parler, pas avec Théo. Elle refusait qu'une seule seconde de son temps avec Théo ne soit salie par son passé.

« Jessica ? »

Non, surtout pas. Elle ne pourrait pas faire ça. Elle s'éloigna de lui, se mit debout, puis rentra dans l'appartement. Théo la suivit, son beau visage froissé d'inquiétude.

« Est-ce que j'ai dit quelque chose qui t'a vexé ? »

Elle secoua la tête, ne se faisant pas assez confiance pour parler. Théo s'approcha d'elle et la prit dans ses bras tout contre lui. Elle enfouit sa tête dans son torse, respirant son odeur de linge fraîche lavé et d'homme. La main de Théo caressa doucement ses cheveux.

« Tu veux en parler ? »

Elle le regarda. « Je suis désolée, changeons de sujet, s'il-te-plaît. »

Ses yeux étaient encore inquiets mais il hocha la tête. Ils se regardèrent une longue minute en silence, puis Théo lui fit un bisou sur le haut de la tête.

« Je ne laisserai jamais personne te faire du mal, Jessie. »

Et à ce moment, elle voulut désespérément le croire.

En première année d'étude. Jess avait économisé chaque centime gagné au café pour louer un petit appartement dans la rue Sainte-Anne, ne voulant plus dépendre de Jules. Sa scolarité avait été payée grâce aux dispositions laissées par son père, mais Jules tenait toujours les cordons de la bourse. Elle détestait ça mais elle détestait encore plus l'idée d'avoir une centaine de dollars de dette d'étudiante dont elle serait redevable pour toujours. A présent, elle pensait avoir trouvé une porte de sortie. Une bourse d'études. Une possibilité de bourse en fait. L'entreprise la lui proposant avait reçu des consignes strictes sur qui pouvait la demander, à savoir seulement les étudiants les plus nécessiteux. L'ennui était que son nom de famille était connu à Seattle et que son beau-frère Jules était connu pour être l'un des hommes les plus riches de la ville. Juste parce qu'elle n'avait rien obtenu d'autre de sa part que le paiement de sa scolarité, elle ne pouvait pas convaincre le conseil qu'elle avait besoin de cet argent, puisqu'elle le voulait surtout pour échapper à Jules. Jules avait fait des interviews récemment affirmant sa position de millionnaire convoité, beau et célibataire, divaguant au sujet de « sa relation très proche » avec sa belle-sœur. Ces interviews avaient rendu Jess malade. S'ils savaient...

Tout cela faisait qu'elle ne pouvait pas plaider la pauvreté au conseil, à moins que Jules ne lui coupe publiquement les vivres.

Il était venu plus tard discuter avec elle, il avait même semblé en accord avec cette idée. Elle le lui présenterait comme un bonus : il pourrait économiser les centaines de milliers de dollars que son diplôme et ses cours lui coûteraient. Elle s'était dit que ça serait suffisant.

Cela ne l'était pas. Bien sûr que non.

Jules avait écouté son raisonnement poliment, un sourire dédaigneux sur le visage et elle sut immédiatement que ça n'irait pas.

« Et bien, dit-il, s'avançant vers elle depuis la porte, avec un sourire aux lèvres qui la fit se sentir légèrement mal à l'aise. Évidemment, je n'ai aucune intention de te déshonorer, Jessica. Pourquoi le ferais-je ? »

Il se tenait devant elle, les mains profondément enfoncées dans ses poches et elle pouvait le voir se caresser à travers le fin tissu, s'exhibant devant elle. Elle en eut la nausée et elle était restée debout, voulant le repousser.

Mais alors sa main était sur sa gorge, la serrant fort. Il l'attrapa et la jeta sur le divan. Jess se débattit mais elle le connaissait depuis longtemps, elle n'avait aucune chance contre lui. Ils avaient déjà été dans cette situation de nombreuses fois, sauf que cette fois, les yeux de Jules rougeoyaient de méchanceté. Il colla sa bouche sur la sienne, sa main partit sous sa jupe.

« Non... non... s'il te plaît... »

Sa main resta collée sur sa bouche et il déchira sa culotte. Jess essaya de l'éloigner mais, en grimaçant, Jules lui montra ce qu'il avait dans la main. Elle se figea.

Un couteau. Oh, mon dieu, non...

« Cesse de te débattre, Jessica, ou je te tue. Je t'étriperai, princesse, sans arrière-pensée. Tu m'appartiens, Jessica. Je te dis quoi faire et où aller. Si tu dois vivre ou mourir. Tu comprends ? »

Terrifiée, elle ne pouvait rien faire d'autre que hocher la tête, les larmes coulant sur son visage, pendant que Jules, triomphant, collait son couteau contre sa gorge.

JESS SE RÉVEILLA, haletante, essayant de ne pas crier. Près d'elle, Théo dormait profondément, son grand corps dépassant presque du lit. Jess s'approcha du bord du lit et marcha silencieusement vers la cuisine, prit un verre et le remplit d'eau. Elle le but d'un trait et le remplit à nouveau. Son corps tremblait encore du cauchemar, du souvenir de Jules cette nuit-là. Ce n'avait pas été la première fois qu'il l'avait violée, mais la première où il avait menacé de la tuer et Jess savait parfaitement qu'il en était capable.

Elle s'assit à la table de cuisine et posa sa tête contre le bois frais. Elle détestait ce pouvoir qu'il exerçait sur elle. Elle lui avait dit qu'elle irait voir la police, le défiant, mais il était allé les voir en premier, avec ses avocats et son influence sans limite. Elle était instable, leur avait-il dit, sa mère avait été arrêtée plusieurs fois dans sa vie avant de se suicider. Utiliser la maladie mentale de sa mère contre elle était aussi cruel qu'ingénieux. Plus elle protestait, plus elle lisait dans leurs yeux : « Cinglée. Qui cherche à attirer l'attention. Hystérique. » Comme si la scène se passait au dix-huitième siècle et pas au vingt-et-unième. Bordel...

Jules l'avait punie, bien sûr. En entrant dans son appartement et en la battant, là où personne ne pourrait le voir. Elle n'était pas allée à l'université pendant une semaine, incapable de se tenir debout à cause de son abdomen meurtri où il lui avait donné un coup de pied tellement fort qu'elle n'avait pas pu se tenir droite pendant plusieurs jours.

Après cela, elle avait presque abandonné. Elle s'était réfugiée dans les études, laissant Jules continuer à tout payer, gérer ce qu'elle ne pouvait pas. Elle déménageait fréquemment, à chaque fois que son bail se terminait et ne prenait jamais de bail de plus de six mois. Jules l'avait toujours, toujours retrouvée.

Les agressions sexuelles diminuaient tant qu'elle obéissait et elle s'était accrochée à cela. Elle sortait rarement, et jamais avec un homme. Et chaque année, elle mettait de l'argent de côté pour pouvoir s'enfuir un jour. Un autre pays, une autre identité, loin de Jules. Ç'avait été son plan.

Jusqu'à ce qu'elle rencontre Théo. Jusqu'à ce qu'elle se souvienne ce que l'affection voulait dire. Ce qu'était l'amour.

Elle marcha silencieusement vers la chambre à coucher et s'allongea près de lui. Quand il dormait, les traits durs du beau visage de Théo s'adoucissaient, ses lèvres pleines se courbaient vers le haut en un petit sourire. Elle l'embrassa doucement et lui caressa le visage. Elle le regarda pendant une longue minute avant de fermer les yeux.

Avant de se rendormir, elle l'embrassa une fois de plus et lui chuchota « Je t'aime. »

Une minute plus tard, Théo ouvrit les yeux et sourit. « Je t'aime aussi, ma belle. » Mais, elle était déjà endormie.

Ni l'un ni l'autre n'entendirent la porte de l'appartement grincer et s'ouvrir. Jules Gachet se faufila furtivement dans l'appartement jusqu'à la porte de la chambre à coucher, et les regarda fixement. Il vit la manière dont Jessica était lovée autour du corps de cet homme, son bras protecteur enroulé autour d'elle. L'estomac de Jules se tordit de jalousie et de colère. Sale pute. Il fantasmait à l'idée de voir ce bâtard se réveiller et la trouver morte à ses côtés, couverte de sang. Jules grimaça méchamment. S'il pouvait s'en sortir sans ennui... mais non. Pas encore, en tout cas. Il se déplaça silencieusement près d'elle et caressa sa joue d'un doigt, repoussant une boucle de cheveux brun foncé loin de son beau visage. S'il finissait par la tuer, il voulait que ce soit un moment intime, et pouvoir prendre son temps. Il voulait qu'elle meure lentement, péniblement, en le regardant dans les yeux, le priant d'épargner sa vie.

Il détourna son attention sur l'homme endormi à côté d'elle. Il lui était vaguement familier mais Jules ne parvenait pas à savoir d'où il le connaissait. Peu importe. La seule pensée de cet homme à l'intérieur de sa Jessica lui donnait envie de hurler, le mettait en rage, le submergeait de violence.

Une idée germa dans son esprit et le fit sourire. Si Jessica pensait qu'elle pouvait être heureuse avec cet homme... Jules en rit presque à haute voix. Oui, il prendrait plaisir à détruire sa tranquillité d'esprit, sa sécurité, ce nouvel amour.

Cette idée avait comme un avant-goût de meurtre.

THÉO JETA un œil à Max lorsqu'il entra dans son bureau, tout sourire. « Où étais-tu passé et comment s'appelle-t-elle ? » Son meilleur ami avait levé les sourcils et le regardait d'un air amusé.

Théo sourit. « Max, mon pote... tu as d'ores et déjà perdu ton stupide pari et tu ne le sais même pas. »

Max se mit à toussoter, puis il vit à quel point Théo était sérieux.

« Sérieusement ? » Il semblait sceptique. « Non. Je ne te crois pas, je te connais trop bien. Tu te fous de moi. »

Théo éclata de rire. « Impertinent comme d'habitude. Non, je suis sérieux, Max. Regarde... »

Il sortit son téléphone portable qui contenait déjà une tonne de photos de Jess. Il les afficha et les montra à Max.

« Elle s'appelle Jessica – Jess. Elle fait un doctorat à l'université. Au département de restauration d'œuvres d'art. »

Max siffla. « C'est une beauté, on est d'accord. Où l'as-tu rencontrée ? »

Théo lui raconta son discours à l'université et lui décrit de façon épurée les derniers jours passés avec Jessica. « J'aimerais vraiment que tu la rencontres. Elle va rester un bout de temps avec moi. »

Max cligna des yeux. « Waouh ! Je ne t'ai jamais vu comme ça avant. »

Théo sourit d'un air suffisant. « Bon et maintenant, à propos de ce pari... »

Max s'esclaffa. « Pari stupide. Quand pourrai-je la rencontrer ? »

Jess avala sa boisson de travers, ce qui était bien dommage parce que ce cocktail était tout à fait délicieux et très cher, mais Max, le meilleur ami de Théo, était tout simplement trop drôle. Il était en train de leur raconter des histoires sur son enfance passée avec Théo. Ils avaient grandis ensemble, étaient allés dans une école privée pour garçons et ne s'étaient pas comportés comme des jeunes hommes auraient dû le faire.

Max sourit alors qu'elle essuyait sa bouche en essayant de se retenir de rire. Théo secoua la tête d'un air amusé, feignant d'être dégoûté par les histoires de Max.

« Sérieusement mec, arrête d'essayer de tuer ma copine. Respire, Jess. »

Jess prit plusieurs profondes inspirations, essayant de ne pas être surexcitée parce que Théo l'avait appelée « ma copine ». Elle se sentit toute émoustillée comme une adolescente, mais elle ne pouvait pas nier qu'une sensation de chaleur envahissait chaque nerf et chaque cellule de son corps quand il l'appelait comme ça. Théo sourit et se pencha pour lui faire un bisou.

« C'est ma tournée », dit Max en disparaissant vers le bar. Théo l'embrassa encore, plus lentement, plus profondément, ses mains caressant son visage, sa langue caressant la sienne. Le cœur de Jess fondit, elle glissa ses mains autour de sa taille, sentant son corps musclé sous ses doigts. Mon Dieu, elle n'avait jamais autant désiré quelqu'un de sa vie, n'avait jamais voulu être nue avec un homme toute la journée et toute la nuit. Mais elle pensa que le rêve de ces derniers jours prendrait fin le lendemain, quand elle devrait retourner au travail, à la réalité de sa vie routinière. Théo était allé travailler une heure aujourd'hui, puis il était rentré juste après le déjeuner. Elle était nue et prête à s'offrir à lui quand il avait passé la porte. Ils n'avaient pas atteint la chambre à coucher qu'ils étaient déjà emmêlés et transpirants.

Après une après-midi de sexe, elle sentait encore la pression de son sexe et son vagin palpiter d'une douce douleur, ses cuisses écarte-lées et ses hanches comme liquéfiées. Ses lèvres étaient sur sa gorge à présent et elle ferma les yeux, se concentrant sur la sensation.

« Une fois la soirée terminée, lui dit Théo dans un murmure bas et profond, nous dirons bonne nuit à Max et je te prendrai dans la ruelle derrière le bar et je te baiserai très fort Jessie, vraiment très fort. Puis nous irons chez moi et nous ferons l'amour jusqu'à ce que tu tombes épuisée dans mes bras. »

Jess s'empêcha de soupirer de désir mais son corps trembla malgré lui et elle entendit Théo rire doucement. Elle enfouit son visage dans son cou.

« Je te veux tout de suite. » Elle chuchota et, se déplaçant rapide-ment, il l'attira sur ses genoux pour qu'elle le chevauche et lui écarta les jambes. Leurs regards ne se quittèrent plus et ils consentirent silencieusement. Théo descendit sa main et ouvrit sa braguette, sortit son sexe déjà tout raide, repoussa sa culotte et se glissa en elle. Elle faillit les trahir lorsqu'elle le sentit en lui et poussa un gémissement qu'il étouffa rapidement d'un baiser. Basculant doucement comme au rythme de leur baiser, elle sentit sa main libre caresser son clitoris, ce qui provoqua des frissons de plaisir dans tout son corps. Ses lèvres se collèrent aux siennes, dans un baiser tendre et ferme et Jess se demanda comment elle avait vécu jusqu'à ce jour sans ce genre de plaisir. Elle était heureuse qu'ils aient choisi une cabine privée et isolée, ainsi, le reste du club ne pouvait pas voir ce qu'ils faisaient. Quand Théo commença ses mouvements de va-et-vient, le fait qu'ils devaient rester discrets et limiter leur frénésie était si incroyablement érotique qu'elle jouit rapidement. Il fit de même un instant plus tard et pendant un moment, ils restèrent collés l'un à l'autre, respirant fort, les yeux dans les yeux. Théo regarda autour de lui.

« Max est de retour. »

Elle glissa hors de ses genoux et se rassit, pendant que Théo arrangeait ses vêtements.

« La vache, il manque de personnel dans ce bar ! » se plaignit Max en déposant leurs verres devant eux, ignorant complètement le fait que le sperme de Théo était toujours en elle. Jess essaya de ne pas rire nerveusement à cette pensée et Théo lui lança un regard amusé et complice. Ç'avait été un acte sexuel rapide, sale, mais divin. L'adré-naline provoquée par la peur d'être découverts les avait parcourus et elle en souriait encore. Mon Dieu, elle ferait n'importe quoi pour cet homme. Elle se demanda ce qu'il avait prévu d'autres pour faire l'amour. Lorsqu'il l'avait attachée, lui faisant perdre tout contrôle de la situation, elle s'était ironiquement sentie plus libre que jamais et maintenant, elle savait qu'elle pouvait le laisser faire.

Théo l'observait alors que Jess et Max reprirent facilement la conversation. Il glissa sa main sur la nuque de Jess, caressant ses muscles, pendant qu'elle lui pinçait gentiment le genou. Il laissa son regard errer paresseusement sur son corps, ses seins, sa taille mince, son ventre presque plat, et puis ses cuisses étroitement croisées, gardant sa semence à l'intérieur d'elle. Elle était si belle, il pouvait à peine le croire.

« Hé, Théo ? Hé, redescends sur Terre ! » Max lui tapota l'épaule et Théo sursauta. Max lui sourit. « Je dois y aller. Jess, dit-il en attra-pant sa main, tu es une sacrée princesse. Si je n'étais pas homo, je me battrais avec Théo pour avoir ta main. »

Jess rougit mais Théo aperçut une très légère crispation sur son visage quand Max l'appela « princesse ». Une fois Max parti, Jess se pencha de nouveau vers Théo et inclina sa tête vers son menton pour qu'il puisse l'embrasser.

« Il y a beaucoup de choses que j'ignore à ton sujet », murmura-t-il, frottant ses lèvres contre les siennes, et appréciant la sensation de sa peau douce contre sa bouche. « Mais nous avons encore plein de temps pour nous raconter nos histoires sordides. » Elle rit mais là encore, il détecta autre chose, comme une hésitation, une blessure, mais il décida que ce n'était pas le bon moment pour en parler. Il lui caressa doucement le visage.

« Prête à y aller ? »

En sortant, il hocha la tête vers le vigile qui les conduisit vers la porte arrière. Dehors, la pluie tombait dru et un orage se déchaînait au-dessus de leurs têtes. Seattle avait toujours le don de choisir le bon moment pour inonder ses rues. Théo regarda le ciel et secoua la tête.

« On va voir la météo du côté de l'allée des bêtises? »

Jess sourit et secoua la tête, le suivant dans la partie la plus obscure de la ruelle. Un Théo stupéfait la vit alors retirer ses vêtements et se placer devant lui, toute nue, la pluie ruisselant sur ses magnifiques courbes. Elle lui sourit et lui prit la main.

« Baise-moi, Théo... »

Il n'avait pas besoin qu'on le lui demande deux fois. En une seconde il fut contre elle, retirant ses vêtements dans une incontrôlable frénésie. Elle l'aida, libérant sa queue en riant aux éclats alors qu'il la prenait, la poussant contre le mur froid et humide. Il rentra violemment en elle et elle gémit, l'embrassant sauvagement.

« Plus fort Théo... »

Ses yeux étaient plus vifs que d'habitude et son souffle plus rapide. Il s'enfonça en elle aussi loin que possible, la plaquant contre le mur et il l'entendit haleter « Oui, oui ! » La pluie tombait encore plus fort, recouvrant leurs corps chauds et enlacés. La sensation d'être en elle, sa douceur, son sexe doux, si doux, étaient un plaisir qu'il appréciait n'importe quand, n'importe où, et visiblement par tous les temps. Il adorait qu'elle veuille d'être baisée sous la pluie, Cela révélait son sens de l'humour inné, son goût de l'aventure qu'elle cachait la majeure partie du temps d'après lui. Cela signifiait qu'elle avait confiance en lui, et, il y pensa alors qu'il atteignait l'orgasme, cela signifiait tout pour lui parce qu'il savait, il savait, que quelque chose était cassé chez cette fille superbe et il souhaitait désespérément la réparer.

Jess réussit à remettre sa robe trempée suffisamment pour la couvrir de façon décente. Sa peau, son esprit frémissaient d'excitation et de désir. Elle s'étonnait elle-même, étant certaine que elle n'aurait pas permis que Théo annule ce rendez-vous galant dans la ruelle. Elle le voulait. Terriblement. Elle voulait faire tout ce qu'il y a de fou avec lui, elle voulait tout essayer. Tout.

Théo prit sa main et ils redescendirent la ruelle en direction de sa voiture. Lorsqu'ils passèrent à un coin de rue, il y eut soudain des flashes aveuglants et des personnes hurlant le nom de Théo et les bousculant. Théo jura et entoura Jess de ses bras pour la protéger, tout en la poussant vers sa voiture. Une fois à l'intérieur, Jess se tourna vers les fenêtres alors que les paparazzis se rapprochaient et que Théo sortait sa voiture de la foule.

Au bout d'une minute, ils poussèrent tous deux un soupir de soulagement pendant que la voiture les conduisait loin dans la nuit. Théo alluma le chauffage et Jess frissonna involontairement en sentant l'air chaud parcourir son corps froid. Théo la regarda, et lui fit un petit sourire.

« Ça va beauté ? »

Jess sourit et hocha la tête, laissant sa main retomber sur sa cuisse. Ses vêtements, et les siens, étaient trempés mais ils s'en fichaient. Théo se concentra sur la route pendant une seconde avant de lui lancer un regard curieux.

« Jessie, la nuit dernière, je t'ai dit quelque chose mais je ne suis pas sûr que tu m'aies entendu. Ainsi je voudrais te le redire maintenant, encore, parce que je suis sûr que tu m'entendras. »

Les sourcils de Jess se levèrent rapidement. « Qu'y-a-t-il ? »

Théo sourit. « Je t'aime Jessica Wood, je sais que c'est très rapide et je me rends compte que je te le dis alors que nous ne nous connaissons pas autant que nous devrions. Mais je dois être honnête avec toi. Je t'aime. »

Le cœur de Jess s'arrêta et des larmes jaillirent de ses yeux. « Je t'aime aussi. »

Elle vit les épaules de Théo se détendre et elle l'entendit soupirer lentement. Il gara la voiture sur le côté de la route, détacha sa cein-

ture et prit le visage de Jess dans ses mains. Leurs lèvres s'embrassèrent doucement, comme si c'était la première fois.

« Tu es tout pour moi », murmura-t-il et le ventre de Jess se tendit
de désir et d'amour. Sa langue explorait la sienne, la caressait et la
massait. Jess ferma les yeux et put ainsi se concentrer sur l'explosion
de sensations que ce baiser déclenchait en elle. Elle le sentit partout
dans son corps ; son ventre tremblait, elle sentait une pulsation fréné-
tique battre entre ses jambes et elle gémit quand il passa ses doigts
dans ses cheveux.

« Mon Dieu, Jessie, quand tu fais ce son... nous devrions rentrer à
la maison maintenant. »

Ils rirent ensemble en se dégageant et Théo remit la voiture en
marche. Jess était sûre qu'ils avaient enfreint toutes sortes de lois sur
la route alors que Théo la reconduisait vers son appartement.

Ils avaient à peine passé la porte que Théo commença à lui retirer
sa robe. Jess se retourna pour l'embrasser, haletant alors qu'il l'attirait
brutalement vers lui, lui souriant de manière excitée.

« Théo... »

Elle soupira son nom pendant qu'il glissait deux doigts en elle, lui
souriant bizarrement. À peine capable de se concentrer, elle le déshabilla et ils dégringolèrent sur son lit, sa main la caressant toujours, la
faisant mouiller et l'excitant comme une folle.

« Je veux te goûter », lui dit-elle et il lui répondit par un baiser.

« Tu veux que je fasse pareil en même temps ? » Les yeux de Théo
se rétrécirent, torrides et emplis de désir pour elle. Elle hocha la tête
en souriant et il la retourna pour pouvoir enfouir son visage dans son
sexe pendant qu'elle le prenait dans sa bouche. Elle l'entendit gémir
quand sa langue taquina le bout de son sexe, le sentant trembler un
peu. Il était si bon, propre et salé et la douceur soyeuse de sa peau
tranchait avec l'extraordinaire rigidité de sa queue. Elle sentit sa
langue se déplacer le long de sa fente, encerclant son clitoris si
sensible.

Théo eut vite envie d'être en elle, il la retourna et lui écarta les
jambes. Il glissa dans son sexe velouté, ses doigts creusant dans la
chair molle de ses hanches alors qu'elle monta sur lui, basculant ses

hanches pour le faire rentrer le plus loin possible. Elle le regarda fixement, tout en ondulant, ses longs cheveux dégringolant le long de ses épaules jusqu'à ses hanches humides. Théo écarta ses seins avec ses mains, taquinant ses mamelons durs avec ses pouces, laissant ses doigts dériver en bas de son ventre, qu'il massa avec ses pouces. Jess était devenue accro à la manière dont il la regardait à cet instant , cela la fit frémir et elle lui dit qu'elle l'aimait encore et encore...

LEUR BULLE de tranquillité éclata le lendemain matin. Les paparazzis avaient bien fait leur travail et leurs photos étaient dans tous les tabloïds, locaux et nationaux. Un milliardaire comme Théo ayant une nouvelle petite amie était une nouvelle incroyable dans le monde des affaires et les colonnes de journaux à scandales.

Jess lut les articles silencieusement. Ils avaient fait des recherches et découvert qui elle était, Dieu seul sait comment, mais ils savaient. Tout était devenu public.

« Ça va ? » Théo lui avait présenté les journaux un peu plus tôt sans faire de commentaire et maintenant il la regardait de manière circonspecte.

Jess essaya de sourire, haussant les épaules. « Nous savions qu'ils finiraient par le découvrir. C'est dommage. J'aimais bien quand on était les seuls à en profiter. »

Elle soupira et Théo la prit dans ses bras. « Je suis désolé mais ouais, c'était seulement une question de temps. Ça ne change rien entre nous, en tout cas pas pour moi. »

Jess l'embrassa. « Pour moi non plus. »

Il lui fit un câlin. « Tu veux toujours aller travailler aujourd'hui ? »

Jess hocha la tête, en tapotant son torse musclé. « Ouais, je dois y aller. Nous avons de grands projets en cours et j'ai déjà abusé de la gentillesse de Gerry. Pas que ça en valait totalement la peine. »

Elle sourit et Théo lui rendit son sourire.

« On t'a déjà dit que tu as le plus joli petit visage au monde ? » Elle rit nerveusement et rougit en entendant ces mots.

« Non, le tien est plus joli », chantonna-t-elle légèrement, ce qui le fit rire.

« Non, aucune fille n'est plus craquante que toi », répondit-il en imitant son chant et en l'embrassant. « Tu veux que je passe te chercher après le travail ? Je pourrais rencontrer ton patron, tes amis. »

Elle réfléchit un moment. « Pourquoi pas. Mais je ferais mieux d'y aller. »

Théo la déposa devant son travail, après l'avoir embrassée, et elle se dirigea vers son service, un sourire heureux illuminant son visage. Gerry l'attendait, les bras croisés. Elle sut à son regard qu'il essayait de se montrer sévère mais elle lui fit un grand sourire et il se radoucit.

« Vous m'avez planté pour le dîner », l'accusa-t-il alors qu'elle vidait son sac sur le bureau et enlevait son manteau. Elle lui sourit. Il avait l'air, comme toujours, de s'être habillé dans le noir : barbe mal rasée, lunettes sales, vêtements tâchés de nourriture. Jess le prit tendrement dans ses bras.

« Je sais. J'essaierai de me rattraper, je vous promets mais c'était pour une bonne raison. »

« Je sais. » Il brandit un exemplaire de tabloïds. « En ce qui me concerne, puisque je vous ai demandé de donner ce discours à ma place, vous me devez deux dîners. »

« C'est justifié. »

Gerry retourna travailler avec un sourire satisfait et Jess s'assit derrière son bureau, une pile de documents devant elle. La matinée passa rapidement alors qu'elle s'occupait habilement de ses documents en retard, des bons de livraison et des e-mails.

Théo l'appela à l'heure du déjeuner. « Salut ma belle. »

Jess sourit au téléphone. « Tu me manques. »

« Toi aussi. Pas d'ennui au travail ? »

« Aucun. Gerry est très facile à vivre et je n'ai pas eu le temps de voir personne d'autre. Et toi ? »

« Rien que Max et ses subtils jeux de mots. Il veut qu'on se revoie tous, d'ailleurs. Je pense que tu as un autre admirateur et que je pourrais devenir jaloux. »

Elle rit et en lui disant au revoir, elle sentit une douce chaleur envahir son ventre. Le fait que Théo veuille l'intégrer à sa famille la faisait se sentir bien, comme si elle appartenait à quelqu'un. C'était un sentiment curieusement nouveau.

« Hé... Gerry passa une tête dans le bureau. Vous voulez aller déjeuner? Nous avons toute l'après-midi devant nous pour nous restaurer; le musée nous envoie "Luna Soleil". »

Jess sourit. « Waouh... Oui, allons manger quelque chose, je suis affamée. »

Jules regarda fixement la première page du journal posé devant lui, et la fureur s'empara de lui. Salope. Et ce riche connard avec elle... Maintenant, il savait qui le menaçait. Théo Storm. Une pourriture de milliardaire. Aux antipodes de la sainte-nitouche de Jessica. Elle s'était dégotté un putain de milliardaire.

Jules Gachet n'avait jamais ressenti autant de colère. Après lui avoir balancé toutes ces conneries que l'argent ne voulait rien dire pour elle, elle l'avait trahi pour un foutu mec bien plus riche. Il ne pouvait pas – il ne voulait pas – la laisser s'éloigner de lui. Oui, il lui ferait payer ça.

Il claqua la porte en sortant.

CHAPITRE QUATRE

Vers six heures et quart, Jess se leva et s'étira. Travailler sur cette peinture lui demandait énormément d'énergie et d'inspiration et maintenant, une soirée pleine de nourriture, de sexe, d'amour et de Théo l'attendait. Oui.

Gerry avait disparu quelque part et elle était seule dans le bureau. Les lumières principales étaient éteintes, il ne restait que sa lampe de travail, et Jess était si concentrée sur la peinture qu'elle dut ajuster son regard en levant les yeux dans l'obscurité. Elle étira les muscles de sa nuque, de ses épaules, soupira un long moment, jeta un œil sur la serrure de la porte. Son estomac palpita un peu lorsqu'elle réalisa que Théo serait là très bientôt.

Elle attrapa son sac et se dirigea vers les toilettes pour se rafraîchir. Il y avait une petite douche, elle se déshabilla rapidement et laissa le jet chaud détendre son corps fatigué. Puis, elle se rhabilla, ne prenant pas la peine de remettre sa culotte. Théo avait l'habitude, quand ils étaient en voiture, de laisser courir sa main vers le haut de ses cuisses. Aujourd'hui, elle ronronnait presque à cette idée, les doigts de Théo la trouveraient toute prête. Tu deviens une vraie dévergondée, se dit-elle en souriant. En pensant à ce que Théo lui ferait elle sentit une pulsation entre ses jambes et elle serra les cuisses pour se calmer.

Elle retourna à son bureau et rassembla ses affaires quand elle sentit deux mains glisser autour de sa taille.

« Comment fais-tu pour te déplacer aussi silencieusement ? » dit-elle en riant mais lorsqu'elle se retourna, le choc lui coupa le souffle et la fit reculant très loin en arrière. Jules souriait... et ce n'était pas un sourire plaisant.

« Tu attends ton milliardaire, Jessica ? »

Le cœur de Jess se mit à battre furieusement, et ses yeux se rétrécirent. « Va-t'en ou j'appelle la sécurité. »

Jules la gifla d'un mouvement rapide, si violemment qu'elle atterrit sur son bureau. Il jeta le téléphone par terre puis attrapa Jess et la plaqua sur la table. Elle regarda autour d'elle pour trouver quelque chose pour se défendre, mais Jules était plus fort, il l'avait eue par surprise et il serrait son avant-bras contre sa gorge, l'empêchant de respirer.

« Sale petite chienne hypocrite. Pourquoi tu ne partages pas avec moi, hein ? Peut-être que je devrais t'emmener avec moi, pour voir combien ton gros riche payerait pour te récupérer vivante ? Parce que maintenant tu vois Jessica, juste en ce moment, je ne veux qu'une chose, c'est te briser. »

Jess, à peine capable de respirer, perdait conscience, le bras de Jules lui coupant le souffle. Jules sourit et de sa main libre, il lui écarta les jambes. Alors que sa main se déplaçait vers son sexe nu, Jess rassembla toutes les forces qu'il lui restait pour lui donner un coup de genou, très fort dans l'aine de Jules. Jules hurla de douleur et s'éloigna d'elle. Elle rampa vers la porte, mais il lui saisit les cheveux et la jeta au sol. Son visage n'était qu'un masque de fureur incontrôlable, et il attrapa quelque chose sur le bureau en se laissant tomber à genoux, à cheval sur elle. Le sang de Jess se glaça quand elle vit qu'il tenait son coupe-papier.

Oh, mon dieu, non...

Jules approcha son visage du sien, il était tellement en colère qu'il postillonnait en parlant. « N'oublie jamais à qui tu appartiens, petite fille. La prochaine fois qu'il te baisera, souviens-toi que ma queue était dans ta petite chatte douce avant la sienne, que mes mains étaient sur tes tétons avant que tu ne le connaisses. » Il pressait fortement le bout émoussé du coupe-papier dans la chair tendre de son ventre et à un moment, il relâcha la pression, la remit debout en la tirant par les cheveux. Il l'attira contre lui, et posa ses lèvres contre son oreille.

« Je te tuerai. Je te le jure, Jessica. Quitte-le maintenant ou la prochaine fois...» Il appuya le couteau contre son ventre à nouveau.

Jess eut aussi peur que la jeune fille terrifiée qu'elle avait été la première fois que Jules l'avait agressée. En détruisant sa tranquillité d'esprit. En l'humiliant. En la blessant.

Jules sourit méchamment avant de la lâcher. « Je ne plaisante pas, Jessica. Quitte-le. Tu m'appartiens. »

Il jeta le coupe-papier sur son bureau et fila dehors.

Les jambes de Jess se dérobèrent sous elle et elle s'affala sur le plancher, suffocant, essayant d'arrêter les sanglots incontrôlables qui sortaient d'elle. Son esprit criait de douleur, de terreur, de chagrin, de honte et de crainte.... Qu'est-ce qu'elle s'imaginait ? Elle aurait dû savoir que Jules la détruirait, gâcherait son bonheur. Jess se roula en boule et resta longtemps dans cette position jusqu'à ce qu'elle entende des bruits de pas.

Mon dieu... Théo... Elle voulut se lever, se redresser et lisser ses vêtements, sécher ses joues mais elle se rendit compte qu'elle était paralysée, incapable de bouger. Cassée.

Théo la chercha dans l'obscurité de la pièce. Le vigile, avec un sourire entendu, l'avait guidé jusqu'au département d'art, où il savait que Jess travaillait, mais d'un coup, il n'était plus sûr d'avoir trouvé le bon endroit. Il allait rebrousser chemin quand il l'entendit. Un sanglot. Il fonça de nouveau dans la pièce et la vit, roulée en boule sur le plancher, ses mains couvrant son visage. Son sang ne fit qu'un tour et il paniqua.

« Ma chérie ! Qu'y a t il, que s'est-il passé ? » Il se laissa tomber à genoux et la prit dans ses bras. Pendant un instant, elle résista puis se laissa aller contre son torse. Son esprit était emporté par la crainte et l'inquiétude. Instinctivement – désespérément – il sut que tout ça avait un rapport avec eux deux et également avec son beau-frère à moitié fou. Connard.

Il la laissa pleurer en la serrant dans ses bras jusqu'à ce qu'elle se calme. Puis elle s'éloigna de lui, essuyant ses larmes avec le dos de la main. Elle lui fit un petit sourire triste.

« Je suis si désolée, Théo. Tu n'avais pas besoin de voir ça. » Elle se leva et attrapa sa main. Il se mit debout, les sourcils froncés et les traits de son visage tendus par l'inquiétude. Il l'observa alors qu'elle prenait de profondes respirations pour se calmer.

« Que s'est-il passé ? »

« Juste un souci avec Jules, mon beau-frère. Il n'est pas trop fan de notre couple. »

Théo fit un bruit de dégoût. « Mais en quoi ça le regarde, lui ? » Son visage était dans l'ombre et il ne pouvait pas lire son expression. Il se pencha au-dessus de son bureau et alluma la lampe. Il la regarda à nouveau, et il n'en crut pas ses yeux. Des traces rouges foncées de la lame de couteau et de contusion barraient sa gorge.

« Oh mon dieu… »

Elle regarda ailleurs et il se rendit compte qu'elle avait honte, ce qui le stupéfia. Son cœur se mit à battre sourdement de douleur et d'amour pour elle. Tout doucement, il prit son visage dans ses mains, l'inclinant vers le haut et l'embrassa doucement. Il lui caressa les joues avec ses pouces, essuyant les traces de larmes restantes. Ses beaux yeux foncés étaient rouges et exprimaient tant de douleur, mais elle ne le regardait pas. Pendant un moment, il ne sut quoi dire.

« Que t'a-t-il fait ? » Sa voix était douce mais elle grimaça et se recula.

« Je te l'ai dit, c'était juste une dispute. S'il te plaît, Théo, ne me force pas à tout te raconter. Je ne suis pas prête à te mêler à tout mon ridicule drame familial. »

Sa réponse lui déplut mais il hocha la tête, ne pouvant qu'accepter sa décision. Il retira son bras de son épaule. « Tu veux rentrer à la maison ? »

Elle hésita puis hocha la tête, et prit son bras. Ils n'avaient fait que quelques pas et il s'arrêta.

« Je veux juste te dire une chose : quoi que ce soit, quoi qu'il te fasse, il n'a pas le droit. Tu n'as qu'à dire un mot, Jessie, et je le chasserai de ta vie. »

Jess ferma les yeux et il vit à quel point elle était en conflit avec elle-même. Quand elle put enfin parler sa voix était toute cassée, faible et éraillée.

« S'il te plaît Théo... je veux juste oublier. »

Il hocha la tête une fois encore, un peu contrarié, et la conduisit vers sa voiture.

« DOUCEMENT MAINTENANT, FAIS ATTENTION. »

Théo la guida en douceur dans l'appartement. Elle s'énerva, une pointe d'irritation subitement s'emparant d'elle.

« Ça va, Théo, je ne suis pas en verre ! » le réprimanda-t-elle doucement. Son visage était tendu et elle parvint à adoucir la petite ride qu'il avait entre ses yeux. Il toucha sa main avec son visage. « Tu as l'air si fatigué. »

Il soupira. « Ce n'est pas moi qu'on a agressé. »

« Je vais bien. » Elle s'écarta de lui et entra dans la cuisine. Stan trotta jusqu'à elle et, malgré sa taille, elle prit le chien dans ses bras, l'embrassa et enfouit son visage dans son pelage. « Il grossit de jour en jour, ce chien. »

« J'espère que non, on dirait déjà Godzilla. » Le ton de Théo était affectueux et il grattouilla les oreilles du chien.

« C'est toujours mon bébé. »

Théo sourit et prit la bouilloire. Ils restèrent silencieux tandis qu'il préparait le thé, Jess étreignant son chien pour se réconforter.

L'atmosphère était lourde, comme une chape de plomb. La lumière se diffusant par la fenêtre était d'un bleu clair, fantomatique, froide. Elle refroidissait les couleurs de la pièce.

Jess déglutit et sentit sa gorge coincée, douloureuse. L'adrénaline qui l'avait envahie toute à l'heure se dissipait et maintenant, elle ne voulait qu'une seule chose : dormir. Sale connard de Jules. C'était un monstre mais Jess était plus dégoûtée d'elle-même. Elle ne pensait pas que Jules irait jusqu'à la tuer, il était trop lâche pour ça, mais il pouvait lui rendre la vie très, très pénible. Et s'il blessait Théo...

Elle sentit des larmes lui monter aux yeux. Elle était perdue. Les menaces de Jules l'avaient vraiment épouvantée et la bonté de Théo, malgré sa confusion, l'avait fait basculer. Elle ne pouvait en supporter davantage. Elle était brisée.

Elle posa doucement le chien par terre et se précipita à l'étage. Dans la salle de bain, elle éclata en sanglots incontrôlables et déchirants.

En bas, Théo écoutait ses pleurs la tête dans les mains. Sa poitrine battait de désespoir, du désespoir d'un homme qui ne savait pas quoi faire ni comment aider. Les hématomes sur sa gorge disparaîtraient bientôt, deviendraient moins terrifiants, mais ses blessures n'étaient pas seulement physiques, elle cachait un gouffre de douleur.

Quelqu'un frappa à la porte et il s'y traîna pour l'ouvrir. Max. Il l'avait appelé dès qu'ils étaient arrivés chez elle, dès que Jess était montée dans la salle de bain. Il voulait tout savoir sur Jules Gachet et il savait que Max serait un détective privé tenace qui ne voulait que le bien de Jess, et de plus, il était la seule personne en qui il ait vraiment confiance.

Théo sut que le désespoir se lisait sur son visage quand il vit l'expression de Max.

« Mon dieu, tu as l'air... Il s'arrêta quand il entendit les sanglots à l'étage. Une dispute ? »

Théo émit un tout petit rire dépourvu d'humour. « J'aurais préféré, mon pote, vraiment. » Il se décala pour laisser Max entrer et lui raconta ce qui s'était passé, et en l'écoutant Max fronça les sourcils.

« Tu es arrivé à temps pour l'arrêter ? »

Théo secoua la tête. « Non, c'était trop tard. Elle était par terre, roulée en boule sur le plancher. Mon Dieu, tu aurais dû la voir, Max, elle était terrifiée. Je n'ai jamais vu personne aussi traumatisé. » Ses épaules s'effondrèrent.

Max resta silencieux un long moment. « Théo, je vais dire une chose et sache que j'adore Jess mais vous vous connaissez depuis quand ? Une semaine ? »

Le visage de Théo se renfrogna. « Je l'aime, Max, j'en suis certain. »

Max leva les mains en signe de conciliation. « D'accord, ça me va. Alors, que fait-on ? »

« J'ai besoin de tout savoir sur ce connard. Tout ce que Jess ne veut pas ou ne peut pas me dire. » Il regarda Max et ses yeux étaient emplis de colère. « Je veux plus jamais qu'elle se sente comme en ce moment, Max. Plus jamais. »

Il soupira. « Elle est complètement brisée. J'espère qu'elle pourra s'en remettre. » Il grimaça à ces mots.

Max secoua la tête. « Elle a juste besoin de temps. C'est la violence qui lui sera la plus difficile à oublier. Elle passera par toutes les étapes, déni, peine, souffrance, colère. Mais elle se remettra. Vous vous en remettrez tous les deux. »

Théo lui sourit tristement. « Ils t'ont appris cette petite rengaine à Harvard ? »

Max sourit timidement. « Quelque chose dans le genre. » Ils écoutèrent tous deux le bruit d'un bain à l'étage. Il tapota l'épaule de son ami. « Quoi qu'il en soit, je m'y mets dès maintenant, Théo. »

« Ouais. »

Plus tard, une fois Max parti, Théo monta une tasse de thé à Jess. Elle était enveloppée dans une serviette de toilette et séchait ses cheveux. Théo prit une grande inspiration à la vue de son cou meurtri. Elle le remarqua et fuit son regard. Il posa le thé devant elle.

« Je te remercie. » Sa voix était douce. Il caressa d'un doigt sa pommette et elle ne repoussa pas sa main.

« Je t'en prie. » Ils restèrent ainsi pendant quelques minutes. Théo lui trouva un air si éteint, sa peau d'habitude rayonnante, était ce soir toute jaune et grise. De profondes lignes bleu marine se creusaient sous ses yeux.

« Je crois que tu devrais dormir un peu, essaie de te reposer maintenant. » Il prit son visage dans sa main, et elle se pencha à son contact.

« Je ne veux pas être toute seule. »

« Plus jamais. » Théo fut étonné lorsqu'elle l'attira sur le lit et se pendit à son cou. Ses bras entourèrent son cou et sa bouche couvrit la sienne. Théo l'embrassa profondément, tendrement, retirant la serviette qui l'enveloppait. Elle enleva son T-shirt et il l'étendit sur le lit. Il caressa doucement son corps, le sentant onduler à son toucher.

Il hésita au début mais quand elle prit sa main et la mit entre ses jambes, il se coucha sur son corps. Elle tâtonna pour enlever sa ceinture et sa fermeture éclair et Théo donna un coup de pied pour faire tomber son pantalon et pour la première fois cette nuit-là, elle lui sourit. Il la regarda, ses longues mèches foncées balayant ses joues roses, ses yeux foncés se faisant plus limpides et doux.

« Mon Dieu, tu es tellement belle ! » lui murmura-t-il en souriant alors qu'elle attrapait son sexe et le sentait se durcir sous ses caresses. Elle enroula ses jambes autour de sa taille pendant qu'il se frayait un chemin en elle, écoutant les soupirs qu'elle poussait à chaque fois qu'il la pénétrait.

« Est-ce qu'on peut juste rester comme ça pour toujours ? » Elle chuchota alors qu'ils se rapprochaient encore et Théo l'embrassa, mettant tout son amour dans ce baiser.

« Toute la vie, ma Jessie... »

PLUS TARD, une fois Théo endormi, Jessie glissa hors du lit et enroula autour d'elle la robe de chambre de Théo. Elle se dirigea vers la fenêtre et regarda le jardin dehors, dissimulé dans l'obscurité et silencieux. Ils avaient fait l'amour toute la nuit et bien qu'elle soit épuisée, elle ne pouvait pas dormir, sachant que Jules était dehors, quelque part. Elle regarda Théo dormir. Pourrait-elle vraiment le quitter ? Cette pensée lui fit mal mais si cela pouvait le maintenir en sécurité et loin de Jules et son naturel psychotique...

Elle repensa au moment où il l'avait menacée avec ce couteau. Rien de nouveau là-dedans mais aujourd'hui il y avait été comme en transe, comme assoiffé de sang. Il avait voulu la blesser, peut-être même la tuer. Au fond d'elle-même, elle réalisa qu'elle l'avait toujours su, que son amour flagrant pour Théo – ou pour n'importe quel autre homme – le ferait enrager. Pouvait-elle aller parler à la police maintenant ? Le fait qu'elle était avec Théo, le rang social qu'il avait, cela pouvait-il convaincre la police qu'elle disait la vérité ? Mon Dieu, la féministe qu'elle était détestait avoir besoin d'un homme, fut-il Théo, pour lui donner de la crédibilité.

Jess s'effondra contre le mur. Elle n'avait aucune preuve et Jules embaucherait les meilleurs avocats, investirait son argent pour la faire passer pour la petite fille en mal d'attention.

Elle regarda à nouveau Théo. Elle aimait cet homme, elle en était sûre, elle l'aimait complètement et sans limite. Mais cela valait-il qu'elle risque sa vie à elle, et encore pire, sa vie à lui, pour garder ce qu'elle aimait ?

Elle s'imagina perdre Théo pour toujours. Elle savait que cela apaiserait les accès de violence de Jules, alors que le garder le ferait se déchaîner encore et encore. Mais elle ne pouvait pas mettre fin à sa relation avec Théo.

Elle poussa un très long soupir, tremblant encore, et ferma les yeux. Un instant plus tard, elle sentit que Théo glissait ses bras autour de sa taille et l'embrassait doucement dans la nuque.

« Tu n'arrives pas à dormir ? »

Elle secoua la tête et se retourna pour lui faire face. Elle caressa ses pommettes du bout des doigts, sentant la tension de ses muscles. « Je t'aime, Théo Storm, je t'aime tellement. »

« Je t'aime aussi, Jessie. »

Il l'embrassa puis la remit au lit. « Je peux t'aider à te détendre si tu veux ? » Il eut un petit sourire taquin, elle soupira et hocha la tête.

« Si tu veux. »

Ils firent l'amour lentement, les yeux dans les yeux jusqu'à ce qu'ils gémirent tous les deux et vibrèrent de plaisir.

JULES GACHET, assis dans son club exclusivement réservé aux hommes, commençait à avoir vraiment trop bu. Il ne perdait pas souvent le contrôle, il ne se l'autorisait pas, mais ce soir il faisait la fête. Elle était à nouveau à lui, sa Jessica. Ouais, elle pouvait en ce moment même baiser avec ce connard de Storm, Jules savait qu'elle pensait à lui, à ce couteau serré sur sa peau fragile.

Oui, il savait qu'il la tenait, c'est grâce à cette terreur qui l'avait soumise quand elle était plus jeune. Elle était devenue intolérablement indépendante, moins impressionnable en grandissant, et cela l'avait enragé.

Jules Gachet avait atteint les 30 ans sans avoir jamais eu de relation sentimentale suivie. Pourquoi ? Avec ses bonnes manières françaises, ses yeux et ses cheveux foncés, sa peau veloutée, il avait été considéré comme l'un des célibataires les plus convoités du monde. Il avait couché à droite à gauche, choisissant parmi des top-modèles, des actrices, des filles de la télé réalité, chacune d'elle pensant qu'elle avait tiré le gros lot en le rencontrant. Il les laissait penser ce qu'elles voulaient pendant un certain temps, avant de les briser en morceaux presque joyeusement. Il appréciait les manipuler, leur faire perdre la tête et les humilier.

Mais personne, personne, n'arrivait à la cheville de Jessica. Ses cheveux foncés tombant en cascade sur ses hanches, ses grands yeux bruns, sa peau de couleur miel ; il bandait rien qu'en y pensant. Et aujourd'hui, il l'avait de nouveau rabaissée pour en faire cette adolescente terrifiée qu'elle avait été la première fois qu'il l'avait prise, dans la chambre à côté de celle de leurs parents, tard dans la nuit.

Oui, aujourd'hui elle était redevenue sa Jess et même plus que cela, il avait eu une révélation, une vision. De ce qu'il voulait vraiment, ce qu'il désirait le plus, son objectif final depuis toujours, qu'il le sache ou pas.

Avoir son sang sur ses mains. Il tuerait Jessica un jour. Il voulait la tuer.

Alors elle serait à lui entièrement.

Une brunette passa dans son champ de vision, elle n'était pas comparable à Jessica naturellement, mais elle était relativement bien proportionnée. Il l'appela en lui faisant signe de deux doigts et elle sourit, traversant la foule du club pour venir vers lui.

Il la baisa dans les toilettes pour femmes, sans prendre la peine de lui demander son nom. Elle était le genre habituel, belle avec ce regard affamé, plein de désir pour lui.

« Je vous ai déjà vu ici avant, lui dit-elle en souriant lorsqu'il la conduisit vers les toilettes. Je me demandais quand je vous reverrais. »

« Chut. »

Il la souleva et entra en elle. Elle grimaça, n'étant pas vraiment prête mais elle resta silencieuse, appréciant finalement cette sexualité brutale et clinique. Elle essaya de l'embrasser mais il tourna la tête. Ensuite, une fois rhabillés, ils se rendirent à sa voiture. Elle glissa sa main dans la sienne mais il la retira presque immédiatement. Elle avait du mal à suivre son pas.

« Attends ! finit-elle par lui dire. Il s'arrêta et quand il se retourna, son regard était fixe et vide, comme s'il venait seulement de remarquer qu'elle était là.

« Je peux venir chez toi ? »

Il eut un rire méprisant. « Pourquoi je voudrais cela ? »

Elle ne sut que répondre et il se rendit compte que sous cette enveloppe aguicheuse, elle n'était qu'une gamine. Cela ne faisait aucune différence pour lui.

Amatrice. Il tourna les talons avec un regard dégoûté sur son visage et monta dans sa voiture.

LE PROFESSEUR GERRY LAND remarqua le visage pâle de Jess et ses yeux cernés mais il ne dit rien. Pour changer, il prit toute la paperasse habituelle de son bureau et lui dit de se concentrer sur le « Luna Soleil ». Jess apprécia sa bonté.

Elle était heureuse de ne pas travailler à son bureau ; chaque fois qu'elle regardait de ce côté de la pièce, elle voyait Jules, elle sentait Jules, avec ses mains sur elle. Elle avait jeté son coupe-papier dans l'un des casiers de la cafétéria. Cela ne servait à rien mais elle s'était sentie mieux après, en se disant qu'il ne pourrait plus l'utiliser contre elle.

Théo l'avait appelée toutes les heures, à l'heure pile, pour vérifier que tout allait bien et dès qu'elle entendait sa voix, une vague de chaleur la traversait. Comment pourrait-elle laisser tout ça ? L'abandonner lui ?

Tout en travaillant à sa peinture, elle perdit la notion du temps, perdue dans ce qu'elle faisait, perdue à rêver de Théo. Toutes les pensées liées à Jules finirent par quitter son esprit.

Le soleil se couchait déjà quand elle sortit dans l'air frais du soir. Elle savait que Théo avait une réunion tard ce soir, c'est pourquoi elle fut étonnée de voir sa Mercedes se garer devant elle. Max se pencha par la fenêtre et lui sourit.

« Je te ramène ce soir, miss. »

Elle rit nerveusement et monta dans la voiture. Max remit la voiture en marche et quitta le campus. Jess le regarda pendant qu'il conduisait.

« Je suis contente de te revoir, Max, commença-t-elle, mais tu n'as vraiment pas besoin de faire ça. »

Max haussa gentiment les épaules. « Théo t'a-t-il dit que je suis passé hier soir ? »

Elle secoua la tête et soupira. « Et il m'a dit ce qui s'est passé avec ton beau-frère, ou plutôt que vous vous êtes disputés. Ni lui ni moi ne croyons à cette version des faits, au fait. » Il lui sourit pour essayer d'adoucir ses paroles. « Laisse Théo t'aider, quoi qu'il arrive. Tu ne trahiras pas le lien familial, je te le promets. »

Son ton était enjoué et elle sourit en entendant ses mots, même si leur sérieux ne lui échappait pas.

Elle soupira. « Max... ce n'est pas juste, ni pour Théo ni pour toi. Mon histoire avec Jules est compliquée. »

Il conduisit en silence pendant un moment puis Max gara la voiture sur le côté de la route.

Jess prit une profonde inspiration. « Max... »

« Est-ce que tu aimes Théo ? » La question la prit par surprise et elle réalisa que leur amour était évident entre Théo et elle, dans leur petite bulle, mais qu'il déroutait les gens à l'extérieur, comme son meilleur ami visiblement...

« Max, je l'aime plus que je n'ai jamais aimé quiconque en ce monde. Je sais que ça doit t'inquiéter, particulièrement étant donné le rang social de Théo, sa richesse. Si j'étais toi, je me dirais : "Cette fille est-elle en train de chercher à décrocher le gros lot ? En veut-elle juste à son argent, son pouvoir ?" Mais je me fiche de tout cela. J'aime Théo pour lui. Rien d'autre. Je ne veux juste pas que les horreurs de mon passé affectent notre couple. »

Max l'étudiait, écoutant chaque mot avec attention. Il resta long-temps silencieux puis se pencha et l'embrassa sur la joue.

« Excuse-moi, je devais te poser cette question. Je n'aime pas les secrets. Pour information, je n'ai jamais vu Théo comme ça. Il est raide dingue de toi. »

La joie fit rougir Jess. Elle donna un petit coup d'épaule à Max en souriant. « Quelle andouille. »

« Un vrai gamin. » Ils se mirent à rire tous les deux. Max secoua la tête.

« Quand je pense que tout a commencé par un stupide pari. »

Jess sourit, un peu confuse. « Un pari ? »

Max rigola. « On a parié qu'il trouverait l'amour de sa vie dans les trois mois. C'était il y a moins d'un mois. Bon travail, même venant de lui.

Jess sentit son cœur se serrer. « Un pari ? »

Max vit qu'elle avait changé de ton et il la regarda, les sourcils froncés. « Hé, attends, je n'ai jamais... »

« Ramène-moi à la maison, Max, s'il te plaît. »

« Non, Jess, je n'ai pas voulu dire... Mon Dieu, j'ai fait une plaisan-terie stupide, je n'ai pas réfléchi. Il... »

« Max, s'il te plaît, je veux rentrer chez moi. »

THÉO REGARDA MAX, étonné de le voir faire irruption dans la salle, et son cœur commença à frapper sourdement dans sa poitrine en voyant l'expression bizarre de son ami.

« Où est Jess ? »

En regardant l'expression de visage figée de Max, Théo se dit qu'il n'avait pas envie d'avoir la réponse...

CHAPITRE CINQ
DORS AVEC MOI

Jess ouvrit les yeux et regarda fixement le plafond. Combien de fois dans sa vie s'était-elle réveillée dans ce lit, malade de peur au point d'en avoir la nausée ? Rongée par la culpabilité. Attendant de se retrouver face à face avec son bourreau au petit-déjeuner, alors que ses parents mangeaient et bavardaient tranquillement.

Mais la nuit passée, elle était venue ici après que Max l'ait déposée, parce qu'elle voulait être dans un endroit familier. Camilla, la femme de ménage, lui avait dit que Jules s'était absenté pour la nuit, ce qui la soulagea énormément. Elle s'assit auprès de Camilla, et partagea son dîner avec sa vieille amie, refusant de parler ou de penser à Théo Storm.

Elle était le fruit d'un pari. Un pari, bordel. Elle se demanda combien de temps Théo feindrait encore de l'aimer pour que Max s'avoue vaincu. Elle aurait dû davantage se méfier d'un homme riche, après tout, elle était bien placée pour savoir qu'ils obtenaient toujours ce qu'ils voulaient. Sois maudit, Théodore Storm. Mais une douleur lui déchirait le ventre quand elle pensait à lui. Elle avait éteint son téléphone portable pour qu'il ne puisse pas la joindre, lui parler ou s'en sortir avec un baiser.

Jess soupira. Elle devait reprendre le contrôle de sa vie, et donc se lever, prendre une douche et aller travailler. Elle roula sur le côté du lit et se mit debout. Elle attrapa son peignoir, ouvrit la porte et se figea. Elle venait d'entendre la voix traînante de Jules tout au bout du vestibule.

Merde.

Jess referma la porte sans faire de bruit et se mit de nouveau au lit. Elle se coucha sur le côté, en position fœtale. Elle tira les draps jusqu'à ses épaules et ferma les yeux, essayant de respirer doucement et régulièrement. Elle se tendit lorsqu'elle entendit la porte s'ouvrir.

Pendant quelques minutes, elle resta sans bouger. Il a dû partir maintenant, pensa-t-elle et elle laissa son corps se détendre.

« Je savais que tu ne dormais pas. »

Le choc du bruit de sa voix la prit de plein fouet. Elle sentit son corps trembler et se maudit en silence. Elle continua de faire semblant d'être endormie. Elle l'entendit ricaner et grinça des dents. Salaud. Elle sentit la chaleur de son corps lorsqu'il se pencha au-dessus d'elle, elle l'entendit respirer tout près d'elle. Elle trembla et il rit encore, plus doucement, presque intimement. Elle décida alors de l'affronter, et lui jeta un regard mauvais.

« Laisse-moi tranquille. »

Jules sourit et se pencha pour l'embrasser. « Jamais. » Sa voix n'était qu'un chuchotement mais elle l'envoya dans un état de terreur comme jamais auparavant.

Il se pencha et dévoila son sein.

« Tellement, tellement joli. »

Elle repoussa violemment sa main et il lui attrapa le poignet. L'espace d'un instant, elle ne vit qu'une envie de meurtre dans ses yeux. Puis il sourit, retourna sa main et l'embrassa. Puis il la lâcha et sortit.

Jess se leva toute tremblante et s'habilla rapidement, attrapa son sac, se rua en bas de l'escalier et sortit de son ancienne maison. À quoi diable avait-elle pensé ? Elle devait sortir de là.

Maintenant.

Théo avait dormi dans sa voiture en face de son appartement alors qu'il n'était pas sûr qu'elle s'y trouvait. Il avait laissé une centaine de messages sur son portable. Son silence le terrifiait plus que touts. Il se réveilla, le corps endolori. Il ouvrit la portière et sortit avec difficulté son grand corps de la voiture. Il s'étira et frotta ses mains sur les parties courbaturées de son corps. Il était mort d'inquiétude. Peut-être avait-il perdu Jess pour toujours et à cause de quoi ? D'un malentendu stupide. Il ne blâmait pas Max, il n'avait fait que raconter une anecdote marrante, il ne pouvait pas savoir qu'elle réagirait de cette manière. Théo ne parvenait pas à mettre son esprit au clair. Pourquoi diable pensait-elle qu'il avait menti tout ce temps ? Il poussa un grognement qui ressemblait à un rire. Tout ce temps, ça faisait combien de temps, un mois ?

Il soupira et se retourna pour rentrer dans sa voiture et essayer de l'appeler encore quand un mouvement attira son attention. Il tourna la tête et la vit, en train de sortir de sa voiture. Elle semblait épuisée. Elle le vit et se figea, les yeux grands ouverts et méfiants. Il hésita une seconde puis marcha vers elle, effrayé à l'idée qu'elle puisse à nouveau s'enfuir loin de lui.

« S'il te plaît... S'il te plaît, Jess, attends... »

Jess hésitait toujours mais elle l'attendit. Il fut choqué par la détresse dans ses yeux et par les gros cernes violets qui les entouraient. Il se pencha pour lui toucher le visage. Elle se recula d'abord mais dès qu'il prit son visage dans ses mains, elle se raidit puis se détendit, semblant s'effondrer à son contact. Il lui releva le menton afin de pouvoir la regarder dans les yeux.

« Jess... ce que Max t'a dit, c'était une plaisanterie. Une coïncidence. Un pari fait entre deux ivrognes et qui n'a rien, absolument rien, à voir avec nous. Rien. Je t'aime. Je pourrais perdre chaque centime, chaque maison ou chaque objet ridicule que je possède, je serais toujours l'homme le plus riche de la planète parce que je t'ai toi. »

Il caressa sa joue avec le dos de sa main. « Tu es tout pour moi, Jessica Wood. Je donnerais ma vie pour toi. »

Il la retrouva enfin. Elle poussa un soupir tremblant et se pencha contre son torse. Il l'entoura de ses bras pendant une seconde avant

qu'elle ne s'écarte. Il pencha sa tête pour l'embrasser mais elle secoua
la tête.

Vexé, il recula mais elle lui sourit. « Je ne me suis pas brossé les
dents ce matin. »

Il rit, soulagé, et elle prit sa main et l'emmena dans son
appartement.

JESS SE BROSSA les dents dès qu'elle entra dans l'appartement, Théo la
déshabillant en même temps. Elle se rinça, se faufilant vers la douche
pendant que Théo enlevait ses propres vêtements puis ils se retrouvèrent tous deux sous le jet. Il put enfin l'embrasser, garder sa bouche
contre la sienne, et ses doigts emmêlés dans ses cheveux. Elle colla
son corps au sien, sentant son torse musclé contre ses mamelons, son
sexe déjà raide contre sa cuisse. Mon Dieu, c'est tout ce qu'elle
voulait, sa peau sur la sienne, sa bouche contre ses lèvres. Théo passa
ses mains sous ses fesses et la souleva pour pouvoir plonger profondément en elle et elle se mit à crier sous la force de sa poussée qui la
plaqua contre le mur.

« Désolé... »

Mais elle secoua la tête. « Non... plus fort... Théo... s'il te plaît... »

Ils firent l'amour presque brutalement, se griffant l'un l'autre, se
mordant, s'éraflant, comme s'ils voulaient se dévorer l'un l'autre.
Théo la souleva pour la coucher sur le sol de la salle de bain, ses
jambes enroulées autour de sa taille, ses hanches s'enfonçant dans les
siennes, alors qu'il allait plus profondément encore en elle, ses lèvres
contre sa gorge, l'embrassant et lui murmurant tout son amour. Jess
serra les cuisses, gardant Théo à l'intérieur d'elle et Théo lui bloqua
les mains au-dessus de la tête.

Jess se sentait totalement nue, offerte et vulnérable et elle adora
chaque minute, son cerveau et son corps envahis d'une délicieuse
démence. Elle inclina ses hanches pour qu'il puisse aller aussi
profondément qu'il le pouvait et elle cria d'excitation lorsqu'il lui
mordit l'épaule. Son orgasme la fit presque s'évanouir de passion.

Ils s'allongèrent, leurs membres toujours entremêlés, essoufflés et comblés. Théo lissa les mèches humides sur son front et lui sourit.

« Ne t'éloigne plus de moi comme ça, ma Jessie. »

Elle frotta ses lèvres contre les siennes. « Je te le promets. Je suis désolée de ne pas t'avoir donné l'occasion de t'expliquer. C'est juste que c'est difficile pour moi de faire confiance, en particulier aux jeunes hommes très riches et très beaux, dit-elle en souriant tristement. Je suis désolée de t'avoir blessé. »

Elle vit de l'inquiétude passer dans ses yeux mais il hocha la tête. « J'ai compris. Et c'est donc à moi de te prouver que tu peux me faire confiance. »

Elle lui caressa la joue. « Nous avons tout le temps pour travailler là-dessus. À moins que – dit-elle en tirant la langue et en souriant – tu ne doives te marier avant Noël, auquel cas tu vas devoir économiser une certaine somme d'argent. »

Théo leva les yeux au ciel. « Ni Max ni moi n'étions sérieux quand nous avons fait ce pari. Il pensait juste que je travaillais trop dur. »

« C'est le cas ? »

Théo la regarda. « Peut-être, même si je me suis bien rattrapé sur ce problème ce dernier mois. » Il déplaça son corps sur le sien et elle soupira sous son poids, poitrine contre poitrine, ventre contre ventre. Ses jambes s'entortillèrent d'elles-mêmes autour de ses hanches. Théo la regarda, soudainement sérieux.

« Jess... tu n'es pas la seule à être submergée. Je ne me suis jamais senti comme ça avant, je ne savais même pas que ça pouvait être possible. Ça fonctionne si parfaitement entre nous, mais oui, nous rencontrerons quelques obstacles, des malentendus et des désaccords. Si tu n'es pas prête à partager tes secrets, ça me va, mais promets-moi juste d'être ouverte et honnête. Et je t'en supplie, ne t'enfuis plus si loin sans me donner l'occasion de m'expliquer. »

Jess hocha la tête, des larmes scintillaient dans ses yeux. Il semblait toujours savoir exactement quoi dire, pensa-t-elle alors qu'il l'embrassait, et elle sentit une douleur indéfinissable au fond de son ventre. Elle voulait lui raconter ce qui s'était passé avec Jules, ce qu'il lui avait fait, ce qu'il pourrait encore lui faire, elle voulait sentir Théo la protéger, savoir qu'il serait toujours là et qu'elle serait en sécurité.

Mais pas aujourd'hui. Aujourd'hui, elle voulait oublier la nuit passée. Elle entortilla ses doigts dans les cheveux de Théo et l'embrassa, voulant goûter chaque partie de son corps. Théo se mit sur elle et elle poussa un profond soupir en sentant sa queue dure comme de la pierre et énorme, la pénétrer lentement.

Les yeux verts de Théo se consumèrent dans les siens alors qu'il commençait ses va-et-vient, toujours plus loin à chaque fois. Elle se perdit dans son regard, sentant chaque nerf se tendre sous sa peau en feu.

« Y-a-t-il quelque chose – oh mon dieu, c'est trop bon – quelque chose que tu voudrais que je fasse ? » Sa voix était basse mais régulière. « Ou quelque chose que tu voudrais essayer avec moi ? Ou de me faire ? »

Il sourit en sachant exactement ce qu'elle voulait dire. « Tu as envie que je t'attache, c'est ça ? »

Elle hocha la tête.

« Tu voudrais aller plus loin ? »

Elle lui sourit. « Je ferais n'importe quoi pour toi, avec toi. »

Théo s'enfonça plus loin en elle et elle gémit en entendant son petit rire. « Tu pourrais regretter d'avoir dit cela, Jessie... Je vais te baiser de tant de façons différentes que tu me supplieras de te baiser encore... »

Mais cela ne ressemblait en rien à une menace.

MALGRÉ LE SENTIMENT de chaleur et de sécurité qu'elle ressentit une fois qu'il l'eut déposé et qu'ils furent tous deux au travail, Jess se sentit flotter quand elle entra dans son bureau au musée. Elle était la première à être arrivée et elle arpenta la pièce, allumant toutes les lumières au fur et à mesure, pour ne laisser aucun coin dans l'obscurité. Jules avait souillé cet endroit à présent, son université bien aimée, tout comme il avait sali sa famille tant d'années. Elle se souvenait encore de l'excitation qu'elle avait ressentie quand sa mère l'avait emmenée à l'âge de neuf ans dans cette grande maison, de ces premières années où il n'y avait que sa mère, Erich, son père affectueux mais sévère, et le personnel si gentil, particulièrement Camilla, la femme de ménage, nourrice et amie. Camilla était la seule raison qu'elle avait de retourner dans cette maison maintenant, le dernier lien à sa mère.

Elle avait douze ans quand Jules, le fils unique d'Erich, était venu à la maison en rentrant de l'université d'Oxford. Elle s'était méfiée de lui immédiatement, de la manière dont ses yeux foncés avaient parcouru ses courbes naissantes, ses petits bourgeons de seins qui n'avaient pas encore besoin de soutien-gorge. Il l'avait regardée comme si elle était sa propriété, sa chose, et Jules avait rapidement commencé à lui rendre visite la nuit. Au début, elle s'était défendue mais Jules, avec son immense force décuplée par le sport qu'il pratiquait à Oxford, l'avait facilement maîtrisée.

Jess déglutit et éloigna cette pensée. Elle savait où ressasser le passé la mènerait, à la première fois où Jules l'avait violée.

Jess ferma les yeux et commença à chanter à voix haute pour penser à autre chose. C'était une technique qu'elle maîtrisait parfaitement.

« Bon Jovi ? »

Les yeux de Jess s'ouvrirent et elle vit Gerry debout devant la porte, un sourire amusé aux lèvres. « C'est nouveau », dit-il, en déposant tout un tas de papiers sur le bureau de Jess. « Bonjour. »

Jess se détendit. Gerry était habitué à l'entendre chanter à voix haute, même s'il n'avait aucune idée de la raison pour laquelle elle se mettait soudain à chanter. « Je l'ai entendue à la radio en venant », lui dit-elle.

Gerry leva les yeux au ciel. « Vous êtes folle. J'ai cru que vous étiez en train de prier de ne pas vous donner trop de classement à faire. »

Jess poussa légèrement son épaule. « Oui, ça aussi. » Elle loucha sur la pile et se calma un peu. « Tout ça pour moi ? »

Gerry eut la grâce de sembler désolé. « Désolé. Mais étant donné que je vous laisse tout faire pour "Luna Soleil"... »

« Ok, c'est bon... » Mais elle sourit et prit les documents.

La matinée était déjà bien avancée quand son téléphone portable émit un bip et elle dut prendre quelques secondes pour se recentrer après s'être si longuement concentrée sur son travail. Elle ne prit pas la peine de jeter un coup d'œil au numéro qui appelait, puis elle jura silencieusement en entendant l'accent français de Jules au bout du fil. Son ventre se crispa et elle grinça des dents.

« Qu'est-ce que tu veux ? » Elle ne prit pas la peine de lui retourner son salut faussement amical. Il lui donnait la chair de poule.

Jules rit. « Toujours aussi aimable. Il se trouve que ce n'est pas que je souhaite t'appeler, mais William veut que nous nous rencontrions pour discuter de la maison. Tu vas avoir vingt-cinq ans cette année. »

« Je suis au courant, merci. »

« Alors tu es aussi au courant que la logistique de notre arrangement va changer. Ton allocation va augmenter, tout comme tes obligations au sein de la famille, naturellement. »

Jess roula des épaules, sentant la tension et l'irritation tendre péniblement ses muscles. « Et si je ne veux pas de ton argent ? »

Jules rit encore et elle lutta contre la tentation de raccrocher. « Jessica, si tu n'es pas intéressée par l'argent ou la position sociale, pourquoi écartes-tu les cuisses pour l'un des milliardaires les plus puissants et les plus désirables au monde ? Soyons adultes. William veut que nous dînions avec lui la semaine prochaine. Et tu seras là. » Il lui donna rendez-vous dans le restaurant le plus cher de la ville.

Jess resta silencieuse, réfléchissant à ce qu'il avait dit et Jules soupira impatiemment.

« Mardi. Huit heures trente. Ne sois pas en retard et ne me laisse pas tomber. J'ai déjà été très généreux envers ton département au musée, ne l'oublie pas. Je pourrais facilement annuler ça. »

Le téléphone redevint muet et Jess grogna et jura à voix basse. Sale connard de Jules.

Elle était solidement attachée à la chaise. Le bandeau sur les yeux était tel qu'il l'avait promis, tellement opaque qu'aucune lumière ne le transperçait et il la laissait totalement aveugle. Ses mains étaient étroitement attachées derrière elle avec un lien en cuir doux serré autour de ses poignets fragiles, et un autre lien de cuir passait sous ses seins pour maintenir sa poitrine bien droite.

Elle était nue. À sa merci. À lui.

Théo retira la pince qui maintenait ses magnifiques cheveux foncés en chignon et laissa les longues, longues vagues dégringoler sur son dos. Sa peau, dans la lumière tamisée, était lumineuse, or, ambre et rose. Ses seins se soulevaient et retombaient au rythme de sa respiration, ses mamelons foncés durcis par l'excitation. Théo se posta devant elle. Il était tout habillé, en costume Saville impeccable. Il pencha la tête et posa sa bouche contre son ventre, souriant lorsqu'il entendit son souffle s'accélérer.

« Chuuut... »

Jess referma sa bouche parfaite et rose et fut soumise à lui. Il traçait un chemin du bout du doigt sur sa peau, autour de son nombril et plus bas, s'arrêtant juste avant son sexe. Elle frémit.

« Ecarte les jambes pour moi. »

Jess obéit et il put voir la beauté de son sexe, déjà scintillant de son miel.

« Plus grand. »

Elle écarta davantage les jambes et il se mit à genoux entre elles. Il pencha la tête et fit courir sa langue sur la longueur de ses lèvres, goûtant leur douceur et courbant sa langue autour de son clitoris. Le corps entier de Jess se mit à trembler alors qu'il la goûtait et la titillait jusqu'à ce qu'elle ne puisse faire rien d'autre que gémir.

Théo se remit debout et inclina sa tête en arrière pour pouvoir l'embrasser, sa langue fouettant la sienne.

« Tu peux te goûter Jessica ? »

Elle hocha la tête et il rejeta ses cheveux en arrière. « Bien. Je veux que tu me goûtes maintenant. D'accord ? »

« Si tu veux. »

Il sourit et la récompensa en caressant son ventre, en prenant chaque sein dans ses mains, frôlant les mamelons avec ses pouces. Il recula et sortit son sexe déjà dur, palpitant et énorme. Il caressa le contour de ses lèvres avec le bout de sa queue, puis lorsqu'elle ouvrit la bouche, il soupira en sentant sa langue effleurer son extrémité, y tracer d'invisibles dessins. Ses jolies joues se creusaient alors qu'elle le suçait, et le doux mouvement de ses lèvres le long de son sexe le fit chavirer de désir. Elle passa sur la veine principale avec sa langue, la frôlant doucement avec ses dents. Mon dieu, la sentir, la regarder, lui caresser le visage délicatement incliné vers l'arrière, sa longue crinière foncée balayant le sol.

« Tu n'as pas le droit d'être aussi diablement belle », lui dit-il, son souffle coupé approchant de l'orgasme. Ses lèvres serrées s'arrondirent autour de son sexe en un petit sourire et il jouit violemment dans sa bouche. Elle avala son sperme, le gardant profondément en elle. Théo repoussa le bandeau autour de ses yeux et elle lui sourit alors qu'il reprenait son souffle.

« Je t'aime tellement », lui dit-il et d'un coup, il dénoua le lien de sous ses seins, la coucha au dessus de lui pour qu'elle le chevauche. Il voulut lui détacher les mains mais elle secoua la tête emphatiquement.

Théo sourit et sans un mot, écarta les lèvres de son sexe avec ses doigts et l'empala avec sa queue, rigide vibrant de désir pour elle. Alors qu'elle commençait à le chevaucher, il attrapa ses hanches, enfonçant profondément les doigts dans sa chair douce. Les yeux de Jess se firent plus vivants à cette douleur et il augmenta la pression jusqu'à ce qu'elle gémisse.

« Tu aimes que je te fasse mal, hein ? »

Elle hocha la tête et il prit ses mamelons entre son doigt et son pouce et pinça fort. Très fort. Elle haleta et il sentit son miel chaud et lisse, recouvrir sa queue toujours en elle. Il lui écrasa le nombril du bout des doigts et elle jouit, rejetant sa tête en arrière et cherchant de l'air.

Théo se déplaça rapidement et se retrouva au-dessus d'elle, la plaquant au sol, passant ses jambes au-dessus de ses épaules, et la pénétra brutalement, de plus en plus fort jusqu'à ce qu'il jouisse aussi, en s'abandonnant épuisé.

Ils reprirent leur souffle et il libéra ses mains, lui massa doucement ses épaules et poignets endoloris. Elle n'avait toujours rien dit et il lui sourit.

« Tu peux parler maintenant, tu sais. »

Elle lui sourit doucement. « Je ne sais pas si je peux. C'était... » et elle resta silencieuse si longtemps qu'il commença à s'inquiéter. Il s'appuya sur son coude et caressa son visage encore en sueur.

« Hé... c'était trop ? Tu sais, si jamais tu trouves que je vais trop loin, tu sais quoi me dire n'est-ce pas? »

Elle hocha la tête et posa sa main contre son torse. « Oui. Mais Théo, c'était si intense, d'une très, très agréable manière. J'adore être sous ton contrôle. J'adore ça. »

Il la prit dans ses bras. « Je sais », murmura-t-il, ses lèvres à son oreille, les faisant descendre vers le bas son cou. « Je sais ce que ça te coûte de consentir à ces pratiques. Même si tu ne me dis pas tout, je peux le voir dans tes yeux. Merci de me faire confiance. »

Jess passa son bras autour de son cou et lui fit un sourire si doux qu'il se dit qu'il la prendrait encore bien là, à même le sol, encore et encore...

CHAPITRE SIX

M ax fut réellement soulagé quand il reçut un appel de
Théo et qu'il entendit Jess crier « On t'aime Max ! » au
bout du fil. Et dire que sa grande gueule avait presque
coûté à Théo la meilleure chose qui lui soit jamais arrivée. Max avait
été convaincu des sentiments de Jess pour son meilleur ami en lisant
le chagrin dans ses yeux à la pensée qu'elle n'avait été que l'objet
d'une plaisanterie. Max ne l'oublierait jamais. Il avait essayé d'arranger la situation et comme il avait échoué, il avait tout raconté à
Théo. Max finissait son verre. Le bar sur la 9ème avenue était l'un de
ses favoris, à lui et à Josh. Ils s'étaient rencontrés ici-même il y avait
exactement six ans, alors qu'ils étaient tous les deux en couple. Il
avait vu ce grand Mexicain rire avec ses amis et il l'avait adoré, ici
même. Lors de cette soirée, il avait manœuvré et utilisé son réseau si
habilement qu'ils avaient fini par parler dans le même groupe. Joshua
Ruiz était drôle, magnifique et érudit, et à la fin de la soirée, il avait
réussi à obtenir le numéro de Max. Dix jours plus tard, ils emména-
geaient ensemble.

Josh était en train de revenir des toilettes, en saluant des amis à
droite et à gauche. Max s'émerveillait encore du corps agile de son
mari, se déplaçant si élégamment à ses côtés. Max avait tendance à

prendre du poids, ces quelques kilos supplémentaires qui s'enrou-
laient autour de son ventre et qui étaient si difficiles à perdre. Josh
s'en contrefichait. Max n'avait jamais douté une seule seconde de son
amour, tellement le lien qui les unissait était fort.

Il ne pouvait donc pas vraiment blâmer Théo d'être aussi amoureux, si rapidement. Max avait fait pareil. La seule chose dont il ne
démordait pas était ce que Théo avait dit le jour où elle avait été
agressée.

« Je pense qu'une part d'elle est détruite, Max. Je pense que ça
explique pourquoi au moindre signal, si léger fut-il, Jess devient automatiquement méfiante. Elle s'enfuit. » Théo était resté un moment
silencieux après ça, puis il avait dit, presque pour lui-même : « Je dois
réparer les choses. » Il se tourna vers Max. « Comment engager un
détective sans se faire remarquer, quelqu'un de discret, qui puisse
aller fouiller dans la famille de Jess ? Elle ne doit pas, en aucun cas et
j'insiste bien là-dessus, être suivie ou questionnée. Juste sa famille. et
particulièrement son beau-frère. Il est la clé de l'histoire, j'en suis sûr.
»

Max lui avait assuré qu'il pouvait s'en occuper mais quand il en
avait parlé à Josh, son mari avait levé un sourcil.

« Je ne suis pas sûr de ce que ça va donner, mais ça sent mauvais.
S'il maltraite Jess, Théo aura du mal à se contrôler. Les choses pourraient devenir très graves et cette fille pourrait se retrouver dans la
ligne de mire. »

Mais Max avait insisté et maintenant, plus motivé que jamais, il
attendait le rapport préliminaire du détective. Max le lut rapidement
et il n'aima pas ce qu'il découvrit.

Le détective avait parlé aux anciens professeurs de Jules, aux
enseignants de son université. Tous s'étaient montrés hésitants au
sujet de Jules, personne n'avait rien eu de vraiment négatif à dire,
mais aucun d'eux n'en avait dit du bien. Ils ont peur, en avait conclu
le détective. Frustré, il avait finalement contacté le chef de la police
locale, Bud Clermont, qui avait eu des tas de choses à raconter sur
Jules Gachet.

« A-t-il des ennuis avec la loi ? »

Le détective lui assura que non.

Clermont émit un sifflement frustré. « Dommage, j'aurais bien aimé que vous me disiez qu'il avait merdé. Qu'il avait enfin eu ce qu'il méritait. Bon, je ne peux pas vous dire de choses qui tiendront la route dans un tribunal, mais je peux vous dire que c'est un sacré morceau.

Je peux vous dire ce que j'ai vu, ce que je pense. Je l'ai su dès la seconde où je l'ai rencontré, on lisait le mal dans les yeux de cet enfant. Ses yeux étaient morts, vides. C'était la première et unique fois qu'un enfant m'a effrayé comme ça. J'ai gardé un œil sur lui alors qu'il grandissait, parce que d'après moi, ce petit était une graine de criminel. Naturellement, l'argent de sa famille a arrangé les choses. Quelque chose de grave s'est produit d'ailleurs, seulement il a réussi à étouffer l'affaire et on n'a jamais vraiment réussi à savoir ce qui s'était passé. Ça avait un rapport avec sa belle-sœur. Il était obsédé par elle. C'est assez répugnant, elle avait seulement douze ans, je crois. Julien aimait jouer avec des couteaux, il aimait la vue du sang. Je crois que ses parents essayaient de l'éloigner de la maison le plus possible. J'ai gardé un œil sur lui. Il y a eu des plaintes de certaines étudiantes, des filles qui ressemblaient à sa sœur. Comme je vous le dis – il est obsédé. »

Max sentit une autre vague de nausée le submerger. Il n'avait encore rien dit à Théo et il repensa aux avertissements de Josh. La dernière chose qu'il voulait était de mettre Jess en danger, si elle ne l'était pas déjà.

Josh revint et commença à lui parler mais Max l'écoutait à peine. Il ne pouvait s'empêcher de penser que les choses allaient mal tourner, vraiment très mal...

THÉO ENROULA sa jambe autour des hanches de Jess et la tira vers le bas du lit. Elle protesta en riant nerveusement, mais dès qu'il commença à embrasser son ventre, elle abandonna.

« Je dois y aller bientôt », dit-elle doucement, tout en caressant ses boucles sombres. Théo, les lèvres contre son ventre, secoua la tête et elle rit. « Ça chatouille. »

Il releva la tête et sourit. « Pourquoi ce dîner est-il si important ? »

Jess soupira et s'assit. « C'est en rapport avec notre propriété. Si j'étais la seule à être concernée par les changements de propriété, je dirais à Jules d'aller se faire voir mais... »

« Mais ? »

Elle frotta rudement son visage. « Quand j'étais plus jeune, et si bêtement naïve que je croyais tout ce que me disait Jules, il a établi plusieurs titres de propriété pour des projets qui me tenaient à cœur. C'était mon cadeau d'anniversaire pour mes dix-huit ans. Il est parvenu à manœuvrer de façon à ce que s'il retirait ce placement, comme celui qu'il a donné à mon département d'art, le projet en souffrirait, voire serait abandonné. »

Théo était consterné. « Jess... c'est du chantage. »

Elle hocha la tête. « Je sais. Mais qu'est-ce que je peux faire ? Lui dire d'aller se faire foutre, que je ne veux pas de son argent pour que les autres en pâtissent ? Ce n'est pas possible. »

Elle remonta sur le lit et commença à s'habiller. « Ce n'est pas comme s'il..., et elle déglutit avec difficulté avant de regarder au loin, ...s'il l'utilisait pour faire n'importe quoi... qui me soit nuisible. Il veut juste que je fasse partie de sa famille. »

« En te payant pour être sa sœur ? » La voix de Théo était dure et elle grimaça.

« Si tu veux le formuler comme ça. Ça le rend pathétique quand tu parles de lui comme ça. » Elle réfléchit et eut un petit sourire. « En fait, il est pathétique. » Elle se retourna et se pencha pour embrasser Théo sur la bouche. « Et ce n'est pas ton problème. »

Théo attrapa son visage entre ses mains. « Laisse-moi t'accompagner. »

Jess secoua la tête. « Ça va durer une heure, ou deux, et ce n'est même pas à la maison. C'est dans un restaurant avec d'autres gens, il ne peut pas... » Elle s'interrompit, réalisant qu'elle en avait trop dit. Elle rassembla ses vêtements alors que Théo se mit debout enfilant son jean.

« Il ne peut pas quoi, Jessica ? » La voix de Théo était dure.

Elle réussit à le regarder. « Je dois m'habiller. »

« Jess... »

« Non, non Théo. Je dois m'habiller. » Elle tourna les talons et sortit de la pièce, laissant Théo les yeux fixés sur elle.

JESS ENTRA dans le restaurant à huit heures trente précises pour trouver Malcolm, le garde du corps et chauffeur de Jules, en train de l'attendre. Il ne dit rien mais lui remit un téléphone portable.

« Jessica, changement de plan. William est venu à la maison. Malcolm va t'y conduire. »

Fils de pute. Jess tendit le téléphone à Malcolm, qui la conduisit vers la voiture. Elle ne pouvait pas croire qu'elle s'était encore fait avoir par Jules. Connard ! Connard ! Connard. Elle ne pouvait rien dire, pas sans faire une scène et elle ne voulait pas forcer Malcolm à la traîner par les cheveux jusqu'à la limousine. Il l'avait toujours effrayée, avec son expression hautaine, la manière dont il la regardait, cela la rendait malade. Il était parfait pour Jules, pensa-t-elle d'un air sinistre en s'asseyant sur la banquette arrière, aussi loin du chauffeur que possible.

Il la conduisit dans les rues détrempées hors de la ville, vers l'endroit de sa hantise. Jess sortit son téléphone portable de son sac et effleura le numéro de Théo, puis s'arrêta. Non. Elle n'était pas une petite princesse qui avait besoin d'un chevalier blanc. Elle s'en sortirait toute seule. Elle jeta un coup d'œil à Malcolm qui lui souriait d'un air suffisant dans le rétroviseur. Elle plissa les yeux et il ricana méchamment puis regarda ailleurs. Pourquoi est-ce que toute sa vie doit être pleine de craintes et de menaces ? Jess soupira et colla son front contre le verre froid de la fenêtre de la voiture.

Tout excepté Théo. Il arrangeait tout. Elle jeta à nouveau un œil à son téléphone et sans réfléchir, lui envoya un message.

« Mr. Storm... je sens que plus tard dans la soirée, j'aurai besoin d'être disciplinée. »

Son téléphone bipa immédiatement. « Mlle Wood, je suis d'accord. Présentez-vous dans ma chambre, nue et préparez-vous à être châtiée. De haut en bas. »

Elle rit nerveusement, sentant des vagues de désir chaud l'envahir et remuer son entrejambe. Mon Dieu, elle pouvait mouiller juste en pensant à lui. Elle ferma les yeux et visualisa ses lèvres remonter le long de sa mâchoire forte, caressant le lobe de son oreille, le respirant à pleins poumons.

Puis la voiture s'arrêta et la réalité lui revint d'un seul coup. Jules ouvrit la porte de la voiture et lui sourit froidement. « Jessica, ma chérie. Bienvenue à la maison. »

MAX ATTENDIT que Josh soit endormi avant de glisser hors du lit et se dirigea vers la salle de séjour. Il prit son téléphone et appela Théo.

« Ouais ? »

« C'est moi. »

Théo rit doucement. « Je sais, j'ai reconnu ton numéro mon pote. »

Max resta silencieux un instant et Théo s'éclaircit la gorge. « Ça va, Max ? »

Max prit une profonde inspiration. « J'ai le rapport préliminaire sur Jules Gachet. ça ne sent pas bon, Théo. »

Théo resta à son tour silencieux pendant un moment. « Dis-moi. »

Max lui dit tout, y compris ce que Bud Clermont lui avait appris. Quand il eut terminé, il attendit, écoutant Théo jurer doucement.

« À ton avis, il lui a fait quoi ? » La voix de Théo se brisa.

« Max, vraiment... vraiment... je ne veux pas répondre à cela, je ne veux pas spéculer. Je n'en sais rien. »

Théo soupira bruyamment et lui dit ce que Jess lui avait raconté tout à l'heure.

« Sale connard de manipulateur. »

« J'espère que c'est tout ce qu'il est... » Mais Théo ne parvint pas à finir sa phrase et tous deux n'eurent plus aucun doute, l'histoire était bien plus compliquée que ça.

« Que veux-tu que je fasse, Théo ? »

Silence. « Rien. Jess deviendrait folle si je lui disais ce que nous avons fait. Je m'en suis rendu compte aujourd'hui, notre relation ne tient qu'à un fil. Jusqu'à ce que nous soyons tous deux totalement honnêtes l'un envers l'autre... » Théo soupira. « Je dois simplement la protéger du mieux que je peux jusqu'à ce qu'elle soit prête à tout me raconter. »

Après avoir raccroché, Max resta assis un moment dans l'obscurité fraîche de son appartement puis se remit au lit. Alors qu'il se glissait à côté de son amoureux endormi, il sentit comme un poids sur son estomac. Celui de la culpabilité. Son amour à lui était ici, en sécurité dans ses bras, il n'y avait absolument aucun secret entre eux, juste un amour absolu, une confiance totale.

Max pria pour que Théo et Jess y parviennent un jour. Il pria pour qu'ils soient libres de s'aimer sans retenue, sans menace planant au-dessus de leurs têtes.

Parce que Max n'avait aucun doute là-dessus : Jules Gachet était le diable en personne.

JESS SE RENDIT compte qu'au moins, Jules ne lui avait pas menti sur tout le déroulement de la soirée. William Corcoran, l'aimable avocat de la famille les attendait à la maison, et durant le dîner, ils discutèrent du statut financier de la propriété familiale. Jess n'écoutait pas vraiment, et elle ne se rendit pas compte que William lui parlait directement jusqu'à ce que Jules ne lui tapote brusquement l'épaule. Elle hocha la tête en direction de William.

« Pardon, William, que disiez-vous ? » Elle aimait beaucoup ce vieil homme et elle lui sourit gentiment.

Il rosit de plaisir. « Jessica, vous aurez vingt-cinq ans en octobre et comme vous le savez, vous devez recevoir le solde du fonds de propriété que votre père a établi en votre nom. »

Mon beau-père, corrigea-t-elle silencieusement mais elle hocha la tête. « Oui. J'ai déjà vu avec vous ce que je veux faire de cet argent. Les projets, l'université, les sociétés d'art. Vous avez toujours les grandes lignes de mes plans sur comment répartir cet argent ? »

William la regarda d'un air embarrassé et jeta un coup d'œil à

Jules. Jess les regarda l'un après l'autre et son cœur se serra. Qu'y avait-il encore ?

« Jessica, Jules m'a informé qu'il souhaite continuer à financer vos projets indéfiniment. En fait, le conseil financier a déclaré que c'est la seule gestion qu'ils accepteront pour répartir cet argent. Ils pensent que si vous receviez une somme d'argent si important, étant donné les antécédents de problèmes mentaux dans votre famille, vous risqueriez de vous mettre en un danger vous-même. Drogues. Alcool. Jules nous a informé de votre... passé. »

Jess resta sans voix. Plus que ça, elle était sûre d'être en plein cauchemar. « Quel passé ? Qu'as-tu encore raconté, bordel, Jules ? »

Son beau-frère posa ses mains sur ses épaules. Un avertissement. « Tu sais comment tu peux être, Jessica. C'est certainement mieux ainsi. »

Elle n'arrivait pas à croire ce qu'elle entendait. « Es-tu devenu fou ? Cet argent est à moi légalement... »

Jules fit un large sourit. « Si tu restes sous la tutelle du conseil financier. Père a été très clair là-dessus. Après le suicide de ta mère, il s'est assuré que si tu devais tomber malade comme elle, on pourrait s'occuper de toi. »

Il avait gagné. Il avait suffit de quelques mensonges déclarés à la police ces dernières années, et son « hystérie » était connue de leurs services et si elle essayait de s'enfuir, tout ce à quoi elle tenait serait détruit. Le département d'art serait fermé, son refuge pour femmes...

Jess eut envie de hurler. Elle se leva, sonnée. « J'ai besoin d'aller aux toilettes. »

Une fois dans la salle de bain, elle s'effondra par terre, essayant de respirer le plus calmement possible. Elle ne pourrait jamais se libérer de lui. Il la possédait. Jess étouffa les sanglots qui sortirent de sa gorge.

Elle devait sortir d'ici. Elle réalisa trop tard qu'elle avait laissé son téléphone portable dans son sac dans le hall d'entrée.

Elle se remit sur ses pieds. Elle demanderait à William de la ramener à la maison mais quand elle se retrouva dans la salle de séjour, Jules était seul. Il lui sourit sans chaleur, lui offrant un verre de whisky. Elle secoua la tête.

« William a dû partir précipitamment », lui expliqua Jules et Jess sut qu'il avait demandé au vieil homme de partir pour qu'ils puissent être seuls.

Il y eut un long silence puis Jules sourit d'un air affecté. « Il ne reste plus que nous, Jessica. » La signification de ce « nous » la répugnait clairement Jess et elle perdit son calme.

« Il n'y a pas de "nous" Jules ! La colère la fit trembler, lui faisant oublier la peur. Pourquoi refuses-tu de comprendre cela ? Arrête de me dire ce que je dois faire de ma vie. »

Elle se leva mais il fut immédiatement près d'elle, l'attrapant par les bras et l'attirant à lui. « Sale petite putain ingrate. »

Elle arracha son bras de son étreinte. « J'en ai assez des gens qui essayent de me dire ce que je devrais faire de ma vie, surtout toi. »

« Si j'étais Théo Storm, ce serait différent. Tu le laisses monter partout sur ton joli corps, te baiser de manière insensée. Tu crois que je ne le vois pas ? Tu crois que je ne sens pas son odeur sur toi ? » La voix de Jules était amère mais elle trahissait autre chose, quelque chose qui faisait bouillir son sang. Une menace. Elle se tourna pour lui faire face, un peu inquiète maintenant.

« Je l'aime. Et il m'aime. Il me connaît, Jules, il veut me connaître. Ce n'est pas juste quelqu'un qui prend et qui jette. Nous ne sommes même pas du même sang, toi et moi. Pour qui te prends-tu ? »

Les yeux de Jules se rétrécirent et il fit un pas vers elle. « Je suis de ta famille, Jessica. Ta seule famille. Tu n'as donc aucune loyauté ? »

« Loyauté envers qui ? » Jess rit amèrement « Toi ? L'homme qui m'a régulièrement molestée jusqu'à ce que je puisse m'échapper ? Lorsque je n'étais qu'une enfant ? L'homme qui continue à me menacer et à diriger ma vie ? »

Jules inclina la tête de côté, un petit sourire aux lèvres. « Est-ce que je t'ai menacée, Jess ? Ou c'est juste dans ton imagination ? Ou ton désir ? »

Jess soupira. « Je ne joue plus à ce jeu, Jules. Je suis fatiguée. »

« Je suis la seule famille qui te reste maintenant, Jessica. »

Jess releva le menton. « Ça ne te donne pas le droit d'avoir des droits sur moi. Laisse-moi juste rentrer à la maison, Jules. S'il te plaît. Je dois rentrer. »

« Et il se passera quoi si je ne te laisse pas le faire? »

Son regard fixe était froid. « Si tu ne me laisses pas faire quoi ? »

« Rentrer à la maison. » La terreur l'assaillit à nouveau d'un seul coup. Son sourire était dépourvu d'humour, ses yeux fixaient les siens. Jess serra ses poings, prit une profonde inspiration, essayant de faire barrage à la peur. Elle était remplacée par un feu, quelque chose de brûlant à l'intérieur d'elle, qui emportait tout. De la rage. Soudain, elle voulut l'énerver, provoquer une dispute. Elle sentit une soudaine montée d'adrénaline l'envahir, et un goût de métal dans la bouche. Imprudent. Elle ignora cette pensée et lui renvoya son sourire glacé.

« Tu crois qu'il se passera quoi si je ne rentre pas à la maison ? Qu'as-tu prévu, Jules ? D'autres jeux avec des couteaux ? De nouvelles menaces ? » Elle se tenait tout près de son visage, ignorant la peur qui lui tordait le ventre. « D'autres viols ? » Sa voix n'était qu'un murmure mais ce dernier mot était sorti comme un sifflement.

Il se déplaça trop vite cette fois-ci et frappa son dos contre le mur. Elle cria de douleur et il couvrit sa bouche avec sa main. « Si c'est ce que tu veux, Jessica », siffla-t-il, en approchant sa bouche à un centi- mètre de son visage. Il remonta sa jupe et désespérée, elle se mit à se débattre. Elle réussit à lui envoyer son genou dans l'aine et pendant qu'il grognait, elle recula. Mais il l'attrapa par les cheveux et la jeta à terre, se couchant presque sur elle.

Le couteau dans sa main sortit de nulle part. Jess sentit son bout pointu appuyer contre le fin coton de sa jupe et pour une fois, elle fut plus furieuse qu'effrayée. Elle le regarda droit dans les yeux, un sourire sinistre sur le visage.

« Vas-y, le provoqua-t-elle, tue-moi. Frappe-moi. Poignarde-moi à mort. Je préférerais ça mille fois plutôt que te sentir à nouveau une seule fois en moi. »

La pression se fit plus forte et elle sentit l'acier rentrer dans sa peau. Jules respirait fort, la regardant comme un fou, la sueur dégou- linant de son visage. Le temps s'arrêta un long moment puis, dans un hurlement, Jules repoussa le couteau et commença à soulever sa jupe, tirant de toutes ses forces sur sa culotte. Jess cria « Non, non, non, non ! » mais Jules ne s'arrêta pas.

Puis quelqu'un d'autre cria. Jules s'arrêta et Jess le repoussa en sanglotant, puis rampa vers une Camilla pâle et visiblement choquée, debout dans l'encadrement de la porte. La vieille femme prit Jess dans ses bras, regardant fixement Jules comme s'il était le diable en personne.

« Vous ne la toucherez plus jamais, jamais, ou j'irai à la police, je le jure devant Dieu, je vous dénoncerai. »

Jules s'essuya la bouche, souriant d'un air affecté. « Sortez. Prenez cette pute avec vous et sortez. »

Camilla aida Jess à se relever et le regarda fixement. « Votre père aurait honte de vous. »

Jess fut étonnée de voir la carapace de Jules se fendre légèrement en entendant les paroles de la femme de ménage. Elle vit apparaître le petit garçon qu'il était jadis. Camilla avait travaillé pour sa famille bien avant la naissance de Jules, ses mots avaient beaucoup de poids. Jules s'éloigna d'elles et Camilla porta à moitié Jess hors de la pièce.

THÉO RECOMPOSA une nouvelle fois son numéro. « Réponds Jess. Réponds je t'en supplie. » Il s'attendait à entendre le même message que les sept fois précédentes mais quand elle décrocha, il entendit une voix étrange le saluer, et son cœur fit un bond dans sa poitrine. La femme au bout du fil semblait plus âgée, comme fatiguée.

« Jess va bien, elle n'est pas blessée mais... attendez un instant. » Il y eut un bruit et son cœur se figea en entendant Jess.

« Bonjour mon amour, je vais bien. C'est juste... la merde habituelle. Je vais prendre un taxi et j'arrive. »

Soudain, Théo ne sut que dire.

« Théo ? »

« Je suis là, ma belle. Ne bouge pas, je viens te chercher. »

« Non, non, c'est bon, Théo, le taxi est déjà là. Crois-moi, je vais vraiment bien, dit-elle d'une voix éteinte. Je suis juste fatiguée. »

« Viens à la maison. »

« J'arrive. Je suis en route. »

JULES DONNA un coup de pied dans son lit, attrapa l'objet le plus proche, un livre, et le jeta à travers la chambre en hurlant sa frustration d'un cri primaire. La fureur brûlait en lui. Va te faire foutre, sale chienne. Il se dirigea vers la salle de bain, se déshabilla en laissant ses vêtements tomber au sol et laissa la douche cracher un jet frais. Il resta sous l'eau, la laissant piquer sa peau, les yeux grand ouverts fixant quelque chose. La fin était proche, il pouvait la sentir, il était temps.

Jules se pencha et commença à se masturber. Il appuya sa tête contre les carreaux froids du mur et repensa à cette journée. Il avait failli la tuer. Quand elle l'avait provoqué, il avait voulu planter plusieurs fois ce couteau en elle, sentir ce soulagement divin, la sensation de son sang chaud et visqueux sur ses mains, voir la douleur, l'horreur dans ses yeux, et l'agonie, sentir son dernier souffle sur son visage. Jules jouit, criant et grognant en imaginant Jessica s'éteindre.

JESS RETOURNA TRAVAILLER LE LENDEMAIN, comme si rien ne s'était produit. Cette nuit, allongée dans les bras de Théo, leurs pratiques SM avaient été mises en pause, elle n'avait pas pu dormir tant son esprit revivait la soirée. Elle ne pouvait plus permettre à Jules de continuer à diriger sa vie de cette façon. Théo lui avait fait un interrogatoire et elle avait menti sur les détails, lui racontant seulement l'épisode de l'héritage sous condition et comment elle avait été subtilement spoliée.

« Je financerai tes projets. Nous pensions créer une nouvelle fondation, tu pourrais la diriger. »

Elle protesta mais l'offre était si tentante, si emplie d'amour qu'elle promit qu'elle y réfléchirait. C'était une porte de sortie. Une solution facile. Mais quelque chose la dérangeait malgré tout. Être contrôlée par un autre homme riche ? Cela la mettait mal à l'aise, même si elle faisait confiance à Théo.

Lorsqu'elle arriva au travail, l'épuisement l'avait gagné et elle aperçut trop tard la silhouette debout dans le coin de son bureau. Jess regarda soudain autour d'elle et le choc lui coupa le souffle.

Jules ne dit rien mais il fut près d'elle en une enjambée, sa bouche sur la sienne. Jess essaya de s'échapper mais sa main était serrée autour de sa gorge, et la serrait, toujours plus fort et elle commença à manquer d'air alors que Jules commençait à l'étrangler. Son visage n'était qu'un masque rouge de haine et de convoitise.

« Tu n'iras plus jamais chez lui maintenant. Tu es à moi pour toujours. »

Le sang de Théo ne fit qu'un tour quand il les vit et en une seconde, il traîna Jules loin de Jess, le projetant à travers la pièce. Il se pencha pour venir en aide à son amour en détresse, son cœur battant en voyant l'expression terrifiée sur son beau visage mais Jules se jeta à nouveau sur eux. Jess fut éjectée de ses bras et Théo envoyé dans le mur. Jules n'était qu'un tourbillon sauvage de fureur, écumant de rage. Son poing atteignit Théo à la tempe alors qu'il regardait Jess, et il tournoya, sa vision brouillée de taches noires. Il chancela et vit Jess derrière Jules, portant une lourde boite de dossiers. Elle l'écrasa sur la tête de Jules mais il parvint à se retourner et à lui envoyer son poing en plein dans le ventre, ce qui la fit s'écrouler par terre. L'adré-naline parcourut le corps de Théo, qui attrapa Jules et le jeta à travers la pièce.

« Tu ne la toucheras plus jamais, espèce de connard », grogna-t-il en le suivant. Jules se remit sur ses pieds en ricanant.

« Elle m'appartient Storm, elle est à moi, elle l'a toujours été et le sera toujours. »

Théo le chargea de toutes ses forces et l'attrapa à la gorge pour le balancer à travers la pièce quand il entendit Jess crier à bout de souffle « Non ! »

Le corps tout entier de Jules fut projeté contre le "Luna Soleil" et le détruisit.

Théo ouvrit la porte et s'écarta pour lui permettre de passer. Elle entra lentement dans son appartement, de manière presque catatonique. Il verrouilla la porte derrière eux, à double tour cette fois. Après que Jules – après qu'ils – aient détruit la peinture, lui et Jess étaient restés pétrifiés, tandis que Jules rampait hors de la pièce et disparaissait. Les bruits de lutte avaient ameuté d'autres personnes, qui étaient arrivées à temps pour voir Jules s'extraire des débris du "Luna Soleil". Théo, incrédule, s'était retourné pour voir Jess, sous le choc, regarder fixement les restes de cette œuvre inestimable. Ses genoux s'étaient dérobés sous elle et il avait réussi à l'attraper avant qu'elle ne s'effondre. Ensuite, tout était devenu flou, les questions de la police, les photographies. Gerry était là, ainsi que le doyen, et après que la police eut fini, le doyen emmena Jess dans son bureau et ferma la porte. Théo et Gerry attendaient avec angoisse mais quand Jess sortit, elle ne dit rien, rassembla ses affaires, embrassa Gerry sur la joue puis sortit dehors, suivie de Théo. Elle était restée silencieuse durant tout le trajet en voiture, regardant fixement par la fenêtre mais maintenant elle le regardait lui, et il vit la profondeur de sa douleur.

« J'ai démissionné », dit-elle doucement. « Il n'y avait rien d'autre à faire. Le doyen a accepté, il aurait dû me virer de toute façon. De cette façon, au moins, je peux garder ma dignité intacte, enfin, pas vraiment... » et elle commença à sangloter. Théo la prit dans ses bras, la laissant exprimer tout son chagrin. Il la porta jusqu'à la chambre à coucher et se coucha près d'elle, caressant son visage, embrassant ses larmes. En frissonnant, elle bascula dans un sommeil agité lorsque ses larmes se tarirent.

Théo tira la couette sur ses épaules et passa dans la salle de séjour. Le doyen décrocha son téléphone à la première sonnerie. Théo s'excusa d'appeler si tard.

« Je voulais juste vous dire, donnez-moi les coordonnées du propriétaire et je payerai les dommages. »

Le doyen resta silencieux un moment. « Mr. Storm, la peinture a été détruite. »

Théo s'éclaircit la gorge. « Je sais. Je le rembourserai... mais doyen Roberts... il essayait de la tuer. Quelque chose d'infiniment plus précieux qu'une peinture aurait été détruit. Ce qui s'est produit est le résultat du comportement violent de Gachet. Je vous en prie, ne punissez pas Jess, elle a été la victime dans cette affaire. »

Le doyen soupira. « Je sais tout cela, Mr. Storm. Écoutez... je ne peux pas vous dire ce qui va se produire, mais je sais que ça sera à la une de tous les journaux. Je ne sais pas comment ne pas mêler votre nom à tout ça. »

« Ça va, je ne m'attends pas à des miracles, dites seulement la vérité. Ne les laissez pas crucifier Jess. »

Il raccrocha et se frotta le visage.

« Je te remercie. »

Il leva les yeux en entendant le son de sa voix. Elle se tenait dans l'encadrement la porte, pieds nus, ses cheveux dégringolant jusqu'à ses hanches. Son beau visage était marqué, ses yeux fatigués mais elle avait un sourire très doux sur le visage.

Il se leva et s'approcha d'elle, la prit dans ses bras et l'embrassa doucement. « Tu n'as pas besoin de me remercier. »

« Tu m'as sauvé la vie. »

Il lui caressa le visage. « Je t'aime. Je ne laisserai jamais rien t'arriver. » Elle se pencha contre lui.

Il la regarda au fond des yeux et y lut toute une vie de douleur, d'abus et de crainte.

« Je veux prendre soin de toi, tant que tu seras d'accord. » Il l'embrassa encore. « Je vais donc te demander une chose et je veux que tu y penses sérieusement. Viens t'installer chez moi. Laisse-moi m'occuper de toi. En échange, tu pourras t'occuper de moi. Un partenariat, qui dure toute une vie. Vis avec moi, Jessie... »

CHAPITRE SEPT

VIS AVEC MOI

Théo passa une tête dans la chambre à coucher et lui sourit. « Prête à y aller ? » Il hocha la tête en voyant sa valise.

« Juste une minute. » Jess sortit ses vêtements de ses tiroirs et les balança dans sa vieille valise cabossée. Elle regarda sa chambre à coucher, ses murs nus et son lit sans draps. Une tristesse palpable battait dans sa poitrine mais elle savait qu'elle ne pouvait plus rester ici. Jules était devenu incontrôlable et Théo lui offrait une indéniable sécurité. Elle aurait été folle de refuser.

Théo entra dans la chambre, lui prit les épaules et la regarda. Elle savait ce qu'il voyait ; ses yeux meurtris, les traces noires et violettes sur son cou, sa mine défaite. Elle se déplaça pour l'enlacer, voulant le rassurer.

Elle regarda le visage inquiet de Théo. « Je vais bien. » Il lui sourit mais elle sut qu'il n'était pas convaincu. Elle le laissa partir et il la regarda marcher vers sa valise et la fermer à clef.

« Je te remercie pour tout ce que tu fais », lui dit-elle en souriant. « Je ne sais pas où je serais sans toi. Probablement morte. » Elle essaya de sourire mais regretta ses mots quand elle vit la douleur sur son visage. « Désolée. C'est juste que... j'ai du mal à croire que tout cela est réel. En même temps... » Elle toucha sa gorge meurtrie et eut un bref rire.

Théo resta silencieux. Jess soupira.

« Viens, ma chérie. Sortons d'ici. »

Elle passa dans la salle de séjour mais trébucha sur le pas de la porte. Théo vit ses jambes se dérober sous elle et l'attrapa de justesse. Elle tremblait mais ne pleurait pas lorsque Théo la releva.

« Mon dieu... », chuchota-t-elle. Théo enfouit son visage dans ses cheveux mais elle s'écarta et le regarda.

Pendant un instant, elle repensa à l'attaque et un bref accès de peur passa sur son visage. Théo le vit.

Il se pencha et l'embrassa doucement.

« Je ne le laisserai pas t'approcher, ne t'inquiète pas. »

« Je ne m'inquiète pas que pour moi. »

Il fronça les sourcils. Jess lui sourit mais son regard était sérieux.

« Il te déteste, Théo, si jamais il te blessait... »

Théo releva la tête. « C'est un lâche, Jess. Et un misogyne. Il voit les femmes comme inférieures, plus faibles, facilement manipulables. »

Elle hocha la tête, le visage sombre. Théo lissa doucement ses cheveux le long de son visage.

« Ça va ? »

Elle hocha la tête mais son visage était tendu. Elle rougit d'un seul coup et elle s'écarta soudainement de lui. Pleine de colère.

« Je suis folle, Théo. Complètement folle. Pour qui se prend ce bâtard pour me dire qui je peux aimer, pour décider si je dois vivre ou mourir ? Connard. Qu'est-ce qui lui en donne le droit ? »

Sa voix devenait de plus en plus aiguë à chaque mot et ses yeux prenaient une expression sauvage. Elle s'éloigna de lui, cherchant quelque chose, quelque chose qui l'aiderait à se sentir mieux. Elle eut un petit rire. Elle attrapa une tasse ; une tasse de café rouge banale balancée dans une boîte en carton et la montra à Théo.

« Il a bu dans cette tasse. » Elle la lança contre le mur, sourit d'un air sinistre en voyant la céramique brisée. Elle tourna autour des débris et s'empara d'une assiette.

« Appelle-moi encore sale pute, espèce d'enculé ! » Et elle jeta l'assiette contre le mur.

« C'est pour toutes les fois où il m'a blessée. » Ses cheveux volèrent alors qu'elle attrapait de plus en plus d'assiettes et les lançait contre le mur.

Théo s'assit, un sourire aux lèvres et observa Jess fracasser toute sa vaisselle, hurlant, jurant, criant toute sa colère et sa fureur. Théo commença à rire. Quand elle eut fini, à bout de souffle, ils étaient tous deux en train de rire de bon cœur.

« Tu te sens mieux ? »

Elle lui sourit, des larmes de joie plein les yeux. « Vraiment mieux, oui. »

Il se leva et l'enlaça. « Parfait. » Il l'embrassa et elle soupira d'aise.

« Parfait ! Sortons d'ici et commençons notre nouvelle vie ensemble. »

Il avait besoin de prendre un peu de recul, rester un moment loin d'elle. Les muscles de sa joue lui faisaient mal à force de se crisper de rage et Jules Gachet dut se masser pour les détendre. Il passa sa main dans ses cheveux, qui avaient d'ailleurs bien besoin d'être coupés, et se regarda dans le miroir. Avec son corps fin et musclé, il n'avait eu aucune chance contre Théo Storm et son immense force et maintenant Jess était sous sa protection...

Non. Il devait faire attention, prévoir son prochain coup, être patient. Jessica payerait sa trahison, elle souffrirait de tout ce que Jules rêvait de lui faire endurer avant de la tuer. L'attaquer à l'université avait été une erreur, il y avait eu trop de témoins. Il s'était attendu à une visite de la police toute la journée mais personne n'était venu. Elle n'avait pas porté plainte. Peut-être pense-t-elle que je devrais lui en être reconnaissant, se dit-il en souriant d'un air affecté. Aucune chance, salope.

Il s'habilla rapidement et sortit du vestibule. Camilla parlait à un livreur devant la porte et Jules leva les yeux au ciel tout en la poussant pour sortir. Il n'avait été que partiellement sérieux quand il lui avait dit de s'en aller l'autre jour ; la colère lui avait fait oublier à quel point elle s'occupait bien de la maison, elle prenait en charge la majeure partie du travail pour qu'il puisse continuer à se comporter comme il voulait. Il savait qu'elle le trouvait répugnant ; que dirait-elle si elle découvrait ce qu'il avait l'habitude de faire à Jessica quand elle était enfant ? Jules fit la grimace en sautant dans sa voiture. En même temps, qui se préoccupait de cette vieille fille ? Jessica lui appartenait, elle était à lui depuis toujours et elle serait toujours à lui.

Même après sa mort.

Ses biens lui semblaient pathétiques à côté de l'opulence de la maison de Théo et elle eut légèrement honte de sa vie à cet instant-là. Peu de vêtements, plus de livres, et du matériel d'art. Théo avait déballé ses livres abîmés et les avait alignés à côté des siens sur les étagères et elle se trouvait maintenant dans sa chambre à coucher – leur chambre à coucher maintenant – ne parvenant pas à déballer ses vêtements.

Elle n'entendit pas Théo entrer derrière elle, glisser ses bras autour de sa taille et poser ses lèvres sur son cou.

« Salut ma belle. »

Elle se retourna dans ses bras et leva la tête pour qu'il puisse l'embrasser sur la bouche. Théo gémit légèrement en sentant ses lèvres contre les siennes. « Tu as si bon goût. » Il la serra davantage et Jess sentit monter son désir. Mon Dieu, serait-elle jamais rassasiée de cet homme ?

Théo baissa lentement les bretelles de sa robe, tout en effleurant sa peau avec ses lèvres. La robe tomba au sol et elle soupira quand il la souleva et la coucha sur le lit, tout en retirant son pull. Ses mains descendirent la braguette de son pantalon et ils furent bientôt nus, à s'embrasser et se caresser. Théo glissa avec sa langue le long de son corps, décrivant un cercle autour de ses mamelons avant de plonger dans la cavité de son nombril. Jess haleta en sentant ses dents frôler son clitoris, les doigts de Théo écartant les plis de ses lèvres pour pouvoir la goûter. Elle ferma les yeux lorsqu'il mordit la chair tendre de ses cuisses, et ses doigts glissèrent en elle, un par un, jusqu'à ce que seul son pouce reste dehors pour frotter son clitoris tout en augmentant la pression. Théo l'embrassa sur la bouche tout en la pénétrant, ses doigts l'explorant et la caressant jusqu'à ce qu'elle tremble de plaisir.

« Tu aimes ça ? » Théo lui parla doucement mais ses yeux étaient intenses et elle hocha la tête, incapable de parler, ses ongles creusant la peau lisse de son dos. Il rit doucement, plongea sa tête pour prendre son mamelon dans sa bouche, effleurant de sa langue la pointe sensible avant de le mordre doucement. Jess haleta : « C'est trop, trop... » Mais elle s'agrippa à son contact, resserrant son vagin sur sa main, toujours profondément en elle. Théo taquina ses mamelons avec sa bouche puis enfonça ses lèvres dans la vallée entre ses seins.

« Jouis pour moi, Jessie... Donne-toi à moi... » La pression sur son clitoris devenait presque insupportable et elle s'arqua violemment vers le haut en atteignant l'orgasme, et seul le poids de Théo l'empêcha de tomber du lit. Théo ne lui laissa pas le temps de récupérer et quand son sexe énorme et dur la pénétra, Jess pensa qu'elle pourrait mourir de l'explosion de sensations qui irradiait son corps. Théo lui bloqua les mains au-dessus de la tête et commença à donner d'impitoyables coups de rein, violemment, de plus en plus profond. La douleur parcourut ses hanches lorsque Théo les écarta le plus loin possible l'une de l'autre pour plonger plus loin en elle. Leurs yeux ne se quittèrent plus et elle jouit à plusieurs reprises en sentant Théo frissonner et trembler lorsqu'il jouit en elle. Jess était sur le point de s'évanouir mais elle ne voulait pas qu'il s'arrête.

Théo la retourna d'un seul coup et sans lui laisser de répit, enfonça son sexe dans son anus, tellement lentement et délicieusement qu'elle poussa un gémissement long et délirant.

« Mon Dieu, quand tu fais ce bruit, Jessie... tu donnerais envie à n'importe quel homme de... » Théo ne finit pas sa phrase mais elle le sentit mordre son épaule à pleines dents et elle hurla de plaisir. Ses lèvres remontèrent vers son oreille. « Tu aimes que je te fasse mal, hein ? »

Elle acquiesça de la tête et trembla d'un autre orgasme alors que Théo émit un rire grave, presque dangereux.

« Jessie... je vais t'emmener quelque part, dans un lieu privé et nous allons essayer des choses qui te plairont, et j'aurai le contrôle total de ton corps splendide. »

Il se retira et la retourna pour regarder son visage. Ses yeux verts semblaient illuminés sous l'excitation de la passion et du danger et sa respiration s'accéléra sous son regard. Il se pencha pour l'embrasser sur le cou, les seins et enfin le ventre. Pendant une seconde elle ne sentit que son souffle chaud sur sa peau alors qu'il la regardait, un étrange sourire aux lèvres.

« Je vais te baiser de tant de manières différentes, Jessica Wood, que tu me supplieras d'arrêter. »

Elle sourit, la peau encore rouge et toute luisante de sueur. « Je ne voudrai jamais que tu t'arrêtes. »

Théo sourit. « Bien. Parce que ce corps m'appartient. Ces seins – et il pinça ses mamelons avec les dents en la faisant se tortiller de plaisir – ce ventre... » – et il traça un cercle autour de son nombril, ce qui fit rouler ses yeux en arrière du plaisir qui l'envahit.

« Théo... » Ses mots n'étaient qu'un soupir et il l'embrassa tendrement, affectueusement.

« Tu es toute ma vie », lui dit-il et la douceur, la franchise de sa voix firent pleurer Jessica, qui baissa la tête pour l'embrasser.

JESS REGARDAIT la petite île tout en bas à travers le hublot. L'île de Théo, pensa-t-elle et elle secoua la tête en souriant. Mon petit ami possède une île. Elle ne savait pas pourquoi cela la choquait parce qu'elle avait toujours insisté pour payer sa part lorsqu'ils sortaient, et mise à part le luxe évident de ses maisons, elle ne s'était jamais rendu compte de son immense richesse jusqu'ici. Quelque chose la tracassait à ce sujet, elle le sentait mais décida de ne pas y prêter attention. Pour une fois, cesse de tout analyser et apprécie ce qu'on te donne. Elle sourit et se tourna vers Théo. Elle le regarda travailler un moment sur son ordinateur portable à côté d'elle. Son visage, aux traits si féroces, s'adoucissait si vite lorsqu'il souriait comme un enfant, la manière dont ses yeux disparaissait presque quand il riait.

Elle aimait tout chez lui, la manière dont ses cheveux foncés bouclaient légèrement autour de ses oreilles, sa petite barbe de trois jours.

Théo sentit qu'elle l'observait et il la regarda avec un sourire. « Tout va bien ma puce ? »

« Tout va très très bien. Je t'aime, Théodore Storm. »

Théo sourit et ferma son ordinateur, puis le posa à côté de lui. Il l'attira sur ses genoux d'un seul mouvement, enroulant ses bras autour de sa taille et pressant ses lèvres sur les siennes. « Je t'aime aussi ma belle. Excitée ? »

Quelque chose brûlait dans ses yeux et elle sourit, appréciant le double sens de ses mots. Elle lui embrassa le cou. « Très », chuchota-t-elle et elle entendit son fameux petit rire.

« Ce ne sera plus très long maintenant... »

Jess frotta son visage au sien puis jeta un œil tout autour de la cabine du jet privé. « Nous sommes tout seuls en ce moment... »

Théo ne dit rien et sourit doucement. Jess glissa et se mit à genoux entre ses jambes. Elle ouvrit sa braguette, sortit sa queue et la frotta doucement.

« Détends-toi, Théo. »

Elle le prit dans sa bouche, ses lèvres douces montant et descendant le long de son large sexe, sentant sa peau douce comme de la soie contre sa langue. Elle remonta le long de ses veines sensibles et traça de minuscules cercles autour de son gland, le sentant durcir, et elle entendit Théo haleter. Jess avait des gestes lents, faisant entrer et sortir sa queue de sa bouche, sans cesser de le caresser. Théo ferma les yeux et laissa tomber sa tête en arrière, faisant siffler l'air entre ses dents pendant qu'elle s'occupait de lui.

« Jessie... » Il emmêla ses doigts dans ses cheveux et commença à masser son cuir chevelu, envoyant des frissons de plaisir en bas de son corps. Elle creusa les joues, le suçant doucement, et sentit son sexe trembler et gonfler. Théo gémit et elle sentit le goût salé de son sperme. Elle sourit, ce qui était un exploit étant donné que son sexe était devenu si gros qu'il lui distendait la bouche et commençait à lui faire mal.

Alors, il gémit et jouit enfin à plusieurs reprises dans sa bouche et s'effondra sur son siège, l'attirant dans ses bras.

« FAIS LE. Tue-moi. Frappe-moi. Poignarde-moi à mort. Je préférerais ça mille fois plutôt que te sentir à nouveau une seule fois en moi. » Jules soupira. Elle l'avait délibérément provoqué. Grave erreur, Jessica. Très, très grave erreur. « Pourquoi veux tu me mettre dans cet état ? » Il tourna et retourna la lame dans son ventre. Elle haletait de terreur et d'horreur. Il la poignarda encore. « Sale petite chienne ingrate. Tu ne sais donc pas ce que j'ai fait pour toi ? » Il tordit la lame, sentant son sang chaud couler sur sa peau. « Tout aurait pu être si différent. » Jules sourit, la rattrapa lorsqu'elle tomba sur le sol. « Non, non, s'il te plaît. » Elle le regardait fixement, ses beaux yeux emplis d'incrédulité alors qu'il abattait le couteau sur elle encore et encore...

LES DOIGTS de Jules se contractèrent sur le levier de vitesse alors qu'il conduisait vers la ville. La fureur qui l'avait consumé quand Jess l'avait défié inondait maintenant tout son corps, la démangeait, faisait battre le bout de ses doigts. Désobéissance, ingratitude. Tout avait toujours commencé comme ça, par de la résistance et des disputes, jusqu'à ce qu'il soit obligé de la punir. Parfois, cela se faisait rapidement, il la prenait violemment pour qu'elle sache qu'il était son maître, sans l'ombre d'un doute. Il avait cependant décidé de lui laisser une nouvelle chance. Elle était si spéciale. Il lui donnerait donc une dernière chance de revenir vers lui et d'être à lui pour toujours. Mais si elle résistait, il mettrait au point une punition qui irait au-delà de l'entendement, un châtiment inimaginable.

Mais d'abord, il voulait tout savoir sur ce connard qui partageait son lit à présent, Théo Storm. Il imagina le beau visage de ce bâtard dévasté quand il trouverait l'amour de sa vie poignardé à mort, massacrée par son vrai maître. Peut-être même qu'il pourrait la regarder mourir. Quoi qu'il en soit, il les détruirait tous les deux, psychologiquement et émotionnellement, avant d'enfin tuer Jessica. Il leur apprendrait ce qu'est la perte d'un être cher. Je leur verrai voir un monde au-delà de la douleur, pensa-t-il avec un sourire sinistre. Puis il accéléra et arriva en ville.

THÉO CONDUISAIT sa voiture de location le long de la route côtière. Jess était émerveillée par la beauté de l'île, sa flore colorée et parfumée : des hibiscus, des bougainvillées, des diplanias et toutes sortes d'herbes verdoyantes. L'air était lourd de chaleur mais par les fenêtres ouvertes, Jess pouvait sentir une brise fraîche en provenance de la mer.

Théo la regarda et elle lui sourit. Il fit de même, glissant sa main libre sur son ventre. « On n'est plus très loin, beauté. »

Elle posa sa main sur la sienne, appréciant la sensation de leurs peaux l'une contre l'autre. Théo tourna sur un petit chemin de sable, presque envahi de vignes et de plantes grimpantes. Arrivé en bas du chemin, il désigna le paysage devant eux d'un signe de tête. Une énorme maison s'étendait de plein pied devant eux, toute en bois et en verre, vitrée du sol au plafond.

Ils sortirent de la voiture et Théo ouvrit la porte à Jessica. Il lui fit visiter la maison silencieuse en lui tenant la main, ouvrant en grand les portes vitrées et elle put voir la plage devant la salle de séjour, le sable blanc et l'océan turquoise et bleu, alors que les vagues se brisaient doucement sur la plage.

Jess se rendit compte qu'elle retenait son souffle. « Je suis en plein rêve », souffla-t-elle et Théo rit, enroulant ses bras autour d'elle.

« Pourtant tout est très réel, mon amour, et nous avons cette maison pour nous seuls aussi longtemps que nous le voudrons. » Il caressa ses lèvres. « Tu es fatiguée ? »

Elle secoua la tête, rencontrant son regard fixe. « Non. »

Il sourit, l'embrassa puis dit : « Je parie que tu as faim ... »

Jess gémit et rit en même temps. « Eh bien, en fait, je suis affamée... »

Ils trouvèrent dans la cuisine le réfrigérateur débordant de nourriture et ils se régalèrent de pain frais et de fromage fondu, de pêches succulentes dont le jus dégoulinait sur leurs doigts. Théo ouvrit une bouteille de champagne et Jess s'émerveilla du goût merveilleux de leur festin.

« Je pourrais m'habituer à ça. » Elle lécha le jus qui coulait de sa main et Théo se pencha pour embrasser le jus sur ses lèvres.

« Il a le même goût que toi », murmura-t-il en prenant une autre pêche dans le saladier et en la partageant en deux. Tout en gardant les yeux sur elle, il fit courir sa langue le long de sa chair douce et le ventre de Jess frémit de désir. Théo savait exactement ce qu'il faisait, elle le savait mais elle s'en fichait.

Théo se rapprocha encore d'elle et commença à déboutonner le corsage de sa robe. Elle le regardait lascivement, envahie de désir. Il caressa sa peau avec la pêche, laissant dégouliner le jus vers son ventre avant de le lécher. Jess se sentait comme ivre et toute molle dans ses bras lorsqu'il la souleva et la porta dans la chambre à coucher. Il la déshabilla entièrement et se mit debout devant elle.

« Une seconde », dit-il avant de disparaître. Il revint rapidement avec une demie bouteille de champagne. « Allonge-toi ma belle. »

Elle haleta en sentant le champagne froid dans son nombril et se mit à rire nerveusement alors qu'il le lapait avec sa langue et qu'il dégoulinait sur ses flancs. Théo mit sa bouche sur son nombril et but le champagne qu'il contenait, sa langue s'enfonçant profondément dans la cavité de son ventre. Il but une gorgée à même la bouteille puis lui écarta les jambes. Jess haleta lorsqu'il prit son clitoris dans sa bouche, tout en sentant encore le champagne pétiller contre elle. Elle gémit de plaisir alors qu'il léchait chaque partie de son sexe comme si c'était une pêche, mordant doucement les plis doux de ses lèvres et enfonçant sa langue profondément en elle. Théo versa plus de champagne sur sa peau et Jess sut qu'elle ferait n'importe quoi pour cet homme incroyable, pour son amoureux insatiable et si habile...

JULES L'AVAIT ATTACHÉE à la chaise, les liens suffisamment serrés pour qu'ils mordent sa peau. Jess savait maintenant que c'était la fin. Jules allait la tuer, maintenant, aujourd'hui, dans les minutes à venir et elle ne reverrait jamais Théo. Elle se dit qu'il y avait à peine quelques heures, ils étaient dans son lit, délirant de bonheur, faisant l'amour en s'abandonnant totalement et follement.

Et maintenant elle allait être tuée. Poignardée à mort par son propre beau-frère. Son persécuteur. Son violeur. Maintenant, il allait devenir son assassin.

Jules lui sourit alors qu'il découpait sa chemise. « Tu peux crier si tu veux. Personne ne t'entendra ici. » Il jeta les morceaux de tissu au loin et fit courir ses doigts vers le bas de son ventre.

« Mon Dieu, tu es parfaite », lui dit-il, presque tendrement. Il se pencha et l'embrassa et elle sentit l'acier froid contre elle. « Oh, Jessica... mon amour, mon amour... »

La lame glissa dans sa chair comme dans du beurre.

Jess cria, pas comme quand on se réveille après un cauchemar, mais en poussant un hurlement profondément viscéral, hurlant d'une terreur d'agonie tonitruante. Elle sentit des mains sur elle et sa panique s'accentua, une crainte folle la déchira.

« Mon cœur, c'est moi ma douce... »

Jess lutta pour retrouver son calme et retrouver le monde dans lequel elle s'était réveillé.

« Théo ? » Sa voix se brisa.

« Oui, chérie, c'est moi, c'est moi... Tout va bien, tout va bien, tu as juste fait un cauchemar... »

Toute l'adrénaline quitta son corps et elle s'effondra dans ses bras en pleurant. « Désolée, désolée, désolée », répéta-t-elle mais ce rêve avait l'air si vrai. Elle sentait toujours la douleur du couteau, de sa peau déchirée et ouverte, ses intestins en morceaux, son sang jaillissant hors d'elle...

« Chuuut... » Théo la berça en la balaçant d'avant en arrière pendant quelques minutes, le temps qu'elle se calme. Puis elle s'essuya les yeux et lui sourit faiblement.

« Je suis désolée. Ce n'était qu'un rêve stupide. »

Mais son regard resta inquiet lorsqu'il écarta ses cheveux humides de son front. « Raconte-moi. »

Jess prit de longues inspirations. « Il avait un couteau. »

Elle savait qu'elle n'avait pas besoin d'en dire davantage. Les bras de Théo se serrèrent autour d'elle et il l'embrassa sur la tempe.

« Je ne le laisserai jamais, jamais te blesser une nouvelle fois. »

Elle voulait désespérément le croire.

MAX AVAIT PRÉPARÉ le dîner quand Josh rentra à la maison, c'était son tour et il avait manqué de faire les derniers. C'était donc son tour et il ne souhaitait qu'une chose après sa difficile journée, une soirée tranquille avec Josh. Il se versa un verre de vin, vérifiant que le chili mijotait doucement et se dirigea vers la salle de séjour. Il alluma la télévision et choisit une émission de comédie en bruit de fond.

Max la regarda quelques minutes, sachant qu'il ne s'y intéresserait pas puis il sortit le lourd dossier de son sac en soupirant. Le dossier sur Jules Gachet. Depuis qu'il avait entendu le vieux flic parler de Jules, il n'avait pas pu se le sortir de la tête. Max n'était pas stupide, il avait deviné que l'obsession de Gachet pour Jess cachait quelque chose de bien plus insidieux, bien plus dérangeant. Il en avait parlé à un ami psychologue qui avait suggéré plusieurs idées. Et l'une d'entre elle restait gravée dans son esprit : Jules avait fait de Jess son obsession sexuelle.

« Mais pas quand elle était enfant ? » avait demandé Max à son ami d'une voix inquiète. Il avait hoché la tête, d'un air fâché et triste.

« Probablement que si. T'a-t-elle parlé de quelque chose de semblable, ou à Théo ? »

Mais il n'avait pas pu interroger Théo. Théo lui avait expressément interdit de fouiller dans le passé de Jess. Mais sans cela, il n'en aurait pas découvert autant sur ce fils de pute de Gachet. Max sentit sa haine envers ce français l'envahir. Comment osait-il traiter Jess de la sorte ? Comme quoi ? lui demanda son subconscient. Il avait dû enquêter sur sa dynamique familiale avant qu'il ne se risque à en parler à Théo. Il ouvrit son ordinateur portable et trouva un plan du quartier de Jules. La maison où Jess avait grandi.

Max avait alors décidé d'y aller et il découvrit quelle sorte d'enfance son amie avait eue... et ce que Jules lui avait fait.

LA PIÈCE ÉTAIT SOMBRE, seulement éclairée par la lueur d'une chandelle chaude et vacillante. Les portes en verre s'ouvraient sur la plage et une brise chaude soulevait délicatement les rideaux. Théo et Jess écoutaient en fond musical la douce Lana Del Rey dans Video Games et dansaient lentement, sensuellement. La tête de Jess était sur l'épaule de Théo, son bras étroitement enroulé autour d'elle, son autre main dans la sienne. Ils avaient passé une journée de repos, de soleil cuisant, de mer rafraîchissante et de délicieuse nourriture et maintenant la nuit noire les laissait tous deux dans une nuée sensuelle de désir. Théo s'éloigna d'elle un moment et prit sa cravate. Il la noua doucement autour de ses yeux.

« Prête ? » Il chuchota, elle hocha la tête et sourit. Il fit courir sa langue doucement le long de sa lèvre inférieure en l'embrassant. Il recula encore et elle continua à se balancer doucement au rythme de la musique.

Théo la regarda, ses yeux brillant de désir. La robe en soie rouge qu'elle portait soulignait chaque courbe de son corps, et lorsqu'elle se déplaçait, la soie soulignait ses seins, son ventre, son long collier de perle qui bougeait doucement lorsqu'elle dansait.

« Jessie... »

« Oui ? » Sa voix était douce, rêveuse, dans l'attente des ordres de Théo.

« Jessie, fais entrer tes doigts en toi et caresse-toi pour moi. Laisse-moi te regarder. »

Tout en dansant, elle fit ce qu'il lui demandait, faisant glisser avec élégance ses mains sous sa robe, la soulevant, faisant remonter ses doigts au-dessus de la peau douce de ses cuisses. Théo la regarda faire alors qu'elle frottait sa main dans son sexe, ses mouvements en rythme avec la musique. Il la regarda se masturber et pensa que c'était la chose la plus belle qu'il ait jamais vue. Son sexe se tendit contre le tissu de son pantalon et silencieusement il se leva, se déplaça et prit ses fesses dans sa main. Les yeux bandés, elle sursauta légèrement à son contact puis se remit à se masturber. Il l'attira contre lui, contre sa queue dure et raide. Il la mit en contact avec sa peau et elle gémit en sentant sa chaleur. Théo attrapa les perles de son cou et les enroula autour de ses mains, les attachant ainsi derrière elle. Il lui embrassa l'épaule.

« Est-ce que tu m'appartiens ? » Il chuchota, ses lèvres contre son oreille, ses dents lui pinçant doucement les lobes.

« Oui, monsieur. »

Un frisson le parcourut mais il garda le même ton calme. « Bonne réponse mademoiselle. Mais je pense que vous avez malgré tout besoin d'être punie. »

Il l'entendit respirer plus vite et vit ses joues devenir écarlates. Il resserra le lien de ses mains jusqu'à ce que ça en devienne inconfortable. Il se mit derrière elle et fit courir ses doigts sur son ventre tout en la couchant sur le canapé.

« Penche-toi et ouvre tes jambes, fillette... »

Elle obéit et il la pénétra brusquement par derrière, l'humidité douce de son vagin enveloppant sa queue, qui était si dure maintenant qu'il pensa qu'elle pourrait éclater. Jess haleta sous la force de la pénétration et il sourit.

« Demande-moi... »

« Baisez-moi, monsieur, baisez-moi. »

Il entra plus fort en elle, et elle gémit. Il lui attrapa les hanches, y enfonçant profondément les doigts dans cette chair douce.

« Demande-moi encore. »

« Baise-moi s'il te plaît, baise-moi plus fort... oui... oh mon Dieu...»

Théo fit ce qu'elle demandait, enfonçant son sexe aussi loin que possible dans sa chatte douce et humide. Jess gémit et il sentit tout son corps trembler. Il se retira, la retourna et la poussa par terre. Il voulait la regarder pendant qu'il la baisait, ses lèvres, ses seins, son ventre. Sa peau dorée miroitait de sueur et de chaleur alors qu'il plongeait à nouveau en elle. Il passa ses jambes au-dessus de ses épaules et retira le bandeau de ses yeux. Il avait besoin de voir l'amour dans ses yeux et le feu qui y brûlait aussi, un feu nouveau, un réel désir d'être possédée. Par lui seul. Elle était à lui.

Théo jouit, l'inondant de sperme avec tellement de force qu'il en frissonna en se retirant. Jess haletait sous lui et il la souleva dans ses bras. Elle se pencha pour l'enlacer et ils s'embrassèrent. Il détacha ses mains et elle mit ses bras autour de son cou. Ni l'un ni l'autre ne parlaient, ils n'avaient pas besoin de mots. Leurs baisers étaient tendres, aimants, dévorants. Jess prit son collier dans les mains et frotta doucement sa queue avec, faisant courir les perles sur sa peau, contre ses testicules, jusqu'à ce qu'il soit à moitié fou d'excitation. Jess l'enfourcha et le guida en elle, le chevauchant doucement, le taquinant le prenant de plus en plus jusqu'à ce que leurs ventres se touchent. Il se sentit gonfler et la remplir entièrement et puis elle griffa son dos de bas en haut. Mon Dieu, il voulait la consumer, être partout à l'intérieur d'elle. Il retourna vers l'endroit où il avait laissé les jouets sexuels qu'ils avaient achetés et attrapa un godemiché et du lubrifiant. Il recouvrit le jouet et ses mains de lubrifiant et écarta doucement ses fesses. En le regardant dans les yeux, Jess hocha la tête et sourit et il commença à pousser le godemiché lentement dans son anus pendant qu'elle le chevauchait. Leur rythme s'accorda rapidement et Théo était exalté comme jamais auparavant. Ils ne faisaient qu'un, maintenant.

« Je t'aime... » lui chuchota-t-il et il sentit ses muscles vaginaux se resserrer autour de lui. Elle gémissait maintenant, et il sentit les vagues chaudes de son orgasme inonder sa queue. Il se déplaça rapidement pour qu'elle soit en dessous de lui, puis se retira et éjacula sur son ventre.

Finalement, proches de l'épuisement, ils s'allongèrent sur le divan, collés l'un à l'autre. Peau contre peau, comblés et euphoriques, ils s'endormirent enlacés.

Max attendait dans sa voiture garée devant la grande maison que Jules Gachet parte pour la journée. Il n'eut pas à attendre longtemps. L'Audi R8 grise de Jules surgit du portail un peu après neuf heures du matin et Max décida qu'il n'avait pas de temps à perdre.

La femme qui lui ouvrit avait un visage aimable et un corps rond et bien nourri. Max voulut immédiatement la prendre dans ses bras. Il lui dit qu'il était un ami d'université de Jess. La femme, Camilla, le regarda d'un air douteux mais le laissa entrer. Il se rendit vite compte qu'il ne pourrait pas lui mentir longtemps, et il haussa les épaules en signe d'excuse.

« Je suis un ami de Théo Storm, son meilleur ami, et par conséquent, je suis aussi un bon ami de Jess. » Il sourit à la femme qui lui rendit son sourire, acquise à sa cause.

« C'est mieux. Il y a trop de mensonges en ce monde, et certainement beaucoup trop dans cette maison. »

Elle l'invita à aller dans la cuisine. « Avez-vous pris votre petit déjeuner ? »

Elle lui prépara une énorme pile de crêpes à la myrtille absolument succulentes et elle s'assit avec lui, une grande tasse de café à la main. « Alors, Monsieur... ? »

« Max. Pour vous dire la vérité, je ne suis pas censé être ici. En fait, Théo me tuerait s'il savait. Mais il est inquiet. Nous le sommes tous les deux. Il y a eu des incidents entre votre employeur et Jess qui l'ont traumatisée et lui ont laissé des cicatrices. Cela doit s'arrêter mais elle ne portera pas plainte. Ça nous aiderait de savoir comment l'aider, et pour ça, il nous faut en savoir un peu plus sur son enfance... quelle était la dynamique ici... »

Camilla resta silencieuse un bon moment, regardant par la fenêtre, puis elle soupira. « Jess est arrivée ici il y a quinze ans quand M. Gachet père s'est marié avec sa mère. Jules n'était pas là mais il est revenu à la maison quelques années plus tard. Il s'est approprié Jessie dès qu'il l'a vue, il était très possessif, l'empêchait de voir ses amis, il était tout le temps avec elle. Nous ne nous sommes pas rendus compte à quel point cette fixation était malsaine. À la mort de leurs parents, Jules a pu gérer le patrimoine seul et c'est là que les choses ont vraiment mal tourné. Il a essayé de contrôler chaque élément de sa vie et elle a dû déménager. Il ne la laisse jamais tranquille. Il utilise l'argent pour la contrôler, ce qui le rend encore plus méchant et l'autre jour, je l'ai trouvée... »

Elle se tut et Max attendit en lui prenant la main. La femme luttait pour continuer à parler.

« Camilla ? » La voix de Max était douce. « Pensez-vous qu'il la maltraitait ? Sexuellement ? Physiquement ? »

Camilla fondit en larmes. « J'aurais dû la protéger... j'aurais dû... » Elle sanglotait maintenant et Max la prit dans ses bras pour la réconforter.

EN QUITTANT la maison un peu plus tard, le cœur de Max cognait désagréablement dans sa poitrine et il se sentit coupable d'avoir envahi la vie privée de Jess. Mais Jules Gachet était un malade mental et un connard fini qu'elle avait été forcée de subir et qui essayait toujours de la contrôler. Max gagea que dès que Jules avait appris la liaison entre Théo Storm, milliardaire de renommée internationale, et Jess, il avait paniqué à l'idée de la perdre pour quelqu'un qui pourrait lui redonner sa liberté. Il sourit d'un air navré. Jules était exactement le genre d'abruti misogyne qui pensait que Jess tomberait amoureuse d'un homme juste pour son argent. Max ne la connaissait pas depuis longtemps mais il était sûr que Jess aimait Théo pour lui et non pas pour sa grande richesse.

Max décida qu'il devait essayer de donner un avertissement à Jules Gachet. S'il avait appris quelque chose dans son enfance de garçon juif, rondouillard et gay, c'était que les persécuteurs étaient aussi les plus grands lâches. La richesse et la zone d'influence de Théo valaient bien mieux que cette petite merde d'être humain.

Je te dois quelque chose, Théo, pensa Max, celle-là c'est pour moi. Il appela son bureau. Son assistante répondit.

« Jenny ? J'ai besoin que vous m'organiser une réunion. »

ILS PRIRENT leur déjeuner en silence, heureux, les doigts de Théo mêlés aux siens, assis à la petite table sur la terrasse extérieure. L'océan se brisait en silence sur le sable blanc à quelques mètres de là et Jess s'adossa à sa chaise, secoua la tête et sourit.

« Quoi ? » Théo sourit en voyant son expression.

Elle se tourna vers lui les yeux brillants. « Cette semaine a été un rêve éveillé. Le paradis sur Terre. Tu sais quoi ? Je n'ai jamais voulu d'argent, ma mère et moi n'en avions jamais eu avant qu'elle épouse mon père. Elle ne l'a pas épousé pour son argent, elle était amoureuse et il lui a fallu trois tentatives pour lui faire dire oui. Elle s'inquiétait du fait que nous risquions de nous habituer à cette vie de luxe facile, que ça me rendrait paresseuse et sans ambition après avoir terminé mes études. Naturellement ça n'a pas été le cas, elle m'a élevée correctement et malgré cette richesse nouvelle, nous n'avons pas fait d'excès, de choses déraisonnables. Bien sûr, nous avons pu voyager et je lui en suis très reconnaissante mais aujourd'hui, ici et avec toi, je peux voir comment avoir de l'argent peut te permettre d'apprécier les petits plaisirs de la vie. Naturellement, si nous venions ici trop souvent, ça ruinerait toute la magie. » Elle jeta un regard en coin à Théo et sourit. « Pardon, je raconte n'importe quoi. Je veux juste dire que je te remercie. Sans toi, tout cela ne signifierait rien. »

Théo fut ému au-delà des mots et il se pencha pour l'embrasser. « Tentée par une promenade romantique sur la plage ? »

« Oh oui, avec grand plaisir. »

Théo sourit, se leva et la prit par la main. « Allez, viens. »

Ils marchèrent le long de la plage de sable blanc lumineux, Jess admirant la beauté sauvage des collines du centre de l'île, regardant les maisons minuscules parsemées entre les arbres.

« Y a t il une ville ici ? »

Théo hocha la tête. « Une petite mais elle est assez animée. Ils ont une petite salle de concert où tu peux danser, si tu en as envie. »

Elle rit et le prit dans ses bras. « J'ai toujours envie, en fait. » Elle sourit malicieusement et s'écarta de lui.

Théo lui fit un sourire étonné. « Pardon ? »

Elle l'embrassa. « Emmène-moi danser ce soir et tu verras... »

8
___

CHAPITRE HUIT

Jules Gachet attendait au restaurant du nouveau boutique-hôtel de Théo Storm, et il se sentait sur les nerfs et irrité. Camilla lui avait donné le message rapidement, sans lui expliquer qui avait appelé et pourquoi.

Mais cela avait piqué sa curiosité. « Votre présence a été sollicitée à un un déjeuner au restaurant privé Stormfront de Seattle à 13h, jeudi. J'ai hâte de vous rencontrer. Maximillian Zeigler, vice-président de Stormfront Corporation. » Il était resté interdit quelques secondes, jusqu'à ce qu'il se rappelle que c'était l'entreprise de ce bâtard, celui qui sautait sa Jessica. Mais bon, c'était un déjeuner offert et il écouterait les menaces que l'homme de main de Storm lui balancerait puis il les ignorerait. Il punirait Jessica pour ces menaces quand elle reviendrait de là où cet abruti l'avait emmené. Peut-être que ce crétin avec qui il avait rendez-vous lui dirait où elle se trouve.

Max Zeigler était impeccable dans son costume, coupé sur mesure pour son corps légèrement rondouillard. Son visage était doux, un peu pâteux mais il n'y avait aucun doute sur le gris métallique de ses yeux. Il serra la main de Jules très rapidement et lui fit signe de s'asseoir.

Jules sourit d'un air affecté, prit le verre de Lagavulin qu'il avait commandé et le but. « Alors, que puis-je faire pour vous, M. Zeigler ? »

Le sourire de Max était glacial. « M. Gachet, sachez que je ne suis pas du genre à mâcher mes mots. Vous mettrez un terme à toutes vos réclamations envers Jessica Wood. Vous ne la contacterez plus jamais à l'avenir. Vous continuerez à honorer les engagements financiers que vous avez faits pour les projets choisis par Jessica. »

Jules resta sans voix et il éclata de rire. « Je vous demande pardon ? Est-ce que c'est une blague ? En quoi mes relations avec Jessica Wood vous concernent ? Je veux dire, indépendamment du fait que votre patron la baise. D'où sortez-vous que vous avez le droit de me dire ce que je dois faire ? »

Max se pencha en avant et la colère sur son visage poussa Jules à se reculer. Max s'éclaircit la gorge. « Parce que, M. Gachet, si vous ne le faites pas, je n'aurai pas d'autre choix que vous dénoncer à la police. M. Gachet, vous êtes auteur de maltraitance, un manipulateur et je suis persuadé que vous êtes un pédophile. Vous avez agressé à plusieurs reprises Jessica, et Dieu seul sait depuis combien d'années. Je crois que cela a commencé quand Jessica avait douze ans ? Le viol sur mineur est passable de vingt-cinq ans à la prison à vie. Une tentative de meurtre, désolé, je veux dire une tentative de meurtre répétée, et vous ne reverriez jamais le monde extérieur. »

Jules regardait fixement l'homme face à lui, pouvant à peine croire ce qui se produisait. Cette foutue salope. Il grinça des dents.

« Quoi que Jessica vous ait dit... »

« Elle ne m'a rien dit. Mr. Storm m'a demandé d'enquêter sur vous la dernière fois que vous avez essayé de tuer Jess. »

« "Jess" ? C'est aussi votre copine ? Vous baisez aussi cette putain ? »

Max resta dangereusement silencieux et Jules vit ses doigts tapoter la table. Jules eut vraiment peur pour la première fois de sa vie. « Très bien, dit-il en se levant. Faites comme vous voulez. Elle est presque déjà usagée maintenant de toute façon », ajouta-t-il d'un air méprisant et il fut heureux de voir l'expression de dégoût sur le visage de Max.

Il sortit en trombe du restaurant, claquant des doigts le valet pour lui amener sa voiture. Il n'avait jamais ressenti auparavant une telle fureur le submergeant, chaude, blanche, incandescente. Bien sûr, Jessica avait tout raconté à Storm ; elle souhaitait clairement mourrir. *Je te ferai regarder la mort en face bientôt, Jessica...*

Peu importe. Pour l'instant, il voulait juste se saouler, tirer un coup et oublier l'humiliation de cet après-midi. Il avait encore beaucoup de temps pour planifier sa vengeance.

TROIS DOUCHES FURENT nécessaires à Max pour se débarrasser de l'atmosphère de ce déjeuner. Il se sécha, en écoutant la télévision de l'autre bout de la pièce. Il avait à peine parlé à Josh une fois rentré à la maison, son esprit toujours perturbé par ce rendez-vous, et maintenant il se sentait coupable.

Son mari était allongé sur le divan et Max se pencha sur lui et l'embrassa.

« Désolé. »

« T'inquiète pas. J'ai commandé une pizza, viens te reposer avec moi et décompresse. Tu ressembles à Frodon au Mont Destin. »

Max renifla en rigolant et s'effondra sur le divan. Josh passa son bras autour de ses épaules et le regarda.

« Que se passe-t-il ? »

Max resta silencieux une minute puis coupa le son de la télé. « Il faut que j'en parle avec quelqu'un mais j'ai besoin de savoir que tu ne feras rien avant que je te le dise. »

Josh hocha la tête, en le regardant avec inquiétude. « Je te le promets, bébé, comme toujours. »

Max prit une profonde inspiration et raconta tout, de Théo lui parlant des agressions sur Jess à son rendez-vous avec Jules Gachet cet après-midi. Josh l'écouta avec une expression d'horreur évidente sur le visage. Quand Max eut fini, il se leva et prit une bouteille de vin dans le réfrigérateur, avant de remplir deux verres. Au bout d'un moment, Josh regarda Max.

« Tu dois en parler à Théo. Même si tu as dépassé les limites. Jess pourrait avoir de sérieux problèmes si cet abruti décide de la punir de vous avoir mis au parfum toi et Théo. »

Max frotta son visage avec ses mains. « Je sais, je sais... c'est juste, merde Josh, Théo devrait-il vraiment être entraîné là-dedans à cause d'une fille qu'il connaît depuis si peu de temps ? Non, ne répond pas. Il aime Jess. Mais bon, je l'aime aussi mais à moins que cet abruti ne se retire de sa vie une bonne fois pour toutes, je ne peux pas les imaginer vivre heureux... »

« Pour toujours... » Termina Josh mais il ne souriait pas. « Écoute, ils ne sont pas encore rentrés. Attends quelques jours et regarde ce que ce connard va faire. Mais, Max, s'il est vraiment aussi dangereux que tu le dis... »

Max se pencha en arrière, regardant fixement le plafond et il se demanda ce qu'il avait démarré.

ALORS QU'ILS se promenaient dans leur petite île paradisiaque, Théo et Jess riaient tellement qu'ils durent s'arrêter plusieurs fois sur le chemin. La soirée dans ce club les avait saoulés de sueur, de sensualité, de danse, d'alcool et de baisers. Jess portait une robe soyeuse dorée qui se terminait juste au-dessus de ses genoux et révélait sa belle peau fauve.

Dans le club tamisé, ils trouvèrent une salle arrière non fermée et une fois à l'intérieur, ils se collèrent l'un à l'autre, à s'embrasser, se mordre, se griffer. Théo la poussa contre le mur pendant qu'elle sortait son sexe dur de son pantalon et qu'il déchirait sa culotte. Jess haleta lorsqu'il la souleva et la pénétra sauvagement, en utilisant tout son corps pour pousser, ce qui la fit crier. La porte non verrouillée et la crainte d'être pris sur le fait les enhardissaient et Théo souriait alors que Jess le suppliait de la baiser plus fort. Ce fut une baise sale et rapide et ils jouirent ensemble, en sueur, puis retournèrent à leur box en gloussant et en s'embrassant.

Théo regarda l'amour de sa vie, la lumière pâle de la lune donnant une lueur argentée à sa robe et rayonnant sur sa peau. Jess lui sourit, le tira par la main et ils s'assirent sur le sable.

« Ce serait une grave erreur de ne pas prendre un bain de minuit au moins une fois. »

Elle retira sa robe en un mouvement rapide et lui fit signe de faire de même. Théo n'hésita pas et se déshabilla puis lui courut après dans l'eau chaude. Jess poussa de petits cris perçants en riant lorsqu'il l'attrapa par la taille et la coucha dans les vagues, éclaboussant tout autour d'eux. Ils continuèrent à s'amuser et à s'embrasser jusqu'à ce que Jess commence à trembler. Théo l'enveloppa dans sa chemise et ils se dépêchèrent de rentrer à la maison, mais sur le pas de la porte, il la porta jusqu'à la chambre. Il l'allongea au bord du lit et souleva ses chevilles au-dessus de ses épaules.

« Soulève tes hanches, bébé », chuchota-t-il et elle obéit, gémissant alors qu'il glissait doucement en elle.

« Mon Dieu, tu me rends fou quand tu fais ce bruit, ma belle...» Il poussa plus profondément, frottant son clitoris comme elle aimait qu'il le fasse et sentit ses cuisses humides trembler puis tout son corps devenu moite. Tous deux, au comble de l'excitation, jouirent rapidement et s'effondrèrent ensemble, aspirant de longues bouffées d'air dans leurs corps épuisés.

Jess lui sourit. « Waouh, tu es vraiment bon à ce jeu-là. »

Théo rit. « Je ne suis bon que parce que tu me rends bon, ma chérie. »

Jess roula sur le côté et leva les yeux vers lui. « J'ai une confession à te faire. » Elle essaya de garder une voix calme mais Théo vit autre chose dans ses yeux. Il prit sa joue dans sa paume.

« Tu peux tout me dire. »

Jess hésita. « Je n'étais pas vierge quand nous nous sommes rencontrés mais je n'ai jamais couché avec un homme que j'aimais avant toi. »

Cela le ravit et l'horrifia en même temps. Elle lui disait ce que Jules lui avait fait. Elle le confirmait. Oh, ma belle Jessie, détruite... Sa poitrine lui faisait mal.

« Je n'étais pas sûre de vouloir vraiment de quelqu'un physiquement, jusqu'à ce jour où je t'ai rencontré. Dès que je t'ai vu, j'ai été envahie de sentiments que je ne me pensais pas capable de ressentir. »

Il étudia son visage. « Comment te sens-tu ? »

Elle hocha la tête. « Ça va. Je pense que je vais bien. »

« Ne sois pas effrayée, ma puce. »

Elle lui sourit. « Je ne le suis pas. Je suis folle. Je suis furieuse de ne pas avoir eu droit à cela si longtemps. »

Il sourit. « Parfait. » Il se coucha sur elle. « Sache une chose, femme, tu es torride quand tu es fâchée. Une sorte de mini Hulk. »

« Adorable. »

Il rit et commença à lui embrasser le cou. Elle lui caressa les bras, en bas du dos, puis le haut des fesses. Elle le serra plus fort et enroula ses jambes autour de ses hanches.

« Théo ? »

« Oui mon cœur ? »

Il semblait tellement plus jeune sous le clair de lune, ses grands yeux verts dans les siens, son sourire aux lèvres. Elle trouva qu'il n'avait jamais été aussi beau que cette nuit. Elle lui caressa les joues avec ses pouces.

« Je t'aime. »

Il l'embrassa, écrasant sa bouche contre la sienne. « Je t'aime aussi, bébé. Il n'y a que toi et moi maintenant. Pour toujours. »

Elle sourit mais ses yeux étaient tristes. « Puissions-nous être seuls au monde, Théo. »

Il l'embrassa sur le front, et fit descendre sa main vers le bas de son ventre. « Je ferais tout pour toi, ma belle. Tout. »

Il l'attira à lui et ils firent l'amour toute la nuit.

La fille qu'il avait rencontrée au club défait sa braguette et se pencha au-dessus de lui.

Jules se pencha en arrière et se détendit pendant qu'elle s'occupait de lui, touchant ses cheveux rouges alors que sa bouche était autour de sa queue. Il ferma les yeux et imagina des cheveux plus foncés, une peau plus foncée, un contact plus doux. Quand il était sur le point de jouir, il poussa la fille vers le plancher et la pénétra, ignorant son cri de douleur. Elle avait le même visage que Jessica et il la baisa violemment, comme une punition, avec toute la haine, et la convoitise qu'il avait en lui. Il voulait la tuer d'avoir raconté leur petit secret à ce connard. Non, il voulait juste la tuer, point.

Mais une idée lui était venue un peu plus tôt, en buvant verre sur verre, et maintenant il était certain que ce n'était pas Jessica qui avait tout raconté à Storm ou à Max Zeigler. C'était quelqu'un d'autre, une personne qu'il pensait ne le trahirait jamais, ni lui ni le souvenir de son père. Quelqu'un qui aurait du être plus prudent.

Jules était encore plus saoul lorsqu'il se rendit compte de ce qu'il avait à faire et maintenant, baisant cette fille dont il n'avait même pas demandé le nom, il oubliait tout et préféra s'imaginer qu'il était à la place de Théo, Jessica dans ses bras, pour pouvoir sentir sa peau contre la sienne, et il jouit, gémit et pleura jusqu'à plus soif.

« Je refuse de partir, Monsieur, je refuse en bloc. »

Théo se mit à rire quand Jess se mit à bouder lorsqu'il commença à faire les valises. C'était leur dernière journée sur l'île avant de rentrer à Seattle, à une heure beaucoup trop matinale le lendemain. Il se pencha pour l'embrasser.

« Rien ne me ferait plus plaisir que de rester ici avec toi, ma belle, mais pour pouvoir m'offrir ce paradis, je dois travailler. Il nous reste toute la soirée pour en profiter. »

Jess soupira et traîna sa valise sur le lit. « Et je dois trouver un autre travail. »

Ils firent leurs bagages en silence puis Théo, d'un air inhabituellement timide, dit à Jessica :

« Tu n'as pas besoin de travailler. Je ne veux pas te... mais tu sais tu peux finir ton doctorat, te concentrer là-dessus, prendre un peu de temps pour voir ce que tu as envie de faire ensuite. Tu es très intelligente, tu pourras faire tout ce dont tu as envie. »

Le visage de Jess devint pâle. « Théo, j'ai envie d'être indépendante. Je t'aime mais si des cadeaux comme ce séjour deviennent trop fréquents, je serai mal à l'aise. C'est ma responsabilité, pas la tienne. »

Théo se sentit gêné. « Jess, je n'ai jamais voulu que tu penses que j'essaie de gérer ta vie à ta place. Je ne suis pas Jules. »

Le visage de Jess se tendit et de grosses larmes roulèrent sur ses joues. Elle les essuya d'un geste d'impatience. « Je le sais ça. » Sa voix était grave et il voulut la prendre dans ses bras mais son corps se raidit et il sentit une distance palpable entre eux.

« Jess... Je suis juste en train de te dire de prendre un peu de temps pour souffler. Tu le mérites. »

« Est-ce qu'on pourrait en parler plus tard ? »

Théo soupira d'un air résigné. Mon Dieu, Jules lui avait fait tellement de mal qu'elle était presque incapable d'accepter le moindre acte de gentillesse. « Comme tu veux. »

Ils finirent de faire leurs bagages en silence et Jess sortit de la chambre.

Il la trouva face à l'océan. Il glissa ses bras autour d'elle et fut rassuré lorsqu'il la sentit se laisser aller à son étreinte.

« Je suis désolée, dit-elle doucement. Je suis une idiote. Je sais que tu essaies de m'aider et que tu es incroyablement généreux. Mais je refuse simplement d'être ce genre de femme. »

Il lui fit face et il prit son visage dans ses mains. « Tu ne seras jamais ce genre de femme, tu n'es pas le genre de femme qui voit les hommes comme moi comme un ticket de loterie. Ça ne te correspond pas. Je te comprends, je veux que tu le saches. Est-ce que tu es d'accord pour qu'on reparle de tout ça sérieusement une fois rentrés, d'un éventuel partenariat de travail entre nous ? »

Jess hésita puis hocha la tête.

« Bien. » Il l'embrassa. « Maintenant, changeons de sujet. » Il s'agenouilla devant elle et remonta sa robe jusqu'à la taille, en la bloquant d'une main le tissu sur ses hanches et en baissant sa culotte de l'autre. Il souleva l'une de ses jambes bronzées par-dessus son épaule et commença à lui embrasser le ventre et à descendre vers son sexe. Jess s'appuya contre le mur et soupira en lui passant la main dans les cheveux.

Il la fit jouir à deux reprises avant de se remettre debout et elle s'empara immédiatement de lui, sortit sa queue et tomba à genoux. Elle lui sourit.

« À mon tour... Théo ? »

« Oui ? »

« J'ai besoin que tu me parles crûment... » Théo lui sourit et lorsqu'elle le prit dans sa bouche, lorsqu'il sentit sa chair douce de sa bouche chaude, ses lèvres commencer à faire des va-et-vient, il se sentit si bien qu'il n'eut aucun mal à lui dire ce qu'il voulait.

« Tu es si belle ma puce, avec ta bouche sur moi, tu me donnes envie de jouir encore et encore, je vais te remplir toute entière. »

Elle fit glisser ses mains de haut en bas de son sexe, tirant doucement sur la peau afin que sa langue puisse atteindre tous les points les plus sensibles. Théo ferma les yeux, savourant chaque seconde de plaisir.

« Une fois que j'aurai joui, ma belle, tu viendras dans mon lit et je te baiserai pendant des heures jusqu'à ce que tu sois si épuisé que tu me supplieras d'arrêter. Mais je baiserai ta bouche d'ange et ton sexe divin et je l'inonderai de mon sperme jusqu'à ce qu'il déborde. »

En entendant son souffle accéléré et sa poitrine se soulever plus rapidement, il fut sûr qu'elle était au comble de l'excitation. « J'ai une telle envie de te goûter, ici et maintenant. »

Jess le suça encore, la main posée sur ses testicules, ses ongles plantés en lui et il jouit, lui criant tout son amour en déchargeant son sperme dans sa bouche. Il la prit dans ses bras tout en reprenant son souffle et elle l'embrassa en le fixant avec des yeux de braise pleins de désir.

« Prends-moi contre le mur. Par derrière. Fort », lui ordonna-t-elle. Il la plaqua alors contre le mur, lui écartant les jambes d'un geste du pied et entra d'un seul coup sans prévenir, dans son sexe détrempé, tout en appuyant ses mains au-dessus d'elle contre le mur.

« Tu as envie d'être baisée toute la nuit, ma belle ? » Il lui murmurait à l'oreille tout en la baisant violemment et elle hocha la tête, la peau couverte de sueur. Sa main se mit à frotter son clitoris, le fit se durcir et battre sous ses doigts. « Tu es à moi ce soir, et je vais te baiser jusqu'à plus soif. »

Elle jouit rapidement, en gémissant. « Encule-moi, Théo, s'il te plaît... »

En lui écartant doucement les fesses, Théo lutta pour contrôler son propre orgasme. Sa main libre faisait des cercles sur son ventre, il savait que cela la rendait folle. Mon Dieu, cette femme... Ils étaient faits l'un pour l'autre, il en était persuadé. Elle lui appartenait et il lui appartenait...

« C'est pour toujours, Jessie...Toi et moi...»

Frissonnant et vibrant de plaisir, ils firent l'amour tout le reste de la journée, jusqu'à l'aube, où ils s'écroulèrent de fatigue, rassasiés, ivres de bonheur, et persuadés que rien au monde ne pouvait plus les atteindre.

Une semaine plus tard, Théo se demandait pourquoi Max l'évitait. Il suivit son meilleur ami à la cafétéria du siège Stormfront et lui sauta dessus par surprise alors qu'il commençait à manger sa salade d'un air morose.

Théo sourit, prit une chaise et s'assit en face de son ami. « Josh t'a à nouveau mis au régime ? »

Max leva les yeux au ciel. « Il y est aussi, et ça facilite les choses. Il est tombé sur ma collection de ding-dongs, ajouta-t-il d'un air outré, et il les a jetés. Tous jetés ! »

Théo rit et prit une longue gorgée de café. « Où étais-tu passé ? Je ne t'ai presque pas vu depuis que Jess et moi sommes rentrés. Elle voudrait te revoir et rencontrer Josh au fait. »

Max hocha la tête. « D'accord, ça me va. » Il fit une pause. » Comment va-t-elle ? »

La question de Max était lourde de sous-entendus et Théo sourit à son ami. « Elle va bien. Pourquoi tu me demandes ça ? »

« Je me demandais juste si elle n'avait pas eu d'autres ennuis avec son connard de beau-frère. » '

« Non, pas que je sache. ...Max, qu'est-ce que tu me caches ? »

Max soupira et sembla s'effondrer. « Je n'étais pas sûr que ce soit une bonne idée mais... J'ai rencontré Gachet. »

Les sourcils de Théo se levèrent. « Quoi ? Max... »

« C'est un nuisible, Théo, il est dangereux. J'ai parlé à sa femme de ménage, dans sa maison même, celle où Jess a grandi. Elle m'a plus ou moins dit que Jules agressait Jess depuis sa tendre enfance. Lorsqu'elle était encore très jeune. Je n'ai pas voulu gâcher vos vacances ni rappeler ses mauvais souvenirs à Jess, alors j'ai pris rendez-vous avec lui pour le rencontrer. » Max ne pouvait plus s'arrêter de parler maintenant. « On doit faire quelque chose, essayer de l'arrêter, essayer de lui montrer que Jess est sous protection maintenant.

« Que s'est-il passé ? »

« Quand ? »

« Quand tu as rencontré Gachet. »

Max regarda Théo droit dans les yeux, son ami et confident de toujours. « Je lui ai fait peur. Je lui ai demandé dans son intérêt de renoncer à voir Jess et à toutes ses exigences envers elle, renoncer à mettre la mainmise sur son héritage. Je lui ai dit que la manipulation et les persécutions devaient s'arrêter et que si ce n'était pas le cas, j'irais le dénoncer à la police. »

Théo avait l'impression que Max lui cachait encore quelque chose mais au lieu de se mettre en colère, il lui en fut reconnaissant. Il fut vraiment ému du fait que son meilleur ami soit allé aussi loin pour la femme qu'il aimait, lui. Théo hocha la tête, sourit, et vit le soulagement dans les yeux de Max.

« Merci mon pote, dit gentiment Théo. Vraiment. Maintenant, attendons de voir comment il va réagir. Mais il ne s'approchera plus jamais de Jess, je te le garantis. »

« Comment va-t-elle, vraiment ? »

Théo hésita. « Elle ira mieux si nous gardons ça pour nous. Pour l'instant en tout cas. Elle ne doit pas être au courant. »

Max hocha la tête. « C'est d'accord. » Les deux hommes restèrent silencieux un long moment puis Max secoua la tête. « Quand tu vois ce que les hommes sont capables de faire aux femmes... »

Théo ne trouva rien à répondre à cela.

CAMILLA RESSERRA son manteau autour d'elle en voyant le ciel de Seattle devenir menaçant. La voiture se gara le long de la Cinquième et elle se dit qu'elle aurait dû commander ses vêtements en ligne plutôt que d'aller faire du shopping par ce temps. Le soir tombait sur la ville, sa longue journée parvenait à son terme et elle était épuisée. Elle marcha rapidement vers le parking du garage et prit l'ascenseur jusqu'à son appartement.

À peine sortie de l'ascenseur, elle sentit qu'on l'attrapait. Camilla sentit son corps se soulever, on la jeta sur le sol en béton et elle sentit un homme se pencher sur elle. À travers l'obscurité et en dépit de la peur qui la paralysait, elle ne le reconnut pas, jusqu'à ce qu'il parle.

« Tu n'aurais pas dû ouvrir ta grande gueule, Camilla. Ça ne sauvera pas Jessica, et ça ne te sauvera pas toi. »

Camilla n'eut pas le temps de crier avant que son assassin ne lui tranche la gorge.

JESS L'ATTENDAIT dans son appartement et quand il entra, Théo se rendit compte à quel point il était amoureux de cette femme. Elle portait un vieux T-shirt et un jean troué. Elle avait l'air d'avoir dix-neuf ans.

« Salut ma belle. » Théo retira sa cravate en entrant, et elle se mit sur la pointe des pieds pour l'embrasser.

« Salut mon cœur. J'espère que tu as faim, je t'ai préparé ma spécialité de cheeseburger. »

« Tu l'as sorti de la boîte ? »

« Te fous pas de moi. ». Elle se mit à rire et Théo la prit dans ses bras et lui embrassa le cou.

« Tu sens si bon », murmura-t-elle et il la sentit frémir.

« Si tu aimes la sauce au fromage », lui répondit-elle en l'embrassant tendrement. « Va prendre une douche pour te détendre, le dîner sera prêt dans une vingtaine de minutes. »

« Vingt minutes, hein ? » et elle sourit, sachant très bien ce qu'il voulait. Elle passa son T-shirt au-dessus de sa tête.

« Fais vite alors, soldat. » Elle se recula légèrement en riant. Théo secoua la tête d'un air désapprobateur.

« J'ai fait de toi une dévergondée, Jessica Wood », mais en quelques secondes, ils étaient nus sous la douche et il la soulevait pour pouvoir plonger en elle.

Ensuite, ils prirent leur repas devant la télé, Jess en sous-vêtements, Théo en jogging. Il sourit quand elle fit tomber de la nourriture.

« Tu as fait tomber du fromage sur ton ventre, dit-il en fronçant les sourcils. Ce fromage est vraiment chanceux. » Il se pencha et goba la nourriture avec sa bouche, en l'embrassant tendrement sur le ventre, la faisant glousser.

« Espèce de cinglé », dit-elle alors que le téléphone sonnait. Elle lui sourit et répondit à l'appel.

« Oui ? C'est moi. »

Théo étudia son visage et vit son expression passer du bonheur à la confusion puis à l'horreur. Jess prit une profonde inspiration puis regarda Théo d'un air perdu. Il fronça les sourcils, se demandant si c'était Jules qui manigançait quelque chose encore. Elle avait changé de numéro mais qui sait jusqu'où Jules pouvait aller pour la traquer.

« Quand ? » la voix de Jess se brisa et Théo se précipita pour la prendre dans ses bras. Jess tremblait violemment.

« Oui, bien sûr. Je serai là, vous pouvez passer quand vous voulez. »

Ce n'était pas Jules, se dit Théo avec soulagement mais le regard de Jess l'inquiétait beaucoup. Désespoir. Incrédulité. Douleur.

Elle raccrocha et le regarda, les yeux emplis de désespoir, d'horreur et de chagrin.

« Qu'est-ce qu'il y a mon amour ? Que se passe-t-il ? »

« C'était la police. Ils vont passer m'interroger. Mon Dieu, Théo... C'est Camilla... Ils l'ont retrouvée dans un parking de la Cinquième avenue il y a une heure. Sa voix se brisa et le cœur de Théo faillit s'arrêter. Elle est morte Théo. Elle a été assassinée. Non, mon Dieu, non... »

Théo la serra fort alors qu'elle sanglotait. Il voulait la consoler, mais il ne cessait d'entendre une voix dans sa tête, une voix répétant en boucle les mêmes quatre mots. C'est de ta faute.

Oh mon Dieu, pensa-t-il, Max, qu'avons-nous fait... ?

CHAPITRE NEUF
BATS-TOI AVEC MOI

J essica Wood hocha la tête lorsque le médecin légiste lui montra le corps. « Oui, c'est bien Camilla Amotte. » Elle ne pouvait pas quitter des yeux le visage de la défunte, il semblait tellement paisible et serein, il ne trahissait aucun signe de sa mort violente. Le légiste lui avait volontairement recouvert le cou pour cacher la terrible et profonde entaille, mais Jess pouvait toujours voir la peau bleue tout autour. Elle se sentait engourdie. Ces derniers jours, elle s'était mise à crier jour et nuit, et maintenant, elle était épuisée et résignée. Camilla, sa belle et bien-aimée Camilla, était morte et Jess savait, sans aucun doute, que Jules l'avait tuée.

La police lui avait dit qu'il n'y avait aucune preuve physique pour l'enquête et que Jules leur avait fourni un alibi en béton.

« C'est de ma faute », avait-elle dit à Théo la première nuit où il l'avait consolée lorsqu'elle n'arrivait pas à arrêter de sangloter.

« Non, non, pas du tout... » Il l'avait bercée doucement pour la rassurer mais n'avait pas su la convaincre.

Maintenant, elle tenait la main de Théo alors qu'ils quittaient la morgue et son odeur d'antiseptique en direction du soleil lumineux de Seattle, elle se tourna vers lui et s'appuya sur lui.

« Théo, je sens que je dois partir un moment. Quitter la ville, faire le vide dans ma tête. »

Théo caressa son visage. « Nous pouvons aller n'importe où, mon amour. Demande-moi juste ce que tu veux. »

Elle le repoussa légèrement. « Je veux dire... moi seule. Non, ajouta-t-elle rapidement après avoir vu la peine sur son visage, je suis désolée, je ne veux pas te faire de mal, ce serait juste pour quelques jours. » Elle lui fit un petit sourire triste. « J'ai vraiment besoin de me vider la tête et toi, Théo Storm, tu es une grande distraction. J'ai besoin de savoir ce que je dois professionnellement et comment je peux aller de l'avant. Je sais que tu m'as dit de ne pas m'inquiéter pour l'argent mais je ne peux pas m'en empêcher. Ce n'est pas moi. »

Théo resta silencieux un moment, ses yeux fixant intensément les siens, qui le regardaient avec douceur, puis il sourit légèrement. « Je te comprends. Mais juste pour que je ne devienne pas fou pendant ton absence, j'aimerais savoir où tu es. Je possède un chalet quelque part dans l'Oregon, sur le fleuve Santiam. C'est isolé mais pas trop. Très froid par contre. »

Jess hocha la tête avec reconnaissance. « Ça serait le paradis, merci. Et peut-être qu'au bout de quelques jours, si tu as un peu de temps... ? »

Théo la prit dans ses bras. « J'en ai toujours pour toi, Jessie. »

Au petit-déjeuner, Jules Gachet parcourut les CV de nouvelles femmes de ménage. Ce processus l'ennuyait, mais bon, réalisa-t-il, c'était totalement de sa faute. Il pouvait imaginer la douleur de Jessica, sa culpabilité et cela le fit sourire.

La police était venu pour l'interroger, sans aucun doute sur les dires de Jessica, mais il avait un alibi en béton. Malcolm, son chauffeur, qui avait les mêmes inclinaisons que lui, l'avait couvert, et il avait fait la même chose. Il n'avait pas pu savoir si le policier chargé de l'enquête l'avait réellement cru mais qui s'en inquiétait ? Sans preuve, ils n'avaient rien contre lui. Jules plissa les yeux – les choses ne seront pas si simples une fois qu'il aurait assassiné Jessica – Théo Storm, fou de rage, n'y manquerait pas. Jules frissonna, il avait déjà décidé qu'une fois que Jessica serait morte, il n'aurait lui-même plus rien qui le retient et il avalerait une bouteille de son meilleur whisky et une poignée de pilules. Il voulait que le monde, et particulièrement Théo Storm, sache qu'il était le tueur de Jessica, celui à qui elle avait appartenu les derniers instants de sa vie. Une autre idée, un autre fantasme de délicieuse vengeance lui vient à l'esprit et il sourit. Oh oui, ce serait le coup de grâce... Jules Gachet jeta les CV sur la table et se dirigea vers la douche où il se masturba en s'imaginant que l'eau chaude qui ruisselait sur son corps était le sang de Jessica.

Jess regarda autour d'elle dans le chalet en bois niché sur la rive du fleuve, et sourit joyeusement à Théo. Il leva les sourcils et elle hocha la tête. « C'est parfait, Théo. Juste parfait. »

Sa petite valise, une pile de livres et son matériel d'art étaient posés dans le coin de la minuscule salle de séjour. Théo sortit la télécommande de la télé et la lui donna.

« Mot de passe WIFI : MyJessieLove. » Ses joues rosirent pendant qu'elle lui souriait.

« Tu es mignon. »

Il la prit dans ses bras. « Tu m'appelleras chaque jour ? Ollie, ton voisin le plus proche, est un bon gars, un ami de la famille. Si tu te sens seule ou effrayée, appelle-le, son numéro est sur le bar. Le marché est à 500 mètres en bas de la ruelle et... »

« Arrête Théo.... Ça va aller. C'est juste pour une semaine et après, tu seras là. » Elle l'embrassa doucement. « Avant que tu partes, tu veux faire un tour dans la chambre à coucher ? »

Théo sourit et la porta vers le haut de l'escalier en bois dans une chambre avec un lit très doux, drapé d'une moustiquaire blanche. Il défit sa chemise lentement, embrassa sa peau au fur et à mesure qu'il enlevait les boutons. Quand ses doigts touchèrent le bouton de son jean, elle gémit pour qu'il se dépêche. Théo lui sourit.

« Je serai loin de toi pendant une semaine, fillette, donc je prends mon temps. » Il glissa sa main dans sa culotte, sentit son corps se détendre lorsqu'il commença à la caresser. Il colla ses lèvres aux siennes, prenant le temps de la goûter, sa langue massant doucement la sienne. Jess ouvrit son pantalon pour sortir son sexe, laissa ses doigts descendre et remonter tout du long.

« Mon dieu, c'est si bon », murmura Théo et l'air devint moite, il glissa un doigt en elle, leurs baisers devinrent plus appuyés et leur respiration plus rapide. Théo poussa son pantalon du pied et enroula ses jambes autour de ses hanches. Il lui attrapa les poignets d'une main et les passa par-dessus sa tête. Jess s'arqua en arrière et leurs ventres se touchèrent lorsqu'il la pénétra, claquant ses hanches contre les siennes. Son beau visage devint écarlate pendant qu'il la baisait, sa peau rosée de sueur devenant étincelante. Elle est si belle, c'était tout ce qu'il arrivait à penser. Comment pourrait-il la laisser seule ici, comment pourrait-il vivre sans elle pendant toute une semaine ?

Jess resserra ses jambes autour de sa taille, pour qu'il la ramone violemment dans le lit, ses hanches brûlaient de douleur d'être autant distendues. Elle contracta ses muscles pelviens, sourit quand Théo gémit à ce contact étroit, qui lui procurait une sensation agréable de sécurité, un doux frottement, un frisson de plaisir. La bouche de Théo se colla sur sa gorge, son cou, alors qu'il la pénétrait encore et encore, ne s'inquiétant pas de savoir s'il lui faisait mal. Elle ressentait une vive douleur dans son dos, ses jambes, ses hanches entortillées autour du corps de Théo, un plaisir intense irradiait son corps, le possédant, la laissant à bout de souffle.

Ils s'allongèrent ensuite, enlacés, se regardant fixement l'un l'autre. Théo laissa le dos de ses doigts dériver vers le bas de son visage.

« Peu importe ce qui se produira, dit-il doucement, c'est toi et moi pour toujours. On emmerde tout et tout le monde. Peu importe les difficultés, tant que nous sommes ensemble, nous pourrons les vaincre. »

Elle l'embrassa doucement. « Je t'aime, Théodore Storm. »

Il la quitta après le dîner et elle sourit en voyant son chagrin de la laisser. Une fois parti, elle verrouilla la porte à double tour, attacha ses cheveux en une queue de cheval lâche et alla prendre un bain. Une fois la baignoire remplie, elle se fit du thé et se choisit un livre dans la sélection qu'elle avait amenée avec elle.

Elle s'arrêta un instant et écouta. Hormis l'eau coulant à l'étage, la nuit était totalement silencieuse. Elle se détendit. Jess monta lentement à l'étage et se déshabilla, se glissa dans l'eau chaude avec un soupir. Elle avait l'impression que ça faisait une éternité qu'elle n'avait pas été seule où que ce soit, elle ne s'en plaignait pas, elle aimait Théo plus que quiconque mais elle avait besoin de faire le vide dans sa tête. Elle avait des décisions sérieuses à prendre, elle devait y penser maintenant et elle laissa l'eau chaude apaiser son corps douloureux. Elle voulait que Théo revienne la chercher dans sept jours et qu'elle ait planifié quelque peu son avenir.

Elle n'était sûre que d'une chose : elle ne voyait son avenir qu'avec Theo Storm et voulait à tout prix protéger cela.

Même si cela signifiait se libérer de l'emprise de Jules, peu importe le prix à payer.

MAX SOURIT à Théo en voyant son patron et meilleur ami entrer dans son bureau et s'effondrer dans la chaise en face de lui. Max rigola en voyant sa mine de chien battu.

« Sérieusement, tu es pathétique quand Jess n'est pas là. C'est seulement une semaine, même moins maintenant, six jours. N'abandonne pas ton meilleur pote. »

Théo rit. « J'ai juste du mal à me concentrer sur quoi que ce soit. Ah si, je veux te parler d'une nouvelle fondation, la fondation Stormfront pour les arts. »

Max rigola. « Oh... pour les arts ? Rien à voir avec le fait que ta petite amie est une artiste, naturellement. »

« Naturellement. »

« Plaisanterie mise à part, c'est une bonne idée. Je suppose que tu veux que Jess la dirige ? »

Théo hocha la tête. « Bien, je vais tenter de la persuader que je ne lui fais pas la charité, que c'est quelque chose que nous projetions de faire de toute façon. »

Max lui lança un regard amusé. « Bonne chance alors. Vous avez déjà abordé le sujet ? »

Théo eut un petit sourire. « Elle a dit c'était une bonne idée puis quand je lui ai dit que je voulais qu'elle la gère elle a dit : "Pourquoi pas oui, naturellement, si vous voulez qu'une fille de vingt-quatre ans gère une fondation qui pèse plusieurs millions". »

Max rigola. « Mon Dieu, j'adore cette fille, elle a déjà tout compris. » Son sourire s'éteint. « Elle va bien ? Vraiment bien ? J'ai reçu un appel du légiste aujourd'hui. Le corps de Camilla sera prêt la semaine prochaine. »

Théo hocha la tête. « Jess m'a demandé de la laisser organiser l'enterrement. Apparemment Camilla n'avait aucune famille. »

Les deux hommes restèrent silencieux un long moment. « Quel bordel. » Max soupira et se pencha en arrière sur sa chaise. « C'est ma faute, je n'aurais pas dû... »

« Non, dit Théo un peu rudement. C'est de la faute de son assassin. Tu parles comme Jess. »

« Elle se sent coupable ? » Max posa ses mains sur le bureau, et se pencha en avant. « Nous devrions lui dire, alors, lui dire ce qui... »

« Non. Surtout pas. Elle se sentirait encore plus mal si elle savait que nous avons essayé de la protéger. Non. Attendons. »

Max hocha tristement la tête puis fixa son ami. « Tu penses que c'est Gachet ? »

Théo le regarda fixement. « Ça ne fait aucun doute pour moi. »

Jess ouvrit un œil pour regarder l'horloge. Sept heures du matin. Quelqu'un frappait à la porte de devant. Elle sortit du lit en tombant presque, la couette enroulée autour de ses jambes. Elle jura et trébucha en bas de l'escalier. Elle s'arrêta devant le miroir du vestibule, regarda son aspect loqueteux, les cheveux collés à son front, son vieux T-shirt pendouillant juste au-dessous de ses genoux. Elle grimaça et ouvrit la porte.

Un homme brun à fière allure se tenait dehors et lui souriait. Elle l'examina une seconde, essayant de savoir qui il était. Enfin, elle eut un déclic. Son voisin, ou plutôt celui de Théo. Ollie.

« Bonjour. »

« Je suis désolé, je vous réveille ? »

Elle sourit. « Non. C'est moi qui suis désolée. Entrez. » Lorsqu'il passa devant elle, elle se frotta les yeux, essayant de réveiller son cerveau. Elle l'invita à passer dans la cuisine.

« Excusez-moi de venir si tôt. Vous allez penser que je suis très impoli. »

« Pas du tout, ça me fait plaisir de vous revoir. » Elle sortit deux tasses à café puis se rendit compte que son T-shirt remontait en haut de ses cuisses et qu'elle donnait à Ollie un véritable spectacle gratuit. Elle jeta un œil vers lui mais il regardait fixement et discrètement par la fenêtre.

« Vous savez, je peux faire le café si vous voulez... dit-il, toujours sans la regarder et Jess lui sourit avec reconnaissance.

« Ce serait parfait, merci, j'en ai que pour deux secondes. »

Elle fonça à l'étage, enfila un jean, et se dirigea vers la salle de bains se brosser rapidement les dents. Quand elle revint en bas, Ollie posait deux tasses de café fumant sur la table. Il lui sourit et elle commença à rire, en secouant légèrement la tête.

« Encore désolé », dit-il mais elle arrêta ses excuses d'un geste de la main.

« S'il vous plaît... Vous êtes très aimable, mon cerveau ne fonctionne pas très bien le matin. Donc... bonjour, je suis Jess. »

Ils rigolèrent et se serrèrent la main. « Ollie Barnes. Théo m'a dit que vous pourriez avoir besoin d'une voiture pour aller au marché. » Il la regarda et sourit à nouveau. « D'accord. Je recommence. »

Jess fronça les sourcils, dévoilant sa grande confusion. Il lui sourit.

« Je suis un fouineur, je l'admets. Je connais Théo depuis des années, depuis que nous sommes enfants, mais je ne l'ai jamais vu amener quiconque ici depuis Kelly. »

Jess leva brusquement les yeux. « Kelly ? »

Ollie hocha la tête, ne remarquant pas son étonnement. « Ma sœur. Avant sa mort, elle et Théo avaient l'habitude de venir ici pour être un peu seuls... Jess, vous allez bien ? »

Elle sentit son sang quitter son visage et sa peau devenir froide. Pendant une seconde, elle lutta pour parler, pour former les mots qui venaient de la secouer. Théo avait le droit d'avoir des secrets, non ? Elle avait bien les siens. Elle toucha le bras d'Ollie.

« Je suis désolée, Ollie, veuillez continuer. Je suis désolée pour votre sœur. »

Ollie la regarda attentivement. « Il ne vous en a pas parlé, n'est ce pas ? »

Elle secoua la tête mais sourit. « Non, en effet. »

La respiration d'Ollie siffla entre ses dents et il parut réfléchir avant de finalement faire une petite grimace. « Quel couillon. »

Elle rit, reconnaissante qu'il l'ait à nouveau sauvée. « Abruti total ! »

Ils rirent tous les deux. « Parlez-moi de Kelly, si ce n'est pas trop douloureux. »

Ollie regarda par la fenêtre. Le soleil entrait dans la pièce et Jess pouvait voir des grains de poussière tourbillonner en touchant le plancher de la cuisine. « Ça vous dit de marcher un peu ? »

Ils se promenèrent le long de la rive, dans l'air frais du matin.

« Kelly et Théo sont souvent sortis ensemble durant leur adolescence, expliqua Ollie. Quand Théo a reçu son diplôme de l'université, ils se sont remis ensemble. Environ un an après, Théo est rentré à la maison après le travail et il l'a trouvée dans son bain, les poignets ouverts. Il n'avait pas pu la sauver. Kelly avait toujours souffert de dépression, depuis des années, elle était très forte pour le cacher. Elle pensait que si elle lui en parlait, il la quitterait. Ollie soupira. « Il ne l'aurait pas fait, il a toujours eu le complexe du chevalier blanc. »

« Ça, je le sais, murmura Jess. Mon Dieu, Ollie, c'est si triste, pourquoi ne m'a-t-il rien dit ? »

« Théo s'en est voulu de ne pas avoir vu les signes. Comme nous tous mais Théo est celui qui a eu le plus de mal à encaisser. » Ollie la regarda. « Est-ce que j'ai bien fait de t'en parler ? »

Jess haussa les épaules. « Honnêtement, je n'en sais rien. Je ne dirai rien à Théo si tu ne veux pas que je lui en parle. Si notre relation dure, je suis sûre qu'il m'en parlera lui-même. »

Elle n'en était pas sûre du tout et plus tard, une fois Ollie parti, elle repensa à tout ça. Et elle se demanda à quel point ils se connaissaient l'un l'autre. Théo avait subi des épreuves tout comme elle. Elle fut triste qu'il n'ait pas partagé cela avec elle. Ses pensées allèrent vers Camilla et un poids écrasa à nouveau sa poitrine. Connard de Jules... Elle aurait bien voulu l'étriper pour ce qu'il avait fait. Quelques jours après le meurtre, elle avait songé aller voir la police mais les flics qui avaient visité l'appartement de Théo avaient évidemment consulté leurs dossiers et par leur attitude envers elle, elle avait compris que Jules les avait influencé par ses remarques.

« Ils ne me prennent pas au sérieux », avait-elle dit d'un air morne à Théo, qui ne pouvait qu'être d'accord avec elle. Elle vit de la colère dans ses yeux et il l'avait supplié de lui laisser leur raconter ce qu'il savait des attaques que Jules lui avait fait subir. Elle ne pouvait pas l'accepter et il y avait autre chose. Elle voulait que Jules paye. Elle voulait qu'il perde tout. Elle voulait qu'il ait mal.

Elle voulait se venger.

Il attendait dans l'ombre de l'allée quand Jules Gachet sortit du restaurant. D'une main, il lui poussa l'épaule vers le bas et le tira vers l'arrière. Max plaqua le petit homme contre le mur de briques du bâtiment, collant son visage au sien, et fut heureux de voir une lueur de peur dans ses yeux.

« Enlève tes sales pattes de pédé de moi », souffla Jules en ricanant et Max lui sourit d'un air sinistre.

« Je vois que tu as bien fait tes devoirs, Gachet. Parfait. Tu sais donc à qui tu as affaire. » Max étudia le visage de Jules. « Tu prends plaisir à faire mal aux femmes, Gachet ? »

Jules ricana avec un air de sadique. « D'où tiens-tu cette idée ? »

Max le regarda d'un air dégoûté. « Je ne serai pas toujours aussi patient, Gachet. Je veux que les papiers de transfert d'héritage à Jess soient prêts à la fin de la semaine. »

Jules hocha la tête et fila vers sa voiture. Max le regarda ouvrir la portière avant de se retourner en souriant d'un air affecté.

« C'est triste pour Camilla, dit-il avec un grand sourire. Dis à Jess de faire très attention à elle, d'accord ? »

JESS OUVRIT la porte du chalet et se précipita dans ses bras. Théo la souleva en riant et la fit tournoyer d'un air joyeux. Il l'embrassa tendrement. « Cette semaine a été très longue, Mlle Wood. »

Jess l'embrassa, et posa ses mains sur son visage. « Je suis d'accord. Bien trop longue. Entre et viens dire bonjour mieux que ça. »

Elle ouvrit une bouteille de vin qu'elle avait acheté au marché alors qu'elle faisait cuire des pâtes et que Théo lui racontait sa semaine. Quand il évoqua le sujet de la fondation, elle lui sourit.

« J'y ai aussi réfléchi. J'ai une proposition à te faire, j'y ai pensé toute la semaine. »

Théo hocha la tête. « Je t'écoute. »

Elle but un peu de vin avant de parler. « Nous nous sommes vraiment précipités pour tout, toi et moi. Nous vivons ensemble, tu veux que je participe à tes affaires et quant au sexe... j'ai fait des choses avec toi que je ne m'étais jamais imaginé faire. Mais je ne connais même pas le nom de ta maman. Je ne sais pas pourquoi tu as choisi le monde de l'immobilier. Je ne connais même pas ta taille de chemise ! Toutes ces petites choses dans la vie d'une personne. Nous devons nous connaître mieux l'un l'autre. Tu ne sais pas que je sais jouer du piano ou qu'une fois, j'ai eu rendez-vous avec un homme qui m'a juré qu'il pouvait faire de moi une star de cinéma. »

Elle le regarda en minaudant et il rit. « Deuxième rendez-vous ? » Théo leva les sourcils d'un air amusé.

« Mon Dieu non. Mais tu vois ce que je veux dire ? Ta générosité me procure une maison, un avancement incroyable dans ma carrière, et ne va pas penser que je ne suis pas reconnaissante, parce que je le suis. Mais c'est uniquement toi que je veux. Si tu veux que je gère cette fondation, je le ferai, mais je ne veux aucun traitement de faveur parce que je couche avec le patron. J'y consentirai si notre relation s'officialise davantage. »

Théo se mordit la lèvre, réfléchit et fronça les sourcils. « Jess, tu le sais sûrement maintenant, tu es l'amour de ma vie. C'est tout. Si tu veux me connaître davantage, alors je te dirai tout ce que tu veux savoir. »

Elle hocha la tête. « Alors je te propose que nous commencions. Maintenant, aujourd'hui. Nous allons tout nous raconter, et finir par tout savoir l'un de l'autre. Tu es la seule personne en qui j'ai vraiment confiance en ce monde. J'espère avoir raison. »

Elle attendit, voulant qu'il lui parle de Kelly, de cette blessure de son passé. Comme il restait silencieux, elle sentit un poids dans sa poitrine mais elle essaya de ne pas y penser. Il y avait encore le temps.

Elle se pencha pour l'embrasser et il l'attira dans ses bras.

« Tout ce que tu veux, il te suffit juste de demander », murmura-t-il en l'embrassant. Elle lui rendit son baiser, fondant à son contact puis, en reculant, elle lui fit une grimace.

« Peut-être que nous devrions juste commencer par le point de départ, tu sais si nous recommençons depuis le début. »

Théo sourit. « Ouais, bonne chance pour ça. » Il glissa ses mains sous son T-shirt, frotta son ventre, pétrit ses seins et elle sourit de bonheur.

« Tes mains m'ont manqué. » Elle l'embrassa. Théo lui sourit d'un air tendre.

« Vraiment ? Laisse-moi te montrer ce qu'elles peuvent faire. » Il glissa ses doigts dans le dos de son jean et caressa ses fesses. Elle soupira.

« Ouais, c'est pas mal. » Elle l'embrassa dans le cou.

Théo sourit. « Tu sais ce qu'elles peuvent faire d'autre ? »

Il la prit dans ses bras et la fit rouler sur le plancher. Elle se mit à glousser. Il déboutonna son jean et le retira.

« Je suis presque certain que cela va à l'encontre de notre nouvelle règle. » Mais elle se tortilla de plaisir. Théo secoua la tête, une fausse expression sérieuse sur le visage.

« Non, non. On fait juste que se peloter, comme tu l'as dit. Mais je dois te dire que depuis la dernière fois que nous avons fait ça, dit-il en l'embrassant, les choses ont changé. Il y a une nouvelle définition de "se peloter". »

« Ah oui ? Oh mon Dieu, haleta-t-elle alors que sa bouche rencontrait son sexe, sa langue s'enroulant autour de son clitoris et remontant le long de sa fente. Théo la regarda.

« Tu as si bon goût. »

Elle prit une profonde inspiration et son corps commença à trembler jusqu'à ce que Théo l'amène au summum de l'excitation et qu'elle hurle en sentant un orgasme la parcourir. Théo s'appuya sur le coude et laissa ses doigts descendre doucement vers le bas de son corps pendant qu'elle reprenait son souffle. Il lui sourit avec des yeux brillants, profonds, chaleureux et plein d'amour.

Jess sourit d'un air satisfait. « Waouh Théo, je pense que j'aime ta nouvelle définition de "se peloter". » Elle le poussa sur le dos et caressa son visage. « Je pense que c'est mon tour d'ajouter ma nouvelle définition. »

« Tu crois ? »

« J'en suis sûre. » Elle glissa le long de son corps en souriant.

CHAPITRE DIX

Jules regarda Théo la faire jouir et la fureur le consomma tout entier. Il avait attendu toute la semaine à l'extérieur de l'appartement de Théo dans l'espoir qu'il le mènerait vers l'endroit où Jess se cachait mais maintenant il aurait préféré ne pas les voir ensemble comme ça. Il la souillait, souillait sa Jessica.

Il se tenait à côté de la fenêtre, les observant, observant la générosité de Jessica rendant la faveur à son amoureux. Théo avait retiré son T-shirt et Jules admirait sa peau lisse, la courbure de son dos. Jules le sentit dans sa poche. Son pistolet. Il n'avait jamais utilisé de pistolet auparavant, pas pour régler tous ses... problèmes. Mais Jess était spéciale. Et cet abruti de richard avec elle avait provoqué un enchaînement de nouvelles complications. Un pistolet était nécessaire.

Il sentit l'acier froid sous ses doigts. Il s'imagina mettre une balle dans la belle courbure de dos de Jess. Cette pensée l'excita. Jules grogna et se figea. Théo venait de regarder par la fenêtre. Il le vit se lever d'un air inquiet. Jules se baissa et marcha ainsi vers les arbres pour y disparaître.

« QUE SE PASSE-T-IL ? » Jess semblait effrayée.

« Je crois que j'ai entendu quelque chose. » Théo se leva et se dirigea vers la porte. Il la regarda et sourit. « Ne t'inquiète pas, je vais juste aller vérifier autour de la maison. » Il lui fit un clin d'œil. « Si tu entends quoi que ce soit, ferme la porte. Ne sois pas effrayée, ma puce. » Il sortit dans la nuit. Jess sentit une vague de froid et de peur l'envahir. Mais Théo revint quelques secondes plus tard. Il sourit de façon ironique. « Désolé mon cœur, je n'ai pas voulu t'effrayer. Je suis simplement un peu stressé après tout qui s'est produit. »

Il referma la porte derrière lui et la prit dans ses bras. « Je veux que tu saches que j'ai bien compris ce que tu m'as dit tout à l'heure et que je suis d'accord. Complètement. Sauf pour notre entente commerciale... je ne pense pas que nous devrions nous en priver... » Il sourit gentiment et elle eut un hoquet de rire.

« Tu as peut-être raison sur ce point. » Et elle glissa sa main vers son entrejambe, en caressant son long sexe à travers le tissu de son jean. Elle jeta un œil autour d'eux et lui sourit. « Tu veux me baiser sur les escaliers, soldat ? »

Théo grogna et la souleva sauvagement, puis ils enlevèrent précipitamment le reste de leurs vêtements. Théo positionna ses jambes autour de lui, et sa grande queue toute dure n'eut aucun mal à entrer profondément dans son sexe humide. Il calait ses mains au-dessus de sa tête pendant qu'il la baisait, brutalement, désespérément, leurs bouches affamées l'une contre l'autre.

Ils refirent l'amour dans la chambre à coucher et beaucoup, beaucoup plus tard, ils s'endormirent dans les bras l'un de l'autre. Ni l'un ni l'autre ne se réveillèrent quand la porte d'entrée s'ouvra en grinçant. Jules entra silencieusement dans la maison, et monta les escaliers.

Jess était couchée sur le dos, nue, le bras de Théo sur son ventre, le visage enfoui dans la courbe de son cou. Ses longues mèches foncées balayaient la peau lisse de ses joues, toujours roses à cause de la séance de sexe. Mon Dieu, elle était si belle. Jules sortit le pistolet de sa veste et visa son ventre. Un centimètre de distance, juste un centimètre. Son doigt se contracta sur la gâchette alors qu'il imaginait la balle entrer dans la chair soyeuse et douce, Jessica haleter sous le choc et l'agonie, l'expression d'horreur sur le visage de Théo Storm en la voyant perdre son sang dans ses bras. Il le laisserait la regarder mourir avant de le tuer lui aussi. Jules sourit d'un air affecté. C'était un fantasme incroyable, mais... pas encore. Il rangea le pistolet et redescendit les escaliers, traversa les bois où il avait laissé sa voiture. Il avala une bouteille d'eau avant de mettre en marche le moteur, perdu dans ses pensées. Il était bon de savoir qu'ils n'avaient aucune idée de jusqu'où il était capable d'aller, ces amants stupides. Camilla n'avait-elle pas suffit à les terrifier ?

Ce qu'il avait fait à Camilla n'était rien par rapport à ce qu'il ferait à Jess. Rien du tout.

Du ciel tombait un épais rideau de neige une semaine plus tard et Seattle se préparait pour un terrible hiver. Camilla reposait pour l'éternité dans un petit cimetière juste en dehors de la ville et Théo tenait fermement la main de Jess dans la voiture qui les ramenait à la maison. Sa tête était posée sur son épaule mais il était étonné qu'elle n'ait pas pleuré. Au lieu de cela, il avait vu une lueur colère brûler dans ses yeux. Bon, pensa-t-il, cela la fera rester vigilante, elle sera plus en sécurité. Il ne lui avait pas dit qu'il avait trouvé des empreintes de pas et la preuve que quelqu'un s'était introduit dans le chalet l'autre jour.

Il lui embrassa la tempe. « Hé, que dirais-tu de déjeuner puis d'aller voir les documents que Max nous a envoyés ? Tu veux avoir un aperçu de ton nouveau travail ? »

Max avait rassemblé tout un tas d'informations en un temps record, ce qui avait fait sourire Théo et si Jess était d'accord pour tout cela, la fondation Stormfront serait bientôt une réalité.

Jess leva les yeux et sourit avec reconnaissance. « Ça me convient, ça me donnerait un nouveau sujet de réflexion sur lequel me concentrer... excepté toi, bien sûr. »

JESS REGARDA le bureau large et spacieux avec une incroyable vue sur la ville et sa mâchoire tomba. Max sourit à Théo d'un air entendu, et il posa une main sur l'épaule de Jess. « Ne panique pas. Nous avons une tonne de conseillers prêts à t'aider. Nous avons juste pensé que tu pourrais mettre le pied à l'étrier ici à ton propre rythme. »

« Et dans l'un des meilleurs bureaux de la ville », parvint-elle à dire. Théo rit et ouvrit ses mains en signe d'excuse.

« Je n'y peux rien, je veux que tu aies ce qu'il y a de mieux. »

Jess hocha la tête mais se mordit la lèvre. Max s'éclaircit la gorge. « Nous avons prévu une conférence de presse mais ne panique pas... » Il secoua la tête en voyant la panique sur le visage de Jess. Théo enroula ses bras autour d'elle. « C'est juste pour annoncer la création de la fondation, nous devons en informer le monde entier si nous voulons qu'elle aide des gens. Je serai là pour faire la majeure partie du discours, Max aussi. Nous te présenterons en tant que présidente de la fondation... »

« Ce qui fera beaucoup rire l'univers artistique local », nota Jess. Elle le regarda d'une manière posée. « Tu penses vraiment que les gens ne diront pas que c'est toi qui m'a trouvé un travail moi la petite amie et potiche ? »

Théo prit une profonde inspiration. « Au début, peut-être. Nous devons être réalistes, ils auront leur opinion là-dessus. Mais quand la fondation... quand tu commenceras à te faire remarquer par ton travail auprès de jeunes artistes, ils changeront d'avis. Nous devons juste affronter et manœuvrer sur une vague du scepticisme. »

« Et affronter le tien aussi », dit Max avec une grimace et Jess se mit à rire, ne sachant que répondre.

« Dans ce cas, je pense que je peux le faire. »

La conférence de presse se déroula sans accroc et elle réalisa d'un coup qu'elle était à la tête d'une fondation, ce qui la rendit plus déterminée que jamais à faire ses preuves. Durant les semaines suivantes, elle travailla jusque tard dans la nuit avec les conseillers de Théo et même certains qu'elle avait choisis elle-même pour sélectionner les projets les plus appropriés à financer. Elle appela son ancien patron Gerry qui fut enchanté d'avoir de ses nouvelles et ils prirent rendez-vous pour déjeuner.

Gerry lui sourit d'un air content. « Tu as toujours été trop douée pour être l'assistante de quelqu'un de toute façon, Jess. J'étais égoïste de ne pas te mettre plus en avant. »

Elle protesta mais ses mots signifiaient beaucoup pour elle et lui donnaient confiance.

On était mercredi soir, vers la fin de novembre, et Théo était venu la chercher à son bureau. Elle était allongée sur le plancher, pieds nus et elle examinait des candidatures et des échantillons absorbée par son travail quand il frappa à la porte. Elle se leva et sourit.

« Salut ma belle. »

Théo sourit, la souleva et la posa sur ses pieds pour l'embrasser. Elle enroula ses bras autour de son cou et se pencha pour lui donner un baiser. « Mon Dieu, j'avais vraiment besoin de ça. Quelle heure est-il ? »

« Onze heures moins le quart. »

Elle semblait abasourdie. « Mon Dieu, je suis désolée, mon cœur, j'ai juste perdu la notion du temps. »

« Tu n'auras jamais besoin de me présenter des excuses d'être si investie dans ton travail. J'espère que ça ne fait pas trop condescendant... mais je suis si fier. »

Elle l'embrassa encore, en frottant légèrement ses lèvres. « Pas condescendant du tout, merci de croire en moi. Mais ça peut attendre demain. »

« Pas demain, Jessie. C'est Thanksgiving. »

Ses yeux s'ouvrirent en grand. « Mon Dieu, j'ai totalement oublié... nous n'avons rien à manger à la maison. »

Il lui sourit. « Max et Josh nous ont invités chez eux pour le dîner. Josh est le spécialiste pour nous gaver comme des oies, je pense honnêtement que c'est pour ça que Max l'a épousé. »

Jess rit. « C'est une bonne raison, en tout cas, c'en est une bonne pour moi. Depuis le temps que j'attends de rencontrer Josh. »

Théo sentit une agréable vague de chaleur l'envahir. Sans rien dire, elle avait émis l'idée d'une famille. Il la serra dans ses bras. « Tu veux rentrer à la maison ? »

Elle hésita mais vit une flamme dans ses yeux qu'elle connaissait bien. « En fait... »

Il leva les sourcils. « Quoi ? »

Elle se libéra de son étreinte, ferma la porte derrière lui, puis éteignit la lumière. Elle commença à déboutonner sa chemise. « J'admirais la vue de la fenêtre aujourd'hui, cette belle vue panoramique et j'ai pensé... que je ne savais pas qui pouvait me voir d'ici... personne, à mon avis... mais si nous leur donnions quelque chose à regarder ? »

Elle retira sa jupe, dégrafa son soutien-gorge et fit descendre lentement sa culotte sur ses jambes. L'aine de Théo était presque douloureuse, en la regardant se déshabiller sensuellement. Il jeta ses propres vêtements au loin, l'attrapa sans ménagement et enfuit sa bouche dans le sexe de Jess. Elle gémit légèrement, ce qui fit durcir davantage le sexe de Théo, qui la poussa alors contre la fenêtre, écrasant ses seins et son ventre contre le verre alors qu'il frottait son clitoris tout en mordillant son cou.

« Je vais te baiser très fort, ma belle », et en disant cela, il entra profondément en elle et elle haleta : « Baise-moi, plus fort, encore plus fort. »

Elle tourna son visage vers lui, sa joue posée contre le verre frais et elle resserra ses muscles autour de sa queue pendant qu'il s'enfonçait brutalement en elle. Les dents de Théo mordirent le lobe de son oreille d'un air enfiévré. Ses bras autour de sa taille, il la souleva pour pouvoir la baiser aussi profondément et sauvagement qu'ils le voulaient tous deux, comme elle lui suppliait de le faire. Elle cria en jouissant sur le verre puis Théo jouit à son tour, envoyant des giclées de sperme chaud dans son sexe, puis, la queue immobile et toujours raide, il retourna Jess face à lui, et la pénétra à nouveau sentant sa chaleur humide l'envelopper. Cette fois-ci, ils bougèrent lentement, les yeux plongés l'un dans l'autre, se caressant les lèvres. Théo l'inclina pour que son sexe frotte contre son clitoris pendant qu'il la pénétrait ; elle prenait en main doucement ses testicules en les massant. Elle mordilla ses tétons lorsqu'ils approchèrent de l'orgasme, puis en jouissant ils s'affalèrent tous deux sur le sol, gémissant leur amour l'un pour l'autre. Pendant qu'ils tremblaient et reprenaient leur souffle, un faisceau de torche balaya le haut de la porte du bureau et, riant nerveusement, ils se firent taire l'un l'autre pendant que le vigile vérifiait que la porte était bien fermée. Au bout de quelques minutes, ils se levèrent et s'habillèrent en riant.

« Considère ce bureau comme officiellement baptisé. » Jess sourit à Théo qui hocha la tête.

« Ce qui me fait penser... mon bureau a besoin d'une seconde naissance. »

« Plus tard, bébé, nous devons être en forme demain, j'ai besoin de sommeil. Enfin, un peu, au moins. »

« ÇA, MA BRAVE DAME », lui dit Josh le jour suivant alors qu'elle s'allongeait sur son divan et celui de Max, grognant et se tenant le ventre. « C'est un ventre repu de nourriture. » Il tapota son estomac légèrement et elle gloussa. Max et Théo faisaient la vaisselle après le formidable dîner de Thanksgiving préparé par Josh, et maintenant lui et Jess discutaient sur le divan. Ils s'étaient parfaitement entendus dès que Max avait fièrement présenté son mari et maintenant, Jess observait avec attention le beau mexicain.

« Je reste persuadée que nous aurions dû nous rencontrer avant mais ensuite je me rappelle que ça ne fait que quelques mois que j'ai rencontré Théo. » Ses yeux s'émerveillèrent. « Waouh. »

Josh sourit. « Il a vraiment changé. »

« Vraiment ? »

« Vraiment. Il est fou de toi. Je ne l'ai jamais vu comme ça. »

Jess jeta un œil vers la porte de la cuisine. « Même pas avec Kelly ? » Elle avait dit ça d'une voix basse et vit de la compréhension dans les yeux de Josh. Il se pencha et lui chuchota :

« Même pas. Il sait que tu es au courant ? »

Elle secoua la tête. Elle venait de faire une erreur. Elle avait bu quelques verres de vin qui lui étaient montés à la tête. Elle se sentit étourdie par la nourriture, l'amour et le rire.

« Non. Je veux qu'il m'en parle quand il le voudra. Alors, s'il te plaît... »

« Bien sûr. Mais ouais, il est à fond, je peux te le promettre. » Il la regarda une seconde. « J'ai l'impression que c'est nouveau comme sentiment pour toi, être aimée de la bonne façon. »

Jess le regarda un peu confuse mais Max et Théo étaient en train de revenir dans la pièce et elle n'eut pas l'occasion de demander à Josh ce qu'il voulait dire.

Plus tard, Jess et Théo prirent un taxi pour rentrer à la maison. Jess posa sa tête sur l'épaule de Théo, qui lui enserra la taille. Elle voulut interroger Théo sur ce que Josh avait voulu dire mais à présent, tous deux somnolents dans la brume de l'amour, elle ne voulait pas casser l'ambiance.

Une fois dans la chambre à coucher, ils se déshabillèrent lentement, prolongeant le contact de leurs peaux et de leur étreinte. Tout était silencieux dehors grâce à la couverture de neige qui était tombée sur la ville et, à l'abri dans leur petit paradis, Théo et Jess firent l'amour doucement jusqu'à ce qu'ils s'endorment. Jess s'endormit dans les bras de Théo mais Théo, même s'il était épuisé, était incapable de trouver le sommeil.

Tandis qu'ils faisaient la vaisselle, Max lui avait raconté sa deuxième confrontation avec Jules et maintenant Théo ne pouvait s'arrêter de s'inquiéter au sujet de son ami qui avait outrepassé ses compétences. Gachet était désormais en colère au point de blesser quelqu'un, de blesser Jess. Après le meurtre de Camilla, Théo ne laissait rien au hasard. Précautionneusement, scrupuleusement, il avait renforcé la sécurité autour de Jess, autour de Max et de Josh, autour de toute personne sous la menace de Gachet. Ne voulant effrayer personne, il s'était assuré que la sécurité soit discrète et reste à distance mais la pensée que quelque chose pouvait arriver à Jess ne le quittait pas...

Théo soupira. La cicatrice, la blessure, la douleur du suicide de Kelly l'avaient marqué à tout jamais et même si Jess lui avait donné du baume au cœur, la terreur de perdre une nouvelle fois la femme qu'il aimait le paralysait. Il finit par tomber dans un sommeil inconfortable, peuplé de cauchemars, de couteaux, de sang et d'une Jess toute pâle et sans vie dans ses bras.

. . .

LA TÊTE de Jess lui faisait mal, une douleur qui ne l'avait pas quittée de la journée. Théo s'était excusé mais il devait travailler tard. Elle était donc seule à la maison, avait pris un bain plein de bulles pendant une heure avant de commander une pizza. Après plusieurs parts, elle se sentit nauséeuse, se coucha sur le sofa et ferma les yeux. La réception appela deux fois avant qu'elle ne réalise que l'interphone sonnait.

« Oui ? »

« Mlle Wood, un certain Jules Gachet souhaite vous voir. »

Merde. Elle soupira mais une idée germa dans son esprit. Elle l'interrogerait au sujet de Camilla. Elle saurait sûrement s'il l'avait tuée, en voyant sa réaction. Cela valait la peine d'essayer.

« Faites-le monter. »

Jules avait évidemment beaucoup travaillé son apparence mais elle le regarda fixement, les yeux pleins de haine et d'impatience.

« Alors, Jules ? Une autre tentative de meurtre prévue ? De nouvelles menaces ? »

Il sourit sournoisement et elle sentit son ventre se contracter désagréablement. Il s'assit sur le divan – leur divan, à elle et à Théo – sans demander la permission. « Ne sois pas ridicule. Je suis juste venu voir comment tu vas. Après Camilla et tout le reste. »

Elle le regarda fixement d'un air incrédule. « Après que tu l'aies tuée, tu veux dire ? »

Jules sourit d'un air satisfait. « Peut-être. Camilla était un membre important de notre famille, je suis aussi dévasté que toi. »

« C'est étrange que tu aies raté son enterrement alors. »

Jules leva un sourcil. « En même temps, tu ne m'as pas donné la date... »

Il se leva, avança vers elle et Jess passa de l'autre côté du grand bureau de Théo. Sa main chercha le petit bouton rouge d'alerte que Théo avait installé sous le bureau. Jules la regarda d'un air amusé.

« Quelque chose ne va pas, Jessica ? »

Elle croisa son regard. « Rien qui ne pourra être résolu par les deux énormes vigiles que je peux appeler en une seconde. »

Jules ricana. « La paranoïa ne te va pas, Jessica. Je voulais seulement voir la tour d'ivoire dans laquelle il t'a enfermée... Oh, ça me fait penser... Félicitations pour ton nouveau travail. Je n'ai aucun doute de la façon dont tu l'as eu. »

Il fit un geste obscène avec ses doigts et Jess, explosant, oublia le bouton d'alerte, oublia le danger et se jeta lui. Elle le gifla de toutes ses forces, regardant sa tête voler sur le côté. « Sors de chez moi. Maintenant. »

Il l'attrapa, les yeux pleins de rage, et écrasa ses lèvres contre les siennes. Jess lutta désespérément mais elle n'était pas assez forte. Jules l'attira étroitement contre lui, collant son aine contre son ventre.

« Ne laisse pas cet imbécile te garder – tu m'appartiens. Chaque minute où tu le nieras, quelqu'un d'autre pourrait être salement amoché. Que se produira-t-il quand il n'y aura plus personne pour te protéger ? »

« Va te faire foutre », siffla-t-elle, et elle lui cracha au visage.

Il la repoussa et essuya son visage, dégoûté. « Sale petite putain. »

« Dégage. »

« Je n'en ai pas encore fini avec toi. »

Elle marcha vers la porte et l'ouvrit. « Sors. Dehors. Maintenant. »

Il fit mine de sortir mais fit une pause devant elle. La violence latente de l'atmosphère la faisait trembler mais elle soutint son regard. Il sourit froidement.

« Comme tu veux, Jess. Vis en assumant les conséquences de tes actes, ou plutôt, ajouta-t-il en se penchant et en chuchotant, aussi longtemps que je te permettrai de vivre. » Il fit semblant de la poignarder et elle recula par réflexe. Jules ricana et derrière lui, Jess vit le vigile de Théo avancer dans le hall, le regard fixé sur Jules. Elle leva la main vers lui et Jules sourit d'un air affecté. Une fois parti, Alan, le vigile, se tourna vers elle.

« Tout va bien Mlle Wood ? »

« Appelez-moi Jess, vous voulez bien ? Et je vais très bien, Alan. Faites-moi une faveur, ne dites rien à Théo à ce sujet. Ça n'a aucune importance. »

Alan la regarda d'un air malheureux mais hocha la tête.

Elle ferma la porte à double tour et s'appuya contre celle-ci. Elle se souvint de ce qu'elle avait dit à Alan. Ce n'était rien. A quel point sa relation avec Jules était malsaine au point qu'une promesse de lui de la tuer n'avait aucune importance ? Et qu'elle prenne cela pour acquis à présent? Elle en avait vraiment eu assez pour la journée. Elle alla dans la salle de bains, ouvrit la petite armoire au-dessus de l'évier et sortit la petite bouteille de Tylenol. Elle hésita, en avala deux avec un peu d'eau et tomba dans un sommeil agité.

Théo quitta son bureau après minuit et juste avant qu'il ne monte dans la Mercedes qui le ramenait à la maison, son téléphone portable vibra. C'était Max.

« Salut mon pote. »

Il y eut un silence à l'autre bout du fil puis il entendit un sanglot. Son cœur sembla s'arrêter. Bordel... « Max, que se passe-t-il ? Tout va bien ? »

Max sanglotait plus fort maintenant. « Je ne peux pas y croire, je ne peux pas y croire... »

Théo attendit que ses sanglots se calment avant de lui dire : « J'arrive Max, tout de suite. »

Lorsqu'il arriva à l'appartement de Max, plusieurs voitures de police étaient garées en bas. Il donna son nom à un policier en uniforme qui se trouvait devant la porte de Max puis entra. Max s'effondra en le voyant et Théo chercha Josh. Il avait un mauvais, très mauvais pressentiment.

Il attrapa son ami par les épaules et l'étreint. « Max, que se passe-t-il ? Raconte-moi. »

Mais il n'était pas sûr de vouloir entendre sa réponse.

ELLE POINTA le pistolet sur Jules et il rigola. « Vraiment, Jess, tu penses que tu pourrais me tuer ? Vas-y, essaie, petite fille, tente ta chance. » Elle appuya sur la gâchette et la balle s'écrasa sur son front. Il s'arrêta.

Puis, horreur, le trou béant se referma et Jules ricana. « À mon tour. » Il saisit le pistolet et Jess se débattit mais il était trop fort, anormalement fort et il retourna le pistolet pour le coller sur le ventre de Jess.

« C'est une honte, chuchota-t-il d'une voix douce, tu es vraiment la femme la plus belle que j'ai jamais connue. Si seulement tu réalisais que tu m'appartiens... mais il est trop tard maintenant. »

Il sourit, l'embrassa tendrement et appuya sur la gâchette.

C'était presque l'aube quand Théo la réveilla de son cauchemar. Encore endormie, elle vit son regard inquiet et lut de la douleur sur son beau visage.

« Que se passe-t-il ? Qu'est-ce que tu as ? »

Théo la regarda fixement, une douleur profonde au fond des yeux. « C'est Josh... Il a été assassiné. »

LA VERSION officielle disait que Josh avait été heurté par une voiture en rentrant du travail. Cela aurait facilement pu passer pour un accident mais le chauffeur avait reculé sur le corps de Josh, deux fois. L'accident avait été filmé par les caméras de surveillance mais la voiture, c'était un SUV noir avec des vitres teintées et aucune plaque. La police ne disposait d'aucun indice mais Jess avait un très mauvais pressentiment et finalement, quand elle, Théo et Max se retrouvèrent seuls après l'incinération de Josh, Max dit ce qu'ils pensaient tous.

« C'est ce connard de Gachet. »

Max était dévasté, il ressemblait à un véritable zombie qui aurait fumé six paquets de cigarettes et bu plusieurs bouteilles de bourbon. Jess ferma les yeux un moment, essayant de réprimer la nausée qui la prenait.

« Je ne comprends pas... Pourquoi Jules aurait-il assassiné Josh ? Comment Jules pourrait-il connaître Josh ? » Sa voix était éraillée et basse. Max ne la regardait pas et elle sentit le lourd poids de la culpabilité sur ses épaules.

Théo et Max échangèrent un regard puis Théo inclina la tête, une fois, sèchement et brièvement. Max s'assit en face de Jess et lui prit les mains. « Nous avons essayé d'améliorer les choses... pour toi... Je ... »

« J'ai demandé à Max d'enquêter sur le passé de Jules, l'interrompit Théo, s'il t'avait blessée, essayé d'attenter à ta vie. Je suis désolé de ne pas te l'avoir dit mais voilà. C'était pour ton bien. »

Jess retira ses mains de celles de Max. « Tu as enquêté sur moi ? »

« Sur Jules, pas sur toi. Mais évidemment, il y a eu des évènements qui se recoupaient. Après que Max ait parlé à Camilla, nous avons bien compris ce qu'il t'avait fait. Nous avons dû faire quelque chose. »

Jess restait très calme. « Tu as parlé à Camilla ? Jules l'a su ? »

Le silence fit écho à ses paroles. « Oh mon Dieu... » Jess s'assit par terre, ramenant ses genoux à sa poitrine. Théo se pencha pour la prendre dans ses bras mais elle s'éloigna de lui.

Personne ne dit rien pendant un long moment puis Max regarda Théo, qui hocha la tête et sortit de la salle. Jess se leva, fit les cent pas dans la pièce et Théo la regarda en silence. Puis elle se tourna vers lui.

« C'est de ma faute. Uniquement de ma faute. Il m'a dit qu'il ferait du mal à toutes les personnes que j'aime et je n'en ai pas tenu compte... pourquoi ? C'est de ma faute si Camilla et Josh sont morts. J'aurais juste dû le laisser me tuer. »

« Arrête ! » Théo était furieux et elle ne l'avait jamais vue comme ça. « Rien de ceci n'est ta faute. C'est de la sienne, c'est Gachet. »

« Qui est mon problème, Théo. J'ai provoqué tout ça. J'ai essayé de lui échapper et... »

« Tu n'as pas à échapper à qui que ce soit. Étant donné ce que tu as traversé... c'est un monstre. Quel âge avais-tu quand il t'a violée la première fois ? »

La question, pourtant très simple et directe, la fit s'effondrer. Théo la prit dans ses bras alors qu'elle commençait à sangloter. « Ne réponds pas si tu ne le souhaites pas, lui dit-il d'une voix douce, mais s'il te plaît, ne dis plus que c'est de ta faute. Nous devons aller voir la police, tout leur raconter. »

Elle arrêta de sangloter mais elle soupira d'un air abattu. « Ils ne me croiront pas. Ils ne l'ont pas fait jusqu'à aujourd'hui et j'ai été punie à chaque fois. »

Théo resta silencieux un long moment. « Alors nous devons briser ce cycle. »

Jess resta sans rien dire pendant quelques minutes puis elle s'écarta. « Je ne peux pas arrêter ça... Je ne peux pas supporter que quelqu'un d'autre soit blessé parce que je suis tombée amoureuse de toi. Je dois assumer ma responsabilité dans cette histoire. Je dois arranger ça seule. Je dois y aller. »

Une peur panique parcourut le corps de Théo lorsqu'il comprit ce qu'elle voulait dire.

« Attends Jess, tu n'es pas sérieuse ? Tu veux en finir ? Nous deux? Non, non, je refuse de le laisser gagner, s'il te plaît. »

Il se pencha vers elle mais elle recula encore.

« Non Théo, s'il te plaît, ne me rends pas les choses plus compliquées. Je t'aime, mon Dieu, je t'aime tellement mais nous devons prendre du temps pour y voir plus clair. Des gens sont morts, il y a eu tellement de dégâts. » Elle essuya les larmes de son visage et ce geste brisa le cœur de Théo. « Je t'en prie, laisse-moi partir. Donne-moi le temps de trouver comment je peux l'arrêter, le forcer à s'arrêter. »

Théo hocha la tête, essayant de cacher son chagrin. Il prit son manteau et le drapa autour de ses épaules. Puis il pencha son visage vers le sien et l'embrassa tendrement. « D'accord, d'accord Jess, prends le temps que tu veux, le temps dont tu as besoin. Mais sache ceci... Je t'attendrai toujours. Je t'aime. »

De nouvelles larmes roulèrent sur ses joues et il les embrassa. « Je t'aime aussi, murmura-t-elle, mon cœur t'appartient. »

Son ventre se crispa quand il l'embrassa et il goûta ses lèvres longuement, ne sachant pas quand il les embrasserait à nouveau, s'il les embrasserait à nouveau.

Ensuite, elle s'éloigna et prit son sac. « Je dois y aller. »

Ils marchèrent main dans la main vers la porte, il lui ouvrit, et son cœur se brisa en mille morceaux tandis qu'il regardait l'amour de sa vie s'éloigner.

Il appela le chauffeur de la limousine. « Assurez-vous qu'elle se rende où elle le souhaite en toute sécurité. »

Puis il raccrocha le téléphone et alors que Max revenait dans la pièce, il le regarda et sut que celui-ci partageait sa douleur.

« Elle est partie, Max. J'ai dû la laisser partir. » Et il commença à sangloter.

Jules, garé dans l'ombre loin du regard des vigiles, s'assit en voyant Jess sortir de l'immeuble de Storm. Il sourit en voyant qu'elle pleurait.

« Ne t'inquiète pas, ma Jessica, chuchota-t-il pour lui-même, tu seras bientôt morte.

Très, très bientôt. »

CHAPITRE ONZE
SOUFFRE AVEC MOI

C'était pire que ce qu'elle avait imaginé. Jess se plia en deux à la taille mais en voyant que cela ne dissipait pas la nausée, elle fila vers la petite salle de bains de sa chambre d'hôtel et vomit encore et encore. Quand elle se releva enfin, elle se rinça la bouche dans le lavabo et sortit de sa suite. Les journaux étaient toujours là, les enquêtes de journalistes toujours à la télévision et les photographies d'elle et de Jules, jeunes et apparemment insouciants, lui sautaient aux yeux.

Le secret bien gardé de la petite amie de Théo Storm. Chaque mot la faisait souffrir, les mensonges, l'affreuse déformation des faits qui la présentait comme une séductrice de tous les hommes riches qu'elle rencontrait, et même son propre beau-frère, alors qu'elle était adolescente. Un abruti de policier, très probablement à la botte de Jules, avait diffusé les rapports de police où elle avait été décrite comme une mythomane qui avait beaucoup d'imagination. Tout, tout était déformé et erroné, et tellement diabolique qu'elle en avait le souffle coupé. Elle voulait être en colère, chercher cette émotion dans toutes celles qui la submergeaient mais elle ne pouvait ressentir que de la honte. De l'humiliation. Du désespoir.

De petits coups répétés sur la porte de sa chambre d'hôtel la firent sursauter et elle essaya de se calmer, son corps tout entier tremblait en écoutant le cliquetis sur le bois mince de la porte.

« Jess ? C'est moi, mon cœur. »

Elle se rua vers la porte, l'ouvrit d'un coup sec et tomba en sanglotant dans les bras de Théo. Il la serra dans ses bras et ferma la porte d'un coup de pied. Tout en la portant, il s'assit sur le lit et la berça jusqu'à ce que ses sanglots deviennent des reniflements et des frissons. Il l'embrassa sur la tempe.

« Je suis désolée, bébé, » murmura-t-il.

«Désolé pour tout. Je demanderais bien à Jules pourquoi il a fait ça mais je le sais déjà. Nous nous en sortirons et je le ferai payer, ce connard, je te le promets. »

Jess ne dit rien mais se blottit contre lui, ses lèvres collées à son cou. Il leva son menton et l'embrassa, resserrant ses bras autour d'elle pour la protéger.

« Tu m'as manqué », chuchota-t-elle et Théo grogna et l'attira sur le lit, glissa ses mains sous son T-shirt et les passa par-dessus sa tête. Fiévreusement, Jess donna un coup de pied dans son jean et déboutonna la chemise de Théo. Il revenait tout juste du bureau et il portait la chemise bleue qu'elle aimait, celle qui mettait en valeur ses yeux verts et ses cheveux foncés.

« Ça a été l'enfer sans toi, Jess, un véritable enfer... »

Elle se mit à cheval sur lui et il la regarda, ses yeux exprimant le soulagement d'être avec elle. Son cœur s'accéléra en voyant la douleur sur son visage. C'est de ma faute. Je l'ai blessée. Je suis désolé, tellement désolé....

Jess fit courir ses mains sur son torse musclé et se pencha pour l'embrasser. « Moi aussi. Je suis désolée, Théo. »

Il la renversa sur le dos d'un mouvement rapide et la regarda fixement. « Arrête de t'excuser. Toi et moi, c'est tout ce qui importe. »

Elle lova ses jambes autour de sa taille et sentit la longueur chaude de son sexe contre le sien, déjà humide. « Je te veux à l'intérieur de moi, Théo, maintenant, pour toujours. »

Il sourit, ses yeux encore fatigués et inquiets. Il passa ses lèvres le long de sa mâchoire, les pressa dans le creux de sa gorge. « Jess... tu es toute ma vie... »

Sa queue glissa dans la chatte accueillante de Jess, la remplit, et alors qu'il commençait ses va-et-vient, elle contracta ses muscles autour de lui, le maintenant fermement en elle, son corps prenant le contrôle pour le garder tout près, peau contre peau. Elle bascula ses hanches contre lui,ses coups de rein se faisant de plus en plus forts et rapides, tout en haletant de plaisir, elle hurlait son nom.

Ils avaient commencé par faire l'amour tendrement mais soudain c'était différent, ils s'abandonnaient, sans contrôle et brutalement. Ils sentaient le besoin désespéré d'effacer tout ce qui s'était produit récemment pour ne plus servir que le désir sauvage qui avait été le moteur de leur relation. Jess pria Théo de la baiser plus violemment, toujours plus violemment et Théo répondit, l'embrassant sauvagement et avidement, mordant ses épaules assez fort pour lui laisser des marques de dents, son incroyable force et sa taille dominant le corps de Jess. Ils se perdirent tous deux dans le tourbillon des sensations qui faisait rage en eux et quand ils jouirent enfin, pleurant et criant leur amour à plusieurs reprises, ils eurent l'impression que le reste du monde n'existait plus.

Jess s'allongea, à l'abri de l'extérieur dans les bras protecteurs de Théo, frottant son visage humide contre son torse. Ni l'un ni l'autre ne parla pendant un long moment, ne voulant pas briser la magie de l'instant.

Enfin, Théo suivit les contours de ses lèvres avec son index. « Jess... ma Jessie... Je sais à quel point ce que Jules t'a fait est terrible et effrayant. Mais je veux que tu saches que rien ne peut m'arrêter quand il s'agit de te protéger, je ferais tout pour t'aider. Je te demande seulement une chose, ne m'éloigne plus de moi. Quoiqu'il se passe à partir de maintenant, nous serons ensemble. Promets-le-moi. »

Elle regarda son beau visage et sourit, son corps se détendit et elle se força à croire que tout irait bien tant qu'ils seraient ensemble.

« Je te le promets, Théodore Storm. »

Il sourit et prit sa main gauche dans la sienne. « Encore une chose. »

Elle sourit et frotta ses lèvres contre les siennes. « Qu'y-a-t-il ? »

« Jessica Wood... me ferais-tu le grand honneur de m'épouser ? »

JULES S'ASSIT devant la pile de journaux qui exposait toute l'histoire de Jessica et se mit à rire. Il avait fait d'une pierre deux coups : les réputations et de Jess et de Storm étaient ruinées. Enfin, pensa-t-il, peut-être pas entièrement ruinées. Souillées. C'était mieux, il adorait ça. J'ai souillé leurs réputations aussi sûrement que j'ai souillé Jessica autrefois. Il se rappelait encore de la première fois, la confiance totale que lui avait accordée la petite et naïve Jessica âgée de douze ans, qui avait laissé la porte de sa chambre à coucher ouverte. Ses longs cheveux foncés étalés sur l'oreiller.

« Chef ? »

Jules leva les yeux. Malcolm l'air prétentieux le regardait depuis la porte. Jules lui sourit. Son partenaire de crime.

« Que se passe-t-il, Malccy ? Assieds-toi, mon pote. »

Malcolm sourit en entendant son surnom et s'assit en face de Jules, sortie une liasse de feuillets et les lui tendit. Jules les parcourut des yeux et sourit. « Parfait. »

« Vous êtes sûr de vouloir faire ça ? »

Jules hocha la tête. « Oh oui. Les prendre au dépourvu, les perturber. Jess ne vivra pas assez longtemps pour en profiter de toute façon. »

« J'aimerais en discuter avec vous », dit Malcolm en prenant une profonde inspiration. « Je suis disposé à tuer Jessica pour vous, chef, je suis prêt à porter le chapeau. Il vous suffira de me le demander et je la planterai. Je le ferai avec plaisir. »

Jules sourit à Malcolm, ravi qu'il fasse cela pour lui, tout excité par l'envie de sang de son complice. Il prenait autant de plaisir à tuer que Jules, c'était ce qui les liait, ce qui avait rendu Malcolm si loyal. Il avait tué le mari de l'autre homo sans se poser de questions, puis il était rentré à la maison et tous deux avaient apprécié se remémorer histoire.

« Je te remercie, Malcolm, mais elle est à moi. Je serai celui qui

tuera Jessica. » Il réfléchit un moment. « Tu pourras tuer Storm si tu
veux, mais pas avant qu'il n'ait vu mourir Jess. Je veux qu'il souffre,
Malccy. »

Malcolm ricana. « Ça marche. » Jules commença à réfléchir en
détail, à la façon dont il procéderait, au plaisir qu'il prendrait.

« En attendant cependant, prends ceci. » Il agita les documents
devant Malcolm. « Je vais apprécier ce moment. Ils ne me verront
jamais venir. »

JESS LEVA les yeux lorsque Molly, son assistante, frappa à la porte. Elle
avait repris le travail depuis quelques semaines maintenant mais elle
arrivait toujours tôt pour éviter les regards curieux et de se faire dévi-
sager, puis elle se barricadait dans son bureau avec une pile de paperasse. Parfois, quelqu'un passait devant son bureau et elle détournait
le regard. Mais à ce moment, elle vit que Molly lui souriait, qu'elle
n'exprimait aucune pitié et qu'elle était heureuse.

« Vous voulez que je vous commande à déjeuner, Jess ? Je vais
sortir m'acheter un sandwich mais je peux en prendre un pour vous
si vous voulez. »

Jess lui sourit. « Merci Molly, un sandwich au jambon et pain de
seigle serait parfait. Vous avez des messages pour moi ? »

Molly roula des yeux. « La presse, surtout. Ne vous inquiétez pas,
ajouta-t-elle en voyant le visage de Jess pâlir, je gère ça pour vous. »
Elle fit semblant de manier une batte de base-ball, la tapotant dans sa
paume.

Jess rit. Molly Che avait beau mesurer 1 m 50 tout au plus, elle
pouvait être féroce quand c'était nécessaire. Jess l'avait immédiatement appréciée dès leur première rencontre et quand Théo avait
demandé à Molly d'être son assistante, Jess et la jeune femme étaient
rapidement devenues d'excellentes amies. Jess se dit que ça faisait
une éternité qu'elle n'avait pas eu de véritables amis. Les quelques
amis qu'elle avait eus avaient toujours fini par être effrayées par le
harcèlement de Jules. Jess sourit en pensant à la façon dont Molly

aurait « géré » Jules. Mon Dieu, elle pourrait lui acheter une vraie batte de base-ball, juste au cas où.

« Je t'adore, Molly. Une fois que tu auras nos déjeuners, pourquoi tu ne viendrais pas le prendre avec moi ? Je voudrais bien connaître les derniers ragots. »

« Tu en es sûre, Jess ? »

« Oui. »

Molly déplaça son poids sur son autre jambe et s'appuya contre le chambranle de la porte. « Au cas où cela vous inquiéterait, personne ne croit ces merdes racontées dans les journaux. Absolument personne. Ils sont tous de votre côté. »

Jess sentit des larmes lui monter aux yeux. « Merci, Molly. Cela veut dire beaucoup pour moi. »

Molly sourit. « Vous faites partie de la famille. Personne ne cherche des problèmes à notre famille. »

Puis, elle laissa Jess seule dans son bureau. Jess chassa les larmes qui avaient roulé sur ses joues. Une famille. Ce mot avait été une telle source de douleur qu'elle en avait presque oublié le sens. Renforce ta carapace, s'était-elle si souvent répété. Son téléphone sonna et sans même regarder l'écran, elle sut qui c'était. Elle décrocha avec un sourire dans la voix.

« Bonjour, mon beau. »

Théo rit et elle apprécia le son de son rire. « C'est une manière très agréable d'être salué. Comment ça se passe au bureau, ma chérie ? »

Il était à New York, à l'autre bout du pays, à cause d'une réunion qu'il n'avait pas pu annuler. Mais elle lui avait dit avant de partir qu'ils ne se laisseraient pas dicter leur conduite par quelqu'un d'autre. Elle avait insisté pour qu'il y aille, lui disant qu'elle avait Max, Molly et Alan et tout une équipe de vigiles. Mais maintenant, en entendant sa voix, elle aurait voulu être avec lui.

« Bien, sauf que tu me manques. »

« Moi aussi, mon ange. J'essayerai d'être de retour le plus tôt possible mais cette réunion n'en finit pas. Tu restes chez Max ce soir ? »

« Bien sûr. Je trouve qu'il va mieux. Au moins, c'est l'impression qu'il essaye de donner. Mon Dieu, Théo, je me sens si coupable. »

« Arrête... Max ne te rend pas responsable, personne. Te voir lui fera du bien. Il t'adore tu sais. Tu fais partie de sa famille maintenant. »

Encore ce mot. A chaque fois qu'elle l'entendait, cela la rendait un peu plus courageuse, rendait son cœur plus résistant aux machinations de Jules.

« Je t'aime, Mr. Storm. » Sa voix était douce, pleine d'amour et elle l'entendit soupirer d'aise.

« Je t'aime aussi, future Mme Storm. »

Elle sourit. « Rappelle-moi plus tard. »

Après qu'il ait raccroché, elle regarda sa main gauche et admira les reflets du diamant qu'elle portait à l'annulaire. Mme Storm. Elle pourrait s'y habituer. Jessica Storm. Elle avait dit oui à Théo sans hésitation le jour où il l'avait demandée en mariage, le jour du scandale dans les journaux. Dans cette chambre d'hôtel. Elle n'avait eu aucun doute, et toujours pas quelques semaines plus tard. Ils étaient faits pour être ensemble. Tant que je te permettrai de vivre. Les paroles de Jules lui revinrent en mémoire, si violemment qu'elle se plia en deux, essayant de retenir la nausée qui montait en elle.

« Tout va bien ? »

Molly était devant la porte et ses yeux foncés étaient inquiets. Jess essaya de sourire. « Je vais très bien, juste une petite nausée. »

Molly lui tendit un sac en papier brun contenant un sandwich et s'assit en face d'elle. « Vous n'êtes pas enceinte ? »

Jess secoua la tête. « Certainement pas. » Elle se mit à rire à cette pensée. « Non, je n'ai aucune petite graine de chasseuse de diamant en moi. »

Molly rit, visiblement soulagée de sa réponse. « C'est dommage pourtant. Vous et Théo feriez de magnifiques bébés. »

Jess rosit de plaisir. « Merci, mais vous savez... Nous n'avons jamais parlé d'enfants, nous sommes heureux juste fiancés. »

Molly fit la moue puis sourit. Elles continuèrent à discuter en prenant leur déjeuner et lorsque Molly retourna à son bureau, Jess se sentait bien. Elle jeta un œil à sa bague de fiançailles avant de se forcer à se remettre au travail.

Théo serra les mains de ses collègues et partit dans un bureau vide. Il ouvrit son ordinateur portable, et pendant qu'il s'allumait, il consulta son téléphone. Un texto de Jess...

« Max doit avoir des pièces insonorisées... Quand tu rentreras ce soir, ce sera ta fête. Je t'aime, bisous, J. »

Théo sourit et pianota une réponse. « Je suis très impatient mon amour. Je t'aime. »

Puis, il consulta son journal d'appels. Trois appels manqués. Les mêmes qu'hier et qu'avant-hier et que le jour d'avant... Théo soupira. Il était temps d'y remédier. Il appuya sur l'icône d'appel et laissa sonner.

Elle répondit à la troisième sonnerie. « Théodore Storm, où donc étais-tu passé ? »

Théo prit une longue inspiration et s'éclaircit la gorge. « Bonjour, maman, comment vas-tu ? »

CHAPITRE DOUZE

Vers cinq heures, Molly frappa à nouveau à la porte. Jess cligna des yeux et sortit sa tête du fichier qu'elle étudiait. Molly fronça les sourcils.

« Jess, il y a un homme à l'accueil qui dit être votre avocat de famille. William Corcoran ? »

Les sourcils de Jess se levèrent rapidement et elle sortit de son bureau. « William ? »

Le vieil homme lui sourit avec bonté, elle l'embrassa et le conduisit à son bureau. Ils s'assirent côte à côte sur le long divan. William regarda autour de lui avec approbation. « C'est très impressionnant, Jessica, vos parents seraient fiers. »

Jess sourit timidement. « Vous voulez dire qu'ils ne croiraient pas que j'ai couché pour arriver jusqu'ici ? »

William fronça les sourcils en secouant la tête. « Personne parmi vos amis ne croirait cela. Ne croit cela. »

Jess le remercia. « Que faites-vous ici, William ? Même si je suis toujours ravie de vous voir. »

« Vous êtes gentille. Eh bien, je viens vous apporter des cadeaux, bien que j'aie du mal à y croire moi-même. Jules a débloqué votre héritage. Le conseil a donné son accord et j'ai les documents ici avec moi. »

Jess resta sans voix un long moment. « Quelle est la contrepartie ? »

William la regarda, et ses vieux yeux montraient qu'il la comprenait. « Rien apparemment. »

Au bout d'une longue pause, Jess secoua la tête. « Je ne comprends pas qu'après tout ce temps, Jules abandonnerait si facilement. Je n'y crois pas, je ne lui fais pas confiance. »

« Je vous comprends, Jessica, croyez-moi. Vraiment. Mais, légalement, en ce qui concerne le transfert, tout est en règle pour le conseil. »

Non, non. Il devait y avoir quelque chose qui cloche. Jules n'abandonnerait pas aussi simplement sa seule manière de la contrôler, pas aussi facilement. Elle s'appuya sur le dossier du canapé, étudiant chaque éventualité dans son esprit. Théo ou Max avaient-ils quelque chose à voir avec ça? Auraient-ils trouvé une preuve que Jules avait participé au meurtre de Camilla et de Josh ? Si c'était le cas, elle exigerait qu'ils se rendent à la police, et ne pas utiliser cette preuve pour faire du chantage à Jules dans le but de la libérer de son emprise. Mais non, cela ne pouvait pas être le cas. Même si Max était la loyauté même, il n'aurait jamais laissé le tueur de Josh s'en sortir libre pour protéger Théo, et pour la protéger. Et elle ne l'aurait pas fait non plus. Théo... elle n'en était pas sûre. Il l'aimait plus que sa propre vie, elle le savait. Elle devait lui parler.

« Jessica ? Jess ? » William lui parlait et elle mit un moment avant de répondre, perdue dans ses pensées. Elle lui sourit. Il lui tapota la main. « Félicitations. » Il inclina la tête vers sa bague de fiançailles et elle sourit.

« Nous n'avons encore rien dit, désolée de ne pas vous en avoir parlé avant. Nous essayons de rester discrets. »

« Je comprends. »

Le vieil homme se leva et l'embrassa sur la joue. « Jessica, épousez Storm, c'est un homme bien, c'est une évidence. Jules n'est rien de plus qu'une petite peste gâté. Je pense que c'est sa manière à lui d'admettre sa défaite. »

Jess souhaita plus que tout qu'il ait raison.

Théo arriva à l'appartement de Max vers une heure du matin. Il jeta un œil vers la porte de la chambre à coucher de Max et vit que sa lumière était allumée. Il poussa la porte de la chambre d'amis et s'arrêta pour la regarder dormir. Elle était couchée sur le ventre, nue sous les draps, le visage tourné vers la lampe de chevet dont la lueur douce nimbait sa peau couleur de miel. Ses cheveux foncés formaient comme une auréole sur l'oreiller, ses longues mèches tombant sur ses joues rosées. Elle était si belle. Théo ferma la porte de la chambre, se déshabilla rapidement, laissant tomber ses vêtements sur le plancher puis se glissa dans le lit. Jess murmura et sourit en sentant ses lèvres contre les siennes. Son corps était si doux et il soupira lorsqu'elle attrapa son sexe et le fit durcir dans sa main chaude. Elle lui sourit d'un air heureux.

« Salut bébé... »

Elle bougea lentement dans le lit, traçant une ligne avec sa langue vers le bas de son corps, frôlant ses mamelons avec ses dents. Théo releva ses cheveux avec ses grandes mains, emmêlant la masse soyeuse dans ses doigts. Lorsqu'il sentit sa bouche envelopper son sexe, il réagit immédiatement, son sang afflua pour le remplir en sentant sa langue suivre ses veines palpitantes. Il grossit encore alors qu'elle le suçait, ses doigts passant doucement entre ses boules et son anus, pressant du doigt cette zone délicate. La respiration de Théo se transforma en halètements rapides, sa queue continua à trembler et gonfler sous son toucher.

« Mon Dieu... Jessie... Je vais jouir... »

Il sentit ses lèvres former un sourire et alors qu'il éjaculait dans sa bouche, elle avala sa semence à plusieurs reprises, en massant ses testicules pour prolonger son plaisir. Elle s'arrêta dès qu'il se mit à frissonner, il la prit dans ses bras et l'embrassa à pleine bouche ; tous deux étaient encore essoufflés et ne pouvaient se détacher l'un de l'autre. Il enroula ses jambes autour de ses hanches et plongea son sexe dur comme le fer en elle, ce qui la fit gémir de plaisir. Ses mains pétrirent ses seins doux, ses pouces taquinèrent ses mamelons jusqu'à ce qu'ils soient durs et tremblants sous ses doigts. En la pénétrant, il regardait l'ondulation de son ventre, la manière dont elle rejetait sa tête en arrière en approchant de l'orgasme, sa peau prendre une teinte rose. Il prit sa taille dans ses mains et poussa plus fort, la faisant reculer sur le lit. Mon Dieu, il voulait la consommer toute entière, s'enterrer en elle et sa tête se mit à tourner lorsqu'il envoya son sperme crémeux et épais en elle. Elle s'arqua et trembla sous les orgasmes successifs, puis, une fois effondrés sur le lit, il passa son doigt sur sa peau entre ses seins jusqu'à son nombril, se promena autour de sa fente et fit fondre Jess de plaisir. Il attrapa sa bouche avec la sienne, goûtant sa douceur mêlée à sa propre saveur salée.

« Bonjour, ma belle... »

Elle lui sourit, bien réveillée maintenant, et ses mains caressèrent son torse. « Salut. Tu m'as tellement manqué. »

Il l'attira dans le cocon que formaient ses bras. « Chaque seconde est bien trop longue sans toi, ma chérie. »

Elle caressa son visage. « Tu as l'air épuisé. » Il appuya son visage dans sa paume.

« Je le suis... mais de la bonne manière. »

« Tu es à la maison, mon amour, dors. » Elle posa sa tête contre son torse et enroula ses bras autour de lui. « Dors... »

THÉO SE RÉVEILLA dans un lit vide en entendant des rires. Il mit son jean et se rendit dans la cuisine pour y trouver Jess et Max démolissant un monticule de crêpes aux myrtilles. Son corps se détendit à la vue des deux personnes qu'il aimait le plus au monde. Max semblait toujours épuisé et aminci mais au moins il avait repris des couleurs et les cernes foncées sous ses yeux commençaient à disparaître. Jess lui faisait du bien, à tous les deux, Théo le réalisait maintenant. Malgré toutes les sombres années qu'elle avait vécues, cette femme apportait de la lumière dans leurs vies, elle irradiait d'amour et réchauffait tout ce qu'elle touchait. Elle leva les yeux vers lui et son visage s'illumina.

« Hé, notre gros dormeur est réveillé. » Elle sauta du tabouret de bar et s'approcha de lui, glissant ses bras autour de sa taille, et se mit sur la pointe des pieds pour obtenir un baiser. Ce que fit Théo en souriant... jusqu'à ce que Max proteste. Ils s'interrompirent en riant et en se moquant de la moue faussement dégoûtée de Max. Théo hocha la tête pour désigner les restes de leur petit-déjeuner. « Il en reste un peu pour moi ? Je suis affamé. »

« Naturellement, dit Max en feignant d'être mécontent, comme si j'allais te priver de mes célèbres crêpes. » Il sortit une autre fournée de crêpes chaudes du four. Jess sourit à Théo.

« Si j'avais su qu'elles étaient là, je ne me serais pas tant privée. »

Théo lui caressa les cheveux. « Tu as un estomac sans fond... »

Max se pencha par-dessus le bar. « Un samedi avec mes meilleurs invités, dit-il doucement. C'est presque parfait. »

Jess lui serra la main. « Le quatrième sera toujours parmi nous, Maxie. Toujours. »

Max la regarda avec gratitude. « Je le sais. » Il resta silencieux pendant un long moment puis se secoua. « J'aime vous avoir tous les deux ici. Si ça ne vous dérange pas de rester encore un peu... »

Théo et Jess se regardèrent, puis Théo tapota l'épaule de Max. « Nous serons heureux de rester tant que tu voudras. »

« Approuvé. » Jess lui sourit en inclinant la tête. Max se détendit visiblement.

« Merci les gars. J'apprécie. J'apprécie également que les murs soient si épais », dit-il en souriant et en remuant ses sourcils d'un air suggestif.

« Tu peux, dit Jess d'un air faussement offensé. Je crie beaucoup. »

Théo s'étouffa presque avec son café et Max éclata de rire.

PLUS TARD, ils se rendirent dans leur café préféré et Jess leur raconta à tous deux la visite de William Corcoran et la renonciation apparente de Jules de sa tutelle sur ses finances. Théo et Max se montrèrent aussi sceptiques qu'elle.

« Ça ne lui ressemble pas du tout, dit Théo d'un air méfiant. Pourquoi te détruire dans la presse pour abandonner sa tutelle juste comme ça ? Je n'y crois pas une seconde. »

« Moi non plus. » Jess regarda Max qui hocha la tête en signe d'accord.

« Méfie-toi ma belle. C'est un sale connard, s'il pensait perdre ne serait-ce qu'une partie du contrôle qu'il exerce sur toi... »

« Il se trompe de penser qu'il peut encore me contrôler de toute façon. Plus maintenant, plus jamais. En ce qui me concerne, il peut tout mourir. J'aimerais beaucoup que ça arrive. »

Tous trois se turent un moment, silencieusement débattant de cette question dans leur esprit. Est-ce que je pourrais tuer une autre personne ? Quand Jess croisa leurs deux regards fixes, elle eut sa réponse. Oui, si cette personne était Jules. Chacun d'entre eux avait une bonne raison d'en finir avec Jules Gachet.

Une part d'elle voulait que le geste de Jules soit sincère afin qu'ils n'aient jamais à prendre de mesure drastique mais...

« À quoi penses-tu, Jess ? » La voix de Théo était basse, pleine de douleur et elle tourna les yeux vers lui. Ses yeux verts semblaient préoccupés. Elle lui sourit et caressa son visage.

« Rien de très intéressant. » Elle se tourna vers Max. « J'aimerais te demander quelque chose. J'ai parlé à Théo et nous voudrions te demander quelque chose. »

Max avala son café. « Je vous écoute. »

Jess et Théo échangèrent un regard. « Eh bien, c'est au sujet de notre mariage. Tu es le meilleur ami de Théo, naturellement, mais nous... et bien, nous nous demandions... » Elle s'arrêta et se racla la gorge, sentant les larmes lui pointer aux yeux. Le bras de Théo se serra autour de ses épaules et il la regarda d'un air doux pour la rassurer. Max semblait stupéfié.

« Que se passe-t-il, Jess ? »

Jess prit une longue inspiration. « Max, je me demandais si tu serais d'accord d'avoir une double fonction ... je me demandais si tu serais d'accord pour me conduire à l'autel ? »

Les sourcils de Max se levèrent rapidement et Jess fut stupéfaite de voir des larmes dans ses yeux. « Jess... J'en serais honoré. Vraiment honoré. » Il se leva et prit Jess dans ses bras. « Merci, murmura-t-il à son oreille, je te remercie. »

DEHORS, Jules les regardait à travers les vitres fumées de sa voiture. Ils semblaient plus détendus qu'il ne l'avait prévu. Parfait. Il voulait qu'ils soient aussi pris au dépourvu que possible par son prochain coup.

Jess jeta un œil dans la chambre de Max et le vit couché sur son lit avec Stan et Monty adorablement lovés contre lui. Les chiens levèrent la tête quand Jess se mit en face d'eux. « Chiens pourris gâtés », murmura-t-elle et leur souffla un baiser. Elle tira la porte et erra dans la salle de séjour. Théo était en train de zapper parmi les différentes chaînes de télé, et ne leva même pas les yeux lorsqu'elle se blottit à ses côtés. Son bras s'enroula automatiquement autour de ses épaules, l'attirant à lui. Elle regarda la télé quelques instants avec lui avant de tourner la tête pour l'embrasser sur la joue.

« Je reconnais que c'est un peu étrange à dire, étant donné tout ce qui s'est passé, mais en ce moment même, je me sens heureuse. En sécurité. »

Théo l'embrassa sur la tempe. « Tu es en parfaite sécurité. Tu le seras toujours avec moi, Jessie. Toujours. » Il éteignit la télévision et l'attira sur ses genoux, écarta les cheveux de son visage, et la regarda avec un regard si plein d'amour qu'elle se sentit fondre. Il l'embrassa rapidement, doucement, comme un adolescent timide et elle sourit.

« Fleur bleue. » chuchota-t-elle et il sourit, d'un sourire véritablement coquin. Il la coucha sur le sol et s'allongea sur elle, ses doigts s'emmêlant dans ses cheveux foncés et doux.

« Mme Storm... »

Elle sourit mais fronça les sourcils d'un air faussement fâché. « Pas encore, mon petit, ne prends pas la grosse tête. »

Théo rigola et colla ses hanches contre les siennes pour qu'elle sente son sexe tout dur. Elle sourit et lui pinça légèrement le lobe de l'oreille avec les dents. « Tu serais tellement mieux à l'intérieur de moi... »

Théo soulevait déjà sa robe et ses longs doigts se glissèrent sous sa culotte pour la lui retirer. Elle gémit doucement en sentant sa langue caresser son clitoris, le taquiner jusqu'à ce qu'elle devienne à moitié folle.

Il s'arrêta d'un coup et leva la tête. « Merde... ma mère. »

Jess le regarda bizarrement pendant un instant. « Si mon sexe te fait penser à ta mère, je vais commencer à m'inquiéter à ton sujet. »

Tous deux éclatèrent de rire. Jess enfouit son visage dans ses mains pour étouffer son rire, Théo colla son visage contre son ventre, son corps entier se secouant sous son rire.

« Chut, chuuut... » Jess fit un signe vers la porte de la chambre à coucher de Max. Elle repoussa Théo et remit ses sous-vêtements. « La récré est finie. » Elle se leva. « Allons chercher une pizza avant de réveiller les enfants. »

Ils partagèrent une pizza et des bières au restaurant. « Alors, que se passe-t-il avec ta mère ? » Jess le taquinait. « Quand elle ne traîne pas entre mes jambes. »

Théo renifla. « C'est pas bien ce que tu dis. Elle m'a appelé. En fait, elle m'a harcelé au téléphone quand elle a vu les nouvelles dans les journaux. »

Toute trace de bonne humeur disparut du visage de Jess. « Je vois. »

Théo se pencha pour lui toucher la joue. « Hé, tout va bien. Elle veut te rencontrer, c'est tout. »

Jess ne se détendit pas, elle repoussa sa pizza et se frotta le front pour soulager la tension soudaine. « Donc, le fait qu'elle ait appris que la petite amie de son fils soit une nymphomane chasseuse de diamand ne devrait pas me tracasser ? »

Théo la regarda en souriant. « Eh bien, si tu présentes les choses sous cet angle... »

« Mon Dieu, Théo. »

« Écoute-moi. Nous en avons parlé elle et moi, je lui ai dit que tout cela n'était qu'un ramassis de conneries. Je suis son fils, elle me croit bien davantage que les abrutis qui écrivent dans les tabloïds. Tout va très bien, elle pense juste que le moment est venu de rencontrer l'amour de ma vie. »

Jess sourit enfin et frotta son visage. « Et que pense-t-elle du fait que nous soyons déjà fiancés ? »

L'expression de Théo changea. « Heu... »

« Théo ! » La tension refit surface « Tu ne lui as pas dit ? »

Il secoua la tête gentiment. « Je croyais que nous devions rester discrets. »

« Pas avec ta famille. Pfff ! »

Il caressa sa main doucement pour essayer de la détendre. « Nous lui dirons ensemble. Ce week-end. »

Elle ouvrit la bouche en grand et il lui fit un sourire un peu gêné. « Désolé. Je voulais t'en parler plus tôt. »

Jess soupira et sa tête s'effondra sur la table. « Tu peux me tuer maintenant. »

Théo grimaça et elle en fut désolée. Elle réalisa d'un coup : ils n'avaient jamais parlé du fait qu'elle devrait rencontrer sa mère. Elle s'assit et l'embrassa. « Ça va aller. Il est temps que je rencontre ta famille. »

Il hocha la tête et elle vit qu'il était heureux. « Il y a une autre raison qui me motive, dit-il, qui te plaira peut-être davantage. Il y a quelques années, j'ai acheté une maison sur l'île de Whidbey, surtout un investissement. Elle est bien trop grande pour moi seul donc je la loue comme maison de vacances depuis quelques années. Mais aujourd'hui... elle serait parfaite comme maison de famille, Jessie. Elle est un peu retranchée mais pas isolée et nous avons notre propre plage privée. Je veux t'y emmener, pour voir ce que tu en penses. Si tu ne l'aimes pas, ou si tu penses qu'elle est trop près de celle de ma mère, nous en trouverons une autre. »

Jess l'écouta et se sentit immédiatement emballée. Elle lui fit un large sourire. « Proche comment de celle de ta maman ? »

Théo fit un grand sourire. « De l'autre côté de l'île... et c'est une assez grande île. »

Elle rit. « Dans ce cas, j'ai hâte. »

Théo l'embrassa. « Nous pouvons y aller ce dimanche. »

« Nous passons tout le week-end chez ta mère ? »

Théo lui adressa un sourire nonchalant et elle lui tapa sur l'épaule avec le plat de sa main. « Tu en seras privé ce soir. »

Il se pencha et l'embrassa tendrement. « D'accord. » murmura-t-il, ses yeux verts brillant, et il posa une main sur la nuque Jess et l'autre sur son ventre. Jess se laissa aller dans ce baiser et approuva en hochant la tête.

« Mais tellement... »

THÉO la regarda alors qu'ils se tenaient sur la plate-forme du bateau qui les menait vers l'île. Jess était vêtue d'une simple robe blanche en coton que la brise fouettait et faisait remonter, révélant ses jolies cuisses couleur de miel. Ses longs cheveux étaient fixés en un chignon lâche à la base de la nuque, et son visage, légèrement maquillé était beau mais un peu tendu.

Très tendu, se corrigea Théo, vraiment trop tendu. Il la prit dans ses bras, et la sentit se détendre contre lui. « Arrête de t'inquiéter, ce sera juste ma maman et peut-être un ou deux de mes insupportables petits frères. Rien de très inquiétant, je te le promets. »

Jess sourit à ces mots. Théo avait une sœur plus âgée, Milly, qui était mariée et vivait à Portland, et trois frères beaucoup plus jeunes qui adoraient leur grand frère. L'un d'entre eux, Alex, était à Harvard, et les deux plus jeunes, Seb et Tom, étaient jumeaux. Elle en savait peu sur la maman de Théo, Amélia. Elle avait dit à Théo qu'elle ne devrait peut-être pas tout de suite s'imaginer une femme admirable. Théo avait levé les yeux au ciel.

« C'est juste ma mère, Jessie. »

Mais il savait que la situation familiale de Jess avait été si empoisonnée par Jules qu'elle ne concevait pas qu'une famille soit heureuse de sa propre expérience. Il lui embrassa la tempe.

« Je connais un bon moyen de te détendre... »

Elle se retourna dans ses bras et étudia son visage, un petit sourire sur ses lèvres. « Tu en connais un en effet, dit-elle en levant les sourcils. Mais c'est un lieu public, tu sais. »

Ses yeux dansaient dans l'attente. « C'est encore mieux. »

Il la prit par la main et la conduisit le long de la plate-forme jusqu'à une petite cabine, cachée de la vision des autres passagers et des membres de l'équipage. Théo la poussa contre l'acier froid du ferry, et la regarda fixement, intensément, ardemment. Il glissa ses mains sous sa robe et elle haleta lorsqu'il retira brutalement sa culotte, la déchirant un peu. Théo colla sa bouche sur la sienne pendant qu'elle lui défit sa braguette et plongeait sa main dans son pantalon pour libérer son sexe long et dur. Théo la souleva et elle enroula ses jambes autour de lui, et il put la pénétrer en toute confiance, poussant profondément, par saccades régulières, tout en embrassant sa bouche avidement. Les lèvres de Jess étaient collées à son oreille, elle lui disait combien elle l'aimait, et quand il jouit, tellement excité qu'il ne pouvait pas attendre, il sentit le spasme furieusement violent de son sexe se vidant en elle et la remplissant alors qu'elle enfouit sa tête dans son épaule pour étouffer son cri d'extase. Ils reprirent leur souffle, se regardèrent fixement l'un l'autre, ignorant complètement la brise fraîche, le roulis des vagues sur les eaux sombres, le risque d'être vus. Ni l'un ni l'autre ne parlèrent, ni l'un ni l'autre n'en eurent besoin de dire ce qu'ils ressentaient, ils profitaient de cette sensation de peau contre peau, et de la paix profonde qu'ils ressentaient. Théo la remit doucement sur pied et elle arrangea sa robe tout en passant sa main dans ses boucles sombres pour les remettre en ordre. Leurs doigts s'entremêlèrent et ils marchèrent lentement vers le salon réservé aux passagers, ne se quittant pas des yeux.

Amélia Storm ouvrit la porte de sa grande maison et descendit les escaliers en souriant. Jess, dont le cœur battait à tout rompre, lissa sa robe et sourit timidement, regardant Théo faire les présentations. Elle n'avait pas à s'inquiéter.

« Jessica, ma chère, je suis ravie de vous rencontrer enfin. » La vieille femme, majestueuse et gracieuse, avait remonté ses cheveux gris en un chignon, et elle embrassa Jess sur la joue puis glissa un bras amical autour de ses épaules. « J'ai dit à Théodore qu'il est très vilain de vous avoir caché tout ce temps. » Elle fit une grimace de moquerie à son fils, qui la lui rendit tout aussi gentiment en sortant de la voiture pour la prendre dans ses bras.

« Ne l'effraie pas tout de suite, maman. Donne-nous d'abord à manger. »

Amélia regarda Jess et Jess vit la même lueur étrange dans les yeux de son fils. « Il ne pense qu'à son estomac. Et vous, Jess ? Je vous fais peur d'abord ou je vous nourris ? » Son sourire était le même que celui de Théo et Jess se détendit et lui sourit.

« C'est un choix cornélien mais... »

Amélia rit. «Entrez d'abord tous les deux. Théo, laisse vos bagages pour l'instant, nous allons d'abord prendre un rafraîchissement. »

Théo suivit docilement les deux femmes dans la maison. « Où sont les petits démons ? »

« À la plage. Je leur ai dit qu'on apercevait des orques au large. »

Jess sourit avec enthousiasme mais Théo plissa les yeux vers sa mère d'un air soupçonneux. « Et ils t'ont crue ? »

Amélia sourit d'un air malicieux. « Non, ils sont trop malins. Mais c'est une bonne manière de se débarrasser d'eux pendant une heure. »

Jess et Théo éclatèrent de rire. Amélia, souriant d'un air ravi, se dirigea vers le réfrigérateur et en sortit une cruche, puis revint vers eux.

« Thé glacé ? »

Théo se pencha vers Jess, et lui chuchota en plaisantant « Ne lui fais pas confiance. » Il leva les yeux et fixa sa mère. « Thé glacé ? Le normal ou le Long Island ? »

Sa mère le regarda bien en face. « Il se peut qu'il y ait un peu d'alcool dedans. Vous venez sur la terrasse ? »

Une heure et demie plus tard, Jess était sûre de deux choses. D'une part, elle était très, très ivre et d'autre part, elle était tombée amoureuse de la maman de Théo.

« Je pense que je vais te quitter pour ta maman », dit-elle à Théo en riant. Il appréciait visiblement de la voir un peu ivre.

« Je suis tout à fait d'accord ! » dit Amélia, trinquant avec Jess un verre vide à la main. « Je pense d'ailleurs explorer ma sexualité et vous, Jessie, vous êtes très belle. Ça te dérangerait qu'on te fasse cocu Théo ?»

Jess fit maladroitement tinter son verre contre celui d'Amélia. « Il faut se faire du bien ! »

Théo rigola en secouant la tête. « Dans quel état êtes-vous... » Amélia sourit et leva son verre.

« Ouais, mais au moins, Jess n'appréhende plus... »

Jess les regarda tous les deux. « Oh, alors tout était prévu? »

Amélia acquiesça tandis que Théo essayait de prendre un air innocent. Jess marmonna quelque chose pour elle-même et rigola.

« Hé mec ! » Deux grands garçons dégingandés et terriblement beaux sortirent de nulle part et se jetèrent sur Théo, qui les mit à terre assez facilement mais ils reprirent bientôt le dessus et les trois frères se mirent à chahuter comme des petits chiots. Jess les observa en souriant tandis qu'Amélia levait les yeux au ciel.

La petite bagarre terminée, Théo sortit de la mêlée et les garçons, que Jess ne pouvait pas différencier, se levèrent et lui sourirent. Un Théo rayonnant fit les présentations et ils lui serrèrent très amicalement la main.

« Je suis Seb, dit l'un d'entre eux, vous pouvez me reconnaître grâce à mon grain de beauté juste sous l'œil, vous voyez ? » Il colla son visage près du sien et quand elle se pencha pour regarder, il lui planta un baiser sur la bouche. Elle éclata de rire, tout comme Amélia, Théo feignant d'être énervé alors que Seb et Tom se tapaient dans les mains.

Tom hocha la tête en direction de la cruche d'alcool maintenant vide. « Tu as encore trop bu, maman ? »

Amélia le dévisagea par-dessus ses lunettes. « Je t'ai donné la vie, mon enfant, je peux encore te mettre une raclée. »

Les jumeaux commencèrent à taquiner leur mère et Jess se rassit. Ça, ça c'était une famille, les taquineries, les plaisanteries incessantes, l'absence de jugement, l'absence de méchanceté... Elle sentit soudain les larmes lui monter aux yeux et se rendit compte qu'elle se sentait plus chez elle avec ces trois inconnus que jamais à la maison quand sa mère s'était marié avec Eric. Elle sentit Théo l'observer et quand sa main prit la sienne, elle la serra doucement et sut qu'il comprenait. Il inclina sa tête vers la sienne, ses lèvres tout contre son oreille.

« Tu vas bien ? »

Jess hocha la tête, appuyant son front contre le sien. « Tu sais quoi ? Je pense vraiment que je vais bien maintenant. Pour de vrai. »

Et à cet instant, elle sentit que tout irait bien.

Amélia avait préparé un fantastique poulet rôti pour dîner et elle et Théo parlèrent de la maison, ce qui motiva encore plus Jess pour la visiter. Plus tard dans la soirée, elle et Théo se déshabillèrent lentement dans sa vieille chambre à coucher et firent l'amour lentement, tranquillement, tendrement. Allongée au creux de ses bras, Jess était presque endormie quand elle l'entendit chuchoter. « Ma mère t'apprécie beaucoup, tu sais. »

Jess tourna son visage vers lui. « Je l'aime aussi. J'adore tes frères, votre maison, tout ce qui concerne ta famille. Je t'aime toi plus que tout. Merci de me montrer ce qu'est le bonheur. »

Elle vit d'après son expression que ses mots le touchaient et un moment passa avant qu'il puisse parler à nouveau, la voix tremblante d'émotion.

« Je veux t'épouser, Jessica Wood. Bientôt. Très bientôt. J'ai besoin d'être ton mari, d'être à toi et toi seule. »

Les larmes coulèrent sur ses joues et elle sourit à travers. « Je t'épouserai dès que possible. »

Il l'embrassa. « Maman souhaiterait que je l'annonce à la presse, pour dire à tous ces trous du cul d'aller se faire voir, ils veulent la vraie histoire, elle est là sur ton annulaire, c'est dans nos grosses têtes bien remplies, dans nos cœurs si pleins d'amour. »

C'était au tour de Jess de rester sans voix et elle l'embrassa violemment. « Toi et moi, pour toujours. »

« Pour toujours », acquiesça-t-il et il l'attira dans ses bras.

. . .

THÉO CHERCHA dans ses poches pour trouver la clef et ouvrit la porte. Jess sautillait près de lui, comme un chiot impatient. Durant tout le trajet jusqu'à la maison, elle avait haleté et mit les mains sur sa bouche. « Mon Dieu, c'est parfait. »

Le chalet était peint en bleu clair et un porche entourait tout le rez-de-chaussée. Les fenêtres étaient immenses, les murs en bois épais entourés d'arbres. Les yeux de Jess brillaient lorsque Théo gara la voiture et elle sauta dehors et courut autour de la maison pour voir la plage en contrebas. Elle le regarda en souriant et il sut alors qu'elle était conquise et cette maison serait la leur. Une image apparut dans son esprit : Jess, le ventre arrondi par sa grossesse, tenant par la main un bel enfant aux boucles foncées et ayant les yeux de sa mère, marchaient le long du chemin qui menait à la plage, en riant et en chantant. Cette vision fit déborder son cœur d'amour.

Maintenant, en la conduisant dans la maison, il attrapa sa main, essayant de ne pas être surexcité. Le chalet était grand mais chaleureux, la salle de séjour avait une grande cheminée, la cuisine était assez vaste pour que des canapés prennent place autour des tables, comme un cocon de famille. Ils passèrent de pièce en pièce et commencèrent à parler de leur futur dans chaque chambre, comment ils les décoreraient, les pièces qui seraient réservées aux invités, celles qui seraient pour leurs enfants.

Théo la mena dans une grande salle au fond de la propriété, avec de grandes fenêtres voûtées donnant sur les eaux bleues du fjord Puget.

« C'est notre chambre », dit Théo et il sourit en voyant son visage rosir de plaisir.

« C'est parfait », murmura-t-elle et elle glissa ses bras autour de sa taille. Théo l'embrassa.

« Alors, on la prend... »

« Théo, c'est plus que je ne pourrais jamais espérer. Oui, prenons-là », dit Jess en riant. Et il l'attrapa et la fit valser autour de la chambre. « Personne n'y vit à l'heure actuelle ? »

Théo secoua la tête. « J'ai une confession à te faire. Les derniers locataires sont partis il y a deux mois et j'avais refusé toute nouvelle demande depuis que je t'ai rencontrée parce que j'avais le sentiment que tu l'adorerais. C'est notre maison. La tienne, la mienne, celle de nos enfants. »

« Et celle de Stan et de Monty aussi, lui rappela-t-elle, n'oublie pas nos enfants à poils. »

Théo l'embrassa, sa langue massant doucement la sienne. En s'embrassant, il la dirigea vers le grand lit et l'attira sur lui. Il n'y avait ni drap ni oreiller mais ils ne le virent même pas, trop occupés à retirer sauvagement leurs vêtements. La queue de Théo était déjà toute palpitante et rigide, il n'avait qu'une envie, être en elle et il passa ses chevilles au-dessus de ses épaules. Jess lui sourit, la sueur commençant déjà à coller ses cheveux sur son front.

« Cloue-moi au lit, soldat », lui dit-elle et elle cria lorsqu'il la pénétra de toutes ses forces, tellement fort et tellement profondément que le lit recula.

« Je vais te baiser très très fort ma belle... Théo tenait ses mains au-dessus de sa tête en la pénétrant. Je te baiserai jusqu'à la fin de ma vie. »

Leurs ébats amoureux furent presque sauvage, brutal, ils ne s'inquiétèrent pas de savoir s'ils se blessaient ou blessaient l'autre. La tranquillité de la grande maison était rompue par leurs cris, leur amour, leurs rires.

Épuisés et comblés, ils s'allongèrent côte à côte, leurs corps nus enlacés, dans la vibrante lumière du soleil de l'après-midi. Jess pressa ses lèvres contre sa mâchoire. « Théo ? »

Il regarda son beau visage et sourit. « Oui ? »

« Je ne veux pas partir d'ici. Plus jamais. »

Ils emménagèrent la semaine suivante, engagèrent des déménageurs pour transporter leurs affaires sur l'île dès que possible tandis que Théo et Jess géraient la logistique entre leur vie sur l'île et leur travail au centre-ville. Ils décidèrent que Jess pourrait travailler de la maison trois jours par semaine, et qu'ainsi elle pourrait s'occuper des chiens, et Théo y resterait le reste de la semaine, ou plus si c'était possible. Jess était heureuse en emballant ses affaires dans l'appartement de Théo.

« Les parties de jambes en l'air l'après-midi ne font pas bon ménage avec le travail », dit-elle en feignant de désapprouver. Théo haussa les épaules, une lueur perverse dans les yeux.

« Je ne suis pas d'accord. Comment sinon construire mon empire pornographique ? »

Jess rit et lui prit la main, la serrant contre son sexe chaud. « Vas-y, commence à construire... »

Ils oublièrent la pizza qu'ils avaient commandé dix minutes avant et Jess poussait des cris perçants en riant lorsque Théo, couvert d'un journal et seulement d'un journal, ouvrit la porte à un livreur stupéfié et embarrassé.

Puis, au milieu des cartons, Théo ferma la porte du chalet et, attrapant une bouteille de champagne, rejoignit Jess dans la salle de séjour. Elle était lovée sur un des divans et quand il s'assit, elle se déplaça dans le creux de ses bras. Il lui tendit une flûte de champagne.

« À notre nouvelle maison. »

Elle fit tinter son verre, but une gorgée puis l'embrassa. « À nous. »

Théo sourit. « À nous, bébé. Je t'aime. »

LES FIANÇAILLES de Mlle Jessica Eleanor Wood, de King County, Seattle, Washington, et M. Théodore Flynn Storm, de King County, Seattle, Washington viennent d'être annoncées. Le mariage est prévu le mois prochain et se déroulera totalement en privé.

JULES LUT L'ANNONCE. Il n'avait jamais ressenti autant de colère. Rage. Fureur.

THÉO MASSA SES TEMPES, essayant de soulager le mal de tête qui le tenait. La réunion s'était terminée très tard et maintenant il avait hâte de s'en aller. Il jeta un œil à Max qui haussa les épaules en s'excusant et qui lui dit du bout des lèvres « Désolé, patron. »

L'investisseur était trop important pour que l'entreprise ne lui consacre pas tout son temps, donc Théo lui sourit. « Je suis vraiment désolé, ça ne t'embête pas si j'appelle rapidement ? »

Seul dans son bureau, il appela Jess et oublia son mal de tête à la seconde où il entendit sa voix. Il s'excusa d'appeler si tard.

« Je prendrai l'hélicoptère pour rentrer sur l'île dès que possible », promit-il.

« Je t'attendrai et te ferai apprécier ton retour. » Il aimait le ton doux de sa voix. Comment avait-il pu vivre sans cette femme ?

« Je déteste te laisser seule la nuit. »

Jess fit un petit bruit. « Je ne peux pas toujours vivre avec une armée, Théo. Et puis, j'ai les chiens. »

« Et le pistolet. »

« Et ça oui. »

Théo soupira. « Ok, je serai bientôt à la maison. »

Il retourna à sa réunion et replongea à contrecœur dans l'ennuyeuse conversation. Mais au fond de son esprit, tournait en boucle la même rengaine, une supplication constante.

Gardez-la en sécurité jusqu'à ce que j'arrive. Faites qu'elle soit en sécurité s'il vous plaît. S'il vous plaît.

À LA MAISON, Jess sortit Stan et Monty pour qu'ils fassent pipi. Le terrain derrière la maison, boisé et éclairé par les projecteurs que Théo avait installés, était d'un vert mystérieux dans cette lumière artificielle mais elle savait que juste avant minuit, les lumières s'éteindraient et la maison, la forêt, tout serait plongé dans un noir d'encre. À l'intérieur, elle continua à ranger et nettoyer, se maintenant occupée, essayant de ne pas penser au fait qu'elle était seule si tard. Elle aimait être ici, et à sa grande surprise, elle aimait faire les choses ordinaires qu'une femme d'intérieur ferait. La sororité finira par m'avoir, pensa-t-elle en souriant. Dans la cuisine, elle entendit le séchoir cliqueter. Après avoir plié les vêtements, elle prit la pile chaude et monta dans la chambre. Elle rangea les vêtements et s'approcha des fenêtres pour fermer les rideaux.

Elle se figea sous le choc en regardant dehors. Une silhouette, à contre-jour des projecteurs, se tenait au bord des bois, et regardait vers la maison. Jess s'approcha de la fenêtre pour vérifier qu'elle n'avait pas rêvé. Non. Il y avait bien quelqu'un mais elle ne pouvait pas voir clairement ses traits. Alors qu'elle regardait fixement, la personne leva la main et lui fit un petit signe languissant. Secouée, elle redescendit les escaliers. Elle attrapa son téléphone et se dirigea vers la porte de devant, tout en regardant dehors, son cœur frappant sourdement dans sa poitrine. Les chiens commencèrent à aboyer et elle courut prendre le pistolet de Théo avec lequel elle s'était déjà entraînée. En colère et effrayée, elle ouvrit la porte arrière et les chiens entrèrent en remuant la queue. Elle se sentit légèrement mieux. Elle ferma cette porte à clef puis fit un pas sur le porche.

Il n'y avait personne. Elle regarda les arbres. Rien. Elle poussa un soupir, soulagée. Le brouillard venant de la rivière avait commencé à pénétrer le parc et s'infiltrait tout autour de la maison, s'accrochant comme de la gaze au milieu des arbres. Les projecteurs s'éteignirent. Minuit.

Rentre à la maison, Théo, pria-t-elle silencieusement. Elle rentra à l'intérieur et se retourna pour fermer la porte, au moment même où Jules s'avança dans sa ligne de mire, à moins d'un mètre d'elle.

Avant qu'elle n'ait eu le temps de réagir, il était sur elle, plaquant une main sur sa bouche, la traînant dans la cuisine, puis donnant un coup de pied pour fermer la porte arrière. Son bras se serra en travers de sa gorge, l'empêchant de respirer. Il la plaqua contre le mur, elle pouvait à peine respirer tant son corps était comprimé.

Il la jeta au sol, souleva sa jupe, lui bloqua les mains et déchira ses sous-vêtements. Elle utilisa toute sa force pour donner un coup de pied et le frappa pour essayer de se libérer mais il la gifla, assez fort pour faire sonner ses oreilles. Elle tenta de lutter, en criant « Non, non, non ! » en sentant se déchirer le fin tissu entre ses cuisses. Il appuya sa main sur sa bouche, mais elle le mordit, fort, utilisant toute son énergie pour l'éloigner d'elle.

Ses mains se remirent autour de sa gorge et serrèrent de façon ininterrompue. Elle bloqua son poignet vers le haut, essayant de lui frapper le nez, elle parvint à le toucher, pas très fort mais suffisamment pour se libérer de sa poigne.

Elle s'éloigna de lui, essayant d'attraper son pistolet qui cogna contre le plancher, mais il lui attrapa la cheville et l'attira de nouveau vers lui. Son corps chuta violemment contre le sol en pierre.

Il attrapa sa tête entre ses mains et la fit rebondir méchamment contre la pierre. Sonnée, elle baissa sa garde une demi seconde et Jules en profita pour la pénétrer en grognant et en la déchirant. Il plaqua ses mains au-dessus de sa tête. Elle sanglotait maintenant, de colère, de rage envers lui, envers elle-même. Elle pouvait sentir le sang couler de derrière sa tête couler sur le sol, collant ses cheveux à son crâne. Il continua à la violer et elle cria de douleur alors qu'il écartait ses jambes de plus en plus grand. Il plaqua ses bras au plancher, lui soufflant dans le visage. Dans un effort démesuré, elle remonta son genou vers le haut et poussa de toute sa force. Il s'écarta en poussant un hurlement frustré, et elle lui envoya un coup de pied entre les jambes aussi fort qu'elle le pouvait.

Il recula, gémissant de douleur et elle se remit debout, la vue brouillée, essayant d'éviter le sang sur le plancher.

Il se remit à genoux, étreignant son aine. « Salope ! » Elle se rua dans le hall, se dirigeant vers la porte de devant mais ses pieds, recouverts de sang, glissèrent sous elle. Elle s'étala au sol et ses jambes heurtèrent le cadre d'un vieux miroir d'époque. Il se renversa sur elle et elle gémit de douleur.

Elle se protégea le visage avec le bras pour éviter le verre cassé. Le lourd cadre lui tomba sur la tête dans un craquement ignoble et elle s'effondra au sol, inconsciente.

JULES RETROUVA ses forces et suivit le bruit de verre brisé en boitant. Elle était si calme, si vulnérable, couchée parmi les éclats du miroir dont une partie recouvrait sa peau, l'entaillant doucement. Du sang coulait d'une grande entaille sur son crâne et coulait sur le plancher. Il se pencha au-dessus d'elle, évitant les éclats, et posa deux doigts contre sa gorge, sentant l'artère délicate palpiter au bout de ses doigts.

Vivante. Parfait. Il ne voulait pas qu'elle soit morte, pas encore, tout du moins. Il attendrait jusqu'à ce qu'elle se soit réveillée. Il la voulait bien consciente pour la suite, lorsqu'elle le supplierait d'épargner sa vie...

C'ÉTAIT la cinquième fois que Théo tombait sur la messagerie, et il commença à paniquer. Il attrapa sa veste et se rua hors du bureau, ignorant le regard étonné de sa secrétaire.

« Je vais à la maison », lui dit-il en entrant dans l'ascenseur, appuyant sur le bouton qui le mènerait jusqu'à l'héliport sur le toit.

Il monta dans le petit hélicoptère, remerciant Dieu d'avoir appris à piloter il y a longtemps. Il se jura d'avoir acheté une maison si isolée. Mais à quoi avait-il donc pensé ? Pourquoi avoir voulu habiter si loin de la ville, où se trouvaient la police et les services de secours, qui était un endroit bien plus sûr ? Mais quelle espèce d'idiot. Il pria en propulsant l'hélicoptère à sa vitesse maximum. Mon Dieu, protégez-la, faites qu'elle soit en sécurité...

UNE TOUX, un bruit aigu dans le silence de la maison. Elle se réveilla en sursaut et poussa un halètement de terreur. Jules était assis sur l'escalier, et tenait un éclat de verre qui pouvait causer la mort provenant du miroir. Il le tourna dans sa main à plusieurs reprises pour le faire briller dans la lumière de la lune. Elle essaya de se lever mais son corps n'avait plus aucune force. Elle réussit à se mettre dans une position plus confortable en s'appuyant contre le mur. Elle pouvait sentir le sang couler goutte à goutte jusqu'en bas de son visage, la brûler en roulant dans ses yeux. Son potentiel assassin ricana en la voyant lutter.

Il se leva d'un coup, la traîna et la chevaucha. Elle cria en sentant le verre au sol lui déchirer la peau. Elle pourrait sentir l'odeur de son sexe sur lui, de vieille sueur. Le viol... il m'a violée... Sa tête tournait, ses tempes battaient douloureusement, la nausée montait en elle. Il lui montra le morceau de verre et rit.

« Qui est le plus beau d'entre nous ? » Il ricana.

Ses yeux cherchèrent une aide autour d'elle, en panique, ils cherchèrent n'importe quoi, susceptible de l'aider. Ses bras tâtonnèrent également, cherchant n'importe quoi qui pourrait l'aider mais ne sentirent que le verre qui les écorchaient.

Il se coucha avec force sur elle, attrapant ses mains et les plaquant au sol avec ses genoux, violemment, en les enfonçant dans les morceaux de verre cassé. Elle ne pouvait pas bouger, ne pouvait pas lutter.

Il va me tuer, pensa-t-elle, il va me tuer et je ne reverrai jamais Théo. Oh mon Dieu, Théo...

Il déchira le tissu de sa robe au niveau de la poitrine. Ses yeux s'élargirent de terreur lorsque son assaillant leva l'éclat de verre au-dessus de sa tête. Les minutes passaient comme au ralenti, elle attendit la douleur, elle attendit que l'arme entre en elle. Comme elle attendait de mourir. Quelque part, très loin, peut-être dans son imagination, elle entendit le bruit d'un hélicoptère.

Puis vint une explosion de douleur lorsque Jules commença à la poignarder à mort. Théo... Oh mon Dieu, Théo...

THÉO ATTENDIT NERVEUSEMENT que les lames de l'hélicoptère ralentissent et s'arrêtent. Il se pencha, fit un pas hors de la carlingue et écouta. Le temps s'était dégradé, et il ne pouvait entendre que le vent dans les arbres. La maison était plongée dans l'obscurité. Théo prit une profonde inspiration. Était-il en train de réagir de façon excessive? Il n'y avait aucune preuve qu'elle fût en danger, quel que soit le danger. Théo hésita avant de se diriger vers la maison en écoutant attentivement chaque bruit. Rien. Il monta les premières marches du porche.

Jules leva les yeux en entendant le bruit de moteur. Merde, il devait maintenant se dépêcher alors qu'il voulait profiter de chaque seconde. Jess avait recommencé à se débattre mais elle était toujours sous le choc et il la bloquait facilement avec une seule main. Leurs yeux se rencontrèrent et Jules lui sourit tendrement. Voilà. C'était la fin de tout.

Il aimait la manière dont ses beaux yeux s'ouvraient, pleins d'horreur, de terreur. « Au revoir, Jessica... » et il leva son arme pour la tuer.

THÉO MIT sa clef dans la serrure... et rien ne se produisit. Il essaya encore. La porte ne s'ouvrait pas. Jess avait-elle mis le verrou ? Il passa ses mains sur ses yeux et regarda fixement dans le vestibule sombre. Il vit quelque chose scintiller sur le plancher en bois mais ne put distinguer ce que c'était. Puis il entendit un bruit, son cœur se figea et ses jambes se mirent à trembler. Il entendit le cri de quelqu'un souffrant le martyre, étranglé, haletant, et à l'agonie. Mon dieu, non, non, non...

JULES PLANTA le morceau de verre dans le ventre de Jess, sentant la chair douce et vulnérable se déchirer sous l'arme et Jess cria d'agonie en essayant de se défendre, lui lacérant le visage avec ses ongles, essayant de lui arracher les yeux. Cela ne fit que l'énerver davantage, le rendant encore plus cruel et il la poignarda à nouveau à plusieurs reprises, la sentant devenir de plus en plus faible. Mourante. Jessica était en train de mourir et c'était exactement ce dont il avait rêvé. Elle cracha du sang et son corps devint tout flasque. Il était sur le point de la poignarder pour la cinquième fois quand il entendit frapper à la porte. La voix de Storm se fit entendre, paniquée, désespérée.

« Jess ! Jess, laisse-moi entrer ! Jess ! »

Jules regarda à nouveau Jess, si belle, mais si abîmée, si détruite. Elle était inconsciente, la douleur était trop vive, son ventre déchiré crachait du sang formant une piscine foncée autour d'elle, sa robe mince en était toute imbibée. Elle mourrait bientôt, elle perdait trop de sang. Elle saignait de tout son corps enfin. Jules sourit, puis en entendant Théo crier encore, il s'échappa.

· · ·

UN MOUVEMENT brusque attira son attention. Dans le vestibule. Il s'approcha encore et il vit quelqu'un courir dans l'obscurité de la maison. Jules. Il reconnaîtrait sa silhouette n'importe où. Mon dieu, il y est arrivé, il l'a tuée... Son ventre se crispa et il se rua vers la fenêtre. Cette personne, qui qu'elle soit, était partie par la porte de derrière. Théo se rua vers la porte et il manqua de défaillir lorsqu'il la vit grande ouverte. La silhouette qu'il avait vue avait disparu. Théo courut jusqu'à la cuisine, attentif au moindre bruit.

« Jess ? C'est moi, chérie, c'est Théo. »

La maison était silencieuse. Théo se dirigea vers la cuisine et le hall plongés dans le noir. Il mit un moment à réaliser ce qu'il voyait, ce qu'il entendait. Une respiration laborieuse. Des halètements de suffocation. Une douleur, des gargouillis d'une gorge pleine de sang. Du sang. Trop de sang. Le corps d'une femme, une femme qui avait été poignardée cruellement, brutalement, impitoyablement, ses vêtements étaient trempés. D'horribles et inimaginables coups de poignards dans sa chair douce. Le cerveau de Théo refusa de faire le rapport entre la femme couchée sur le sol et Jess. Ce ne pouvait pas être elle. Ce n'était pas possible.

Parce que la femme brisée, ensanglantée et mourante sur le sol ne ressemblait en rien à la femme qu'il aimait. Il la prit dans ses bras la seconde suivante, ses mains se posèrent sur les blessures de son ventre, essayant désespérément d'empêcher le sang de couler, essayant de la garder vivante. Il sortit son téléphone portable et appela les services de secours, sans quitter son visage des yeux, stupéfié de s'entendre parler si calmement. Il ne ressentait qu'une terreur abjecte. Jules l'avait finalement eue. Lui Théo, n'avait pas réussi à la protéger, il n'avait pas tenu sa promesse. Elle était en train de mourir et il ne pouvait pas l'empêcher, il ne savait pas comment faire. Il ne pouvait détourner ses yeux des atroces blessures criblant son ventre. Tellement de haine. Tellement de violence. Sa vie ne pouvait pas se finir ainsi, elle ne pouvait pas mourir de cette manière. Jules ne gagnerait pas, il ne le laisserait pas gagner.

« S'il te plaît, Jess, reste avec moi... respire, respire... je t'aime tellement. »

.   .   .

JESS REPRIT connaissance et souhaita ne jamais l'avoir fait. La douleur de ses blessures n'était rien face à la terreur et à l'horreur qui suintait dans la voix de Théo. Elle se concentra sur la sensation de ses bras la tenant, essayant de la maintenir en vie. Jules avait fait ce qu'il avait toujours promis et elle ne savait pas comment combattre la douleur et arrêter de perdre du sang. Elle regarda fixement les yeux verts de Théo, si terrifiés, désespérés et si pleins d'amour qu'elle essaya de lui sourire pour le rassurer.

« Jessie, ma Jessie, je suis là. »

Sa voix était si douce et si inquiète après la violence qu'elle avait subie. Elle ouvrit les yeux.

« Je t'aime, chuchota-t-elle, je t'aime tellement... »

« Je t'aime aussi, je t'aime. Théo sanglotait maintenant, accroche-toi, j'ai appelé de l'aide, ils arrivent. »

Elle sentit ses bras la tenir fermement, la rassurant, la réconfortant. Elle ne savait pas pourquoi il pleurait. Son cerveau était brumeux. Ses yeux tournaient, essayant de se concentrer sur lui. Elle ne comprenait plus rien. Au coin des yeux de petites taches noires apparurent de plus en plus grosses. Non, elle voulait voir son visage, son beau visage... Elle pouvait l'entendre parler mais il semblait loin, de plus en plus loin, si loin...

« Non, non, mon amour, reste avec moi, reste avec moi, mon Dieu, non, non, s'il te plaît... »

L'obscurité se fit totale.

13

CHAPITRE TREIZE
RESTE AVEC MOI

S irènes.

Elle était si belle, ses cheveux foncés tombant en cascade sur ses épaules, sa robe longue qui glissait le long de son dos, révélant son corps divin. Théo poussa un soupir fiévreux en voyant qu'elle ne portait rien d'autre qu'un harnais sous sa robe, fait de courroies en cuir souple s'entrecroisant sur son corps, autour de ses mamelons rouge foncé, durs et prêts à être caressés. Elle était à califourchon sur lui sur le lit et il ne pouvait pas la quitter des yeux.

DES FLASHS, des cris. Par ici, par ici... s'il vous plaît...

Sa bouche chercha son mamelon avidement pendant que ses mains glissaient entre ses jambes pour trouver son sexe palpitant et humide. Sa queue, déjà rigide et engorgée, se tendit pour trouver sa chatte. Il s'allongea sur elle, souriant et haletant pendant qu'il maintenait ses mains sur ses hanches et l'empalait sur son sexe si dur, basculant ses hanches vers le haut, souhaitant la prendre fort, si fort...

· · ·

La rouille, le sel et la peur. Du sang, son sang, partout. S'il te plaît, Jess, respire....

Ne t'arrête jamais de me baiser... Ses lèvres étaient collées à son oreille et il la renversa sur le plancher, la domina, prit le contrôle. Il mordit le bas de ses mamelons, enfouit son visage dans ses seins moelleux tout en entrant toujours plus fort en elle. Ses jambes étaient étroitement verrouillées autour de lui et elle lui souriait. Je t'aime tellement...

Elle est en train de mourir. Ils me disent qu'elle est en train de mourir. Elle ne se réveillera pas.

Elle ne se réveillera pas...

Amélia respirait fort en traversant le couloir d'hôpital au pas de course Elle cria presque en voyant l'immense désespoir sur le visage de Théo. Pendant un long et terrible moment, elle pensa que Jess était morte. Mais il lui fit un pâle sourire. Elle prit son fils dévasté dans ses bras.

« Comment va-t-elle ? »

Théo secoua la tête. « Elle est en chirurgie... Elle va mal maman. Elle a perdu tellement de sang. »

Il s'assit lourdement sur l'une des chaises. Amélia était horrifiée.

« Oh mon Dieu. Théo. » Elle s'assit près de lui, sous le choc. « Je croyais qu'un miroir lui était tombé dessus. »

Théo regarda sa mère. Il ne lui avait dit que le strict minimum, sachant que si elle savait la vérité, elle paniquerait et aurait conduit comme une lunatique. « C'est le cas. Mais je pense qu'elle a foncé dedans en essayant de s'échapper... Elle a été poignardée, maman. Il l'a poignardée au ventre, à plusieurs reprises, brutalement. Et... il l'a violée. »

Amélia regarda fixement son fils, incrédule. « Qui ? » Elle posa la question, d'une voix faible, le visage tout pâle.

Le visage de Théo se durcit. « Son beau-frère. Il a déjà essayé de la tuer avant... Maman, mon Dieu, c'est juste la dernière attaque qu'a subi Jess dans une vie entière d'abus et de harcèlement. »

« Non... Tu en es sûr ? Je veux dire... » Elle examina le visage de Théo et vit la désolation totale dans ses yeux. Il hocha la tête.

« Oui. Elle a été violée. Il y avait tellement de sang, maman. Partout dans la cuisine, dans le vestibule. Quand je l'ai trouvée, j'ai pensé qu'elle était... Elle était immobile, et couverte de sang. Quelqu'un avait posé ses mains sur elle. Il y avait des contusions sur son cou, des marques de doigts, sa robe était déchirée. Il l'a poignardée... mon Dieu, il l'a vraiment poignardée... » Il ne put finir sa phrase.

Amélia commença à pleurer et Théo lui caressa le dos. Il s'appuya contre le mur et ferma les yeux, des larmes silencieuses roulant sur son visage.

« M. Storm ? » Le chirurgien debout devant eux les regardait avec douceur mais Théo pouvait voir qu'il était désolé. Son cœur se serra dans sa poitrine. Théo lui présenta Amélia.

« M. Storm, l'état de Jessica est stable mais encore critique. Elle a perdu beaucoup de sang, comme vous le savez et nous avons dû opérer son foie et enlever sa rate. Ses blessures abdominales sont... le médecin chercha ses mots. Eh bien, elles sont parmi les plus graves que j'ai vus de toute ma carrière ces trente dernières années. Les pires. Elle a été poignardée de façon brutale, impitoyable. Son agresseur voulait en finir avec sa vie de la manière la plus douloureuse et la plus sauvage possible, cela ne fait aucun doute. Lui ou elle a utilisé autre chose qu'un couteau pour que les blessures soient irrégulières, difficiles à réparer proprement, elle restera marquée à vie. Nous en saurons plus dans les heures à venir. »

Théo pensa aux éclats de verre du miroir dispersés tout autour du corps de Jess. Jules avait utilisé l'un d'eux pour la poignarder, il en était sûr. La nausée lui monta à la gorge, et, avec une douleur gravée sur son visage, il s'éclaircit la gorge. Quand il parla, sa voix était cassée. « Docteur ? »

Le médecin hocha la tête. « Oui, elle a été violée. » Théo s'effondra. « Je suis vraiment désolé. Nous avons mis sous scellé la preuve et les avons envoyées à la police. »

« Est-ce qu'on peut la voir ? »

Le médecin hésita. « Je pense que vous pouvez vous asseoir

auprès d'elle. Elle aura besoin de visages amicaux quand elle se réveillera. » Il étudia le visage désolé de Théo. « Elle se réveillera, ne vous inquiétez pas, mais son rétablissement prendra un certain temps. Maintenant, je dois aller rédiger mon rapport à la police, veuillez m'excuser. »

Il leur sourit et s'éloigna. Théo se prépara à entrer dans la chambre de Jess quand il vit Max s'approcher. Le visage de Max était crispé, en colère, mais il se pencha pour embrasser Amélia sur la joue avant de se frotter le visage.

« Max ? » La voix de Théo était lourde de douleur.

« Nous avons arrêté Gachet. Il nie tout, naturellement. Et Théo, par rapport à ce que tu m'as dit qui s'était passé, il n'y a pas de marque sur lui. Aucune éraflure, aucune hématome. Rien. Il nous a laissé le fouiller, faire des prélèvements. Il a volontairement donné son ADN. »

Théo secoua la tête. « Il l'a fait, je sais qu'il l'a fait. Il a un alibi ? »

« Il a dit qu'il dormait chez lui. Même si personne ne peut le confirmer, nous n'avons pas la preuve du contraire. Comment va Jess ? »

« Toujours sans connaissance. » C'est Amélia qui avait répondu, une douleur évidente dans la voix. Le docteur dit qu'elle est stable mais toujours dans un état critique. Nous devons juste attendre. »

« Quand elle se réveillera, elle pourra nous en dire davantage. Je ne sais pas quand elle sortira de chirurgie mais le médecin vient de passer. » Théo s'assit et poussa un grognement. « Merde, je sais que c'est Gachet le coupable. »

Max leur fit un sourire plein d'empathie. « À moins que Jess ne l'identifie formellement comme son agresseur... »

« Son violeur. Son quasi-assassin. » Théo cracha. « Il a voulu l'assassiner et il a presque réussi. » Il réalisa le poids de ses propres mots un instant. « Oh, mon Dieu. »

« Je suis vraiment désolé. » Max posa sa main sur l'épaule de Théo. « J'espère qu'elle pourra l'identifier. Aucune preuve matérielle ? »

« Ils les ont envoyées à la police. »

« Ils sont également en train de fouiller la maison. Mais, Théo, jusqu'à ce qu'ils aient quelque chose de concret... »

« Ils ont du le relâcher. » Dit-il résigné.

Max regarda Théo et sa mère et son visage ne montrait que de la détermination. « Nous obtiendrons justice, je le jure devant Dieu, nous l'aurons. »

Elle ouvrit les yeux et regarda fixement les dalles blanches du plafond. Tout son corps hurla de douleur mais l'air frais, l'air frais si précieux remplit ses poumons. Elle était vivante. Jess prit quelques inspirations, reconnaissante, prenant consciente de l'odeur médicinale de l'hôpital, et entendant les signaux sonores des machines. Elle sentit un lourd bandage sur son ventre, la piqûre d'une perfusion dans son bras, le moniteur de tension artérielle sur son doigt. Son corps souffrait, mais elle parvint à bouger son cou raide, afin de tourner la tête et elle le vit.

Théodore Storm. Mon amour. Il était endormi, sa tête posée sur le lit à côté de sa main. Il semblait plus âgé, fatigué, brisé, mais pour elle, il restait le plus bel homme au monde. Elle réussit à déplier son bras pour caresser ses cheveux sombres et sentir sa peau. Il se réveilla, effrayé d'abord par son touché et elle lui sourit. Ses yeux s'élargirent quand il vit qu'elle était réveillée. Il se leva, se pencha sur elle et prit son visage dans ses mains, comme s'il ne pouvait pas croire qu'elle était vivante. Ses yeux verts étaient remplis de larmes.

« Oh, mon Dieu, Jessie, merci, merci de ne pas m'avoir laissé... » Ses larmes coulèrent sur ses joues et il l'embrassa doucement, comme s'il la croyait encore en train de mourir.

« Théo... » Sa voix était douce et faible mais elle l'embrassa aussi fort qu'elle le pouvait. « Je t'aime tellement... »

« Je t'aime, je t'aime aussi... ma Jessie... » Théo toucha son visage, essuyant ses larmes avec ses pouces. « Jessie... Je suis désolé de ce qu'il t'a fait. Je ne te laisserai plus jamais seule. »

Jess fronça les sourcils, son esprit était confus. « Théo... je ne peux pas... je ne me souviens pas. Je ne sais pas ce qui m'est arrivé... Théo... pourquoi est-ce que je ne peux pas me rappeler ? »

Théo la regarda fixement, horrifié.

.   .   .

« ALORS ÇA S'EST réellement produit, ce n'est pas que dans les films ? » Théo pressa la main de Jess lorsque le neurochirurgien fit passer une lumière devant ses yeux. Elle cligna devant l'éclat de la lampe.

Le docteur Napier sourit. « Vous avez eu une sérieuse blessure à la tête et souffrez d'un choc grave, en plus de vos autres blessures. De plus, ce qui est peu commun, vous avez traversé le pire traumatisme que l'on peut endurer. Parfois le cerveau se bloque face à ce qu'il ne peut pas supporter. »

Jess hocha la tête. « D'accord. » Elle regarda à nouveau Théo, assis sur le côté de son lit. Il sourit et lui serra la main. Jess essaya de sourire. « Quand pourrais-je rentrer à la maison, docteur ? »

« Jessica – je peux vous appeler Jess ? – Jess, vous êtes actuelle-ment sous morphine donc je doute que vous puissiez vous rendre compte de l'ampleur de vos blessures. » Il s'assit sur le bord du lit et lui tapota la main. « Ça va prendre un peu de temps. Pour l'instant, votre ventre souffre toujours du trauma des coups de poignard et de la chirurgie que nous avons dû réaliser. Votre foie doit guérir, votre corps doit s'ajuster à sa nouvelle réalité. Si tout va bien, vous pourrez rentrer chez vous d'ici un mois à peu près. À condition que vous vous donniez le temps de récupérer. » Il lança un regard plein de sous-entendus à Théo.

Théo hocha la tête et elle sut qu'elle serait au repos forcé dès son retour à la maison. Un mois. Mon Dieu. Elle regarda le médecin.

« Je vous remercie, vraiment, pour tout. » Le docteur lui sourit, ainsi qu'à Théo.

« Je vous en prie. Appelez-moi si vous avez besoin de quoi que ce soit. »

Une fois seuls, Théo s'assit au bord du lit et passa ses bras autour de son amour. Elle se pencha contre lui et ils se reposèrent en silence pendant quelques minutes.

Il se blottit contre elle et enfouit son visage dans ses cheveux. « Jess ? »

« Oui ? »

Il réfléchit un moment puis se déplaça pour voir son visage. « J'aimerais te poser une question qui va te paraître désagréable mais je dois le faire. Tu peux juste faire oui de la tête ou non et quand ce sera terminé, je te prendrai dans mes bras et je ne te laisserai plus jamais partir. » Il sourit d'un air grave et inquiet.

Jess prit une profonde inspiration et hocha la tête. Il lui prit les mains.

« Jess... nous ne sommes pas obligés de retourner à cet endroit tu sais, je peux vendre la maison... »

« Non, l'interrompit-elle, non. C'est notre maison, c'est l'endroit où nous fonderons notre famille. Je le sais au plus profond de moi. »

Théo était tendu. « Je pensais qu'après... tu es presque morte là-bas. Tu as presque été assassinée là-bas. »

Jess posa ses lèvres sur les siennes et lui sourit, le regardant avec douceur. « C'est également l'endroit où j'ai survécu. Celui où tu m'as sauvée. Il n'arrivera pas à nous prendre notre maison. »

Théo l'embrassa et resta silencieux pendant longtemps. Elle put sentir la question en suspens dans l'air.

« Jess, c'était lui, c'était Jules, n'est-ce pas ? »

Elle le regarda fixement un long moment, et les larmes remplirent ses yeux. Puis, lentement, elle hocha la tête.

« Je voudrais vraiment l'affirmer à la police, Théo, mais je ne me rappelle de rien. » Son visage se froissa et Théo tint sa promesse et la prit dans ses bras alors qu'elle se mit à sangloter.

L'HÔPITAL ÉTAIT TRANQUILLE, beaucoup plus tard, vers le milieu de la nuit quand Jess se réveilla. Elle vit que Théo était descendu prendre un café, et fut soulagée qu'il fasse une pause. Des cernes foncés étaient gravés sous ses yeux, et elle y voyait une telle douleur que cela lui faisait peur.

Elle sentit un mal de tête venir d'autour de son crâne, et elle essaya de dormir mais la douleur dans sa tête était trop forte. Elle se retourna dans son lit et soupira. Jules, silencieux et attentif, était assis dans l'ombre. Il sourit.

« Comment vas-tu, Jessica ? » Sa voix était comme une caresse.

« Que fais-tu ici ? » Sa voix était cassée et il lui souriait.

Il leva les mains en haussant les épaules. « Eh bien, il n'y a aucun autre endroit où je voudrais être, Jessica. Nulle part ailleurs. » Encore ce ton, intime et tendre. Il lui faisait peur. Elle se retourna, feignant d'attraper une tasse d'eau sur la table de nuit, mais elle voulait en réalité appuyer sur le bouton d'appel. Elle grimaça en sentant l'aiguille de la perfusion bouger. Jules se leva.

« Laisse-moi t'aider. »

Il se pencha vers elle et elle sentit son parfum. Tout en le respirant, elle sentit une secousse, un accès de nausée, et de terreur. Elle déglutit, et tous ses souvenirs refirent surface. La tête de Jules se fit plus nette et ses yeux se fermèrent. À ce moment, il réalisa qu'elle savait.

« Oh, Jessica, ça aurait été beaucoup plus facile si tu étais juste morte quand tu aurais dû l'être. Parce que maintenant, tout est tellement plus difficile pour tout le monde. »

Il se frotta le visage mais elle s'éloigna de lui et était prête à appeler à l'aide. Il posa sa main sur sa bouche.

« Ne crie pas. Tu sais pourquoi tu as rendu les choses plus difficiles maintenant ? Parce que tu n'es pas la seule que je dois tuer maintenant, Jessica. Je tuerai chacun de tes proches... Et j'obligerai Théo à regarder quand je te découperai. »

Chaque cellule de son corps voulait crier, appeler à l'aide, appeler Théo maintenant, en ce moment même. Mais à cet instant, elle croyait Jules. Dans ses yeux, dans son esprit brisé et vaincu, il était devenu une créature mythique, un démon, une force incontrôlable.

Reviens, Théo, s'il te plaît, j'ai besoin de toi.

Jules se pencha et l'embrassa doucement sur la bouche. Elle essaya de s'éloigner et son visage se fit plus dur, son sourire glacial, ses yeux comme morts.

« Ensuite, je le tuerai lui. »

Et il lui sourit. Il prit le bouton d'appel, appuya dessus et le reposa sur la table de nuit.

« Voilà, c'est fait. » Sans avertissement, il plaqua sa main sur sa bouche et appuya fort sur son ventre. La douleur fut insupportable et elle fut à l'agonie.

Jules sourit, relâcha la pression et l'embrassa doucement sur la bouche.

« Essaie de dormir. Je reviendrai te voir. Je reviendrai toujours te voir, Jess. Je finirai ce que j'ai commencé. »

L'infirmière entra. « Vous voulez un sédatif, ma belle ? »

Jules lui sourit. « Je pense qu'elle en a besoin. Elle était justement en train de me dire qu'elle ne pouvait pas dormir. »

Jess ne pouvait pas parler. L'infirmière glissa une saiguille dans sa perfusion et elle se sentit partir. Jules caressa ses cheveux.

« Dors maintenant, ma jolie, je serai ici quand tu te réveilleras. »

Lorsqu'elle ferma les yeux, une larme glissa le long de sa joue.

CHAPITRE QUATORZE

Lorsqu'ils lui dirent à la réception que le frère de Jess était dans l'hôpital et avait demandé où elle était, son cœur s'arrêta. Il savait, il savait que Jules était le coupable, pour le viol et des coups de poignard. Qui d'autre ? Et maintenant il était à l'hôpital

Jess Mon Dieu, Jess.

Quand il entra dans sa chambre, il soupira de soulagement. Elle était seule. Endormie, elle paraissait aussi jeune que lorsqu'il l'avait rencontrée la première fois mais les coupures et les bleus lui firent mal. Il se pencha et l'embrassa sur la joue.

Ne voulant pas la déranger, il sortit dans le couloir et s'assit. Il appuya sa tête contre le mur, ferma les yeux et soupira.

« Elle semble aller très bien. »

Théo ouvrit les yeux et se tourna vers la voix. Sa voix. Le bâtard qui l'avait poignardée. Théo se leva de sa chaise d'un bond et se jeta sur Gachet.

« Sale fils de pute ! »

Jules se défendit mais ne fit pas le poids face à la plus grande force et habileté de Théo. Théo tourna le bras de Jules derrière son dos, le plaquant au sol, et lui donnant un coup de pied derrière le genou. Le visage de Jules cogna contre le sol dur et Théo fut content de voir son sang, mais les agents de sécurité l'attrapèrent et le plaquèrent contre un mur.

« C'est bon, c'est bon... » Il cria. Ils le laissèrent partir. Jules était toujours par terre, son nez pissant le sang.

« Debout. » Théo éloigna l'agent de sécurité. « Je suis calme, je suis calme. »

Jules se mit debout. « Mais que faites-vous bordel ? » Il épousseta son costume, essuya son nez sanglant sur sa manche. Une grimace sournoise trahissait son apparente indignation. Théo secoua la tête, fou de colère.

« Je sais que vous êtes responsable de tout ça, Gachet. Je le sais. »

Jules sourit d'un air satisfait. « Responsable de quoi, Mr. Storm ? J'étais seul à la maison quand Jess a eu ce malheureux accident. »

« Ce n'était pas un accident. Vous savez très bien que ça n'en était pas un. » Théo regarda autour de lui, pour vérifier qu'ils étaient seuls. « Vous l'avez violée et vous l'avez poignardée. Vous avez essayé de l'assassiner. »

Jules leva les sourcils. « L'assassiner ? C'est une accusation horrible. Et où est votre preuve ? »

« Intéressant, vous ne niez pas. »

« Votre preuve, Mr. Storm ? »

Théo ne répondit rien et Jules profita de cette hésitation.

«C'est ce que je pensais. Faites attention, Storm, je pense que ceci est pure calomnie. Maintenant, j'aimerais attendre et voir ma sœur, si vous le voulez bien. »

« J'espère que vous plaisantez ? » Théo fit un pas devant la porte de Jess. « Vous ne vous approcherez plus jamais d'elle, plus jamais. »

Jules sourit. « Je pense que vous comprendrez, étant donné que je suis sa seule famille, que je suis aussi son plus proche parent. Vous ne pouvez pas m'arrêter. »

Ce fut au tour de Théo de sourire. « Oh mais vous voyez, à compter de ce soir, je suis légalement son plus proche parent. En tant que son futur mari, Jess m'a donné procuration durant tout le temps qu'elle passera à l'hôpital. Elle a fait venir un avocat pour la voir. »

Jules resta silencieux pendant un long moment. « Veuillez dire à Jess que je souhaite qu'elle récupère vite. J'ai hâte de... conclure nos affaires. » Il sourit en voyant la colère de Théo, se tourna et s'avança dans le couloir.

« Sale fils de pute » répéta Théo. Il tourna et se dirigea vers la porte de Jess. Elle s'agita lorsqu'il se pencha pour l'embrasser et chuchota son nom, souriant même dans son sommeil.

« Je t'aime », chuchota-t-il, ses yeux cherchèrent son visage, étudiant chaque trait, sa peau douce, sa belle bouche. Il posa son front contre le sien. « Mon Dieu Jessie, je te promets, même si c'est la dernière chose que je ferai, je ferai souffrir ce salaud pour ce qu'il t'a fait. Je te le promets. Je te le promets. »

ÇA AVAIT ÉTÉ les dix semaines les plus longues de la vie de Jess et maintenant que Théo les ramenait à leur maison à Whidbey, elle sentit un poids serrer sa poitrine. Elle avait insisté pour qu'ils le fassent, qu'ils aillent de l'avant, avec la vie dont ils avaient rêvé. On emmerde Jules était devenu leur mantra. Mais maintenant, la panique commençait à l'envahir. Que se passera-t-il si elle ne pouvait pas faire face ? Que se passera-t-il si elle paniquait ? Théo se laisserait rapidement convaincre de brûler la maison si elle en avait peur mais elle ne voulait surtout pas pas être obligée de trouver une autre maison à cause de Jules. Il ne gagnerait pas cette manche.

Théo s'approcha et lui prit la main. « Tout va bien, mon amour ? » Le timbre doux et tendre de sa voix lui faisait le même effet que la morphine, l'apaisait, la réconfortait. Elle sourit et dit tout cela à Théo.

Théo éclata de rire et elle se rendit compte qu'elle n'avait pas entendu ce son depuis des lustres. « Morphine, hein ?»

« Ta voix est ma drogue », dit-elle en hochant la tête pour continuer la plaisanterie. Théo rit encore.

« Ça ne veut rien dire mais merci quand même. Si tu veux, je te dirai des choses très vilaines avec ma drogue de voix ... »

Il bougea les sourcils de façon suggestive mais elle savait qu'il n'était pas sérieux. Elle soupira. Le manque de sexe depuis des mois commençait à lui peser mais le médecin lui avait dit – et répété plusieurs fois – d'y aller doucement.

Mais elle, la dernière chose qu'elle voulait, c'était que Théo y aille doucement. Elle voulait qu'il la baise comme un sauvage, elle voulait sucer sa queue, mordre ses mamelons... Tu es une nympho, Wood. Mais elle savait que Théo avait les mêmes envies. Elle l'avait vu en train de la regarder la nuit d'avant, ses yeux s'arrêtant avec envie sur chaque parcelle de son corps alors qu'ils prenaient un bains ensemble. Les cicatrices rouge vif sur son ventre étaient un rappel efficace qu'ils ne devaient pas se précipiter et il les avait doucement caressées avec son doigt.

« Est-ce que c'est toujours douloureux ? »

Elle secoua la tête. Ce n'était pas un vrai mensonge, elle avait parfois mal quand elle se déplaçait maladroitement, ses muscles se crispaient et elle les maudissait à voix basse. Mais, mon Dieu, elle avait tellement envie de lui. Elle avait senti, tout ce temps passé à l'hôpital, qu'elle devenait une chose asexuée, qui sentait l'antiseptique et le médicament, quelqu'un d'aussi séduisant qu'un bassin de lit. Un soir elle en avait parlé à Théo, quand elle était pas bien, qu'elle se sentait trop fatiguée et souffrant constamment. Il l'avait très doucement prise dans ses bras et lui avait dit qu'elle était la plus belle fille au monde.

Si seulement elle pouvait le croire. Elle le regarda, vit les traits tirés sur son beau visage, et même lorsqu'il souriait, son sourire n'atteignait jamais vraiment ses yeux.

« On y est presque », dit-il, en sentant qu'elle le regardait.

La tension dans sa poitrine devint presque écrasante mais elle la garda en elle alors que Théo posa adroitement l'hélicoptère sur le sol et l'aidait à en sortir.

THÉO PRIT sa main et ils marchèrent lentement vers la maison. Sa mère y était passée, une fois les enquêteurs partis, pour nettoyer tout le sang. Le sang de Jess. Amélia n'en avait pas beaucoup parlé mais Seb, naturellement exubérant, lui avait dit qu'elle avait immédiatement pris un long bain dès son retour à la maison. Les jumeaux l'avaient entendue sangloter, le cœur brisé dans la maison silencieuse. Sa mère, Seb, et Tom avaient souvent rendu visite à Jess quand elle était à l'hôpital, et même sa sœur, Milly, avait pris un avion pour venir la voir. Jess faisait partie de leur famille maintenant. Cela l'avait infiniment aidée.

Théo ouvrit la porte et se tourna vers Jess. Il la sentit trembler et la prit dans ses bras. « Jessie… »

« Ça va », dit-elle en le regardant dans les yeux. « Je suis prête. »

ELLE SE SENTIT PRÊTE jusqu'au moment où elle vit la tache sur le plancher. Sa main se crispa et serra celle de Théo. En avançant vers l'endroit où elle était presque morte – non, pensa-t-elle, où elle avait presque été assassinée – elle prit une profonde inspiration et ferma les yeux.

« Jess ? »

Elle secoua la tête et posa sa main sur ses lèvres pour lui dire de ne pas parler. Elle sentit ses bras autour d'elle, ses lèvres sur ses cheveux. Ils restèrent là pendant ce qui leur parut une éternité. Elle ouvrit enfin les yeux.

« Ça va. » Sa voix était un chuchotement. Le mur semblait nu sans l'immense miroir. Son estomac se serra en se souvenant de ce morceau de miroir létal levé au-dessus de sa tête la poignardant à mort. La douleur indescriptible quand il l'avait plongé dans son ventre. L'odeur de son propre sang. Elle défaillit.

« Chérie ?

– Ça va, ça va. »

Elle hocha la tête.

Théo lui caressa le visage. « Allons-y. » Il l'embrassa. « Nous ne sommes pas obligés de faire cela aujourd'hui. »

Elle lui sourit mais secoua la tête. « Non. Je veux le faire. Peu importe à quel point c'est dur. Si je ne le fais pas, je ne pourrai pas avancer. Et je ne le laisserai pas dicter ma vie en aucune façon. Plus jamais, Théo. »

Il hocha la tête d'un air compréhensif. Elle prit sa main et partit dans la cuisine. Ses jambes tremblaient. Les taches de sang étaient moins visibles ici, le plancher en pierre était moins poreux que le bois du vestibule. Là où Jules l'avait poignardée. Jess se le répéta à elle-même afin de pouvoir l'accepter. Jules m'a poignardée. Jules m'a poignardée. Cela fonctionnait. À chaque fois qu'elle le disait, elle était moins effrayée et plus en colère.

Elle hocha la tête en direction de Théo. « C'est bon. Je vais bien. » Il lui sourit mais elle sut qu'il n'était pas convaincu. Elle passa ses bras autour de son cou.

« C'est un endroit où j'ai vécu l'horreur. Mais ça n'a duré qu'une heure. Qu'une nuit. Cela ne prendra pas le dessus sur tous les bons moments que nous passerons ici. Avec toi. Avec notre famille. Tous ensemble. » Elle l'embrassa et elle le sentit répondre. Il glissa ses mains derrière son dos et l'attira à lui. Elle serra son corps contre le sien, écoutant son souffle. Il la prit dans ses bras et la porta dans la salle de séjour, puis l'étendit sur le divan. Elle prit son visage dans ses mains en se mettant sur elle.

« Tu es l'homme le plus merveilleux que je connaisse, Théo Storm. Est-ce que ça t'a manqué autant qu'à moi ? »

Il hocha la tête et son sourire trahissait son désir. Elle prit sa main et la mis sous sa robe, entre ses jambes.

« Fais revivre cet endroit, Théo. S'il te plaît. »

Il glissa sa main dans sa culotte et lui sourit. « Avec plaisir, ma demoiselle. » Il l'embrassa alors qu'elle ouvrait son pantalon et le caressait. « Mon Dieu, je t'aime. »

Elle rit, haletant sous ses caresses. « Je t'aime, Théo. Je t'aime tellement. »

Il commença à déboutonner sa robe, l'embrassa dans le cou, entre les seins. Il appuya ses lèvres sur chaque cicatrice, chaque contusion de son estomac. Il glissa ses doigts sur le côté de sa culotte et la baissa. Il lui sourit.

« Tu es magnifique, bébé. » Puis il colla sa bouche sur la sienne et caressa sa langue avec la sienne. Elle gémit de plaisir.

« Théo », dit-elle en chuchotant.

« Oui, bébé ? » Il la regarda et vit des larmes dans ses yeux. « Que se passe-t-il ? » Il souleva son corps, inquiet.

Elle l'embrassa. « Je te veux, murmura-t-elle, je te veux en moi. »

Théo fronça les sourcils. « Jessie, je ne pense pas... »

« Chuuut... » Elle le poussa sur le dos et écarta les jambes en souriant légèrement. Théo la prit par la taille, toujours inquiet.

« Jess, nous devrions... »

« Chuuut... » Elle descendit plus bas et mit son sexe dans sa bouche, le sentant trembler et s'épaissir alors qu'elle suçait, le caressait et le taquinait. Elle sentit ses doigts courir le long de ses cheveux, masser son cuir chevelu, et l'entendit gémir de désir.

Quand sa queue fut bien rigide, palpitante et dure, elle se releva et se baissa doucement sur lui, ferma les yeux, car elle le sentit la remplir entièrement, ce qui la fit gémir doucement. Les mains de Théo étreignirent ses hanches et elle commença à basculer doucement, lentement, le prenant plus profond, plus profond, plus profond...

Théo la regarda fixement alors qu'elle bougeait... Mon Dieu, elle était si belle ! Sa queue était étroitement serrée et massée par sa chatte douce et humide et sa tête se balançait de désir, de soif ardente, d'amour intense. Ses doigts se plantèrent dans la chair douce de ses hanches et il la baisa en faisant attention à ne pas blesser son corps encore en pleine guérison. Il glissa sa main entre ses jambes et frotta son clitoris, sentit le petit bourgeon durcir sous la pression de ses doigts et en fut remercié par des halètements de plaisir, des gémissements doux lorsqu'elle se mit sur lui.

Ils firent l'amour lentement, doucement, chacun ressentit un orgasme doux qui semblait ne jamais s'arrêter et ensuite, ils s'allongèrent, nus, peau contre peau, enlacés et écoutèrent le silence de cette soirée.

Théo se tourna pour l'embrasser sur la tempe. « Ça va, Jessie ? » Il sentit ses bras se serrer autour de lui, et elle déposa un baiser sur son torse.

« Je vais bien, très bien. » Elle leva son menton pour l'embrasser.

« Je t'aime, Théodore Storm. Je me sens comme si nous étions en train de reprendre le cours de nos vies. »

Théo soupira et ferma les yeux. Il voulait se sentir plein d'espoir, heureux à ce moment même... Mais il glissa sa main vers le bas de son ventre et le caressa. Il n'oublierait jamais cette nuit, sa peau déchirée, son sang. « Tu es sûre que nous ne sommes pas allés trop rapidement ? Est-ce que je te fais mal ? »

« Non, mais quand il leva ses sourcils vers elle, elle sourit timidement, bon d'accord, j'ai un peu mal mais pas plus qu'un mal de ventre normal. »

« Aspirine et bain chaud alors. » Théo commença à se lever mais elle gémit. Elle l'attira à nouveau près d'elle. Il ne protesta pas, sa peau était si douce, si chaude sur la sienne et elle sentit si bon. Elle posa sa tête sur son torse. « Théo ? »

« Que se passe-t-il ma belle ? »

« Je dois te parler de quelque chose. »

Il la regarda. « Vraiment ? »

Elle hésita un moment, ses yeux bruns le regardaient d'un air circonspect puis elle prit une grande inspiration. « Je suis au courant pour Kelly. »

Curieusement, Théo ne fut ni choqué ni étonné. Il hocha la tête. « Je m'en doutais. Ne me demande pas pourquoi. »

« Comment se fait-il que tu n'en aies jamais parlé ? »

« Honnêtement ? Je n'en ai aucune idée. Probablement parce que nous avons eu tellement d'autres choses à penser depuis que nous nous sommes rencontrés que je n'ai pas trouvé le bon moment. Ollie t'en a parlé ? »

Elle hocha la tête. « C'est une pièce importante de ton passé, c'est tout. Je croyais que nous n'avions aucun secret l'un pour l'autre. »

« C'est le cas. Je suis désolé, Jess. C'était stupide et irréfléchi de ma part. Kelly était perturbée depuis longtemps. Bien avant que je la connaisse. J'étais trop jeune pour détecter les signes et nous l'avons perdue. »

Il s'assit et elle bougea pour s'asseoir près de lui et posa sa main sur son torse. « Tu peux m'en parler librement, tu sais. Je peux l'entendre. »

Il sourit. « Je sais, et je suis content que tu le saches. Mais je dois te dire quelque chose à ce sujet. C'est moi qui l'ai trouvée. J'ai l'ai trouvée morte et c'était horrible, terrifiant, épouvantable. Mais, Jess, ce n'était rien par rapport à la nuit où je t'ai trouvée. Mon cœur s'est déchiré ce soir-là. Je ne pouvais pas respirer, je ne pouvais plus penser, tout ce qu'il y avait d'humain en moi avait disparu. »

Jess semblait sonnée et il réalisa que ce n'était pas de la détresse, mais de la culpabilité. Il prit son visage dans ses paumes, et la regarda droit dans les yeux. « Rien de ceci n'est ta faute. Rien du tout. Ça s'est juste passé. Mon Dieu, je déteste cette expression, mais dans ce cas, si je pouvais échanger tout ce que nous avons vécu ensemble contre une vie sans toi, je ne le ferais jamais. » Il l'embrassa doucement. « Je vais faire de la vie de Jules un véritable enfer, je te le jure. Il ne peut pas avoir fait ce qu'il a fait et s'en sortir comme ça.

Jess hésita mais croisa enfin son regard. « Tu m'aimes ? »

Il semblait confus. « Tu sais que oui. »

« Alors promets-moi deux choses. D'abord, tu me laisseras t'aider à le mettre à terre. » « Oui. » Elle ajouta, alors que Théo lui lançait un regard incrédule. « Ne me laisse pas être une victime. Ce n'est pas ce qui va arriver. Tu es déjà mon chevalier blanc. C'est un fait. Alors on fera ça ensemble. D'accord ? »

Théo hocha la tête. « Je comprends. Oui, c'est d'accord. Avec quelques réserves. »

« Lesquelles ? »

« Tu ne te mettras plus jamais en danger. Je ne te laisserai plus loin de mon champ de vision. C'est moi qui décide si on doit faire quelque chose de plus ou moins légal. Tu acceptes d'être nue au moins soixante-quinze pourcents du temps. La dernière condition dépend de la situation. »

Elle rit, reconnaissante de son effort pour égayer l'atmosphère. « D'accord, d'accord, autant que possible, tu es le chef et je le serai si tu veux. »

Il toussa et émit un rire de gorge auquel elle se joignit.

« Quelle était l'autre promesse ? »

Son sourire se fana. « Je veux que tu me promettes, promettes, de ne jamais te mettre toi-même en danger. Promets le moi. Parce que si quelque chose t'arrive, il pourrait arriver à ses fins. Je ne veux pas vivre dans un monde sans toi. Promets-moi, Théo. »

Théo gémit en entendant ses mots et elle serra ses bras autour de lui.

« D'accord. Je ferai attention. »

Elle posa son visage contre le sien, sentant sa petite barbe frôler sa peau. « Toi et moi, maintenant. » Il enfouit son visage dans ses cheveux et referma ses bras autour d'elle.

« Je ne le laisserai plus jamais te blesser. Je ne laisserai plus jamais personne te blesser. »

Jess voulut le croire, elle savait qu'il le voulait de tout son cœur. Mais quelque chose en elle lui disait que rien n'arrêterait Jules. Jess savait que cette histoire finirait par se terminer par la mort de quelqu'un. Et une chose était certaine, elle ne laisserait jamais cette personne être Théo.

Même si ça lui coûterait sa propre vie.

MAX ARRIVA avec les chiens le jour suivant et Théo et Jess le serrèrent fort dans leurs bras. Jess était aux fourneaux et y disparaissait de temps en temps pendant que les hommes étaient assis sous le porche. Quand elle partit à nouveau vérifier la nourriture, Théo regarda Max. Il lui sembla qu'ils avaient tous deux vieillis d'un million d'années en quelques mois. La douleur de perdre un être cher, la peine, l'horreur qu'ils avaient vécues avaient fait comprendre à Théo que Max était comme un frère pour lui, même si la culpabilité du meurtre de Josh ne le quittait plus jamais. Plus il essayait de rassurer Jess, plus sa propre culpabilité l'accablait. Parce que je suis tombé amoureux, Max a perdu son amour à lui. Max, qui savait ce à quoi Théo pensait, l'avait rassuré à maintes reprises mais n'avait pas réussi à le faire se sentir mieux.

« Alors Gachet a disparu. » Max était resté en contact régulier avec la police pendant que Jess récupérait et il mettait Théo à jour sur chaque détail.

Théo hocha la tête. « Ça ne m'étonne pas. Au moins, nous savons pourquoi il a débloqué le transfert de son héritage à Jess. Pour permettre sa propre évasion. » Ils avaient découvert que le compte de Jess avait été vidé le jour de sa sortie de l'hôpital, et personne ne savait exactement comment il avait fait. « Mon Dieu... depuis combien de temps avait-il projeté de la tuer ? »

Max haussa les épaules. « Je ne veux pas vraiment penser à cela. Le principal est qu'elle soit en sécurité maintenant. » Il leva un sourcil vers les silhouettes dans l'ombre marchant autour de la propriété. « À quoi ressemble la vie à fort Knox ? »

Théo lui fit un sourire moqueur. « On dort tranquille au moins. » Il soupira et se pencha en arrière sur sa chaise. « Nous n'avons aucune piste ? »

« Pas pour Jules. Son chauffeur – ou ex-chauffeur – est toujours en ville, on ne sait pas bien pourquoi. Ce fils de pute reste peut-être pour servir d'espion à Jules. Je suis sûr qu'il en sait plus que ce qu'il a dit à la police de toute façon. »

Le visage de Théo se fit plus dur. « Peut-être que je devrais lui parler directement. » Ses mots étaient lourds de sens et quand Max le regarda, il put voir sa propre colère se refléter dans les yeux de son ami.

« Ça pourrait être une idée... » dit lentement Max. « Mais s'il ne parle pas, que se passera-t-il ? La police ? »

Il y eut un long silence. « Oh, je pense qu'on peut se passer de la police... pas toi ? » Théo sentit un grand calme le gagner en prononçant ces mots et il vit Max hocher la tête en consentant. « Ouais, c'est notre problème dorénavant. Il ne saura pas ce qui va lui tomber dessus. »

JULES GACHET s'appuya sur le dossier de sa chaise et admira les jambes minces et brunes de la femme qui passait en flânant devant lui. Paris était plus beau que jamais mais, même avec cette belle femme et le soleil délicieux du printemps qui le réchauffait, il avait du mal à se concentrer.

Elle est vivante. Le fait qu'il avait échoué le hantait. Quand il l'avait laissée cette nuit, brisée et perdant son sang, il était sûr qu'elle n'avait aucune chance de s'en sortir. Aucune.

Jules fit un signe au serveur pour un autre pastis. Les faux passeports que Malcolm avait obtenus bien avant qu'il tente de tuer Jessica avaient été très efficaces mais il prenait un risque en venant ici, dans son pays de naissance. Il s'enfoncerait bientôt loin dans la campagne française, il changerait de nom et d'apparence et se cacherait de la police américaine et de Jessica, qui penseraient qu'il avait disparu pour toujours. Malcolm arrangeait les choses pour lui à Seattle et quand la voie serait libre, Jules reviendrait et finirait ce qu'il avait promis à Jess. Il la tuerait. Il obligerait Storm à regarder pendant qu'il lui ôterait la vie, une fois pour toutes.

LE PRINTEMPS se transformait doucement en un été paresseux et Jess se trouva très prise par l'organisation de leur mariage. Malgré leur envie d'un petit mariage rapide, la mère de Théo avait proposé d'autres idées et Jess ne pouvait pas la décevoir. La bonté d'Amélia n'avait aucune limite apparemment, tout comme sa créativité.

Le mariage était prévu pour début septembre, au domaine d'Amélia sur l'île. Jess et Théo suivirent les conseils d'Amélia pour leurs tenues de mariage, en se disant que si cela la rendait heureuse, alors cela en valait la peine.

Mais ils appréciaient davantage les moments où ils étaient seuls. Jess récupérait et leur vie sexuelle reprenait son rythme et devenait même plus profonde, et leur connexion plus intime révélait la totale confiance qu'ils avaient l'un pour l'autre.

Jess, en attendant le retour à la maison de Théo un vendredi soir, prit un long bain, se sentant follement excitée et sexy pour la première fois depuis des mois. Ses cicatrices s'éclaircissaient et elle traça leur contour du doigt. Cela ne lui semblait toujours pas réel, mais elle ne se rappelait que trop bien son agonie. Elle chassa cette pensée de son esprit et sortit du bain, se sécha lentement et se massa avec une lotion. Toujours nue, elle passa dans son dressing et était sur le point de mettre un short et un T-shirt quand elle le vit, en jetant par hasard un œil sur une boîte posée sur le sol. Le harnais en cuir qu'ils n'avaient utilisé qu'une fois dans le passé, la nuit avant celle de son agression.

Jess sourit et sortit le harnais. Le cuir était doux et tendre, les attaches en acier froid. Elle fit glisser son peignoir le long de ses épaules et fit un pas dans le harnais, appréciant le contact du cuir sur son corps. Les courroies larges de quelques centimètres s'entrecroisèrent sur ses seins, les encadrant et les autres passèrent entre ses jambes et autour de ses cuisses, et de chaque côté dévoilant sa chatte et ses fesses. Le simple fait de mettre le harnais la fit mouiller, et tout en attrapant son peignoir, elle se rua en bas pour préparer un accueil très spécial à Théo.

Théo quitta son bureau juste après huit heures, et, comme à son habitude, vola vers l'île en hélicoptère. Il détestait maintenant prendre sa voiture et le ferry, en quittant le travail, il voulait être à la maison le plus vite possible. Mon Dieu, toute la journée au travail, il n'avait pensé à rien d'autre qu'à Jess et à la maison, qui était l'endroit le plus sûr où elle pouvait être. Il l'avait appelée une douzaine de fois pendant la journée et elle était toujours heureuse d'entendre sa voix. Ma femme.

Il y avait eu un gros orage en préparation au-dessus de l'île et lorsqu'il arriva à la maison, le ciel était sombre et lourd de pluie. Une fois posé au sol, il vérifia qu'il pouvait sortir en toute sécurité et se dirigea vers la maison.

Théo ouvrit la porte principale. La maison était faiblement éclairée et en entrant, il vit des bougies scintiller sur les tables.

« Bienvenue à la maison. »

Il se tourna et vit Jess assise à mi-chemin des escaliers et son souffle se coupa lorsqu'il vit les lanières du harnais entrecroisées sur son corps. Ses cheveux dégringolaient sur ses épaules et dans la lueur des chandelles, sa peau brillait. Elle lui sourit paresseusement et lentement, elle écarta les jambes. Il pouvait voir qu'elle était déjà humide, les lèvres rouges foncé de son sexe scintillaient de son désir, dodu et mûr. Son souffle s'accéléra et il soupira en la regardant.

« J'ai pensé à toi toute la journée, mon amour. »

Son sourire s'élargit et pendant qu'il la regardait, elle glissa sa main entre ses jambes et commença à se masturber pour lui. « Et à moi et toi... Mets toi nu pour moi, Théo. »

Il sourit et retira ses vêtements, son sexe déjà dur et tremblant. Il l'attrapa à la base et commença à se caresser. Jess, en gémissant doucement, montra de la tête la table à côté d'elle. Une bouteille de champagne ouverte. Théo comprit ce qu'elle attendait en montant les escaliers, il attrapa ses deux mains et les attacha avec sa cravate. Jess capitula joyeusement quand Théo commença à lui verser du champagne dessus, d'abord sur sa gorge puis sur le bas du corps. Jess s'arqua en arrière en sentant le liquide couler sur son corps, vers le bas de son nombril, sur son sexe. Théo se pencha et laissa courir sa langue de son clitoris jusqu'à son ventre. Il mordilla ses mamelons, taquina leurs sommets pointant et, tout en prenant une gorgée de champagne, posa sa bouche sur celle de Jessica et l'embrassa, leurs langues se caressèrent en laissant le liquide dégoulinant de leurs visages. Jess rit nerveusement alors qu'ils haletaient pour reprendre de l'air et Théo la porta vers leur chambre à coucher.

Jess avait installé un appareil-photo et un écran, et Théo leva les sourcils. Elle l'embrassa. « Je veux nous observer en train de baiser », murmura-t-elle, traînant ses lèvres le long de la mâchoire de Théo. « Je veux voir ta queue plonger en moi et en sortir à plusieurs reprises, encore et encore...»

Il la poussa sur le lit, effréné de désir, excité par ses chuchotements, son envie évidente de lui. Il passa une de ses chevilles au-dessus de ses épaules et changea l'angle de la caméra vers sa chatte gonflée.

« Mon Dieu, Jessie, regarde comme tu es belle. » Il écarta ses lèvres avec ses longs doigts, frottant son clitoris tout dur avec son pouce et elle lui sourit. « Tu veux ma queue, maintenant, Jessie ? »

Elle hocha la tête, haleta en sentant qu'il posait son gland contre elle et s'enfonçait, s'arrêtant juste au bord de sa chatte. « Tu es prête, Jessie ? »

Elle gémit de frustration ce qui le fit rire. Il versa du champagne sur son sexe puis entra en elle aussi fort qu'il le pouvait. Jessie cria et jouit presque immédiatement et Théo, incroyablement excité, dû ralentir pour prolonger son plaisir. « Jessie, j'aime te baiser, tu sais cela ? Ta chatte est toujours prête pour moi, toujours affamée et je veux la remplir, rentrer au plus profond de toi. Regarde-nous, mon amour. »

Il tourna sa tête pour qu'elle puisse voir l'écran, la vue de son sexe énorme la labourant, plus lentement maintenant, épais et ferme, tout palpitant de sperme. Ils furent tous deux ravis de cette vision, de leurs corps fusionnants, se mouvant pour ne faire qu'un. Théo regarda son beau visage et elle le sien. « Mon Dieu, Jessie, comment ai-je pu exister avant toi ? » Il commença à pousser plus fort et elle le regarda de nouveau dans les yeux, ses jambes toujours agrippées autour de ses hanches.

« Je t'aime », dit-elle dans un souffle et leur baise devint presque délirante et submergeante. Elle arqua son dos en jouissant violemment et en gémissant si merveilleusement qu'il jouit aussi et frissonna pendant que son sexe balançait d'épais jets de sperme tout au fond d'elle. Ils reprirent leur souffle avant que Jess, qui avait les mains toujours attachées, descende sur son corps pour prendre son sexe raide et immobile dans sa bouche. Elle le suça avidement, dessinant avec sa bouche la crête large de sa queue, creusant ses joues pendant qu'elle le taquinait avec sa langue, traçant des dessins sur son gland sensible. Théo sentit tout son corps se tendre alors qu'elle le menait vers un orgasme explosif.

Ensuite, ils s'allongèrent, nus, les membres entremêlés, et burent le reste du champagne directement à la bouteille.

« C'est quand même la classe ! » dit Jess en souriant d'un air ravi. Théo l'embrassa tendrement.

« Tu ne pourrais pas être autre chose, et sache que j'ai beaucoup aimé être accueilli dans cette tenue. C'est le meilleur accueil du monde. »

Elle sourit. « Je l'ai trouvé aujourd'hui... Tu sais que tu as une boîte entière de jouets de ce genre que nous n'avons même pas encore utilisés ? »

Théo secoua la tête et soupira d'un air moqueur. « En quoi t'ai-je transformée ? »

Elle tendit ses lèvres pour recevoir un autre baiser. « En quelqu'un qui aime et qui est aimé, qui a confiance et à qui on fait confiance. »

« Espèce de romantique. »

« Tu l'as dit mon petit cul. Maintenant, Storm, baise-moi encore. »

Plus tard, il était sur le point de s'endormir quand son téléphone bipa. Théo jeta un regard à Jess, qui dormait sur le ventre, la tête posée sur l'oreiller et tournée vers lui. Il la regarda respirer une seconde, sa peau soyeuse brillait dans la faible lumière de la lampe de chevet.

Son téléphone bipa encore. Max. Appelle-moi maintenant. Urgent. Sois discret.

Théo sortit du lit et descendit sans bruit vers son bureau puis ferma la porte derrière lui. Max répondit à la première sonnerie.

« Nous devons nous voir. Maintenant. Ce soir. Va jusqu'au terminal du ferry. Alan nous attend. »

« Que se passe-t-il, Max ? »

Max prit une profonde inspiration. « Nous avons pris Malcolm. »

Il détestait, détestait laisser Jess seule à la maison, et il réveilla le vigile dehors pour s'assurer qu'il était en alerte, ce qui pouvait faire la différence en cas d'attaque. Si seulement Malcolm savait où était Gachet... Théo et Max en avaient parlé pendant si longtemps et maintenant ils étaient tout près du but. Non, ils ne mettraient pas la police au courant. Théo voulait en finir. Pour de bon. Quand Max lui avait posé la question, s'il était prêt à franchir la ligne rouge, et Théo avait vu le regard fixe de son ami.

« Pour elle ? Aucun problème. »

Alan attendait au terminal du ferry dans une berline noire qu'il ne reconnut pas. Il se glissa à l'intérieur.

« Max a dit de rester à l'intérieur jusqu'à ce qu'il ouvre la porte. Il pourrait nier et tout. »

Merde. Max prenait ceci trop à cœur alors qu'il ne devrait peut-être pas. Alan était maintenant impliqué lui aussi. Le visage de Théo dut trahir sa frustration parce qu'Alan se retourna sur son siège.

« Chef, peu importe ce que vous pensez... Nous sommes des adultes et nous nous sentons concernés. Nous aimons tous Mlle Wood, vous savez. »

Théo sourit faiblement et hocha la tête. « Vous êtes quelqu'un de bien, Alan. »

DEUX HEURES PLUS TARD, Max ouvrit la porte de la voiture. En sortant, Théo vit qu'ils se trouvaient dans un terrain vague. Max montra d'un signe de tête silencieusement la direction d'une grange vide et Théo le suivit. À l'intérieur, seule une ampoule nue était allumée pour éclairer le vaste espace vide. Malcolm était attaché sur une chaise, les yeux hagards, l'un de ses sourcils saignait au-dessus de son œil. Max haussa juste les épaules quand Théo le regarda d'un air interrogateur.

Malcolm se concentra sur Théo. « Regardez qui voilà. Mr le Milliardaire. Comment va votre fiancée ? Peut-elle toujours aussi bien baiser après son petit accident ? »

La réponse de Théo fut purement physique. Son poing s'enfonça dans la mâchoire de Malcolm si rapidement que la tête de Malcolm partit en arrière. Malcolm le maudit en crachant du sang. Théo se pencha et s'approcha de son visage.

« Où est Jules Gachet ? »

Malcolm sourit simplement. Théo répéta sa question, calmement mais avec assez de menace dans la voix pour que les yeux de Malcolm deviennent méfiants.

« Comment pourrais-je le savoir ? Je ne suis pas sa baby-sitter. »

Théo et Max se regardèrent l'un l'autre et Malcolm retrouva son sourire.

« Où qu'il soit, il est probablement en train de réfléchir au meilleur moyen de finir ce qu'il a commencé. »

Max hocha la tête en direction d'Alan, qui se trouvait juste derrière Malcolm, et ce dernier enroula une chaîne autour de son cou qu'il commença à serrer. Choqué, Malcolm se mit à suffoquer. « Allez vous faire foutre, allez tous vous faire foutre. Cette petite pute ne vaut pas la peine d'aller en prison. »

Théo fit un pas vers lui. « Ne parle plus jamais d'elle. T'as compris ? »

Malcolm sourit d'un air satisfait. « Parfaitement. Je ne perdrai plus mon temps pour une petite chatte sans valeur comme Jessica Wood. »

Théo se rua sur lui, et fit pleuvoir des coups sauvages, incontrôlés, déchaînés sur son visage. Max et Alan l'entraînèrent au loin. Le visage de Malcolm n'était qu'une pulpe sanglante, son nez était recourbé en un angle impossible.

« Sale connard, je te tuerai, je te tuerai... » hurla-t-il rageusement à Théo, maintenu loin de lui par ses amis. Théo cracha au visage de l'homme.

« Dis-moi où il est ! » La voix de Théo n'était plus qu'un hurlement, son corps entier était tendu, prêt à se frapper à nouveau. Max plissa des yeux en direction de Malcolm.

« Dis-le nous ou nous le laisserons en finir avec toi. »

Malcolm commença à rire, sa bouche révélant un mélange désordonné de dents cassées et de sang. « Il va la tuer, vous savez. Vous ne pourrez pas l'arrêter. »

Théo devint soudainement très calme. Ses amis le lâchèrent et le laissèrent partir. Malcolm lui sourit. « Ne lui en voulez pas. Si j'avais une chance d'étriper cette belle foutue chienne, je le ferais moi-même. »

En un mouvement souple, avant que quiconque n'ait pu l'arrêter, Théo fit un pas vers l'homme riant et d'un coup brutal de ses mains, lui brisa le cou.

CHAPITRE QUINZE

FUIS AVEC MOI

J ess remua quand Théo se glissa dans le lit et elle se lova dans ses bras, les yeux toujours fermés.

« Froid », se plaignit-elle au contact de sa peau fraîche. Théo enroula ses bras autour d'elle, cherchant sa chaleur et son corps chaud pour essayer de réchauffer son cœur gelé.

Il était devenu un meurtrier. Un tueur.

Il n'oublierait jamais la manière dont Max l'avait regardé fixement après qu'il ait brisé le cou de Malcolm. Il savait que son regard reflétait ses propres émotions. Quand Malcolm avait menacé Jess une fois encore, il avait explosé, toute la douleur, le désespoir, la terreur de la perdre l'avait submergé. Une seule ligne de conduite lui avait alors semblé possible.

Ensuite, il avait essayé de se calmer, en inspirant longuement l'air dans ses poumons. Alan était resté en arrière, laissant les deux amis s'expliquer. Max avait essayé de poser sa main sur son épaule.

« Théo... » L'amour dans la voix de son ami avait brisé la glace et Théo s'était finalement accroupi en sanglotant.

« Mon Dieu, Max... Qu'est-ce que j'ai fait ? »

Max n'avait pas pu lui répondre, il avait juste pris son ami dans ses bras. Une fois Théo calmé, il s'était tourné de nouveau vers le corps de Malcolm. « Personne n'en saura rien. Personne sauf toi, moi et Alan. Gardons le secret. Débarrassons-nous du corps. Personne d'autre que Jules ne regrettera cet abruti de toute façon. Il a eu ce qu'il méritait. »

Théo avait regardé Max, le visage de son ami était plus dur qu'il ne l'avait jamais vu. « Max... Je ne peux pas faire cela, je dois le dire à la police. »

« Hors de question. » C'était la voix d'Alan et elle était ferme. « Écoutez, j'amène la voiture. »

Max hocha la tête. « Théo, rentre à la maison. Alan et moi allons régler ça. »

Théo rit presque. « Tu plaisantes ? C'est de ma faute. »

Max le regarda fixement. « Théo... Si ç'avait été Jules à la place de Malcolm, tu te sentirais comme ça ? »

Théo secoua lentement la tête. «Je pense que non. Mais nous n'avons aucune idée de l'endroit où se cache Gachet et ça ne me plaît pas. »

Max soupira. « Il y a autre chose. Si Malcolm était en contact avec lui, Jules saura que quelque chose s'est produit. Ça pourrait le rendre encore plus dangereux et vindicatif. »

« Je pense qu'il n'est plus vindicatif depuis bien longtemps. C'est un psychopathe. Il ne s'arrêtera pas jusqu'à ce qu'il ait tué Jess. »

Max se frotta les yeux puis regarda le cadavre de Malcolm. « Bon, va retrouver Jess. Rappelle-toi pourquoi tu as fait ça. » Il donna un coup de pied dans la jambe de l'homme mort. « Ce n'est pas une grosse perte. Ouais, Jules saura mais ça le fera sortir de sa cachette. Assure-toi juste que Jess est parfaitement protégée. Si j'ai appris une chose au sujet de Jules c'est qu'il est lâche. Il n'essayera pas d'affronter ta fichue armée. »

Alan ramena Théo au bureau et Théo prit une voiture de service au garage puis conduisit jusqu'au ferry. Il était obsédé par le visage de Malcolm. Sur les deux femmes qu'il aimait ou avait aimées, il en avait vu une morte, l'autre mourante, et toutes deux avaient semblé plus humaines que le regard morne de Malcolm mort. Peut-être parce que, dans son esprit, Malcolm était simplement une prolongation de Jules, et que Jules était un monstre.

Maintenant, avec Jess dans ses bras, son cœur gelé commençait à fondre. Elle embrassa son cou, appuyant ses lèvres contre sa gorge.

« Je suis désolé d'avoir dû sortir, bébé... » murmura-t-il dans ses cheveux puis lorsqu'elle ouvrit les yeux, elle lui sourit, l'embrassa en posant ses lèvres contre les siennes. Elle se baissa pour caresser son sexe et il sentit la vie revenir à lui à son doux contact. L'adrénaline courut dans ses veines puis il s'allongea sur elle et enroula ses jambes autour de ses hanches. Il prit un mamelon puis l'autre dans sa bouche et les taquina jusqu'à ce qu'ils se dressent, durs et sensibles. Jess soupira de plaisir, serra son aine contre son sexe chaud et long et poussa un étonnant petit gémissement quand il mit toute sa longueur brutalement en elle, maintenant ses mains plaquées sur le lit et l'embrassant sur la bouche si férocement qu'il put goûter son sang. Il voulait la consumer, la posséder, la baiser violemment dans leur lit. Sa queue dure et implacable martela l'intérieur du vagin de Jess et il put voir à l'excitation dans ses yeux, qu'elle ressentait la même chose.

Ils n'avaient pas fait l'amour comme cela depuis son agression et l'abandon sauvage de cet acte chassa toute pensée de son esprit. C'était pour ça qu'il vivait, être avec elle, regarder son beau visage luisant de sueur, joliment enflammé, sa bouche rose ouverte et gémissante qui répétait son nom. Ses cuisses lisses se déplacèrent contre sa taille, sa chair douce se tendit sous la force de ses muscles qu'il maintenait autour de lui. Sa petite chatte se serra davantage autour de son sexe et son ventre ondula doucement contre le sien, ses mamelons caressant son torse. Il respira chaque partie de son corps, son odeur de propre, de savon parfumé au gardénia se mélangea au parfum enivrant de leurs ébats. Dans son cerveau déferlait une suite d'émotions instantanées: amour, fureur, douleur, blessure, désir, Jess, Jess, Jess....

Elle cria en jouissant. Son corps vibra et trembla, ses jambes enroulées autour de lui le serrèrent plus fort encore. Théo grogna presque ayant besoin de continuer à la pénétrer férocement. Il ne voulait jamais plus s'arrêter mais quand enfin, il jouit avec un hurlement charnel, son sperme gicla violemment en elle puis il s'effondra sur son corps et elle passa son bras autour de son cou.

« Théo, Théo, Théo... » Sa voix était un chuchotement, un souffle et un baume réparant ses sens meurtris. Elle était la seule chose qui comptait en ce monde, la seule...

À L'AUTRE bout du monde, Jules Gachet appela le portable de Malcolm pour la douzième fois. Quelque chose clochait. Quelque chose clochait vraiment.

JESS SE RÉVEILLA PEU après onze heures du matin. Le soleil entrait par la fenêtre et diffusait une agréable chaleur dans le lit. Elle étira son corps nu et sentit ses muscles plaisamment douloureux. Elle avait été baisée de façon experte et magistrale la nuit dernière et elle se sentait merveilleusement bien. Théo ne l'avait pas laissée se reposer, lui donnant orgasme après orgasme et l'épuisant jusqu'à ce qu'elle tombe de sommeil dans ses bras.

Maintenant elle était seule dans le lit et se demandait où il était. Après s'être brossée les dents, elle descendit les escaliers et le trouva dehors sur la terrasse, en train de boire un café, un bagel intact devant lui.

Elle se pencha pour l'embrasser et il leva la tête pour répondre à son baiser. Il l'embrassa et elle caressa ses cheveux, étudiant son visage, ses cernes sous les yeux, son regard étrange. Elle fronça les sourcils. « Que se passe-t-il, Théo ? »

Théo la regarda fixement en s'appuyant au dossier de sa chaise, semblant chercher quoi répondre un instant puis lui sourit d'un air triste. « Rien de grave. Que dirais-tu de faire un petit break ? Partir loin de la ville pendant quelques jours. »

Jess lui fit un petit sourire mais ne fut pas dupe de son changement de comportement. « D'accord, mais pourquoi maintenant ? On a quand même beaucoup de travail. Et la commission Freeman ? »

« C'est pour ça que j'embauche de l'excellent personnel », dit-il d'un ton léger mais elle plissa les yeux.

« Je te connais, Théo, que se passe-t-il ? » Puis elle pâlit. « Il est... en ville ? C'est pour ça que tu es pressé de partir ? »

Théo secoua la tête. « Non, je te le promets, Jules n'est pas près d'ici. S'il met un pied dans le pays, nous le saurons. »

Elle n'en était pas entièrement convaincue, elle savait que Jules était rusé quand il le voulait, mais elle ne voulut pas se disputer avec Théo. Elle enfouit son visage dans le torse de Théo pour qu'il ne puisse pas voir ses yeux. « Où penses-tu aller ? »

« Où tu voudras, ma belle. »

Elle l'embrassa dans le cou. « N'importe où ? »

« N'importe où. »

« Mmm... C'est une offre qui mérite un peu de réflexion... Mais je sais où j'ai envie d'aller tout de suite... » Elle glissa ses mains vers le bas de son pantalon, caressa son sexe et sourit en le sentant grossir. Théo sourit et l'embrassa sur la tempe.

« Je ne t'ai visiblement pas assez épuisée cette nuit, espèce de dévergondée. »

Elle rit nerveusement et posa ses lèvres contre son oreille. « Tu vois ces vigiles là-bas derrière la barrière ? »

« Ouais, je les vois », dit-il d'un air perplexe. Elle sourit et ses yeux s'emplirent de désir.

« Tu te rappelles la fois dans le club, quand nous avons baisé dans ce box... ? »

Théo sourit en comprenant. « Tu es un peu exhibitionniste, Mlle Wood... » Mais sa main glissa sous sa robe, et il entra un doigt en elle. « Mon Dieu, tu es humide, bébé. »

Elle poussa un petit soupir. « Je veux ta queue en moi, Théo. »

Il enroula ses grands bras autour de sa taille minuscule et la posa sur son sexe rigide, et tous deux soupirèrent pendant qu'il la pénétrait profondément. Théo caressa son clitoris, la faisant basculer d'avant en arrière pour que son sexe puisse entrer et sortir, sachant que ce frottement les rendrait tous les deux fous. Ils fermèrent les yeux et quand ils entendirent le craquement d'une radio et la voix d'un vigile faisant un rapport à son chef, ils se sourirent d'un air satisfait. C'était si rapide, et l'éventualité d'être découverts à tout moment les émoustillait.

Jess grignota son oreille. « Viens en moi, Théo, je veux sentir ta semence à l'intérieur de moi... » Sa voix n'était qu'un chuchotement, mais elle était profonde et bourrue, et elle fit affluer le sang dans sa tête et il fit ce qu'elle demandait, en grognant doucement dans ses cheveux. Jess tendit ses muscles autour de son sexe et ferma les yeux pendant qu'un orgasme divin faisait frissonner son corps. Ils restèrent quelques instants l'un dans l'autre, se délectant de la proximité et de l'intimité qu'ils avaient en faisant l'amour.

ILS PRIRENT une douche ensemble à l'étage et pendant qu'ils s'habillaient, Théo ne put détourner son regard de son corps délicieux, ses courbes, la manière dont ses seins tremblaient alors qu'elle se séchait les cheveux. Elle lui sourit.

« Tu aimes ce que tu vois, matelot ? »

« Franchement oui. Tu n'as pas répondu à ma question alors voilà... pense à rien et quand je te le dirai, donne-moi le premier endroit où tu as toujours eu envie d'aller. »

Elle sourit et hocha la tête. « D'accord. Prêt ? »

« Trois... deux... un... vas-y. »

« Les Maldives... Oh, c'est étonnant. Je pensais que j'allais dire... Oh, peu importe, les Maldives, s'il te plaît. Dans une de ces petits bungalows donnant sur l'océan. » Elle ressemblait à un enfant tout excité.

Théo sourit. « C'est parti, ma belle. »

Elle lui sauta au cou et l'embrassa vite. « Pense à tout ce temps passé tous les deux... »

Il resserra ses bras autour d'elle. « Nous devrions prendre cette boîte de jouets dont tu te plains de ne pas t'être encore servie. »

« Oh, tu es un génie, Théodore Storm. » Elle sourit puis éclata de rire lorsque son estomac gargouilla. « Ouais, j'ai besoin de nourriture. Brunch ? Je pourrais faire une omelette. »

« Parfait ! »

Elle disparut en bas, et Théo s'assit sur le bord du lit et fit tomber le masque de la joie un instant. Non pas que Jess n'était pas la meilleure des distractions mais le visage de Malcolm lui revint en mémoire.

L'idée de partir lui était venue au réveil. En se tournant pour regarder fixement Jess, paisible et endormie, il avait su qu'il voulait se réveiller chaque jour à côté de ce visage, et voir son regard détendu et insouciant à tout jamais. Mais en vérité, il voulait fuir, pas la police, il n'avait aucune inquiétude à ce sujet, mais il voulait fuir Gachet. Être milliardaire avait ses avantages. Il dirait à Max et Alan de prendre de longues vacances pendant leur voyage. Il sourit intérieurement, car il savait que Max ne laisserait jamais l'entreprise en sachant que Théo n'était pas joignable. Il pourrait peut-être le persuader de prendre quelques jours de congé à leur retour. Il devait tant à Max. Énormément.

Jess l'appela et il descendit pour la voir faire glisser une omelette parfaitement réalisée sur une assiette. Elle semblait si heureuse, plus heureuse qu'il ne l'avait vu ce dernier mois et il ne voulait surtout pas gâcher ça. Lui, Max et Alan avaient décidé de ne pas lui parler de Malcolm mais Théo avait ses doutes, il voulait pas avoir de secret pour Jess.

Il ne voulait juste pas voir le regard de Jess quand elle réaliserait que l'homme qu'elle aimait était un meurtrier.

CELA FAISAIT deux semaines maintenant et aucune nouvelle de Malcolm. Jules n'avait aucun doute sur ce qui s'était passé : Storm l'avait probablement tué. Merde. Cela changeait tout. Il devrait maintenant rentrer aux États-Unis pour faire lui-même le travail d'espionnage. Il avait déjà tout organisé : Malcolm devait lui rapporter chaque mouvement de Jess et détecter les faiblesses dans le système de protection rapprochée que Storm avait mise en place afin de saisir l'opportunité parfaite. Puis une fois rentré, Jules aurait tué Jess et Storm et se serait enfui en Amérique du Sud. Sinon, Malcolm, tireur d'élite émérite, aurait tué Jessica d'une balle, et Storm d'une autre. Rapide, efficace mais pas la mort lente et pénible qu'elle méritait.

Maintenant, il devait tout faire lui-même. Merde. Malcolm l'avait mis en contact avec des personnes pouvant lui obtenir de faux documents de voyage et passeports, mais il n'avait personne à qui parler, personne capable de comprendre sa passion de tuer Jessica. Malcolm lui le comprenait.

Le printemps parisien basculait vers l'été et les touristes par milliers remplirent les rues. Il était peut-être temps de s'en aller. Jules sourit. J'arrive, Jessica.

Le jour suivant, un Jules blond et barbu – ou plutôt Patrick Moreau d'après son faux passeport – s'envolait vers les États-Unis.

LA ROBE BLANCHE, légère et délicate de Jess tomba doucement au sol quand Théo fit courir ses doigts sous les minuscules bretelles pour les faire glisser le long de ses bras minces. Il prit ses seins fermes et doux dans ses mains et elle leva la tête pour avoir un baiser de lui. Ses pouces frottèrent ses mamelons en un rythme extrêmement érotique alors qu'elle déboutonnait lentement sa chemise. La chaleur était adoucie par une brise de mer et l'océan tourbillonnait, transparent et bleu en contrebas de leur villa privée.

Ils étaient aux Maldives depuis moins de deux heures mais ni l'un ni l'autre n'était fatigué du voyage. Jess s'était exclamé devant la beauté paradisiaque de d'île, le sable blanc, les eaux claires et cristallines de l'Océan Indien. Leur villa était plus grande qu'elle ne s'y attendait mais d'un autre côté, Théo voulait le meilleur pour elle et le lui montrait. La chambre à coucher était drapée de fins voiles blancs de coton, un ventilateur de plafond rafraîchissait doucement la villa. Une grande terrasse privée avec une piscine à débordement, une petite cuisine équipée avec tout ce dont ils pourraient avoir besoin.

Jess glissa ses mains sous sa chemise et la retira, puis les descendit immédiatement sur sa braguette. Elle sentit son sexe frémissant d'impatience d'être libéré et grossir dans son pantalon, dur, chaud et tremblant à son contact. Théo enfouit son visage dans son cou.

« Mon Dieu, j'ai tellement envie de toi... » Il glissa une main dans sa culotte, la trouva déjà toute humide pour lui, glissa son doigt profondément en elle, tout en caressant son clitoris avec son pouce. Jess gémit et lui retira son pantalon.

« Je veux te baiser dans chaque pièce », murmura-t-elle avec un sourire que Théo lui rendit.

« C'est d'accord ma belle mais commençons ici... » Il jeta sa culotte au loin, la souleva, puis la plaqua contre le mur de la villa. Sa queue poussait à l'entrée de son vagin et elle gémit quand il commença à la caresser avec. Il rigola.

« Petite impatiente... Jess, pendant ces vacances, nous allons faire tout ce dont tu as toujours rêvé... et beaucoup plus. »

Elle pinça le lobe de son oreille. « Entre en moi maintenant, soldat, et cloue-moi à ce mur. Maintenant. »

Théo sourit. « Comme tu veux, maîtresse. »

Il plongea son sexe raide dans sa chatte douce et accueillante aussi vite qu'il put et elle cria de plaisir sous la poussée, sa peau contre le mur fit un bruit de claquement, sa bouche se posa sur la sienne et ses doigts se perdirent dans ses cheveux, tirant dessus jusqu'à lui faire mal. Ils étaient comme des animaux, se déchirant, se griffant, se mordant l'un l'autre. Théo jouit rapidement, incapable de s'arrêter, il la trouvait si extraordinaire, et il sentit son sperme jaillir de lui en un torrent pour la remplir toute entière. Il frotta son clitoris pour lui procurer un orgasme et en se retirant, il l'étendit sur le lit, à plat ventre et lui écarta les jambes. Il sentit son sperme lisse et crémeux lorsqu'il écarta ses fesses et la pénétra. Jess poussa un gémissement long et délirant lorsqu'il bougea à l'intérieur de ses fesses douces et fermes, prenant son temps pour apprécier son étroitesse, et le frottement en plus sur son sexe. Ses mains massèrent ses fesses rebondies, sa peau douce et soyeuse sous ses doigts. Sa tête se tourna sur le côté de l'oreiller et il put observer son visage en feu, sa bouche haletante cherchant l'air, chuchotant son nom à plusieurs reprises.

Plus tard, ils se prélassèrent dans la piscine, regardèrent le soleil se coucher au-dessus de l'hôtel, la lumière des bougies et des torches flamboyantes sur la plage se reflétant dans l'eau. Jess posa son bras sur le rebord de la piscine et soupira d'aise. « C'est vraiment le paradis », dit-elle. Théo sourit et l'embrassa sur la tempe.

« Je suis heureux que tu le penses. Tu sais que nous pouvons rester autant que nous le voulons. Pour toujours ça m'irait. »

Elle lui sourit. « Je pense que ta famille et Max s'y opposeraient. Et tes collègues de bureau aussi. »

Théo haussa les épaules. « Je pourrais vendre mon affaire. »

Les sourcils de Jess se haussèrent rapidement. « Tu n'es pas sérieux. »

« Je le suis à fond. »

Elle descendit du rebord de la piscine et lui fit face, étudiant ses yeux. « Théo... tu es fou. Tu t'ennuierais et ce ne serait pas bon pour notre relation. Tu te lasserais de moi au bout de quelque temps. »

Ce fut au tour de Théo de sembler effrayé. « Jamais. »

Elle toucha son bras. « C'est un beau geste mais peu réaliste. Nous devons construire notre vie à partir de ce que nous avons, pas tout recommencer. Nous avons toujours voulu qu'elle démarre. Tu as ton travail et quand nous reviendrons, je veux commencer à travailler à temps plein à la fondation. Et nous allons nous marier bientôt. Apprécions juste ces vacances comme nous l'avons prévu. »

Il resta silencieux pendant un certain temps puis hocha la tête. « Tu as raison. » Il glissa ses bras autour de sa taille et l'attira à lui, puis posa ses lèvres sur son épaule. Jess l'embrassa dans le cou mais sentit un flot d'angoisse passer dans son ventre. Elle ne voulait pas se faire des idées, mais quelque chose l'avait tracassée dès le matin où ils avaient décidé de venir ici.

Théo était différent. Il avait changé. Et il lui semblait, en dépit de tout ce qu'il disait et faisait, qu'il était en train de lui échapper.

JULES NE RENCONTRA aucun problème à rentrer dans le pays, les faux documents qu'il avait payés à un prix exorbitant firent parfaitement illusion. Il passa la nuit dans un motel en ville en se disant qu'il était préférable de rester discret. Le jour suivant, il partit sur l'île de

Whidbey et y loua une maison à deux kilomètres de celle de Jess et Théo, et habillé comme son nouveau personnage, en flanelle et jean, il sortit explorer le secteur. Il put se promener dans le périmètre de la propriété de Storm, invisible grâce aux arbres, mais lorsqu'il s'approcha de la barrière, il put voir un vigile faire sa ronde. Jules fit un grand tour autour de la maison. Un seul vigile ? C'était l'idée que Storm se faisait d'une protection efficace? Jules était sur le point de ricaner quand il comprit : ils n'étaient pas là. Merde. Cela signifiait qu'il devait rester sur l'île plus longtemps que prévu et chaque jour il pouvait se faire découvrir.

Il rentra en ville un peu plus tard et alla dans un petit hôtel restaurant où il commanda à déjeuner. Il était à mi-chemin quand il entendit sa voix. Ce sale pédé de Max. Il se tourna pour le voir entrer avec une femme beaucoup plus âgée aux cheveux argentés. Ils s'assirent juste derrière Jules, ce qui l'amusa considérablement, malgré le risque d'être découvert. Ils parlèrent un moment de tout et de rien puis la femme s'éclaircit la gorge et parla d'une voix douce.

« Vous savez, très cher, vous n'êtes plus obligé de continuer à venir sur l'île. Je peux facilement garder un œil sur la maison pendant qu'ils sont absents, sauf si..., et elle se mit à rire ... vous êtes inquiet parce que Théo pourrait cacher des choses à sa mère. »

Max rigola. « Vous êtes incorrigible, Amélia. Que pourrait-il bien vous cacher ? »

« Oh, je ne sais pas... Un donjon sexuel ? »

Max éclata de rire et Amélia fit de même. « Eh bien, je sais ce que vous avez lu récemment. » Max dit. Jules entendit le tintement d'une tasse de café posée sur la table. « Sérieusement, continua Max, il n'y a aucun problème. Je préfère m'en occuper, et c'est une bonne excuse pour vous voir. »

« Vous êtes un flatteur mais j'aime bien vous voir aussi. Je ne vois pas assez Théo et Jess. Ne vous méprenez pas, ils m'invitent très souvent, mais j'estime qu'ils préfèrent plutôt être seuls. Ils semblent être tout l'un par l'autre, spécialement depuis l'attaque au poignard. »

Jules sourit dans sa tasse de café. Ouais, parlez de ça davantage, bande d'idiots, si seulement vous saviez que l'homme qui a poignardé votre Jess bien aimée est assis juste derrière vous...

Max haussa les épaules. « C'est compréhensible. »

Amélia poussa un soupir frustré. « Cher Max, soyons honnêtes, pensez-vous qu'ils sont trop... je ne veux pas dire obsédés mais... »

« Non, je ne pense pas. Je vous jure, Amélia, si vous saviez ce que signifie vraiment obsédé... L'obsédé est celui qui a poignardé et presque tué Jess, l'obsédé est celui qui l'a violée à plusieurs reprises, son beau-frère, obsédé ça veut dire craindre constamment pour sa vie la moitié de votre vie. Théo et Jess partagent ce genre d'amour que la plupart d'entre auront la chance d'observer. Je l'ai connu cet amour, vous aussi une fois. »

Amélia médita sur ces paroles mais Jules, ses doigts serrant fort sa tasse, essayait de se calmer en entendant les mots de Max. Espèce de bâtard. Qu'en sais-tu ?

« Quand reviennent-ils ?

« La semaine prochaine, mardi, je crois. Jess a dit qu'elle voulait retourner au travail mais nous avons un mariage à organiser donc j'espère la persuader de rester à la maison un mois ou plus. »

Max rit. « Bonne chance, alors. »

Plus tard, une fois qu'ils furent partis, Jules attendait dans sa voiture. Il regarda Amélia Storm monter dans sa Mercedes et, tout en laissant une distance raisonnable entre eux, la suivit à travers l'île. Au bout d'une heure, elle s'arrêta devant une impressionnante maison. Un homme lui fit signe et Amélia le laissa entrer dans sa voiture alors qu'elle monta les escaliers vers la porte d'entrée.

Jules regarda la maison pendant un moment ne sachant pas pourquoi il avait suivi cette femme. Elle lui avait fourni suffisamment d'informations pendant le dîner. Théo et Jess étaient partis, comme il l'avait déviné, et il était prêt à parier un million de dollars que, quoi que Théo et ses copains aient fait à Malcolm, Jess n'était pas au courant.

Peut-être était-il temps qu'elle le soit.

Il y avait des nuages noirs au-dessus des îles et Jess ne comprenait pas d'où ils venaient. Elle était debout sur la terrasse de la villa et la brise froide contre sa peau nue la fit frissonner.

« Je peux te réchauffer, bébé... »

Elle se retourna en entendant sa voix, sourit mais sa joie vira à l'horreur. Théo pointait un pistolet sur elle. Elle était pétrifiée.

« Théo ? Que fais-tu ? »

La première balle siffla et s'écrasa contre son ventre, droit dans son nombril. Elle eut le souffle coupé par la douleur, regarda son ventre et vit le sang commencer à couler de sa blessure et une seconde plus tard, il la visa un centimètre plus haut et tira. « Non, non... »

Théo se mit à rire. « Je t'ai dit que je pouvais te réchauffer... » Il tira encore, tout en marchant vers elle. Jess se demanda pourquoi elle n'était pas encore tombée ou n'avait pas encore succombé à ses blessures. Mais elle restait là debout, prenant balle après balle. Quand Théo arriva tout près d'elle, il appuya le pistolet froid contre sa peau, pressa la gâchette tellement de fois que c'était impossible... Aucun pistolet ne pouvait contenir autant de balles... Était-ce un rêve ? Suis-je morte ? Mon Dieu, que quelqu'un m'aide, me réveille....

16

CHAPITRE SEIZE

F roid. Quelque chose de gluant touchait sa peau. Quelque chose était bloqué dans sa gorge et elle essaya de tousser, de haleter pour avoir de l'air mais la pression sur son torse et ses poumons était sans cesse. Elle ouvrit les yeux et ne vit que du noir, avec juste un clignotement de lumière mais il y eut une lueur vascillante puis une obscurité totale et huileuse. Elle réalisa ce que la chose gluante était, ainsi que la noirceur. De l'eau.

Elle était en train de se noyer.

Elle se débattit, essayant de bouger ses bras pour propulser son corps vers le haut, hors de l'eau, mais quelque chose semblait l'en empêcher. Sa bouche, son nez se remplirent d'eau et elle commença à paniquer en sentant ses poumons et son ventre se remplir entièrement d'eau. Elle poussait désespérément son corps vers le haut et parvint à atteindre la surface. La pleine lune était la seule lumière dans la nuit complète. Les taches noires dans ses yeux étaient revenues et lui brouillaient la vue, la rendant une nouvelle fois aveugle. Elle lutta, tordant son corps vers le haut mais se sentit partir. Elle lutta encore plus fort mais une pensée n'arrêtait pas de jouer en boucle dans son esprit.

Le néant l'absorba, l'épuisa, la brisa et l'acheva, elle arrêta de lutter et abandonna.

ELLE OUVRIT les yeux dans une luminosité blanche et dans une odeur de propre et d'antiseptique. Un environnement inconnu. C'était un hôpital. Elle tourna la tête et vit Théo à la fenêtre. Jess se mit dans une position plus confortable avant de l'appeler. Il regarda tout autour, visiblement contrarié.

« Comment te sens-tu ? » Dit-il froid et distant.

« Théo, qu'est-ce que je fais là ? »

Théo s'assit sur le lit et soupira. « Tu as décidé d'aller prendre un petit bain de minuit. Je pense que tu as été somnambule, tout comme les médecins le disent, parce que je sais, je suis certain, que tu n'es pas assez stupide pour nager seule dans l'océan la nuit. »

Elle leva les sourcils au ton dur de sa voix. « Théo... bien sûr que non. Pourquoi penserais-tu cela ? »

Ses yeux étaient sombres. « Et ce n'était pas... autre chose ? »

Elle commençait à être énervée maintenant. « Comme quoi ? » Puis elle comprit et son corps entier se tendit. « Mon Dieu, Théo, non. Ce n'était pas volontaire si c'est ce que tu veux dire. » Elle voulut se rapprocher de lui mais il s'éloigna sans même la regarder.

« Tu étais en train de flotter, juste là. Tu avais abandonné. J'ai pensé... Mon Dieu, Jess, j'ai pensé que je t'avais perdue. Encore. »

Elle se glissa hors du lit, le prit dans ses bras et posa sa tête sur son torse. « Théo... jamais. Jamais je ne ferais ça. » Elle leva la tête pour qu'il puisse la voir et essaya de sourire. « Trop de gens essayent déjà de me tuer, pourquoi je le ferais moi-même ? Ce serait une belle perte de temps. »

« Arrête de plaisanter. J'ai cru que tu étais morte. »

« Je suis désolée, je ne sais pas ce qui s'est passé, j'ai fait un cauchemar... »

Elle recula quand son cauchemar lui revint en mémoire. Théo. Il était en train de lui tirer dessus. Théo. Elle se mit à trembler mais il la serra dans ses bras. « Quoi ? Que se passe-t-il ? »

Elle essaya de déglutir mais elle avait toujours comme une boule coincée dans la gorge. « Rien. Subconscient stupide. Il ne me permet jamais de rêver d'un plan à trois avec toi et Beyoncé. »

Théo sourit enfin. « Ravi de savoir que tu es d'accord pour un plan à trois avec elle. »

Elle hocha la tête avec sagesse. « Aucune femme ne peut dire non à Beyoncé, hétéro ou gay. C'est impossible. »

Il rigola. « Impossible ? »

Elle sourit et regarda autour d'elle. « Où sommes-nous ? »

« Au centre médical de Male. »

Jess soupira. « Je me sens très bien... Tu crois qu'on peut y aller ? »

Théo hésita. « Peut-être que nous devrions attendre le médecin. »

Jess leva les épaules d'un air irrité. « Tu sais quoi, ne l'attendons pas. » Elle glissa hors du lit et prit ses affaires que Théo avait évidemment apportées avec lui. Elle alla dans la petite salle de bains pour s'habiller et ferma la porte derrière elle. Elle ne savait pas pourquoi elle était si contrariée. Elle s'habilla rapidement, évitant son reflet dans le miroir au-dessus du lavabo

« Ne te regarde pas », se dit-elle. Toute cette merde la suivait partout. Elle n'avait été somnambule que quelques minutes bordel, et Théo se conduisait d'une manière... seigneur. Elle ferma les yeux et poussa un très long soupir. Non. C'était un accident. Elle ne voulait pas que la fin de leurs vacances soit gâchée, tout comme le reste, par la peur, le stress ou une atmosphère tendue.

Elle ouvrit la porte et fit un grand sourire à Théo. « C'est quand tu veux. »

Théo la regarda fixement pendant un long moment avec une expression qu'elle ne put déchiffrer puis lui tendit la main.

« Rentrons à la maison. »

Jules s'assit sur le pont, regardant fixement en direction de Deception Pass, scintillant dans les derniers rayons du soleil. Il avait marché à travers toute l'île dans l'espoir que cela soulagerait sa frustration de devoir attendre le retour de Jessica chez elle. Ses doigts, ses mains, tous ses membres réclamaient de la toucher, de la blesser. Parfois, tard dans la nuit, il ouvrait la bouche aussi grand qu'il le pouvait et criait en silence dans l'obscurité.

Il regarda les eaux froides plus bas. Parfois il voulait sauter, mais non, même pas ça, cette chute libre dans les profondeurs, cette dégringolade. Laisser ses membres devenir faibles, laisser l'eau sale entrer par ses narines, sa bouche, sortir ses yeux de ses orbites. Se dissoudre. Même lorsqu'il toucherait le fond, pour y rester coucher, ou s'enfoncer dans la terre. Disparaître. Ce serait si facile, si radical. Mais alors elle resterait ici, dans ce monde, et il ne pouvait le tolérer. Elle sera bientôt avec lui et il sera enfin en paix, se baignant dans son sang, regardant son dernier souffle. Cette fois-ci, elle ne survivrait pas. Et après... Mon Dieu, il ne s'inquiétait pas s'il n'en réchappait jamais, il préférait mourir à côté d'elle. Cette pensée le libérait étrangement.

Il plia ses mains. Il avait besoin de sentir quelque chose, de se défouler. Pas ici. Il fit demi-tour et marcha de nouveau en direction de chez lui. La soirée tombait alors qu'il se changeait et il se rendit en voiture vers le ferry. Il passerait la nuit en ville, trouverait une alternative, une victime qui lui ressemblait et il assouvirait sa soif.

JESS SE RÉVEILLA PLUS TARD que d'habitude, la tête qui tourne. Elle se leva, entra dans la salle de bains et rinça son visage sous l'eau. La journée d'hier avait été difficile et tendue. Ils s'étaient à peine parlé, s'étaient retirés dans leur propre espace et pour la première fois ils n'avaient pas fait l'amour avant d'aller se coucher. Elle était encore fâchée contre lui. Elle détestait qu'il la traite comme une petite enfant précieuse qui ne pouvait pas s'occuper d'elle-même. Au fond d'elle, elle savait et avait compris pourquoi il s'était comporté comme ça mais cela l'agaçait quand même. C'étaient à des moments comme celui-là, qu'elle avait envie de maudire son manque d'indépendance. Elle se sentit coupable à cette pensée. Elle secoua la tête, balança ses jambes par-dessus le bord du lit et resta assise là pendant quelques minutes, frottant ses yeux, essayant d'ignorer son mal de tête. Elle prit son kimono sur le lit et s'enveloppa dedans, et sortit pieds nus de la chambre à coucher.

Elle marcha dans la villa, jeta un œil dans chaque pièce jusqu'à ce qu'elle trouve Théo dehors sur la terrasse. Elle l'observa pendant un moment, son regard était intense, et fixe au loin à moyenne distance, sa mâchoire était tendue. Il portait le T-shirt bleu marine qu'elle aimait, et un short kaki. Ses cheveux courts et foncés étaient humides. Il venait probablement de nager. Elle s'avança silencieusement derrière lui et enroula ses bras autour des siens, puis l'embrassa sur la tempe.

« Salut, mon chéri. »

Il sursauta légèrement quand elle le toucha mais il l'attira ensuite dans ses bras et, tout en caressant son visage, il repoussa ses cheveux en arrière. Elle sourit et l'embrassa, sentant ses mains glisser sous sa robe et sur son ventre nu. Ses yeux, si souvent préoccupés ces derniers jours, étaient plus doux, lourds de désir.

« Tu sais, j'aimerais bien que ça ne soit pas notre dernier jour ici, dit-il en frottant ses mains contre sa peau nue, je pourrais m'habituer à cet endroit. »

Elle le fit taire d'un baiser. Sa bouche contre la sienne, ses mains zigzaguant vers le bas de son short pour caresser son sexe, son toucher aussi léger qu'un plume sur sa peau sensible firent gémir Théo. Elle sourit et se mit à genoux, prit son sexe dans sa bouche tout en écartant son short afin de pouvoir la prendre dans son poing à la base, puis elle la tira doucement pour que le sang afflue pendant que sa langue tournait sur son bout ultrasensible. Théo la gratifia d'un sifflement aigu entre ses dents alors qu'elle le taquinait, et elle put goûter la saveur salée sur sa langue de son sperme.

« Mon Dieu, Jess... » Il était essoufflé mais elle ne faiblit pas, elle le caressa et le suça jusqu'à ce que son sexe soit tellement dur possible, elle le sentit entremêler ses doigts dans ses cheveux, et tirer dessus en gémissant puis il éjacula en elle, son sperme se précipitant à longs flots chauds dans sa bouche. Elle avait à peine avalé qu'il la souleva et la coucha sur la table, renversant sa tasse de café qui se brisa. Jess lui sourit lorsqu'il utilisa son genou pour lui écarter les jambes puis il enfonça son sexe profondément dans sa chatte. Théo lui mordit un peu le cou et les épaules, pétrit ses seins en mordillant ses petits mamelons roses jusqu'à ce qu'elle halète et gémisse.

« Dis-moi ce que tu veux, Jessie... Dis-moi comment tu le veux... »

« Plus... plus fort... encore plus... Déchire-moi en deux, Théo... » Elle s'arqua et il la souleva, enroulant ses jambes autour de sa taille, il l'empala sur son énorme sexe et la porta à l'intérieur. Ils ne firent pas l'amour dans la chambre à coucher, mais directement sur le plancher en bois.

Jess le griffa et lutta avec lui pendant qu'il la baisait, tous deux riant et grognant autant. Labourant en profondeur sa douce et chaude intimité humide, Théo se démena jusqu'à ce qu'il entende son cri de douleur puis sa bouche hurler « Ne t'arrête pas, n'arrête pas... s'il te plaît... »

Il se retira et jouit sur son ventre, envoyant des jets blancs et épais de sperme sur son beau corps. Elle frissonna et jouit à son tour lorsqu'il massa la matière fluide collante sur sa peau, sentant son corps entier vibrer de plaisir. Il leva les yeux et vit la petite boîte de jouets qu'ils avaient apportés avec eux. Il chercha le regard de Jess et elle lui sourit et hocha la tête. Il se pencha et saisit la boîte, puis retira le couvercle.

« Humm... que puis-je faire pour toi maintenant, future épouse ? »

Jess, dont le corps magnifique ondulait encore en essayant de retrouver son souffle, le regarda et lui fit un sourire coquin. « Et pourquoi ne pas inverser les rôles ? » Sans même le regarder, elle mit sa main dans la boîte et en sortit un gode, celui avec la ceinture.

Théo leva les sourcils. « Tu veux m'enculer, mon bébé ? »

Jess sourit. « Oh que oui. Je veux... Mets-toi sur le ventre, garçon, je m'occupe de tout maintenant. »

« C'est de bonne guerre », dit Théo et il l'embrassa avant de se coucher sur le ventre, lui faisant une confiance absolue, aucun doute à l'esprit. Combien de fois lui avait-elle fait confiance avant ? Il n'avait pas ressenti cela avec beaucoup d'autres personnes... D'un autre côté, avec Jess, il avait expérimenté beaucoup de choses qu'il n'avait jamais faites auparavant. Il sourit et lui dit ce qu'il pensait.

Jess rit. « Tu m'étonnes, tu paries sur ton joli cul là... » Théo rit doucement puis expira lorsqu'elle atteignit le bas de son entrejambe et commença à masser doucement ses boules, tout en appuyant fort le bout de son doigt majeur contre son périnée. « Hé, Jessie... Avant que nous allions plus loin, je peux te persuader de te glisser dans le harnais de cuir ? »

Elle lui embrassa l'oreille. « J'y vais. » Cela lui prit moins de trente secondes puis il sentit son poids sur ses cuisses, sa main sur son sexe. Elle l'embrassa sur la nuque puis fit courir sa langue le long de sa colonne vertébrale jusqu'à ses fesses. Il sentit un liquide chaud contre sa peau, de l'huile, devina-t-il, puis elle commença à le masser et à pétrir ses muscles. Elle essayait de le détendre, il le savait, et il posa sa tête sur ses bras et ferma les yeux, prêt à ressentir chaque sensation. Ses mains le massaient de haut en bas jusqu'à ce qu'enfin elle en glissa enfin une entre ses fesses, couvrant la crevasse profonde d'huile de massage et caressant son sexe et ses boules qui se mirent à palpiter et à trembler sous son toucher. Quand enfin il sentit le bout du gode pénétrer son anus, il était si détendu qu'elle put le glisser en lui tout doucement, si doucement que tout ce qu'il ressentit fut un immense plaisir quand le gode le massa et il sentit Jess se balancer doucement au-dessus de lui, en gémissant doucement et en appréciant autant que lui ce moment.

Il jouit lentement, en frissonnant et en gémissant, sa queue resta plaquée sur le sol et son ventre se gonfla sous l'expiration. Jess retira le jouet et, enlevant également le harnais, elle se coucha sur le ventre et posa ses lèvres contre sa nuque. Elle mêla ses doigts aux siens et ils s'allongèrent ensemble, plus proches que jamais.

« Jessie, murmura-t-il au bout d'un moment, Jessie... tu es tout pour moi, sais-tu cela ? » Il se retourna sur le dos et passa ses bras autour d'elle, en l'embrassant tendrement. Elle lui sourit.

« Et toi le mien, Théodore Storm. Pour toujours. » Elle caressa son visage. « Théo ? »

« Ouais ? »

« Quoi qui te préoccupe récemment... quoi que ce soit, sache que tu peux tout me dire, d'accord ? »

Il la regarda fixement. Elle le connaissait si bien, il était stupide de penser qu'elle ne se rendrait compte de rien. Mais pouvait-il lui parler de Malcolm ? Il étudia ses beaux yeux profonds et aimants et ne parvint pas à lui dire ce qu'elle attendait.

« Jess, tout a été si bouleversant et je pense que je dois y réfléchir encore un peu. Je t'aime tellement, mon Dieu, tellement, et je ne dis pas que j'aimerais changer quoi que ce soit entre nous. Rien. Mais toi, et tu le sais particulièrement, cela laisse des cicatrices. » Il toucha les cicatrices sur son ventre mais elle lui attrapa la main et l'embrassa.

« Nous réussirons à surmonter tout ça tu sais. Toi et moi ensemble, nous pouvons affronter n'importe quoi. »

« Ne pars jamais. »

« Jamais. Et Seigneur, si et quand je mourrai – ne fais pas cette tête – ce sera de vieillesse ou de maladie et non pas à cause d'un abruti qui veut me découper en tranches. Théo, je te le promets, je me battrai jusqu'au bout. Et si tu as vraiment de la chance, si je meurs en premier... je reviendrai en fantôme pour te baiser chaque nuit. » Elle croisa son regard et lui tira la langue, ce qui le fit rire.

« Tu es une véritable cinglée, tu sais ? »

« C'est toi le cinglé. »

Théo sourit et posa ses lèvres contre les siennes. « C'est bien vrai. »

IL TOMBERAIT sur elle par hasard dans un magasin du centre-ville pendant qu'elle discutait avec le caissier à l'air insolent. Il pourrait lui donner un coup de main. La suivre jusque chez elle. S'arranger pour lui foncer dessus. Elle en serait reconnaissante, l'inviterait à boire un verre, le regarderait avec intérêt. Si facile. Une heure plus tard, elle serait effondrée sur une chaise, le regardant encore, mais cette fois étonnée alors qu'il enlevait sa chemise. Il savait qu'elle penserait qu'il allait la violer, et il le regarderait les yeux pleins de dégoût. Putain. Il lui dirait alors exactement ce qu'il allait lui faire, qu'elle ne valait pas le coup, qu'il ne se salirait pas sur elle. Elle essaierait de bouger, de crier en voyant le couteau. Et puis, il n'y aurait plus que la douleur, la résignation.

Il AVALA une longue gorgée de bière et regarda la pièce. C'était un curieux mélange entre style minimaliste et désordonné. Un côté de la pièce était rempli de canapés, coussins, tables, livres rangés n'importe comment sur les étagères, de la littérature de café qui semblait avoir été réellement lue, pas seulement exposée. L'espace entre les immenses fenêtres et la cuisine, en revanche étaient épars et propre. Il hocha la tête. C'était un bel endroit. Elle avait du goût. Dommage.

Le soulagement que Jules Gachet attendait arriva plus tard. Jetant un œil plus bas que lui, il vit de la peau, de la chair déchirée. Il réalisa qu'il ne se souvenait pas de son nom. Il se blottit contre elle et écouta attentivement. Aucun souffle. Pas même une présence, juste un amas de membres tordus et sanglants. Une jolie femme, il regarda fixement son visage, maintenant paisible, loin de la terreur qu'il lui avait infligée. Il ne ressentait rien pour elle, ni pitié ni quoi que ce soit. Lorsqu'il l'avait tuée, elle avait eu le visage de Jess, ses cris perçants avaient été les cris perçants de Jess, son sang, le sang de Jess. Il avait revécu la nuit où il avait poignardé Jess, cette nuit merveilleuse et terrible où il n'avait pas pu accomplir sa mission. Cette nuit à laquelle d'une façon ou d'une autre, et de manière incroyable, Jessica avait survécu.

Il se leva, alluma une cigarette, puis s'effondra dans un vieux fauteuil mou près du corps de la fille. Il imagina que d'ici quelques heures, les policiers de la criminelle et les agents de scène de crime, habillés de plastique de la tête au pied, marcheraient dans la chambre comme des fantômes, espérant trouver quelque chose, n'importe quel indice. Tout était plus aiguisé dans son esprit, les bruits, les visions, les odeurs. Le léger parfum de chèvrefeuille dans l'air, la sensation du tissu usé de la chaise à travers ses vêtements fins. Le bras de la fille, jeté par-dessus sa tête, son poignet courbé autour du pied de la chaise, ses doigts levés, comme accusateurs. Il ne ressentit aucune culpabilité ni de soulagement tant attendu et il sut qu'il était temps.

Peau olivâtre, yeux foncés.

Alors que dehors la ville disparaissait sous des trombes d'eau, il ne pensait qu'à elle, à son attente interminable et à la façon dont il lui apprendrait, non, dont il leur apprendrait la perte d'un être cher. Ce désir ardent se fit toujours plus fort jusqu'à ce que sa bouche s'ouvre, s'élargisse de plus en plus, et que sa fureur explose, se tordant en un hurlement silencieux.

Il chancela presque jusqu'au bar le plus proche, et commanda un double whisky. Son estomac palpitait d'excitation. Il regarda les gens aller et venir devant les fenêtres du bar et il les plaignit.

« Chacun d'entre vous, voulut-il crier, chacun d'entre vous connaîtra mon nom. »

« Mes amours ! » Amélia vola hors de la maison et les prit dans ses bras. Théo sourit à Jess par-dessus l'épaule de sa mère. Après un voyage de presque vingt-quatre heures, où ils n'avaient parlé que de leur retour à la maison, et quand ils allaient aller direct au lit pour y dormir. Mais la mère de Théo avait clairement d'autres idées.

« Laissez-moi vous regarder. » Amélia les repoussa tous deux et les regarda d'un air critique. « Je suppose que vous aviez mieux à faire que de bronzer... comme passer toute la journée au lit, hein ? »

Jess émit un petit rire tandis que Théo prenait un air indigné. « Maman... s'il te plaît... » Il lança un regard amusé à Jess qui rit nerveusement. « Ne l'encourage pas. »

Jess haussa les épaules et Amélia mit une main sous son bras d'un air de conspiratrice. « Elle a raison, cela étant. »

Théo leva les yeux au ciel pendant que les deux femmes plaisantaient et tout en les laissant faire, il attrapa les valises pour les porter à l'intérieur. Amélia et Jess le suivirent et saluèrent les deux chiens tout excités.

Amélia prépara du café et Jess et Théo s'assirent avec elle tandis qu'elle causait avec enthousiasme. « Écoutez, je sais que ce n'est pas vraiment le bon moment, mais je veux vous organiser un enterrement de vie de jeune fille et de garçon. Max pense aussi que ce serait une bonne chose. »

« Comment va-t-il ? »

Amélia leur fit un petit sourire. « Il va mieux, je pense. Il semble... quel est le mot ? Plus féroce. Je ne sais pas comment dire mais il remonte la pente. Au sujet de cette fête... »

« Maman, l'interrompit Théo en posant une main sur la sienne, nous venons juste de traverser la moitié de la planète en avion. Est-ce qu'on peut en parler demain ? »

UNE FOIS AMÉLIA PARTIE, Jess et Théo, vraiment épuisés maintenant, prirent une douche très chaste ensemble avant de tomber de sommeil dans leur lit. Ils ne prirent même pas la peine de pousser les deux chiens du lit, qui voulaient dormir avec eux.

Le lendemain matin, Théo se réveilla et ouvrit les yeux pour voir le beau visage de Jess enfoui dans l'édredon. Il caressa ses lèvres avec les siennes, très délicatement pour ne pas la réveiller, mais un sourire paresseux éclaira son visage. Elle ouvrit ses yeux couleur chocolat, profonds, chaleureux, encore pleins de sommeil.

« Salut mon chéri. »

« Je ne voulais pas te réveiller. »

Elle fit un petit bruit et s'étira, se tortilla à côté de lui et attrapa son sexe. Théo sourit. Même à moitié endormie, elle savait comment le chauffer.

« Mauvaise haleine du matin ? »

« Je m'en fous. »

Théo fit descendre les chiens du lit et s'allongea sur le corps de Jessica, pour qu'elle sente son sexe déjà dur. Il glissa une main entre ses jambes et la caressa, la sentant se détendre et mouiller pour lui. Quand il la pénétra lentement et tendrement, il lui embrassa la gorge, et entendit son gémissement contre ses lèvres. C'était l'un de leurs moments préférés pour faire l'amour, quand ils étaient encore mous et rêveurs après la nuit. Théo bougea lentement au début, enroula ses jambes autour de sa taille, ses hanches souples, il regarda dans ses yeux limpides quand elle lui sourit et leva la tête pour être embrassée.

Après l'orgasme, Théo l'embrassa et fila sous la douche. Le décalage horaire se faisait sentir et un mal de tête commençait à marteler sa nuque.

Quand il sortit de la salle de bains, il se sécha les cheveux et vit que Jess était retombée dans un sommeil profond, allongée en diagonale sur le lit. Il s'habilla rapidement et descendit. Il prit un bagel dans le placard, une bouteille d'eau dans le réfrigérateur et sortit sur le porche. Le soleil lumineux du matin l'éblouit et il grimaça, puis s'assit sur le siège à bascule à côté de lui. Il alterna gorgées d'eau et bouffées d'air et se sentit un peu mieux. Il remercia Dieu que ce soit samedi et que ses affaires puissent attendre lundi. Durant les deux jours suivants, il voulait reprendre sa petite routine, traîner avec Jess et les membres de sa famille qui viendraient d'interrompre leur week-end. Théo sourit, il savait que sa mère serait de retour dès qu'elle avait un nouveau projet en tête, rien ne l'arrêtait jamais. Le fait qu'elle et Jess soient devenues de si bonnes amies était quelque chose que Théo appréciait. Amélia avait beaucoup aimé Kelly, qui avait été comme une fille pour elle mais elle n'avait pas le sens de l'humour que sa mère et Jess partageaient.

« Monsieur ? »

Théo leva les yeux et vit la tête de Mike, son chef de la sécurité, qui lui souriait.

« Bienvenue, monsieur. Vous avez passé de bonnes vacances ? »

Théo lui serra la main.

« Merveilleuses, merci. Tout s'est bien passé ici ? »

« Parfaitement, et j'en suis heureux. Aucun signe d'intrus ni de rôdeur. J'ai posé un rapport sur votre bureau mais il n'y a pas grand-chose à lire. »

Théo lui sourit avec reconnaissance. « Bien, merci, Mike. »

Lorsque Mike retourna à son poste, Théo se pencha en arrière et ferma les yeux. Bordel, ce mal de tête. Il sentit un nez humide pousser sa main. Monty ou Stan ? Il regarda. Son épagneul adoré poussait sa tête dans sa main, à la recherche de caresses. Il attrapa le chien et commença à jouer avec lui, puis le coucha sur ses genoux. Stan trotta hors de la maison et accourut à ses pieds. La matinée était presque silencieuse, excepté pour la brise à travers les arbres, le bruit de l'eau sur la plage au bout du jardin.

Parfait, pensa-t-il, ignorant le noeud qui lui pesait dans le ventre. C'est presque parfait. Il se demanda si parler de Malcolm à Jess soulagerait son angoisse, puis il se secoua. Pourquoi devrait-elle devoir l'aider dans sa culpabilité, tout autant que le reste ? Il pouvait tout supporter tant que Jess restait avec lui. Il se dit qu'il devait appeler Max et Alan plus tard dans la journée, il leur était redevable.

« Théo ? » L'appela la voix de Jess à l'intérieur de la maison.

« Je suis dehors. »

Ses cheveux étaient humides après avoir pris une douche, et dans sa chemise blanche toute simple et ses Daisy Dukes, même fatiguée comme elle l'était encore, elle était si belle qu'il oublia tout le reste. Il prit sa main et l'attira sur ses genoux, enfouissant son visage dans son cou, respirant son parfum de shampooing et de savon il se sentait comme à la maison.

« Je viens d'avoir un texto de ta mère », dit Jess en lui embrassant le front. « Elle part en ville et veut que j'aille avec elle pour faire quelques achats pour le mariage. »

Elle leva les yeux au ciel quand Théo se mit à rire. « Bonne chance alors. Tu veux que Mike te dépose ? »

Elle sourit. « Ta mère passe me prendre. Tout va bien se passer. Comment quelqu'un oserait s'en prendre à elle ? C'est une ninja. »

Théo sourit. « Je t'aime tant espèce de folle. »

Elle caressa son visage. « Bon... Pourquoi n'ai-je pas dit à ta mère de passer dans une heure plutôt qu'une demi-heure ? »

JULES SE PROMENAIT dans le marché aux puces de l'une des îles quand il la trouva, sa petite arme ornementée. La lame était vieille, sale mais récupérable, le métal de la poignée était incrusté d'améthyste et de quartz rose. Il fit un signe la tête en direction du propriétaire du stand et sentit une excitation croissante le gagner. Puis, de retour à la maison, il nettoya, polit, aiguisa la longue lame fine. En la tenant, elle réfléchit la lumière dans ses yeux. Il sourit. Il l'imagina déchirer la peau de Jess, tranchant ses artères et ses veines pour faire couler son précieux sang.

Il se versa une tasse de café noir trop fort, l'engloutit en une fois et apprécia son amertume au fond de sa gorge. Il était impatient de mettre à exécution tout ce qu'il avait planifié. Allez, pensa-t-il, vite. Il pensa à elle, à ce qu'elle pouvait être en train de faire, peut-être baiser ce bâtard, ses membres couleur de miel tremblant d'excitation, sa bouche parfaite, heureuse, vivante, qui ne lui appartenait plus. Elle appartenait toujours à l'autre. Il sourit d'un air mauvais : la nouvelle amie qu'il s'était faite pouvait y remédier. La maman de Théodore Storm. Il avait commencé à discuter avec elle au marché, l'avait aidée avec ses paquets. Facile, trop facile. Avec ses cheveux blonds presque blancs, sa barbe trop fournie et ses lentilles de contact colorées, il ne ressemblait plus au Français séducteur que tout le monde cherchait. Les imbéciles. Il savait qu'elle le reconnaîtrait. Sa Jessica.

SENTANT une douleur familière dans son aine, il alla prendre une douche et commença à se masturber violemment. Il se força à se concentrer, à faire le vide dans son esprit. Il ne pouvait laisser personne s'en mêler, les jours suivants seraient son plus grand accomplissement et lui-même recevrait sa plus belle récompense au moment où le couteau glisserait dans son corps, car à ce moment, elle serait à lui. Lorsque son orgasme le parcourut, il laissa éclater son désir ardent et sa fureur jusqu'à ce qu'il soit totalement vidé.

LE MARCHÉ fermier de l'île de Whidbey était bondé, même un samedi matin, mais Jess ne s'en inquiétait pas. La quantité de produits qu'elles avaient achetés signifiait que Jess et Amélia n'avaient pas vu le temps passer. Amélia était impressionnée par les connaissances de Jess en cuisine et en produits et de son côté, Jess appréciait la compagnie de cette femme plus âgée. Ensuite, elles s'installèrent dans le petit bar habituel d'Amélia pour grignoter un morceau.

« Alors, une petite fête. » Elle incita Amélia à parler puis prit une énorme bouchée de son sandwich club, gémissant de plaisir lorsque le jus de la tomate se mélangea à la mayonnaise et coula sur ses doigts. Amélia lui sourit d'un air indulgent. Elle était devenue très affectueuse avec sa future belle-fille, elle aimait sa bonne humeur, son intelligence, son amour pour Théo. Et grâce à Dieu, elle appréciait réellement la nourriture alors que la plupart des amis avec lesquelles Amélia dînait se contentaient d'un plat d'asperges. Avec Jess, Amélia pouvait se faire plaisir de temps à autre.

« Oui, j'ai pensé que ce serait bien, en voyant que vous ne me laisserez pas avoir mon mariage haut de gamme avec tout le gratin, puis j'ai pensé que nous pouvions organiser une fête un peu formelle, inviter quelques grands noms du monde des affaires. »

Jess soupira intérieurement mais sourit pour lui donner son accord. Elle savait qu'entrer dans le monde de Théo impliquerait ce genre de désagrément et elle ne pouvait pas s'en plaindre, car jusqu'ici, il était resté discret sur leur relation. Elle ne pouvait pas laisser tomber Amélia.

« Naturellement, cela me semble bien. »

Amélia sourit et Jess trouva soudain que Théo lui ressemblait, les mêmes os fins des joues, le même visage qui pouvait devenir hautain, distant, contrarié ou extrêmement heureux en un instant.

« Je ferai comme tu veux, mon enfant. Mais sérieusement, tu n'as pas besoin de t'inquiéter de ça, je m'occupe de tout. Tout que tu devras faire sera de te préparer à être éblouissante, ce qui devrait ne pas être trop dur pour toi. »

Jess leva les sourcils. « Eh bien, je ne sais pas, je pense que vous pouvez sortir la fille du parc à caravanes... »

Amélia rit mais fit une moue de la bouche. « Tu te rabaisses trop souvent, Jessie. Nous, les Storm, ne faisons pas cela et tu es l'une des nôtres maintenant. »

Jess rougit et sourit. « Vous êtes trop gentille, Amélia. »

« Maman. »

« Maman, dit Jess timidement et elle rit. Je vais devoir m'habituer à cela. »

Après déjeuner elles se dirigèrent vers le magasin d'alimentation préféré d'Amélia et se promenèrent lentement dans les rayons en discutant. Ni l'une ni l'autre ne prêtèrent attention à l'homme blond au chapeau qui les suivait.

JULES SE RAPPROCHA AUTANT que possible d'elles, sans risquer d'être découvert. Chaque fois que Jessica se tournait pour parler à Amélia Storm, il se penchait vers un autre rayon et put ainsi les suivre sans se faire remarquer. Il apprécia cette clandestinité, l'excitation au risque d'être découvert. Le couteau qu'il avait acheté au marché aux puces était dans sa poche, parfaitement aiguisé. Le savoir dans sa poche à portée de main le faisait frémir d'excitation.

« Salut mon pote. »

Il se tourna, heureusement loin de la vue des deux femmes, et fit face au garçon qui venait de l'interpeller. Il avait dix-sept ans tout au plus et mâchait du chewing-gum avec insolence. Il puait l'herbe et le sperme séché, un adolescent typique. Jules se retourna pour partir mais l'enfant saisit son bras.

« Je t'ai déjà vu quelque part ? »

Jules lui sourit amicalement. « Dans le rayon des produits frais. »

Le garçon ne releva pas le sarcasme et rit comme si Jules avait fait la plaisanterie la plus drôle du monde. Petit con.

« Non, mec. Je t'ai vu à la télé. »

Merde. « Non. Je ne suis jamais passé à la télé. »

« Tu en es sûr ? »

« Oui, plutôt certain, mon pote. »

Il perdit tout intérêt aux yeux de l'enfant. « Ok désolé de vous avoir dérangé. »

Jules se retourna et se trouva en plein dans la ligne de mire d'Amélia Storm . Elle lui fit un grand sourire.

« Clem ! Je suis ravie de vous revoir. »

« Moi aussi, Mme Storm. » Aïe. Feindre d'être super aimable avec cette salope de riche lui donna envie de vomir. Ses yeux passèrent rapidement de droite à gauche. Mais où était donc Jessica ? Si elle le voyait maintenant... Il tripota le couteau dans sa poche.

Non. Il ne voulait pas se presser cette fois-ci. « Désolé, je ne peux pas rester discuter aujourd'hui, j'ai trop de choses à faire. »

Il fut flatté de la voir déçue. « Oh, je ne vous retiens pas alors. Il faudra que je vous présente à ma belle-fille, enfin, future belle-fille, mais elle semble avoir disparu pour l'instant... »

Jules inclina son chapeau vers elle, lui dit au revoir, puis se dirigea rapidement vers la sortie du magasin. Il la vit en traversant l'un des rayons vides. Elle se tourna vers lui, mais ne lui jeta même pas un regard.

Mon Dieu... C'était la première fois qu'il la voyait depuis la nuit où il l'avait poignardée et où elle avait saigné sous ses coups. Il avait oublié à quel point elle était incroyablement belle, même dans une robe toute simple et sans maquillage. Ses cheveux, tel un nuage brun foncé, descendaient presque jusqu'à sa taille, et ils étaient souples et un peu emmêlés. Elle lui coupa le souffle. Il jeta un œil autour de lui. Il n'y avait personne autour d'elle.

Une main sur sa bouche, il la pousserait contre le mur et enfoncerait le couteau en elle...

Il se souvint de la sensation qu'il avait ressenti la première fois qu'il avait fait jaillir son sang, son sang chaud, qui avait couvert ses mains cette nuit-là. Son râle d'agonie, de choc. Il la regardait fixement maintenant. Comment diable avait-elle fait pour survivre ?

Elle leva alors les yeux et il cacha son visage dans son col, se voûta comme un vieil homme, et commença à marcher vers elle. Tout dans son corps lui indiquait qu'il devait la tuer maintenant mais il garda ses poings au fond de ses poches. Quand il la dépassa, il ralentit, feignant de regarder quelque chose de l'autre côté du rayon. Il s'assura qu'elle ne le regardait pas et fit un pas juste derrière elle. Il respira le parfum savonneux et frais de sa peau qui lui remplit les narines. Mon Dieu, c'était dur, si dur, elle sentait si bon et...

« Jess ? »

Jules se retourna et se figea en entendant la voix d'Amélia Storm.

Si proche, si près du but... Mais au moins, elle était enfin de retour. Jessica était à la maison et maintenant il voyait enfin le bout du tunnel.

Elle était à la maison.

JESS ÉTAIT FIGÉE DE PEUR. Ce type dans le magasin, même s'il avait l'air inoffensif, l'avait effrayée et quand il avait fait un pas derrière elle, elle avait juré qu'il allait la toucher. Elle avait entendu son souffle et ses poings s'étaient serrés, prête à en découdre. Mais Amélia l'avait appelée et le type était parti.

Elle se sentit nauséeuse. Sur le chemin du retour, Amélia ne remarqua rien mais Théo si, dès qu'il vit son visage, et il lui demanda ce qui s'était passé. Elle haussa les épaules, lui dit qu'elle avait mal à la tête et monta à l'étage. Elle s'assit sur le bord de la baignoire, sentant la nausée retourner son estomac. Elle essaya de comprendre pourquoi un type ordinaire lui faisait cet effet, l'effrayait à ce point.

Elle le savait, naturellement, elle le savait. Il lui avait rappelé Jules, avec ses manières fuyantes et sournoises. Bordel... Devenait-elle paranoïaque maintenant ? Une vague de nausée l'envahit, elle se rua vers les toilettes et vomit à plusieurs reprises jusqu'à ce que son estomac soit vide.

« MON DIEU, Mlle Wood, vous êtes superbe. » Amélia avait pris son meilleur accent de Belle du Sud en ouvrant la porte à Jess et à Théo au soir de leur fête.

Jess était allée à l'encontre de tous ses instincts naturels et avait choisi une longue robe dorée et fendue qui révélait chacune de ses courbes. Cette couleur rayonnait contre sa peau olive, elle paraissait scintiller et sa crinière fauve ondulait jusqu'à ses hanches. Amélia l'étreignit fièrement, les yeux brillants. « Je savais que tu serais éblouissante, même si tu n'es qu'une fille qui sort du parc à caravanes. »

« Maman ! » Théo fut surpris mais les deux femmes se mirent à rire.

« Je t'avais dit que ça lui ferait ça », dit Jess en poussant du coude sa future belle-mère et Théo soupira.

« Oh, voilà à quoi va ressembler le reste de ma vie, ma mère et mon épouse se liguant contre moi. »

« Ouais, tu as tout compris. »

« Il faudra faire avec, fils. » Amélia serra le bras de Jess. « Cela étant, tu es absolument renversante. »

Jess rougit en entendant les mots d'Amélia. La réaction de Théo avait été semblable, mais bien plus physique et étant donné que Jess n'avait eu que cinq minutes pour se rhabiller dans l'appartement, elle était plutôt satisfaite du résultat.

« Venez, promenez-vous, vous avez beaucoup de gens à aller voir. »

Deux heures plus tard, Jess était épuisée. Tous les amis d'Amélia étaient charmants mais elle pouvait voir dans leurs yeux qu'ils étaient curieux, pas à son sujet, mais au sujet de ce qui lui était arrivé. Le sexe et la mort sont très vendeurs, pensa-t-elle en cherchant Théo. Elle ne le voyait nulle part et elle partit le chercher en s'excusant.

En poussant la porte de son bureau, elle entendit la voix de Max. Elle se glissa silencieusement à l'intérieur, ne voulant pas les interrompre.

« Théo... tu devrais lui dire. Vous vous êtes promis de ne plus avoir de secrets l'un pour l'autre. Jess est plus forte que tu ne le penses. Mon Dieu, ne l'a-t-elle pas déjà prouvé ? Combien d'autres personnes se seraient sorti d'un passé aussi violent pour devenir la personne qu'elle est ? Elle peut gérer ça. »

« Elle n'a pas à le faire ! Bordel, Max, comment veux-tu que je lui dise ce que j'ai fait si je peux à peine y croire moi-même ? »

« Tu as fait ce que tu devais faire, Théo. »

« Tu crois ? J'ai eu le choix, Max. »

Max soupira et en levant les yeux, il vit Jess, pétrifiée. Il pâlit et jeta un coup d'œil à Théo.

« Théo. » Il hocha la tête en direction de Jess et Théo se figea, son visage marqué par la détresse.

« Mon amour... » Il s'avança immédiatement vers elle mais elle recula et le regarda les yeux pleins de tristesse.

« Qu'as-tu fait, Théo ? Raconte-moi. »

Elle regarda l'homme qu'elle aimait et attendit immobile qu'il lui brise le cœur...

CHAPITRE DIX-SEPT

AIME AVEC MOI

Les secondes lui semblèrent des heures.

Théo Storm regarda le visage de Jess qui essayait de comprendre ce qu'il lui avait dit. J'ai tué Malcolm. Je lui ai brisé le cou. Nous l'avons enterré. Quatorze mots. Quatorze mots qui pouvaient finalement les séparer inexorablement.

Pour la première fois, il souhaita que les yeux de Jess n'aient pas été si profonds, si foncés. Il ne pouvait pas lire en eux. Jess regarda Max, qui lui fit un petit signe de tête pour confirmer, sans lui sourire et visiblement inquiet de sa réaction. Jess se tourna de nouveau vers Théo.

« J'aurais fait la même chose. »

Théo dut attraper le haut d'une chaise pour éviter que ses jambes ne s'effondrent de soulagement. De soulagement et d'étonnement. Il vit le corps entier de Max se détendre. Jess s'approcha et posa ses mains sur son visage.

« Je t'aime et je te connais. Malcolm était un monstre, tout comme Jules. Il a fourni à Jules un alibi pour le meurtre de Josh, ou bien c'est lui qui l'a tué. Je suis heureuse qu'il soit mort. Je n'en ai rien à foutre qu'il soit mort. J'aurais aimé que tu m'en parles plus tôt, c'est tout, mais je comprends pourquoi tu ne l'as pas fait. »

Il ne put attendre plus longtemps pour la prendre dans ses bras et l'embrasser violemment. Du coin de l'œil, il vit Max mettre sa main sur son cœur, sourire, puis s'échapper. Jess commença à rire nerveusement sous cet interminable baiser puis ils se séparèrent.

« Hé, j'ai besoin d'un peu d'oxygène. »

Il lui sourit, elle était si belle dans sa robe dorée qui collait à ses courbes douces et moulait ses seins rebondis et arrondis. « Mon Dieu, Jess, comment ai-je été si chanceux de te trouver ? »

Elle lui répondit en collant son corps au sien, et elle sentit son sexe se gonfler dans son pantalon. À son contact, il répondit immédiatement puis il la souleva sur le bureau, repoussa la soie de sa robe jusqu'à sa taille pendant qu'elle déboutonnait son pantalon. Elle lui enleva sa chemise et caressa ses mamelons avec sa langue pendant qu'il enroulait ses jambes autour de sa taille et plongeait en elle, la portant facilement dans ses bras. Jess repoussa ses cheveux de son visage et lui sourit. « Tu veux me baiser contre la bibliothèque, mon cœur ? »

Il adorait quand elle était joueuse. Il sentit son sexe grossir en elle, la douceur de son vagin serré autour de lui, l'incitant à y aller. Il appuya son dos contre les livres et poussa plus fort, trouvant un rythme alors qu'ils s'embrassaient, se mordaient et se suçaient l'un l'autre. Jess planta ses ongles dans ses fesses en se sentant jouir, étouffa ses cris en enfouissant son visage dans son cou. Théo jouit à deux reprises, son bas ventre crachant fort de violents jets de sperme en elle.

Tout en reprenant leur souffle, ils s'embrassèrent tendrement mais ne parlèrent pas. Ils n'en avaient pas besoin. Tout en se rhabillant et en arrangeant leurs vêtements, Jess rit nerveusement en rajustant sa robe au niveau de ses jambes, et ils s'embrassèrent encore puis hochèrent la tête. « Il est temps de retourner à la fête, ma belle. »

Il lui tint la porte ouverte et quand elle passa, il fit doucement courir le bout de son doigt le long de son dos nu. Elle frissonna de plaisir et se retourna pour lui sourire. Quelque chose avait changé dans cette pièce. Ils en sortaient encore plus connectés qu'avant.

Théo ne se l'expliquait pas, mais il en était heureux.

. . .

LA FÊTE continua jusqu'aux premières lueurs de l'aube et le soleil se levait quand Théo et Jess retournèrent enfin chez eux. Il s'écoula une autre heure avant qu'ils parviennent à la chambre à coucher où ils s'écroulèrent sur le lit, épuisés, ravis et endormis, blottis dans les bras l'un de l'autre.

JESS SE PROMENAIT dans la maison, fine et légère dans sa robe de mariage, ses longs cheveux dégringolant jusqu'en bas de son dos. Chaque pièce était baignée d'une douce lumière dorée et elle errait dans la maison, à la recherche de Théo... Elle voulait le voir, le toucher, voir son visage quand il la découvrirait dans sa robe, quand il verrait qu'elle était à lui pour toute la vie...

Il était là, dans le vestibule et lui souriait. Elle avança vers lui et réalisa d'un coup qu'il ne souriait pas... C'était un rictus, il avait trop de dents et son visage n'était pas le beau visage de Théo mais une parodie tordue.

« Viens ici, Jessica. » Jules. C'était Jules. Elle essaya de se sauver mais le monstre Théo/Jules la rattrapa, la serra étroitement contre lui, tout près, ses mains étaient métalliques, ses doigts des couteaux et il l'entaillait, éclaboussant sa robe de sang chaud, la coupant encore et lui lui procurant d'atroces douleurs, beaucoup de douleurs...

JESS SE RÉVEILLA EN HALETANT. Théo dormait à côté d'elle, son visage semblait inquiet. Elle se rapprocha de lui et il s'agita puis referma ses bras autour d'elle. Elle resta là, incapable de dormir. Un plan s'échafaudait dans son esprit. Quelque chose qu'elle n'avait jamais pensé pouvoir imaginer durant toute sa vie.

Tuer un autre être humain.

« HÉ, BONJOUR MME STORM. »

Amélia se retourna et sourit. C'était vraiment une femme ravissante, gracieuse, généreuse. Ses cheveux formaient un casque de plomb lisse autour de son visage, un visage qu'aucun chirurgien esthétique n'avait jamais touché.

« Clem ! Combien de fois devrais-je vous demander de m'appeler Amélia ? Je suis heureuse de vous voir. »

Elle l'embrassa sur la joue et Jules sentit un début d'érection. Vraiment ? Ils étaient au bout du port et regardaient les ferrys entrer et sortir rapidement au niveau du terminus. C'était Washington Day, il faisait beau et le mont Rainier était rosé au-dessus des Evergreen. Il faisait chaud et Jules et Amélia flânèrent lentement en ville.

« J'ai une réduction pour ce champagne que vous vouliez pour le mariage de votre fils », dit Jules d'un air détaché et Amélia prit son bras.

« Oh, vous êtes gentil. Clem, je peux vous inviter à déjeuner ? Je vous suis si reconnaissante pour toute votre aide, vraiment. Je ne peux pas croire que le jour du mariage approche si vite. »

Ils entrèrent dans un petit restaurant familial devant lequel Amélia avait garé sa voiture et ils commandèrent une salade de crabe. Pendant qu'ils mangeaient, Jules l'étudia avec un sourire sur le visage.

« Alors, le mariage de l'année arrive bientôt, hein ? »

Amélia leva les yeux au ciel. « Pour un mariage que les mariés voulaient intimiste et privé... Mais c'est entièrement de ma faute. J'aime Jessie comme ma propre fille et après tout ce qu'ils ont traversé, je veux juste que tout soit parfait. »

« Je suis sûr qu'ils aimeront ce mariage tel que vous l'avez organisé. Dites-m'en davantage sur Jessica. » Continue, dis-moi que tu la connais mieux que moi. Ose.

Amélia sourit, sa voix devint plus chaleureuse et elle se pencha en avant d'un air conspirateur. « Je ne peux pas vous dire à quel point elle est parfaite pour Théo. Je commençais à désespérer de le voir trouver un jour la femme de sa vie mais dès que je les ai vus ensemble... Elle a vécu des choses par le passé très traumatisantes, vous savez ? Son beau-frère est un monstre, il n'y aucun autre mot pour le qualifier. » Son visage se durcit.

Jules se rendit soudainement compte qu'il faisait trembler la table de colère. Il posa sa main sur la sienne. « Racontez-moi tout, Amélia. Vous savez que vous pouvez me faire confiance. »

Amélia sourit mais Jules put voir quelque chose se refermer en elle. « Je n'ai pas envie d'en parler pour l'instant. Quand je pense à son corps menu dans ce lit d'hôpital... Excusez-moi Clem. J'ai besoin d'aller aux toilettes. »

Après le déjeuner, il l'accompagna à sa voiture. « Je vous remercie pour le déjeuner. La prochaine fois, c'est moi qui régale. »

Elle lui sourit. « C'est noté. Écoutez, je dois me rendre chez Théo mais je me rattraperai bientôt. »

« J'ai hâte de vous revoir. » Il pesa ces mots pour bien souligner leur sens, et fut gratifié d'un léger rougissement.

Elle monta dans sa voiture et essaya de la mettre en marche. Rien. Il maîtrisa son visage pour exprimer l'étonnement. « Soulevez le capot, Amélia. »

Une minute passa. « Désolé, je ne vois pas pourquoi ça ne marche pas. Vous voulez que je vous dépose ? »

Dix minutes plus tard, sa voiture remontait l'allée de Théo.

« Merci, Clem, vous êtes mon sauveur. Si je rate cette livraison une fois de plus, ils abandonneront et Jessie devra se marier toute nue. »

Son sexe réagit quand il pensa à la peau lisse et aux courbes de Jessica. Il essaya de sourire. « Aucun problème. »

Il avait vu le vigile par le passé mais Jules vit qu'il ne l'avait pas reconnu. Parfait. Amélia se dirigea vers la maison et Jules ne put réprimer le grand sourire sur son visage. La dernière fois qu'il avait été ici, Jess avait été à la merci de son couteau et il l'avait poignardée à plusieurs reprises. Dans le vestibule, les planches en bois étaient encore souillées de sang. Amélia le vit regarder fixement la grande tache.

« Jess ne laisse pas Théo remplacer les planches. Elle dit que ça lui rappelle la nuit où elle a survécu. Je ne comprends pas cela, mais ce n'est pas ma maison. »

En voyant sa moue, il vit qu'elle désapprouvait. Il toucha son bras et le caressa doucement. « N'y pensez pas. Elle va très bien maintenant, non ? »

Amélia soupira et entra dans la cuisine. Il la suivit et s'assit à table tandis qu'elle préparait du café. Il respira les parfums de la pièce : bois, air frais, linge fraîchement lavé... et le parfum de gardénia de Jess. Il en fut presque ivre de joie en pensant que plus tard, elle serait ici, dans cette pièce, ignorant complètement qu'il y avait été aussi.

« Quelque chose ne va pas ? »

Il secoua la tête. « Non. Vous savez, c'est un bel endroit. »

Amélia sourit en lui tendant une tasse de café. « N'est-ce pas ? Écoutez, Clem, je voudrais vous inviter au mariage, en tant que mon invité. »

Il leva les mains en l'air. « Oh non, merci, c'est très aimable mais... Je ne connais personne ici, vraiment je me sentirais mal à l'aise. » Et d'ailleurs, il n'y aura pas de mariage, puisque la fiancée sera morte avant...

Elle essaya de le convaincre un moment mais en voyant qu'il ne changerait pas d'avis, elle abandonna. Il sourit. « Je suis désolé mais pour me faire pardonner, puis-je vous inviter à dîner ? »

Les sourcils d'Amélia se levèrent rapidement. « Vous me demandez de sortir avec vous, Clem ? Vous savez que je suis assez vieille pour être votre mère. »

Il lui fit son plus beau charmant sourire. « Ne soyez pas ridicule. Et oui... je vous demande de sortir avec moi. » L'idée lui était venue juste à l'instant et il s'en félicitait.

En quoi était-ce blessant ? Ou plutôt... envers qui ?

Jess bâillait à se décrocher la mâchoire quand elle vit soudain Théo, appuyé contre la porte de son bureau, avec ce large sourire qui plissait ses yeux. Elle se couvrit rapidement la bouche.

« Trop tard, je l'ai vu. » Il s'accroupit sur le sol vers Jess qui était entourée de papiers. Il jeta un œil à certains d'entre eux. « Tu te souviens qu'on avait dit qu'on reprendrait doucement nos premières journées de travail? »

Jess sourit d'un air triste. « Je me suis remise dans le bain... Ils ont vraiment fait du très bon travail en mon absence. Je ne suis même pas sûre qu'ils aient besoin de moi pour travailler et les diriger. » Elle paraissait un peu fatiguée. « Peut-être que je devrais reprendre mon ancien poste. »

Théo se pencha pour l'embrasser et prit sa joue dans sa main. « Tu as juste besoin de retrouver confiance en toi. Ils arriveront toujours à s'occuper du travail quotidien, c'est parce que tu as monté une bonne équipe. C'est tout ce qu'il y a au-dessus et plus loin, toute la partie créativité, tout ce qui est anticipation, ce qui fait la différence entre cette fondation et les autres. Tu es faite pour ça, Jessie. »

Elle lui serra la main en riant. « Tu vois ? Tu sais toujours exactement comment tout arranger. Je t'aime. » Elle l'embrassa, en glissant ses mains dans sa veste pour la lui retirer. Théo tira doucement sur sa bretelle en embrassant sa peau soyeuse, faisant glisser ses lèvres de sa clavicule à sa gorge, et posant ses lèvres dans son creux. Jess soupira de joie et Théo la coucha sur le sol, recouvrant son corps du sien.

« Tout le monde est rentré, Jessie... Il est huit heures passées... » Il baissa davantage la bretelle pour révéler son sein. Sa bouche recouvrit son mamelon, le suça et tira dessus alors que sa langue effleurait et taquinait le petit bourgeon. Elle gémit doucement, fermant les yeux à son toucher.

« C'est ça, Jessie, murmura-t-il, je m'occupe de tout maintenant... détends-toi. »

Elle sentit sa robe tomber sur sa taille, sa bouche chaude et douce sur ses seins et son ventre. Elle caressa ses cheveux alors que sa langue traçait un motif sur son corps, ses lèvres contre son ventre, embrassant ses cicatrices pendant que ses doigts baissaient sa culotte. Mon Dieu, elle ne se lasserait jamais de la bouche de cet homme, de sa langue sur son sexe, effleurant et frottant son clitoris. Il mordilla doucement son bourgeon gonflé, ce qui l'a fit trembler sous l'orgasme, puis d'autres suivirent lorsqu'il la masturba en entrant ses doigts en elle, lorsqu'il la pénétra, en observant son visage rosir et changer pendant qu'il la caressait, son pouce frottant son clito à un rythme soutenu. Il l'embrassa profondément, sentant son souffle passionné, sa bouche douce et chaude, rosée et toujours affamée. Elle se tendit et soupira, jouissant à plusieurs reprises à son toucher. Ce n'est qu'au bout du cinquième orgasme qu'il la libéra, lui permit d'ouvrir son pantalon et de caresser son sexe. Elle descendit le long de son corps, il retint sa respiration tandis que sa bouche se referma sur son large gland, faisant des cercles sur le bout sensible jusqu'à ce qu'il devienne à moitié fou et le taquinant jusqu'à ce qu'il soit si engorgé et si dur qu'il ne put rien faire d'autre qu'exploser en elle.

Jess écarta ses jambes et il y glissa ses mains, écartant les lèvres de pêche douces de son sexe. Elle attrapa sa queue, glissa le bout dans son sexe humide avant de l'attirer à l'intérieur d'elle et de s'asseoir sur lui, gémissant en sentant Théo jouir lorsqu'elle resserra les muscles de sa chatte autour de lui. Jess poussa ses hanches contre les siennes et tous deux regardèrent son sexe aller et venir en elle. Elle lui sourit les yeux brillant de désir.

« Tu te souviens de la fois où nous avons baisé dans cette ruelle ? »

Théo caressa ses cuisses. « Naturellement. Que penses-tu du ferry ? »

« La boîte de nuit ? »

Ils rirent tous les deux. « Mon Dieu, je t'aime, Mlle Wood. » Théo entrelaça ses doigts aux siens.

« J'ai tellement hâte d'être ton épouse, Mr. Storm. »

D'UN SEUL COUP, il changea de position pour la placer sous lui, la regarda fixement les yeux pleins d'adoration et de confiance et pénétra profondément son sexe en elle, sentant un nouvel orgasme arriver. Jess s'arqua en arrière, colla son ventre sur le sien pendant qu'elle jouissait, et une jolie teinte rose balaya son corps doré. Personne n'égalait la beauté de Jessica Wood lorsqu'elle atteignait l'orgasme, ce qui fit sourire Théo et le fit jouir, sa queue balançant de grands jets en elle. Il aimait que sa semence reste en elle pendant quelques jours, car ainsi, elle le portait en elle. Ces derniers mois il avait imaginé Jess enceinte de son enfant, et cette image lui revint à l'esprit. Ils n'avaient jamais parlé d'enfant, mais Théo n'en avait jamais voulu avant de la rencontrer. Aujourd'hui, il ne pensait qu'à la voir entourée de mini-Jess.

Une fois que Jules serait mort.

Cette pensée lui était venue naturellement et le hantait depuis. Qu'était-il devenu ? Mais il savait, il savait que Jess pensait la même chose. Il y avait une nouvelle férocité en elle, une résilience qu'il adorait. Elle continuait de l'étonner.

« À quoi penses-tu mon grand ? Ton visage ressemble à celui d'un Wookie. »

Théo éclata de rire. « Un Wookie ? »

Elle haussa les épaules. « Désolée, je n'ai pas trouvé le bon mot. »

Il riait toujours. « Alors, tu sors avec un Wookie ? »

Elle s'enfouit plus profondément dans ses bras. « Raconte-moi. »

« Je pensais que je ferais n'importe quoi pour préserver ta sécurité. Ta sécurité pour toujours, pas simplement en ce moment. Mais tout le temps. »

« Le vigile Wookie. »

Il rigola. « Le vigile Wookie. »

Elle lui embrassa la mâchoire. « J'ai une confiance totale en toi, Théo. Je te fais confiance, je nous fais confiance. Sache que je t'approuve aussi sur ce point. Je ferais n'importe quoi pour ta sécurité. Vigile Wookie. »

Il regarda son beau visage, si sérieux, si fort. « Toujours. »

« Toujours. »

AMÉLIA AVAIT DIT au vigile que Clem devait venir à la propriété pour livrer le vin et le champagne pour le mariage et qu'il fallait l'attendre. Elle ne pouvait pas lui faciliter davantage la tâche. Les mini-caméras et microphones tournaient dans leur chambre à coucher depuis au moins quarante-huit heures maintenant. Le problème était que Théo et Jessica n'y avaient pas mis les pieds. Il avait invité Amélia à déjeuner plus tôt dans journée et découvert qu'ils étaient partis à une conférence jusqu'au lendemain soir.

Patience. Patience. C'est un jeu de longue haleine. Mais il devenait dangereux. Il avait besoin d'avoir du sang sur les mains.

CHAPITRE DIX-HUIT

La fille avait poussé un minuscule cri avant que sa main ne se plaque sur sa bouche. Il la traîna sous les arbres, loin des sentiers de touristes autour du lac Gazzam sur l'île de Bainbridge. Des panneaux demandaient aux gens de ne pas venir ici la nuit et visiblement ces enfants ne les avaient pas vus. Il l'avait observée s'éloignant de ses amis, traînant derrière eux en regardant son téléphone. Ses cheveux noirs se balançaient sur ses épaules, son visage était doux et dodu. Elle était jeune, celle-ci. Elle lui rappela une fille à l'école privée qui l'avait attirée à l'époque. Hannah. Sa première fois. Il sourit à ce souvenir. Elle s'était plainte de lui au corps enseignant, leur avait demandé de l'éloigner d'elle. Il ne l'avait plus approchée, respectant son souhait. Jusqu'au moment où il avait plongé son couteau en elle.

« S'il te plaît... non... »

La fille qu'il avait choisie s'était maintenant évanouie. Il souleva sa jupe et attendit. Elle s'agita et ouvrit les yeux. Elle regarda le couteau incrédule, les yeux pleins de terreur. Sa main était encore plaquée sur son visage et elle secoua la tête très fort pour libérer sa bouche, pour crier, pour le supplier.

Jessica ne l'avait pas supplié. Il voulait qu'elle lui demande de l'épargner. Il avait besoin qu'elle le fasse.

Hannah l'avait supplié quand il lui avait montré la lame et il lui avait sourit tendrement.

Puis, comme cette fille, elle avait saigné pour lui.

MAX LES ATTENDAIT dans le bureau de Jess et il les vit arriver main dans la main dans les bureaux de Seattle. Il les étreignit tous les deux et ferma la porte derrière eux, discutant tranquillement de leur conférence. Il sourit à Jess.

« Toi, ma petite, tu es une star. »

Elle regarda Théo, également confus. Max lui remit un magazine, de type luxe. Elle vit son nom sur la couverture et le regarda avec stupéfaction. Max hocha la tête.

« Ils ont fait une enquête. Une bonne, Jess, ne fais pas cette tête. »

« Mais je n'ai donné aucune interview et je n'ai fait aucun shooting... »

Il prit le magazine et l'ouvrit en son milieu. Il lui montra. La photo de pleine page montrait Jess en train de rire avec Théo lors d'un événement auquel ils avaient participé. La plus petite photo avait-elle été prise lorsqu'elle travaillait encore à l'université avec Gerry ? Elles étaient titrées « Contre-attaque : La femme qui a apprivoisé Théo Storm et survécu à un psychopathe. »

Jess prit le magazine des mains de Max et lut l'article, Théo se pencha par-dessus son épaule pour le lire avec elle. C'était un sujet facile mais bien écrit et très positif pour Jess et pour la fondation Stormfront. Néanmoins, Jess semblait gênée et Max se pencha vers elle.

« Je sais que tu n'aimes pas ce genre de choses, Jess, mais dans ce cas, je pense que c'est une bonne chose. Ton nom est bien connu maintenant, cela depuis que Théo et toi vous connaissez et avec cette tentative de meurtre... il est temps que tu contrôles le récit. Tu es à la tête de l'une des plus grandes fondations d'art au monde. Ouais, d'accord, certains vont dire que c'est grâce à Théo mais personne ne peut vous contredire sur le fait que tu en aies fait un succès. Si tu ne t'étais pas absentée, nous serions encore plus développés. L'année prochaine, sous ta direction, nous le serons. »

Les mots de Max firent naître des larmes dans les yeux de Jess et elle l'embrassa en regardant Théo qui hocha la tête. Il se déplaça pour s'asseoir à côté d'elle, et prit sa main. « Max a raison. Et du point de vue de la sécurité, ta visibilité compliquera la tâche de toute personne qui te veut du mal et qui voudra s'approcher de toi. »

Jess hocha la tête lentement. « D'accord. Et donc, maintenant... ? »

« Nous avons des demandes, pour des interviews, de la presse écrite, de la télé, des demandes de shootings. »

« Oh mon Dieu... »

Théo et Max sourirent en voyant son expression. « Écoute, voilà ce que je pense. Une conférence de presse. Une grosse interview à la télé. Une grosse séance photo et une interview avec l'un des meilleurs magazines du pays. Et c'est tout. »

Jess soupira. « Tout ce qu'ils veulent savoir c'est comment on se sent après avoir été poignardée par son violeur de beau-frère. »

Théo hocha la tête. « Parce que c'est tout ce qu'ils savent. Tu leur donnes un aperçu de toi, Jess Wood et je te promets que ça changera l'histoire. »

« J'ai l'impression que vous êtes tous deux de parti pris. Je ne suis pas si intéressante que ça. »

Elle ne put s'empêcher de rire nerveusement en voyant les yeux au ciel synchronisé des deux hommes. « D'accord, c'est bon, mais vous devez m'aider à me préparer. »

Max sourit et Théo l'embrassa sur la joue. « Je pense qu'un gala de charité serait parfait pour tirer profit de cette notoriété. »

« En voilà, une bonne idée. » Jess s'appuya sur le corps de Théo. « Tu es sûr que cette visibilité est une bonne idée ? D'un point de vue sécurité ? »

Théo glissa ses bras autour de sa taille et l'embrassa sur la tempe. « Le vigile Wookie te promets que oui. »

Max les regarda de travers et Jess sourit. « Une blague entre nous. »

Max rassembla ses papiers. « Ok, je lance le début des hostilités. À plus tard. » Il se dirigea vers la porte puis, s'arrêta et se retourna. « Et d'ailleurs, arrêtez de baiser dans le bureau. Vous pervertissez le personnel de sécurité. »

Avec un large sourire, il repartit et disparut tandis que Jess cachait sa tête dans ses mains et que Théo commençait à rire. « Tanpis pour ton exhibitionnisme latent. Mais bon, toute l'équipe de sécurité est sûrement amoureuse de toi de toute façon. » Il l'attira à lui, toute rougissante, et l'embrassa doucement.

Elle frotta le bout de son nez contre le sien. « C'est juste que c'est impossible de résister à ton corps parfait, Mr. Storm. » Elle tira sa chemise hors de son pantalon et fit courir ses mains en dessous. Théo sourit en plissant les yeux, appréciant de sentir ses mains sur son torse.

« Je ne suis pas sûre que ceci corresponde à ce que dit Max, mais je suis d'accord avec lui », lui dit-il en plaquant ses lèvres contre les siennes. Elle l'embrassa puis s'écarta, fermant la porte du bureau à clé.

« Techniquement, dit-elle en souriant, c'est mon bureau... et il n'a rien dit au sujet de ne pas baiser ici. » Elle ferma les stores, puis en un mouvement fluide et souple, elle fit tomber sa robe en secouant ses longs cheveux foncés. Les sous-vêtements bordeaux foncé qu'elle portait étaient magnifiques contre sa peau dorée.

Théo fut à ses côtés en deux enjambées, la souleva dans ses bras et la posa sur le bureau. Il sortit sa queue déjà dure pendant qu'elle se tortillait pour enlever sa culotte et se rapprochait de lui. Il accrocha ses jambes autour de sa taille et la pénétra fort, ce qui la fit haleter. Elle était déjà si humide qu'ils se rapprochèrent facilement et il tint ses mains au-dessus de sa tête pendant qu'il la baisait, motivé par ses cris de plaisir. Leur partie de baise fut rapide et violent et ils jouirent vite en riant et en s'embrassant, se rhabillant en un éclair en entendant d'autres personnes marcher dans le couloir. Théo l'embrassa profondément puis disparut dans son propre bureau.

Jess se rassit derrière le sien, reprenant son souffle tout en souriant. Elle ouvrit son ordinateur portable et sa messagerie électronique, parcourant rapidement les objets des emails pour voir si quelque chose était urgent. Elle aurait pu le manquer si elle n'avait pas accidentellement cliqué sur le spam au-dessus. Elle supprima le spam et l'e-mail suivant s'ouvrit automatiquement. Son cœur s'arrêta.

« Tu es si belle quand il te baise. Profite bien du temps qu'il te reste, Jessica.

Je viens bientôt venir te tuer. »

ILS ÉTAIENT DE RETOUR. Jules sourit en voyant les images de leur chambre à coucher. Il n'était pas déçu, ils avaient baisé jusqu'à tard dans la nuit, mais il ne prêta aucune attention à Théo Storm. Toute son attention était concentrée sur Jessica alors qu'elle baisait et était baisée, son beau corps doré et ses membres souples et doux. La caméra qu'il avait installé était haute définition et il appréciait de voir les cicatrices encore rouges sur son ventre, les traces de son arme. C'est moi qui ai fait ça. Il ferma les yeux, revivant la sensation de déchirure de sa chair offerte.

C'était la manière dont ils étaient l'un avec l'autre après avoir fait l'amour qui l'interpellait. L'enrageait. Ils étaient tendres, intimes, complices, affectueux, amis. Jules Gachet n'avait pas eu d'amis pour partager ce genre de proximité et certainement pas de femmes, il n'avait fait que baiser avec elles. Mais pas Jessica. Il fut énervé par l'intimité évidente, la confiance entre Jessica et Théo Storm. Pourquoi ce n'était pas lui à sa place ?

Parce que tu l'as violée et terrorisée. Mais tout ce qui t'importait était de la posséder.

Il se secoua. Jessica était à lui, en dépit de ce qu'il pouvait y avoir entre elle et Storm. Elle mourrait sous sa main, et très bientôt. Elle ne deviendrait jamais Mme Storm, en aucun cas. Jules était déterminé.

Il coupa la vidéo et s'appuya sur le dossier de sa chaise. Rester incognito le frustrait ; il voulait que Jessica ait peur de lui chaque jour, qu'elle soit effrayée et piégée par lui. Qu'elle vive dans la terreur. Que son bonheur soit terni. Il sourit. Il s'amuserait un peu. Jules

Gachet n'était pas un bon homme d'affaires mais il savait se servir d'un ordinateur.

Il était temps de laisser Jessica savoir qu'il était encore là, qu'il l'observait toujours. La laisser savoir qu'il allait venir la tuer.

AMÉLIA STORM REGARDA sa future belle-fille par-dessus ses lunettes et fronça les sourcils. Jess était silencieuse, regardait fixement le menu du restaurant de fruits de mer qu'Amélia avait choisi pour le déjeuner. Amélia se rendit compte que Jessica n'était pas concentrée, ses yeux foncés étaient tristes et fatigués. Le serveur arriva pour prendre leur commande et Amélia posa sa main sur celle de Jess, qui leva les yeux et lui sourit tristement.

« Désolée, je ne suis pas dans mon assiette aujourd'hui. » Jess remua sur sa chaise et cligna des yeux. « Je prendrai juste un club-sandwich, je pense, s'il vous plaît. »

Amélia commanda la même chose et le serveur disparut en jetant un dernier regard en direction de Jess.

« Que se passe-t-il, Jessie ? » Amélia parla d'une voix chaleureuse, sachant que si quelque chose préoccupait Jess, cela avait probablement un rapport avec son abruti de beau-frère. Jess soupira et se frotta les yeux.

« Jules. Il m'a envoyé des messages. Des menaces. Rien de pire que ce que j'ai déjà lu avant mais, bêtement, je commençais à croire qu'il s'était volatilisé et qu'il resterait loin de moi. Mon Dieu, je suis si stupide. »

Son corps entier s'effondra. Amélia l'étudia. « Tu en as parlé à Théo ? »

Jess hocha la tête. « Nous n'avons aucun secret l'un pour l'autre. Il est furieux naturellement, mais Jules a utilisé une adresse IP anonyme pour envoyer les e-mails... »

Amélia but un peu d'eau. « As-tu parlé de la nuit où tu as été poignardée ? À qui que ce soit ? Théo, ou à un psychologue ? »

Jess secoua la tête. « Non. J'ai pensé que ce serait mieux de ne pas le faire. Je ne veux pas que Théo me voie comme cela, brisée et à l'agonie. Je veux dire, je sais que c'est lui qui m'a trouvée mais je veux qu'il se concentre sur le fait que j'ai survécu. Et j'ai bien peur d'avoir choisi de rester la tête dans le sable. »

Amélia hocha la tête. « C'est compréhensible mais je me demande, si tu en parlais, si tu disais son nom, il deviendra moins menaçant pour toi. Tu peux m'en parler, tu sais cela. »

Jess se mordilla la lèvre. « Probablement. Mais que dire ? Jules m'a poignardée, c'était douloureux et terrifiant et j'ai pensé que j'étais morte. Il était brutal, impitoyable. Tout que j'ai pu faire c'était rester allongée au sol et accepter les coups, j'étais coupée par le miroir qui m'était tombée dessus. Il a utilisé un morceau du miroir pour me poignarder, je suppose, parce qu'il savait que ce serait plus doulou-reux. Tu vois – elle s'interrompit et regarda visage d'Amélia, qui avait pâli et avait pris un teint malade – j'ai raison, il n'est pas nécessaire de parler de lui, Amélia. C'est juste horrible et écoeurant et il ne me lais-sera jamais tranquille. Ça pourrait même se produire encore et... »

« Arrête... Arrête. » Amélia prit ses mains. « Ça ne se produira plus, Jessie. Je ne le permettrai pas. Ni Théo ni aucun d'entre nous. Tu es aimée, protégée. » Elle jeta un œil à l'énorme garde du corps assis quelques chaises plus loin. « S'il pose un pied sur l'île, ou même à Seattle, nous le saurons. »

Le serveur apporta leurs plats et elles le remercièrent, la voix tendue toutes les deux. Elles mangèrent en silence pendant un moment puis Jess posa son sandwich.

« Je suis désolée, Amélia, je n'aurais pas dû vous raconter tout ça. »

« Tu en avais besoin. Je pense que tu as gardé tout ça en toi trop longtemps pour nous protéger. Tu es comme ma fille, Jess, et je t'aime. Laisse-moi te soulager d'une partie de ton poids. »

Jess eut les larmes aux yeux et les essuya impatiemment. « Je t'aime aussi. Et j'aimerais changer de sujet maintenant. Qu'est-ce qui t'arrive en ce moment ? »

Amélia sourit. « Je pense que je vois quelqu'un. »

Jess ouvrit la bouche en grand. « Quoi ? Et tu gardes ça pour toi ? Qui est-ce ? »

Amélia lui sourit. « C'est un homme plus jeune... Oui, je suis une cougar, comme on dit. »

Jess sembla impressionnée et sourit à son amie. « Vous avez déjà... »

« Jessica Wood, tu es une nymphomane. Non, nous ne l'avons pas fait, nous en sommes encore aux premiers rendez-vous. »

« Faut-il qu'on le compte en plus ? »

« Au mariage ? »

« Non, au cirque. Naturellement au mariage. »

Elle leva les yeux au ciel et fit un large sourire à Jess. « Tu es très spirituelle, jeune fille. Je n'en sais rien. Je veux dire, j'apprécie la compagnie de Clem mais... »

« Il s'appelle Clem ? » La voix de Jess était inquiète et les sourcils d'Amélia se levèrent rapidement.

« Un problème ? »

Jess secoua la tête. « Désolée, c'est juste que Clément est le deuxième prénom de Jules. »

Amélia tapota sa main. « Et le premier d'environ un million d'autres hommes. De plus, Clem est blond aux yeux bleus. »

« Est-ce qu'il vit sur l'île ? »

Amélia hocha la tête. « En fait, je l'ai rencontré par hasard il y a quelques semaines, le jour où nous sommes allées au marché. J'avais espéré te le présenter mais il m'a dit qu'il devait partir. »

« La prochaine fois. »

Amélia déposa Jess près de la maison et Jess s'y dirigea en cherchant Théo. Il était dans le jardin occupé à jouer avec les chiens. Jess resta derrière les fenêtres à les observer en souriant. Habillé simplement d'un T-shirt et d'un jean, Théo ressemblait à une gravure de mode mais se comportait comme un enfant, taquinant les deux chiens, jetant leurs jouets pour qu'ils les rapportent.

Oh, c'est l'homme que j'aime, pensa-t-elle, observant son corps de sportif pendant qu'il se tournait et courait avec les animaux. Il leva les yeux et elle vit un immense sourire sur son visage, ce qui la fit fondre. Il trottina vers elle et l'embrassa.

« Et dire que tu as passé la matinée à travailler », lui sourit-elle. Il secoua la tête d'un air content.

« À quoi ça sert d'être le patron si tu ne peux pas quitter ton travail de temps à autre ? »

Il la suivit à l'intérieur, la regarda prendre un pichet de citronnade froide au réfrigérateur. Elle lui sourit, enlevant une feuille de ses cheveux.

« Espèce de grand enfant. Au fait, ta maman a un nouveau petit ami. »

Théo hocha la tête. « Elle me l'a dit. »

« Et tu ne m'en as pas parlé ? »

Théo haussa les épaules, et l'attira à lui. « C'est du déjà-vu. Je ne raconterai pas à cet homme la vie amoureuse de ma mère mais elle n'est intéressée ni par les sucreries ni par les fleurs. Très peu de gens peuvent la suivre après le troisième rendez-vous. »

« Elle semble bien intéressée. Elle a même parlé d'un deuxième rendez-vous. »

Il leva les yeux au ciel. « Mon Dieu non. » Jess rit.

« Je pense qu'elle plaisantait. Quoi qu'il en soit... »

« Oui ? »

Elle glissa ses bras autour de sa taille et se détendit contre son torse. « Je suis réellement très fatiguée. »

« Tu es malade ? » Sa main se posa automatiquement sur son front mais elle secoua la tête.

« Non, juste fatiguée. Je pense que tout me rattrape. »

Il caressa son dos avec le plat de ses grandes mains. « Tu veux faire une sieste ? »

À l'étage, elle se changea et se coucha dans son lit. Quelques minutes plus tard, Théo et les chiens étaient couchés près d'elle et elle sourit. C'était ce qui lui importait le plus. Leur famille.

Elle s'endormit en souriant mais les cauchemars revenaient toujours. Depuis qu'elle avait reçu ces messages, elle en avait eu au moins un par semaine et c'était toujours le même.

. . .

Tu es si belle quand il te baise.

Jules entrant de force dans son lit, dans son corps.

Profite bien du temps qu'il te reste, Jessica.

Des couteaux. Des entailles. Des blessures. Un meurtre.

Je vais te tuer, petite fille.

Du sang. Tellement de sang.

Je vais te poignarder jusqu'à ce que la lumière s'éteigne dans tes yeux. Tu ne survivras pas la prochaine fois, Jessica.

Je vais bientôt te tuer.

Elle avait appris à se réveiller de ces cauchemars sans crier, sans effrayer Théo. Stan pleurnicha quand elle sortit silencieusement du lit et se dirigea rapidement vers la salle de bains du bas.

Elle y arriva juste avant de vomir.

Le dimanche matin, Max arriva des terres. Depuis la mort de Josh, il avait été assez casanier mais voir Théo, Jess et Amélia l'aidait énormément. Théo et lui étaient déjà comme des frères et ils s'étaient encore davantage rapprochés et il aimait Jess comme une sœur. Il n'avait jamais rendu Théo responsable ni Jess pour ce qui s'était produit. Ils avaient fait ce qu'ils avaient à faire.

Mais Josh lui manquait. La joie, l'amour, le sexe lui manquaient. Sans aucun doute dans son esprit, Josh et lui vieilliraient ensemble. Sans aucun doute. Et maintenant...

Amélia le réveilla. « Hé, tu es toujours avec moi ? J'ai besoin de toi pour décider. Quel champagne ? »

Ils étaient dans un petit magasin qui vendait des vins et des champagnes de producteurs célèbres. Il regarda la bouteille qu'Amélia amenait.

« Amélia, comment voulez-vous que je sache ? Je ne m'y connais pas en champagne. »

« Sacrilège. » Le propriétaire de cette voix profonde et sonore sortit de l'arrière-boutique. Grand, large et avec un grand sourire qui montrait ses dents, il salua Amélia comme une vieille amie. Amélia se tourna vers Max.

« Max, voici mon grand ami, Seth. Seth, voici Max. Il est célibataire, beau et ne connaît rien au champagne. Je dois aller chercher quelque chose dans un autre magasin. Je serai de retour dans dix minutes. »

Et elle disparut d'un coup. Max cligna des yeux vers Seth. « Qu'est-ce qui vient de se produire au juste ? »

Seth rit, un grondement profond sortit de son large torse. « Je crois qu'avec Amélia, la meilleure chose à faire est d'être d'accord avec elle. »

Max regarda ce grand bûcheron et un sourire éclaira son visage. Il resta silencieux pendant un long moment. « Vous savez quoi ? Je pense que vous avez raison. »

Il vit les épaules de Seth tomber de soulagement et réalisa qu'il était aussi nerveux que Max, même s'il était de connivence avec Amélia. Seth hocha la tête.

« Bien. Donc... vous n'y connaissez vraiment rien en champagne ? »

C'ÉTAIT DE LA PARANOÏA. De la paranoïa pure et simple. Elle était à la maison, en sûreté, gardée, recluse. Et malgré tout elle se sentait observée, épiée. Chassée.

Jess essaya de se raisonner. D'accord, Jules menaçait toujours de la tuer mais tous ces e-mails étaient envoyés à son adresse professionnelle, et l'équipe de sécurité privée de Théo ainsi que le détective n'avaient détecté aucune trace de Jules à Seattle. Tu exagères fillette.

Mais la fatigue qu'elle éprouvait ne l'aidait pas. Elle n'avait aucune idée de l'endroit où il était et maintenant, elle se sentait trop émotive et la paranoïa commençait vraiment à la paralyser. Quelque chose d'autre la dérangeait et c'était Amélia. Enfin, pas Amélia, mais son nouvel amour. Clem. Amélia avait essayé, deux fois maintenant, d'arranger un rendez-vous mais Clem avait décommandé les deux fois, prétextant une urgence au travail. Clem...

Clément... Jules Clément Gachet... Oh, il faut vraiment que tu sortes ma petite.

Elle alla trouver Mike, le chef de la sécurité. Elle appréciait cet homme, il était rationnel et sérieux dans son travail mais il avait également un grand sens de l'humour. Ils avaient eu de longues discussions au sujet de son épouse et de ses enfants et Jess le comptait parmi ses amis.

« Salut Mikey ! » lui dit-elle en souriant. « Vous avez un peu de temps à m'accorder, j'aimerais bien que vous m'accompagniez en ville, pour prendre un peu l'air ? »

« Bien sûr. »

Il la conduisit en ville, se garant à côté de la librairie. Elle était sur le point de sortir quand elle vit Amélia de l'autre côté de la rue, parlant à un homme blond avec un chapeau tiré bas sur ses yeux.

La peau de Jess commença à la démanger. Ce type ressemblait à celui qui lui avait fait sentir si inconfortable dans ce magasin quelques semaines auparavant. Elle essaya de se raisonner : peut-être qu'il avait été sur le point de dire bonjour et qu'il était timide. Alors pourquoi s'était-il éloigné quand Amélia l'avait appelée ?

Il y avait autre chose : sa stature, la forme de son corps, la manière dont il se tenait. Il était habillé comme un vieux garçon mais cette posture était trop parfait, trop étudiée.

« Jess ? »

Elle avait oublié que Mike était près d'elle dans la voiture. Elle se tourna vers lui. « Désolée, j'étais dans la lune. »

Mike hocha la tête vers Amélia. « Vous voulez aller lui dire bonjour ? »

Jess regarda à nouveau de l'autre côté de la rue et vit Amélia embrasser le type sur la bouche. Elle semblait si heureuse. Elle ferait mieux d'y aller, se présenter, dissiper ses craintes pour se détendre. Ce n'est pas Jules, naturellement, ce n'est pas lui. Amélia avait vu des photos de Jules, toute l'Amérique les avaient vues. Elle secoua la tête.

« Non, je pense qu'elle est occupée. Je veux juste aller emprunter un livre ou deux avant de rentrer à la maison. C'est bon pour vous ? »

Elle était sûre que Mike ne la croyait pas. Ses yeux se plissèrent légèrement, l'étudièrent, cherchant comment il pourrait l'aider. Elle lui fit un petit sourire triste.

« Tout va bien Mike, je ne me sens juste pas trop moi-même en ce moment. »

Mike vérifia discrètement la librairie avant de hocher la tête et la laisser entrer. Jess sortit de la voiture et entra dans la boutique. Elle se sentit un peu embarrassée de toute cette agitation mais personne dans la librairie ne sembla s'en inquiéter. Ils discutèrent avec elle de façon amicale et la renseignèrent sur les livres qu'elle cherchait. Elle se promena dans les rayons, respirant l'odeur des livres et profitant du calme autour d'elle. Elle était juste parano.

Elle avait le nez plongé dans un livre d'histoire de l'art quand ça se produisit. Ce sentiment. Elle était observée. Elle leva les yeux juste à temps pour voir disparaître la silhouette d'un homme de derrière un rayon. Elle reconnut immédiatement le chapeau qu'il portait. Elle jeta son livre et se précipita vers le type.

« Hé ! Attendez ! »

Mais il se dirigeait déjà vers la porte. Elle lui courut après, jusqu'en bas de la rue.

« Hé ! Clem ! » Elle criait maintenant mais ne s'inquiéta pas des regards fixes des gens dans la rue. Elle devait savoir. Maintenant.

Clem ne se retourna pas à son appel, il tourna juste au coin. Jess se maudit elle-même et la colère la secouait. « Hé ! Jules ! Viens là, espèce de sale lâche ! »

Elle courait presque quand deux bras puissants s'enroulèrent autour d'elle. Elle se débattit furieusement.

« Jess ! Calmez-vous. Du calme. Tout va bien. » Les bras de Mike étaient trop forts, et elle abandonna puis se calma. Mike la pressa dans la voiture et ferma les portes.

« Mais bordel, qu'étiez-vous en train de faire ? Ne vous enfuyez plus jamais comme ça, j'ai cru... mon Dieu. » Mike n'avait jamais élevé la voix avec elle avant et Jess sortit soudainement de son état de transe et le regarda fixement, honteuse, humiliée. Son visage était rouge mais ses yeux étaient effrayés. L'adrénaline quitta son corps et les larmes commencèrent à rouler le long de ses joues.

« Mon Dieu, Mike, je suis tellement désolée... Mais je me suis mis en tête que... Mike, je ne sais pas ce qui m'arrive, je suis désolée... »

Et elle commença à sangloter plus fort. Mike lui tapota maladroitement la main. Quand les sanglots se transformèrent en halètements et en reniflements, il la força à le regarder.

« Étant donné tout ce que vous avez traversé, commença-t-il d'une voix calme et posée, rien d'étonnant à ce que vous ayez des flashbacks. Mon Dieu, vous pourriez en avoir des tas. Personne ne devrait jamais traverser ce que vous avez traversé et Mr. Storm, sa mère, moi, nous sommes tous là pour vous, Jess. Mais vous savez, je pense que vous devriez parler à quelqu'un. Un professionnel. » Il soupira. « Je suis désolé si je dépasse le cadre mes fonctions mais je pense que parfois ça aide de parler à quelqu'un d'extérieur à la famille. Pensez-vous vraiment que ce type était Jules ? »

Jess prit de grandes inspirations. « Je ne sais pas, Mike. Je pense que je suis en train de devenir folle. » Elle s'essuya les yeux avec le dos de la main. « Vous avez raison, cependant. Je devrais voir quelqu'un. »

Mike resta silencieux un moment. « Vous voulez que j'en parle à Mr. Storm ? »

Jess secoua la tête. « Non, mais je le ferai. Nous nous sommes promis de n'avoir aucun secret. »

UNE FOIS À LA MAISON, Jess appela son médecin et prit rendez-vous. Son cerveau lui semblait tourner en boucle, étant donné tout ce qui s'était passé ces derniers jours. Son estomac était retourné et une douleur dans sa poitrine l'accablait et l'attristait.

Son téléphone bipa. Un texto. Tu me manques. Je t'aime. Je serai bientôt à la maison. Bises. T.

ELLE VOULUT SE SENTIR APAISÉE, aimée mais elle avait juste froid et se sentait malade. Elle marcha à travers la maison, fermant toutes les portes et les fenêtres. Elle se prépara du thé et l'emmena au lit avec elle puis ferma la porte de sa chambre à coucher. Elle se barricadait. Tout son corps lui faisait mal, était sous tension et elle se sentait vide. Elle s'assit au bord du lit, engourdie. Devait-elle rapporter l'incident à la police ? Que dirait-elle ? Amélia avait l'air si heureuse. Elle était si embarrassée en réalisant que les habitants de l'île avaient été témoins de sa course-poursuite et penseraient sûrement qu'elle était folle. Est-ce que toute sa vie on se souviendrait d'elle pour ça ? Comme celle de la femme qui fut poignardée et est devenue folle ?

Mais Jules était toujours quelque part en liberté, il voulait toujours la tuer, et elle le savait, il ne se préoccupait pas de savoir si ce serait la dernière chose qu'il ferait. Elle relut le message de Théo, essaya de ressentir quelque chose mais alors elle éteignit son téléphone, et le mit dans le tiroir de la table de nuit. Elle regarda par la fenêtre, vérifia qu'elle était verrouillée. Quand elle se remit au lit, toute habillée, elle glissa sa main sous l'oreiller et sentit la présence froide et rassurante du couteau qu'elle avait ramené de la cuisine. Dès qu'elle éteignit la lumière, les larmes coulèrent et elle sanglota jusqu'à ce qu'épuisée, elle tombe dans un sommeil profond.

« ELLE EST DIFFÉRENTE. » Le beau visage de Théo était soucieux, des cernes foncés se dessinaient sous ses yeux. « Je pense vraiment qu'elle est malade. »

Il était assis avec Max dans le bar de la rue du bâtiment Storm-front. C'était la fin d'après-midi et Seattle était recouverte d'une jolie pluie de mousson. Théo observa la pluie battre contre les fenêtres du bar. Jess était en rendez-vous avec son médecin et Théo essayait de ne pas se sentir blessé parce qu'elle lui avait dit qu'elle préférait y aller seule. Elle lui avait raconté sa course poursuite et avait vu la vive douleur dans ses yeux. Elle lui avait simplement dit Théo, quelque chose en moi est brisé... et cela l'avait déchiré. Il avait voulu essayer de l'aider mais elle lui avait dit fermement que c'était quelque chose qu'elle devait faire seule.

Max le regarda les yeux pleins de sympathie. Théo émit un bruit frustré. « Et si elle n'était pas parano ? Que faire si Jules est sur l'île, qu'il attend le bon moment, cette seconde où elle ne sera pas protégée ? Il peut me la prendre en un battement de cœur et... Mon Dieu, je suis désolé. »

Il sembla consterné mais Max secoua la tête. « Ça va. Je comprends. Le meurtre de Josh a été un tel choc. Personne ne s'y attendait. Dans votre cas, vous vivez en sachant que ce fou veut assassiner Jess et qu'il est là quelque part. Je ne sais même pas comment vous arrivez à vivre avec ça. »

Théo sentit son corps se tasser, terrifié et soulagé par les mots de Max. « C'est l'enfer. C'est vraiment l'enfer. Peut-être est-ce le prix à payer à l'univers pour moi d'avoir la chance d'aimer quelqu'un d'aussi extraordinaire que Jess. Dans ce cas, je ne changerais rien si je le pouvais excepté que ce soit moi qui encaisse le choc à sa place. Comment... » Sa voix se cassa et il regarda au loin. « Comment quelqu'un pourrait vouloir lui faire du mal ? Il l'a mis en pièces Max. »

Max passa un bras autour de ses épaules. « Peut-être que tu devrais voir quelqu'un toi aussi. »

Théo secoua la tête. « Je n'ai besoin que de Jess. Et de toi. Et de ma mère, mais ne lui dis pas. »

Max rigola. « Ça va te coûter cher. Mais sérieusement, mon pote, quand tu veux, tu sais ça. Nous faisons tout notre possible pour la protéger. Elle pense vraiment que le nouveau petit ami de ta mère est Jules ? »

« Elle dit que non maintenant. Elle pense qu'elle est parano. »

« On peut toujours vérifier. »

« On pourrait, mais Jess ne veut pas embêter ma mère. Et c'est ça qui l'inquiète. »

Théo commanda deux autres verres puis regarda son ami, un sourire pâle sur le visage. « Donne-moi une bonne nouvelle, Max. »

Il s'étonna de voir le visage de Max rosir et un sourire timide apparaître sur son visage. « J'ai un rencard. »

Théo en eut le souffle coupé et un large sourire éclaira son visage. « Hé, c'est cool, mon pote. Où l'as-tu rencontré ? »

Max rougit encore un peu plus puis regarda son ami. « Ta mère nous a présentés. »

Ils éclatèrent alors de rire. « Mon Dieu, je ne te laisserai jamais oublier que ma mère te trouve des rencards, jamais. »

Dix minutes plus tard, dans la voiture, Théo riait toujours. Cela lui fit un bien fou de rire. Il dirigea la voiture vers le parking du cabinet du médecin. À la réception, la secrétaire lui dit que Mme Wood était toujours avec le médecin.

« Elle n'en a plus pour très longtemps, asseyez-vous. » Elle était rayonnante, se balançait de gauche à droite sur sa chaise, avec des yeux brillants et plein d'espoir.

Théo hocha la tête, lui fit un sourire poli et se laissa tomber dans l'une des chaises rembourrées. Il prit l'un des magazines sur papier glacé, un de ceux qui flattent les célébrités. Dans la section Témoignages, il y avait une photo de lui et de Jess prise le mois dernier à la sortie d'un restaurant. Mon Dieu, regardez-la, pensa-t-il, elle est si belle et elle sera bientôt ma femme. Tu es un sacré chanceux, Storm. Sur la photo, Jess lui souriait, ses longs cheveux étaient noués en un chignon flou qui tombait sur sa nuque, elle portait une robe rouge foncé qui s'accordait au rouge de ses lèvres. Il sourit en regardant l'image. Il voulait tant la voir sourire encore. Il leva les yeux vers la porte du bureau du médecin et vit Jess en sortir. Elle semblait fatiguée, épuisée, et quand elle lui fit un sourire triste, sa poitrine se serra sous la tension. Jess remercia le médecin et Théo la suivit dans la voiture. Il attendit et elle lui prit la main, entrecroisa ses doigts aux siens mais ne dit rien.

Mais il ne put attendre davantage. « Que t'a-t-il dit Jess ? Il t'a prescrit quelque chose, pris un autre rendez-vous ? »

Elle secoua la tête et il vit dans ses yeux une émotion qu'il ne put lire.

« Non », dit-elle la voix cassée. Non, non, il ne m'a rien prescrit. Il a dit que ça pouvait être trop risqué, Théo. Parce que je suis enceinte... »

CHAPITRE DIX-NEUF
POUR TOUJOURS AVEC MOI

L a femme qui portait une superbe veste de créateur se pencha en avant et tapota gentiment la main de Jess. « Ne vous inquiétez pas, Jess, tout va bien se passer ».

Jess essaya de lui sourire, cette journaliste légendaire les interviewait elle et Théo pour qu'ils racontent leur histoire alors qu'elle ne connaissait même pas leur avenir. Ils s'étaient à peine parlés depuis le matin. Depuis le jour où elle lui avait dit qu'elle était enceinte.

Il s'était tourné vers elle avec de la joie et du plaisir dans les yeux mais ce bonheur s'était dissipé quand il avait vu son visage distant.

« Tu n'en veux pas », avait-il dit d'une voix morne et plate.

« Je ne peux pas le vouloir, avait-elle répondu, pas maintenant. Pas comme ça. »

Ses yeux étaient devenus distants et froids. « Tu abandonnes. Tu m'avais promis que tu ne le ferais pas. Tu m'avais promis, Jess. »

Et un gouffre s'était formé entre eux.

Au dîner la nuit suivante, la distance entre eux était lourdement palpable. Amélia les regarda, le visage plissé d'inquiétude. Puis, le sa claustrophobie lui pesant davantage, Jess s'échappa à la cuisine, en soulevant lourdement sa poitrine serrée en respirant. Elle n'avait pas entendu Théo entrer dans la cuisine derrière elle et lorsqu'il avait glissé ses mains autour de sa taille, elle avait crié et s'était éloignée de lui. Elle n'oublierait jamais la douleur dans ses yeux.

« J'étais juste venu voir si tu allais bien. » Sa voix semblait toujours sinistre. « Je te laisse tranquille. »

Elle l'avait attrapé au moment où il s'était tourné. « Non, attends... » Mais il était parti malgré tout.

Elle regardait Théo à présent, si silencieux et si droit auprès d'elle. Il se tourna la sentant le regarder fixement, et pendant une seconde, ses yeux verts furent froids et accusateurs. Puis, sa bouche sourit et ses yeux se radoucirent. Il lui fit un clin d'œil et Jess sentit sa main sur la sienne. Il se pencha et lui embrassa la joue.

« Je t'aime », murmura-t-il en enfouissant son visage dans ses cheveux pendant une seconde. Jess sentit des larmes lui piquer les yeux.

« Je t'aime, tellement », lui chuchota-t-elle et elle sentit ses doigts entrecroiser les siens et les serrer. Il caressa son visage avec son index.

« Tout va bien se passer, Jessie, je te le promets. »

Le régisseur du plateau réclama le silence et Jess prit une profonde inspiration. Diane, la journaliste, commença son message d'introduction, et Jess se redressa quand elle les présenta. Les mots de Théo lui donnèrent la force et l'espoir dont elle manquait. Elle posa brièvement une main sur son ventre, où leur enfant se développait encore.

Parce qu'au fond, Jess voulait désespérément cet enfant, de tout son coeur. Elle ne pouvait juste pas vivre en prenant le risque qu'il soit lui aussi assassiné avec elle. Elle jeta un œil au beau visage de Théo. Peut-être devait-elle lui dire tout ça. Je le ferai, décida-t-elle, plus tard, quand nous serons à la maison, quand tout ceci sera terminé. Lorsque Diane lui posa la première question, Jess commença à sourire.

. . .

MAX REGARDA sa montre et se demanda pour la millionième fois comment Théo et Jess s'en sortaient. Seth écarquilla les yeux en lui tendant une flûte de champagne. « Essaie celui-ci. » Ils étaient assis sur le porche derrière le magasin de Seth. C'était la fin de l'après-midi, la fin d'une journée étouffante et trop chaude pour rester à l'intérieur. Seth tendait l'oreille au cas où la sonnette retentirait pour signaler des clients mais elle restait silencieuse. Le porche donnait sur le fjord, et une brise fraîche en venait, apportant un peu de fraîcheur sur leur peau.

« Tu essaies de me saouler ? »

« Évidemment. Ça et t'éduquer espèce de philistin. Goûte. »

Max rigola. Il voyait Seth depuis quelques semaines maintenant et il se rendait compte qu'il était en train de tomber amoureux de lui. Cet homme grand, plus grand que Théo, était terriblement amusant, érudit, aimable, gentil et avec lui, Max se sentait en sécurité. Il essaya de ne pas le comparer à Josh mais les deux hommes avaient en commun une même nature facile à vivre et une force tranquille. Mais tandis que Josh était très beau, Seth était plus un homme de la terre, un homme qui avait construit des maisons avant d'entrer dans le monde des grands vins. Il rêvait de peut-être posséder un jour une vigne, d'y construire un ranch pour lui et ses chiens. Et pour Max s'il voulait bien. Max trouva que c'était une bonne idée et lui en parla. Seth admit qu'il pouvait les voir tous les deux vivre dans un endroit comme celui-là mais il ne voulait pas effrayer Max et aller trop vite.

Mais Max n'était pas effrayé. Pour la deuxième fois de sa vie, il savait que c'était le bon. « Je ne pensais pas qu'il serait possible de trouver deux fois le grand amour dans une seule vie. » avait-il dit à Seth tout simplement et Seth l'avait embrassé jusqu'à ce que leurs têtes tournent.

Il y repensa et soupira. Seth le poussa du coude.

« À quoi penses-tu ? »

« Que je suis hyper chanceux. De pouvoir aimer à nouveau après avoir perdu Josh. Je ne pensais pas que ce serait possible. Mais tu es entré dans ma vie. » Il sourit à Seth, qui fit de même.

« Et j'en suis content. Mais pourquoi ce soupir ? »

Max se renversa dans sa chaise. « Je suis chanceux... mais si Théo perd Jess, il n'essayera jamais plus de trouver l'amour. Si Jules la tue, Théo se sentira aussi mort qu'elle. Je le connais. »

Seth l'observa avec attention. « Alors nous devons nous assurer que rien ne lui arrive. Il y a une armée autour d'elle maintenant, Max, elle n'est plus cette petite fille effrayée. »

Max avait tout raconté à Seth, et quand Seth avait rencontré Jess pour la première fois, il l'avait prise dans ses bras d'une façon qui exprimait plus que de l'amitié, c'était une promesse. Max était tombé amoureux de lui à ce moment précis. Seth faisait déjà partie de la famille d'un geste. Il se pencha pour prendre la main de Seth.

« Je t'aime, mon grand. »

Seth sourit timidement. « Tout pareil. »

Max se pencha sur sa chaise, et ferma les yeux pour profiter du soleil de la fin d'après-midi. Le bonheur. Il avait presque oublié ce que c'était.

La sonnette du magasin retentit et Seth se leva de sa chaise en soupirant. « Le devoir m'appelle. »

Une minute plus tard, Max le suivit pour utiliser la salle de bains. En se lavant les mains, il entendit Seth parler à un client. Quelque chose dans la voix de l'homme lui sembla étrangement familier et Max fronça les sourcils, essayant de la retrouver dans sa mémoire. Il se dirigeait vers le magasin quand l'homme, un type blond et grand, en sortait. Seth écrivait quelque chose et Max, essayant d'être nonchalant, regarda par-dessus son épaule. Ses sourcils se levèrent rapidement.

« Une commande pour le mariage Storm ? Qui était ce type ? »

Seth sourit. « Clem, le nouvel ami d'Amélia. Il s'occupe des commandes pour le mariage. Ça se rapproche, hein ? »

Cela se rapprochait en effet, dans deux semaines Théo et Jess seraient mariés. Max n'arriva pas à se débarrasser de son pressentiment. « Alors qui c'est ce type ? Jess était assez flippée à cause de lui. »

« Elle va bien ? »

« Elle a dit que ce n'était qu'une crise de panique. »

Seth le regarda. « Mais tu n'en es pas sûr. »

Max se frotta le visage avec ses mains. « Je n'en sais rien. Sa voix m'a semblée plutôt familière. » Il regarda la facture que Seth remplissait. « C'est son adresse ? »

Seth fit une grimace. « Je ne suis pas censé te répondre mais oui. Pourquoi ? » Il regarda Max en fronçant les sourcils. « Tu ne penses pas à aller là-bas ? »

Max secoua la tête. « Oh non. Je me demande juste depuis combien de temps il est sur l'île. »

« Tu es en train de devenir parano. »

Max soupira. « Ouais je sais, mais ça ne peut pas faire de confirmer ou non qui il dit être. Juste pour nous rassurer. »

Seth leva les yeux au ciel. « Écoute, la prochaine fois qu'il passe, je t'appelle. »

En voyant que Seth n'était pas enchanté par cette idée, Max acquiesça. Mais il décida d'y aller malgré tout. Et si Seth ne cautionnait pas qu'il espionne, il connaissait quelqu'un qui le ferait. C'était la seule personne qui voudrait s'assurer que l'ami d'Amélia n'était pas l'homme qui essayait de tuer Jess.

Jess elle-même.

THÉO GLISSA une main sur le ventre de Jess lorsqu'ils quittèrent le studio de télévision. Elle lui sourit, une joie évidente au fond des yeux. Cela avait été un moment plus agréable qu'elle ne l'avait imaginé : Diane, la journaliste, avait été juste et persuasive, mais ses instincts journalistiques avaient donné lieu à quelques questions gênantes. Elle avait demandé à Théo quels étaient ses rêves et il avait répondu :

« Jess et moi. Tous les deux, ensemble, pour toujours. »

Cela semblait la chose à dire, mais elle avait ajouté... « Tous les trois. Théo, moi et notre enfant. »

Théo avait été très étonné à son sourire ahurissant, elle sut qu'elle avait fait ce qu'il fallait. Diane les avait chaleureusement félicités et Théo eut du mal à rester dans son siège et à ne pas prendre Jess dans ses bras. Elle vit son corps se détendre et il lui sourit. « Je t'aime. »

murmura-t-elle du bout des lèvres, ne s'inquiétant pas de savoir si la caméra les filmait.

A présent, le bras de Théo posé autour d'elle, elle se pencha vers lui. « Je suis désolée de t'avoir évité ces derniers jours, dit-elle, j'avais vraiment peur. Mais aujourd'hui, je réalise que je ne mettrai jamais le petit haricot en danger. Je ne le permettrai pas. C'est notre famille. »

Théo l'embrassa, appuyant fort sa bouche sur la sienne. « Mlle Wood, une fois à la maison, je vais enlever chacun de tes vêtements et je vais te faire l'amour toute la nuit, sans m'arrêter. »

Elle sourit et passa ses doigts dans ses cheveux courts. « Pourquoi attendre d'être à la maison ? L'écran d'intimité sert à ça, non ? »

Elle le chevaucha habilement et frotta avec sa main entre ses jambes, et sentit son sexe se raidir sous le mouvement de ses doigts. Théo soupira d'aise quand elle déboutonna sa robe, il prit ses seins dodus dans ses mains, et suça ses mamelons l'un après l'autre, durcissant leur bourgeon minuscule. Théo glissa ses mains dans le corsage de sa robe, caressa sa peau lisse et veloutée pendant qu'il faisait glisser ses lèvres le long de sa clavicule, de son creux à la base de sa gorge.

« Mon Dieu, tu es si belle », murmura-t-il pendant qu'il sentait sa main sortir son sexe de son pantalon. Tout en l'embrassant, elle frotta la crête contre son sexe humide, de haut et en bas, jusqu'à ce qu'il soit fou de désir, puis elle l'amena en elle en bougeant ses hanches. Ils firent des va et vient ensemble, sans se soucier du mouvement de la voiture, et qu'ils approchaient de leur foyer. Jess faisait de fortes poussées en lui, voulant le sentir aussi profond en elle que possible, et Théo suça ses mamelons, ses mains saisirent ses hanches brutalement pour la maintenir empalée sur lui.

« Baise-moi, ma belle », chuchota-t-il et elle lui sourit, claquant ses hanches d'excitation contre lui. Ses doigts se plantèrent dans sa chair et elle continua à le chevaucher, ses muscles se raidirent, frappant chaque point sensible, la conduisant au sommet de l'excitation. Elle jeta sa tête en arrière tandis que ses lèvres coururent vers sa gorge, goûtèrent sa peau, sentirent son sang battre. Il lui mordit l'épaule et sentit son orgasme approcher quand sa chatte se resserra autour de son sexe, et ses cuisses autour de ses hanches. Elle jouit en frissonnant une seconde avant qu'il n'éjacule en elle, puissamment, gémissant, broyant ses hanches en elle.

Ils reprirent leur souffle pendant quelques instants avant de se séparer à contrecœur. Le visage de Jess avait cet éclat qu'il aimait tellement et, enceinte de son enfant, elle ne lui avait jamais paru si belle. Il la prit dans ses bras et elle s'y lova. Elle leva la tête pour lui réclamer un baiser.

« Nous devrions dire à ta mère qu'elle va être grand-mère. Je sais que l'émission ne sera pas diffusée avant vendredi, mais de nos jours, ça va forcément fuiter. »

Il posa son front contre le sien. « Tu as raison. Nous devrions passer chez elle mais je dois me changer d'abord. »

Elle sourit. « Et ça pourrait prendre une heure... »

Trois heures plus tard, Théo les conduisait tous les deux vers la maison de sa mère. Jess regarda l'impressionnant manoir.

« Tu y crois que dans moins de deux semaines, nous nous marierons ici ? »

Théo prit sa main pendant qu'ils s'avançaient vers les marches en pierre. « J'ai trop hâte. »

Comme ils s'y attendaient, Amélia fut enchantée de la nouvelle. « J'ai aussi une bonne nouvelle, leur dit-elle. Je pense avoir finalement persuadé mon ami Clem de venir au mariage. Si vous êtes d'accord. »

Elle regarda Jess, ses yeux recherchant une réaction. Le cœur de Jess fit un bruit sourd mais elle continua de sourire. « Bien sûr. Si ça peut vous faire plaisir. »

Plus tard, une fois au lit, la tête posée sur le torse de Théo, elle écouta sa respiration régulière alors qu'il dormait. Elle s'était persuadé elle-même que Clem ne pouvait pas être Jules déguisé. Elle trouvait toujours étrange que le nouvel ami d'Amélia fasse tant d'efforts pour éviter de la rencontrer mais il existait beaucoup de personnes timides, maladroites en société et pour qui rencontrer la petite amie d'une célébrité pouvait être source de nervosité.

Jess se sentit mieux, ses doigts caressèrent doucement les cheveux de Théo, et elle le regarda fixement. « Je t'aime, visage d'ange », chuchota-t-elle. Inconsciemment, les bras de Théo se serrèrent autour d'elle et elle referma les yeux et laissa le sommeil la gagner. Pour la première fois depuis des semaines, elle dormit sans cauchemars.

MAX, cependant, ne pouvait pas calmer son esprit et seuls quelques jours avaient passé depuis qu'il avait décidé de parler à Jess. En y repensant, il se dit qu'il aurait probablement pu commencer cette conversation autrement que par « Je pense que tu as raison au sujet de Clem. »

Le visage de Jess avait pâli, était passé au vert et elle avait jeté un regard à Théo. Ils étaient dans le jardin et Théo jouait avec les chiens. Seb et Tom étaient à la maison et ils se liguaient contre leur frère pour exciter davantage les chiens et les rendre à moitié fous. Ils étaient aussi costauds que Théo, mais la différence d'âge de vingt ans entre lui et les jumeaux commençait à se faire sentir. Jess et Max riaient en le voyant s'épuiser et Max décida de lancer la conversation à ce moment-là.

Jess le regarda et il put voir des larmes lui monter aux yeux. « Max... non. »

Il se sentit immédiatement désolé, particulièrement en voyant sa main trembler quand elle l'avait posé sur la bosse minuscule de son ventre de façon protectrice. « Je suis désolé, mais je ne pouvais pas garder ce pressentiment pour moi. Je veux dire... Ce type a quelque chose d'étrange. Je ne dis pas que c'est lui, je dis juste que c'est quelque chose que nous devrions peut-être vérifier. Toi et moi. J'ai son adresse sur l'île. Prête pour une petite enquête ? »

Jess le regarda un instant et un petit sourire éclaira son visage.

« Comme Scooby Doo ? »

Max rit. « Exactement comme Scooby Doo. Tu peux être Daphné. Je serai Freddy. »

Jess s'esclaffa. « Si tu dois être l'un des personnages principaux, sois Scooby. »

« Alors tu dois être Sammy. »

« Ça me va. »

Ils rigolèrent puis Jess hocha la tête, et son visage redevint soudainement sérieux. « J'aimerais ne plus avoir à m'inquiéter. Si c'est Jules, je le saurai immédiatement. Je le connais trop bien, et si c'est lui certaines choses le trahiront. Il est trop gâté. »

« Bien. Nous devons réfléchir à un plan. Et je ne pense pas que nous devrions en parler à Théo. »

« D'accord. Il a une réunion lundi soir. Viens me chercher et partons dîner. Je m'arrangerai avec Mike. »

Max s'adossa à sa chaise et regarda son amie. Même après tout ce qu'elle avait vécu, et probablement à cause de tout cela, Jess était une battante. Elle voulait que tout cela se termine. Pendant une seconde, Max se demanda s'ils faisaient ce qu'il fallait. Mettre à nouveau Jess en danger ? Théo le tuerait s'il l'apprenait.

Cette fois, cependant, il s'organiserait mieux. Max pensait au petit calibre 22 qu'il avait dans sa voiture depuis que Josh avait été tué.

Il était prêt à l'utiliser si besoin.

Le vendredi, Jess et Théo décidèrent de s'isoler dans la salle de séjour et allumèrent le grand écran plat. Théo sourit quand Jess grimaça en les voyant pour la première fois sur l'écran.

« La caméra te met en valeur, ma belle », dit-il en l'attirant à lui et en lui embrassant la tempe.

« Qui peut bien me regarder quand il y a un dieu à côté de moi ? » Théo leva les yeux au ciel et elle éclata de rire. Le programme débuta par une phase d'introduction. Théo regarda le visage de Jess.

« Ouais, tu as l'air de plaisanter mais tu ne serais pas un peu nerveuse ? »

Elle hocha la tête. « Bien sûr, je suis inquiète pour le montage qu'ils ont fait. Trop de gens ont déformé mes mots ou m'ont fait paraître frivole, hystérique ou pire, menteuse. »

Il la serra dans ses bras. « Pas cette fois. »

« Tu en es sûr ? »

« Ouais. Et tu sais pourquoi ? Parce que tu n'es rien de tout ça, Jessie. Même pas du tout. »

Elle l'embrassa tendrement. « Je t'aime. »

À son grand soulagement, l'entrevue était semblable à ce qui s'était passé en studio avec Diane. Ils avaient ajouté des photos et des vidéos de Jess au travail à la fondation et à sa grande surprise et pour son plus grand plaisir, des entrevues avec Gerry, son ancien patron à l'université et avec le doyen, qui parlèrent sérieusement de la peinture que Jules avait détruite et dirent qu'ils regrettaient que Jess en ait été tenue pour responsable.

« Je regrette d'avoir fait de Jess un bouc émissaire quand clairement, j'aurais dû la soutenir contre l'homme qui l'a blessée, terrorisée et persécutée sa vie entière. Je regrette amèrement cette décision et je serais enchanté que Jess revienne travailler avec moi en tant qu'associée, quand elle le voudra. »

Jess rougit agréablement mais cette lumière disparut rapidement lorsque l'interview aborda sa relation avec Jules, et son attaque au couteau. Il y eut une brève image d'elle emmenée dans une ambulance, en sang et brisée, à peine vivante et pire encore, on voyait Théo et son beau visage marquée par une peine infinie. Elle haleta, souffla, émit un son horrifié et ferma les yeux. Plus jamais.

« Tout va bien ? » La voix de Théo se cassa au milieu de sa phrase et elle l'étreignit aussi fort qu'elle le pouvait.

« Je suis désolée, Théo. »

« Ce n'est pas de ta faute. »

Mais elle se sentait responsable. Elle aurait dû être plus forte avec Jules dès le début, en parler à sa mère, à son beau-père. L'auraient-ils crue ? À l'époque, elle n'aurait jamais pensé que ce soit le cas, mais maintenant, en y réfléchissant, elle les avait peut-être mal jugés. Son beau-père avait envoyé Jules à l'école loin de la maison pour une bonne raison. Mon Dieu, quel foutu désordre dans cette famille.

Jules regarda l'émission dans un bar tranquille du centre-ville. Il regarda fixement le beau visage de Jess, son sourire, la manière dont elle regardait Storm, il écouta sa voix, douce mais forte à nouveau. Et alors elle avait dit ces mots... « Nous trois... Théo, moi et notre enfant » ...

Elle était enceinte. Enceinte. De l'enfant de Storm.

La fureur de Jules ne connut alors plus de limite. Sa jalousie pour Théo explosa en un raz-de-marée de haine violente. Il regarda Jess qui irradiait de bonheur et il n'avait jamais senti autant de fureur en lui. Une autre trahison. Pour cela, il la ferait souffrir terriblement avant de mourir. Hochant la tête en direction du barman, il bouscula les autres clients en sortant en trombe dans la rue. La nuit gagnait l'île, et la pluie persistait. Il rentra chez lui, trouva ce qu'il cherchait, monta dans sa voiture et se dirigea vers leur maison. L'enfant de Théo Storm.

Il le forcerait à regarder pendant qu'il massacrerait Jess et leur bébé.

À LA FIN de l'émission, Jess se leva du divan et partit à la fenêtre. Il pleuvait fort, le tonnerre faisait rage au loin, la pelouse était déjà détrempée. Elle sentit les bras de Théo entourer sa taille, sa bouche sur sa nuque.

« Théo... »

« Chuuut... Il n'y a que toi et moi maintenant, Jessie, toute cette douleur est derrière nous... »

Même s'il n'en était pas sûr, ces mots étaient ceux qu'elle avait besoin d'entendre. C'était sa famille maintenant. Elle se retourna dans ses bras et le regarda fixement, ses yeux verts intenses qu'elle aimait tellement. Dix-huit mois et elle avait vécu et était morte comme pour une vie entière.

Elle se retourna et ouvrit les fenêtres françaises, puis emmena Théo sur le porche. Son visage était sérieux, elle fit un pas dans le jardin, la pluie la trempa immédiatement et elle se déshabilla lentement pour lui. Théo voulut l'embrasser en sentant monter une excitation folle en lui mais elle lui tenait la main, l'empêchant de la toucher. Elle était en charge de la situation maintenant.

Nue, elle s'avança vers lui, le repoussa sur les escaliers du porche et se recula. Elle fit courir sa main entre ses jambes et se caressa.

« Théo ? » Sa voix était douce, sensuelle. « Que veux-tu que je fasse ? »

Théo sembla en transe en regardant le mouvement rythmé de sa main, la manière dont la pluie s'aggripait à sa peau, la faisait briller dans la faible lumière. Sa main sortit son sexe, déjà épais et tendu contre son pantalon et il massa le bout tout en la regardant se masturber, se caressa et tirant sur sa longueur tremblante.

« Toi, dit-il, d'un faible grognement, seulement toi. Je veux te goûter. »

Elle se rapprocha de lui et il colla ses mains aux fesses et enfouit son visage dans son sexe. Jess se mordit la lèvre lorsque sa langue fouilla profondément en elle, goûtant et mordant son clitoris jusqu'à ce qu'elle ait mal de désir. Il l'amena au bord de l'orgasme avant de lever les yeux vers elle pour voir son sourire paresseux et languissant. D'un mouvement rapide, il la coucha sur le dos, écarta ses jambes aussi loin que possible, enfonçant ses hanches contre les siennes, taquina l'entrée de son vagin avec son sexe puis le poussa d'un centimètre et se retira jusqu'à ce qu'elle crie de frustration, ne pouvant supporter d'attendre davantage. Il l'embrassa brutalement.

« Tu me veux ? »

Elle hocha la tête. « Mon dieu, oui, Théo... s'il te plaît... maintenant. »

« Dis-le-moi. »

« Baise-moi Théo, baise-moi fort... »

« Encore. »

« Cloue-moi au sol, Théo, baise-moi, remplis-moi jusqu'à ce que je te sente de partout. »

Il sourit, la taquinant toujours, sentant sa chatte chaude et humide s'exciter contre son sexe tendu. Il posa un doigt juste au-dessus de son clitoris. « Tu veux me sentir ici ? »

Elle hocha la tête, appréciant le jeu, éveillant son excitation. Il laissa glisser son doigt du haut jusqu'en bas de son ventre. « Ici ? »

« Oui... continue... »

Son doigt tourna autour de son nombril. « Ici ? »

« Mon Dieu oui, mon dieu, Théo, continue, s'il te plaît... oui... »

Elle cria en sentant son énorme sexe entrer en elle, en le sentant appuyer fort sur ses jambes grandes ouvertes, la main sur son ventre, elle sentit son sexe taper jusqu'au plus profond d'elle-même. C'était du sexe sauvage et animal et ils grognaient, se mordaient et se griffaient l'un l'autre, ne s'inquiétant pas de savoir s'ils se blessaient. Ils avaient juste besoin juste de plus, encore plus...

Théo la pénétrait avec un besoin féroce d'être à l'intérieur d'elle, aussi profond que possible, sa main libre pétrissait ses seins, il prenait chaque mamelon l'un après l'autre dans sa bouche, les tirant et les suçant jusqu'à ce que Jess pleure de désir. Il se retira juste avant de jouir et éjacula sur son ventre doux, son sperme se mélangeant à la pluie. Tout en reprenant son souffle, elle glissa sur son corps. Elle leva les yeux, lui sourit en le regardant d'un air sexy et langoureux. « À moi de te goûter, Théo... Je vais te vider entièrement, mon beau. » Alors que ses lèvres se refermèrent sur son gland, Théo ferma les yeux alors qu'elle le fit entrer dans la cavité chaude de sa bouche, sa langue dessinant un motif sur son gland, léchant son goût salé, ses mains le caressant de haut en bas. Elle le suça violemment, ne ralentissant pas son mouvement en l'entendant gémir et crier son nom dans la nuit. Il jouit encore, presque violemment, son sperme jaillit en flots chauds sur sa langue et elle l'avala voracement, appréciant visiblement son goût et caressant sa queue encore toute dure après deux orgasmes.

« J'ai besoin de te baiser encore », grogna-t-il et il la prit une nouvelle fois, colla son ventre dans l'herbe pour la prendre par derrière et sentit sa chatte toute glissante. Ses doigts écartèrent ses fesses rebondies et il entra en elle, les écartant pour voir son sexe entrer et sortir en elle. « Mon Dieu, tu m'excites tellement, beauté... »

Le long gémissement de Jess fut sa seule réponse et elle se mit à frissonner en sentant sa queue incroyablement épaisse en elle, jusqu'à ce qu'il ait mal, pendant qu'il glissait sans cesse dans sa douce humidité. Il jouit rapidement, la remplissant à nouveau, puis il plongea immédiatement dans son cul, voulant la posséder à chaque endroit toute la nuit. Jess, sans défense, sentit ses membres se liquéfier sous l'attaque de ses sens, de son corps, jouit à plusieurs reprises.

Théo se baissa pour frotter son clitoris, la sentit se tendre à son contact et Jess cria à nouveau en frissonnant sous le coup d'un nouvel orgasme.

Enfin, ruisselants de pluie, de sueur et de sperme, ils s'effondrèrent ensemble sur l'herbe, étouffant et riant. Théo tourna son visage souriant vers elle.

« Tu crois que nous nous lasserons de faire l'amour un jour ? »

Jess sourit, roula sur le côté et posa sa tête sur sa main. « J'espère que non. Je veux continuer à être baisée sous la pluie, même quand nous aurons quatre-vingts ans. »

Théo lui tendit la main et elle la prit. « Affaire conclue », dit-il en lui tapant dans la main. Elle lui caressa le visage de ses paumes. « Sais-tu à quel point je t'aime, Théodore Storm ? »

Il posa ses lèvres sur les siennes. « Si tu m'aimes autant que je t'aime, alors j'ai une petite idée. »

Jess lui sourit et tout en écartant les jambes, elle enroula ses mains autour de son sexe toujours raide. « Prêt pour le match retour, soldat ? »

CHAPITRE VINGT

I l les observait se rouler nus dans l'herbe et à sa plus grande horreur, il sentit son érection grandir. Il l'ignora, et se concentra sur le métal froid du pistolet dans sa main. Mon Dieu, il voulait tant lui mettre une balle pendant qu'elle baisait Théo Storm, la voir rentrer dans son abdomen, le sang gicler et éclabousser son amoureux pendant qu'elle se viderait de son sang dans ses bras.

C'était un fantasme, parce qu'à cette distance, il ne l'atteindrait jamais, il n'était pas assez bon tireur et cela ruinerait sa couverture sur l'île. De plus, il voulait être suffisamment proche quand il la tuerait, pour que ce soit personnel, pour qu'il voie son sang sur ses mains une nouvelle fois. Au lieu de cela, il les observa baiser et jouir, se délecta de la vue du corps de Jess quand elle roulait des hanches pour faire entrer et sortir le sexe de Storm jusqu'à ce qu'ils jouissent tous deux.

Ensuite, ils s'habillèrent lentement, en parlant et en riant. Jules vit le vigile s'avancer d'un coin pour parler à Théo. Pendant une seconde, Jules se figea, se demandant s'ils avaient été découvert mais quand il vit les hommes sourire et rire, il se détendit. Théo et Jess, main dans la main, le suivirent vers l'avant de la maison. Jules les regarda partir puis son attention fut attirée par les fenêtres françaises grandes ouvertes... et il sourit. Il sortit rapidement de sa cachette et courut à travers la pelouse vers la maison. Le téléviseur était toujours allumé, couvrant le bruit de ses mouvements lorsqu'il entra dans la cuisine et il descendit au rez-de-chaussée. Il était à l'intérieur. Il ne savait toujours pas ce qu'il avait l'intention de faire mais rien que de savoir qu'elle dormait deux étages au-dessus déclencha chez lui une violente érection.

Si proche de toi, ma Jessica, si proche.

THÉO SE RÉVEILLA le lundi matin avec un fort sentiment d'optimisme. D'une façon ou d'une autre, l'émission avait été pour eux comme une déclaration d'intention – rien ne pourra nous briser – et ce qui avait suivi, cette remarquable et sensuelle baise sous la pluie... Il n'avait aucun mot pour le qualifier. Il sourit en se rasant. Tout un week-end à être juste ensemble, à parler, à s'amuser. Tout avait été parfait. La pluie de la nuit de vendredi avait cessé et maintenant il faisait beau. Il se demanda s'ils pouvaient louer un bateau, sortir se promener en mer, observer les baleines si le temps se maintenait sur le week-end suivant.

« Théo ? »

« Je suis là, mon cœur. »

Jess monta les escaliers, pâle, secouée, et immédiatement la tension dans la poitrine revint.

« Que se passe-t-il ? »

« J'étais en train de lancer une machine et... peux-tu venir avec moi pour voir et me dire que je ne suis pas folle ? » Sa voix était un chuchotement. Et le ton de sa voix l'alarma.

Il la suivit au sous-sol. Elle avança vers une fenêtre cassée et sans un mot montra le plancher. L'ampoule nue brillait sur les planches de bois. Des reflets, le miroitement de la lumière. Du verre. Il y avait du verre brisé sur le plancher et en l'examinant, il fut choqué de voir qu'on l'avait disposé soigneusement, avec précision. Ils se regardèrent l'un l'autre un peu confus.

Les débris de verre formaient un mot.

Jess.

« Écoute, c'est presque pas une menace, non ? C'est peut-être l'un des jumeaux qui s'est amusé. » Jess semblait gênée. Après son malaise un peu plus tôt, elle s'était raisonnée et pensait que Théo serait plus calme qu'elle mais sa réaction immédiate était d'appeler la police, et de demander à Mike de renforcer la sécurité. Jess sentit tout le bonheur, et le sentiment de sécurité de la veille s'envoler.

« Je pense que nous devrions appeler la police... »

« Et pour leur dire quoi ? » Elle s'interrompit. « À l'aide, venez vite, quelqu'un nous laisse des mots dans notre maison ? »

« Ne plaisante pas », dit Théo entre ses dents. Elle posa sa main sur son bras.

« Je suis désolée mais... c'est ma faute, je n'aurais pas dû réagir comme ça. Je pense honnêtement que c'est juste un de tes polissons de frères. Cette fenêtre était cassée depuis des lustres. »

« Mike l'aurait vu. »

« De l'extérieur ? Probablement pas, elle est minuscule et cachée. Et puis il faudrait être un Lilliputien pour passer à travers et donc cette fenêtre n'est pas un grand risque pour la sécurité. » Elle tira fort sur sa main. « Allez, oublions ça. Le travail nous appelle. »

Elle retourna à l'étage mais Théo resta là à regarder fixement le verre. Peut-être avait-elle raison ; son nom dessiné n'était pas une menace, n'est-ce pas ? Il se souvint d'envoyer un texto à Seb et Tom quand il serait au travail. Théo se pencha pour prendre un balai et enlever le verre mais il s'arrêta net. Changeant d'avis, il alla chercher son appareil photo et prit rapidement quelques photos du verre. Puis avec la pelle à poussière, il ramassa soigneusement les bouts et les laissa tomber dans un sac. Au lieu de les jeter, il les cacha dans un coffre. Pour les empreintes digitales.

Paranoïa... Absolument pas, se dit-il, après tout ce qui s'est passé, on n'est jamais trop prudent. Satisfait, il remonta les escaliers pour finir de s'habiller.

. . .

MAX VINT PRENDRE Jess au travail ce soir-là. La réunion de Théo dure-rait jusqu'à tard dans la soirée et il était facile pour Max et Jess de trouver une excuse pour rentrer à la maison ensemble. Alors que Max sortait sa voiture du ferry, Jess était excitée par leur petite excur-sion pas vraiment légale.

« Comment allons-nous procéder ? Attendre qu'il sorte ? »

Max lui jeta un regard en coin. « Évidemment, espèce d'andouille. »

Jess lui sourit. « Désolée, c'est idiot, mais c'est tout nouveau pour moi. »

Il traversa deux blocs pour atteindre la maison de Clem et se gara. Il faisait presque nuit, ils pourraient donc traverser la rue sans être vus.

La maison de Clem était plongée dans l'obscurité.

« Prête ? » Max regarda Jess s'accroupir à côté de lui dans l'allée. Il regarda fixement son top et son legging noirs. Elle leva les sourcils d'un air amusé. Max rigola.

« C'est ton costume spécial pour effraction ? »

Elle regarda ses vêtements. « C'est le seul T-shirt noir que j'ai. »

« Tu ressembles à Catwoman sans son masque. »

« Espèce de geek. »

« Espèce de débile. »

Les plaisanteries la rendirent moins nerveuse et elle fut recon-naissante envers Max.

« Je ne pense pas qu'il soit chez lui... On essaie d'entrer ? »

Ils se déplacèrent rapidement, en restant dans l'ombre. Une fois à la porte de l'appartement, Jess se leva pour atteindre le linteau. Elle secoua la tête. Max haussa les épaules et chercha quelque chose dans sa poche. Il s'agenouilla et crocheta la serrure.

« Ils t'apprennent ça chez Pony ? » Jess lui sourit.

« Non. Au lycée. Ça m'a servi quand nous voulions entrer par effraction dans le bar privé de mon père. »

Jess renifla. Max sourit, alluma sa lampe torche et la laissa entrer. Ils se tenaient dans l'obscurité de la salle de séjour. Jess regarda autour d'elle.

« Je ne sais même pas par où commencer. »

Max balaya la pièce avec le faisceau de sa lampe.

« Les tiroirs, tous les tiroirs, les boîtes et trucs du genre. »

« D'accord. »

Au bout de cinq minutes, Jess soupira de frustration. « Merde. Il n'y a rien. »

« Patience. Vérifions la chambre à coucher. »

Jess grimaça mais fit ce qu'il demandait. Elle l'entendit se cogner.

« Que fais-tu ? »

« Je vérifie si les planches grincent. »

Elle gloussa et alla à sa rencontre. « Je pense qu'on ne trouvera rien Max. Je connais Jules, nous trouverions des costumes chics taillés sur mesure, parce qu'il ne peut pas vivre sans, cet idiot. Mais il n'y a rien. Cet endroit est imprégné d'une ambiance du parfait bon vieux garçon. »

Max hocha la tête. « Ouais. La seule chose que j'ai trouvée est un vieux journal de quand tu as été poignardée. Mais il a pu être ici depuis longtemps. »

« Je me sens coupable d'un coup », reconnut Jess. « Pauvre type. Sortons d'ici. »

Ils étaient sur le point de partir quand ils entendirent le claquement de la porte d'un camion. Max jeta un œil dehors.

« Merde. » Max lui fit faire demi-tour et la repoussa à l'intérieur. « Viens, viens. »

Max la poussa dans la cuisine puis dans le débarras. L'espace était exigu et elle se serra tout contre lui. Ils entendirent Clem entrer, jeter ses clefs et passer dans la cuisine. À travers l'ouverture de la porte du débarras, ils le virent prendre une bière au réfrigérateur. Il s'adossa au comptoir et but.

Malgré sa peur, Jess se rendit compte qu'elle était collée à Max. La situation était presque comique. Toute la terreur était dissipée. Jess sentit monter un fou rire en elle et elle enfouit son visage dans le torse de Max pour l'étouffer. Son poids se transféra et quelque chose bougea sur l'étagère derrière elle. Ils se figèrent.

Clem leva les yeux vers la porte et Jess cessa de respirer. Ses cheveux étaient blonds et ses yeux bleus mais ces yeux... Elle se mit à trembler. Elle n'était pas sûre que c'était Jules mais ses yeux contenaient toute la malveillance de ceux de son beau-frère. Elle ne comprenait pas ce qu'Amélia trouvait à ce type. Elle commença à trembler plus fort. Clem ouvrit un tiroir, et tout en regardant vers la porte, il prit un couteau de cuisine. Max recula légèrement et sortit lentement son pistolet. Jess le suppliait du regard. Max lui fit un clin d'œil et lui dit du bout des lèvres « Ne t'inquiète pas. »

Clem s'approcha de la corbeille à fruits et prit une pomme, le coupa en deux d'un mouvement facile. Il regarda à nouveau la porte du débarras, et fit un pas dans sa direction.

Max baissa le cran de sûreté. Jess tremblait et il lui embrassa le front, sans quitter Clem des yeux.

Quelqu'un frappa à la porte. Clem hésita un instant puis s'avança vers la porte et l'ouvrit en grand.

« Amélia ! Quelle bonne surprise ! »

Jess et Max soufflèrent en même temps. Amélia entra dans la cuisine avec Clem.

« Je pensais vous rendre votre invitation. »

« Puis-je vous offrir un verre ? »

« Non merci, vraiment, je me suis arrêtée à tout hasard. Je vais voir Jess. »

Jess et Max se figèrent quand Clem jeta un nouveau coup d'œil vers la porte du débarras. Jess put sentir son cœur battre hors de sa poitrine.

« Comment puis-je vous retenir dans ce cas ? »

Amélia et Clem se dirent au revoir et Clem entra de nouveau dans la cuisine. Jess et Max cessèrent de respirer lorsqu'il avança puis s'arrêta dans la cuisine, regardant fixement la porte fermée du débarras. Pendant un long, angoissant, et éprouvant moment, ses yeux semblèrent se concentrer sur quelque chose puis se déconcentrer. Jess le regarda fixement.

Cela pouvait être lui. Cela pouvait bien être lui... Mais si c'était Jules, son déguisement était très bon. Ses cheveux noirs avaient été presque entièrement rasés et teints d'un blanc lumineux. Sa barbe –

fausse ou vraie – était touffue, énorme, comme celle d'un hipster et recouvrait plus de la moitié de son visage. Ses yeux... trop bleus pour être naturels. Lentilles de contact, pensa Jess, dont la terreur ne faisait que grandir en elle.

Quelqu'un d'autre frappa à la porte et leur donna un nouveau répit.

« Clem ? Laisse-moi entrer. »

Jess et Max soufflèrent en même temps. C'était la femme du bar de l'île, Caroline. Elle était rousse et n'avait pas aimé Jess au premier regard. Amélia lui avait dit discrètement que Caroline avait grandi avec Théo, et qu'elle avait toujours eu des vues sur lui, en dépit de l'indifférence totale évidente de Théo. Clem avança vers la porte et l'ouvrit. Caroline entra dans la pièce après lui.

« Merci de m'attendre. » Sa voix était agressive.

« Tu as dit que tu y serais à sept heures trente. J'y étais à sept heures trente. Pas toi. Tu veux un verre ? »

Caroline s'assit dans le canapé. « Oui. Scotch. Qu'y a t il de si urgent qui ne pouvait pas attendre trente minutes supplémentaires ? »

Jess et Max se regardèrent tandis que Clem lui tendit un verre.

« Crois-moi ou pas, je ne suis pas obligé de t'attendre si je n'en ai pas envie. »

Caroline grogna. « Je te pardonne. »

Clem lui sourit, mais sans joie. « Que veux-tu, Caroline ? »

« Je veux savoir pourquoi tu couches avec cette vieille bonne femme. Elle surtout. »

Jess sentit Max se tendre, et sa main se replier sur son pistolet. Elle posa ses mains contre son torse pour le calmer.

« Ah. Que dirais-tu de ne pas en parler... juste pour ce soir ? »

Clem posa son verre et attira Caroline à lui. Je pense que nous pouvons nous occuper autrement. » Il embrassa Caroline qui répondit.

« Tu m'as manqué, bébé. » Elle roucoula. Jess plissa son nez et fit un geste de dégoût qui fit rire Max.

Caroline prit Clem par la main et l'emmena dans la pièce d'à côté.

Max attendit un quart de seconde et poussa la porte du débarras. Il prit la main de Jess, ils passèrent la porte de la salle de séjour, les yeux toujours braqués sur le couple. Ils jetèrent un œil au dos de Clem, et virent Caroline assise sur ses genoux. Max tourna la poignée de la porte arrière et fit sortir Jess. Ils étaient presque dehors lorsqu'ils entendirent une porte s'ouvrir derrière eux.

« Allez, allez, allez ! » Max chuchotait et poussa Jess vers la porte. Derrière eux, ils entendirent les pas lourds de Clem. Max attrapa la main de Jess et ils s'enfuirent dans la nuit, dans les ruelles derrière l'appartement jusqu'à ce qu'ils atteignent leur voiture, puis Max démarra à toute vitesse et ils s'enfuirent dans l'obscurité.

Jules était debout sur le pas de la porte. Il était sûr que quelqu'un était dans la maison et quand la porte arrière s'était ouverte, il s'était rué dans la salle de séjour, laissant Caroline frustrée derrière lui. Qui que ce fut, et il était presque certain de qui c'était, il avait disparu de sa vue au moment où il atteignait la porte. Il jura. C'était sans doute cette tarlouze de Max mais il n'était pas seul. Jess était-elle avec lui ? Dans sa maison, à le surveiller. Salope.

« Mais qu'est-ce que tu fous ? »

Il se retourna. Caroline était debout enveloppée dans un drap. Sale petite putain. Elle devenait un problème, un facteur de risque. Il devrait se débarrasser d'elle avant qu'elle ne lui grille sa couverture.

Il lui sourit. « Rien, chérie. » Il revint vers elle et l'embrassa.

Il devrait s'assurer que son corps ne soit pas découvert avant la mort de Jess. Le mariage était dans moins d'une semaine.

THÉO REGARDA SON AMOUR, son visage était si détendu. Il ne vivait que pour ces moments tranquilles, où ils étaient l'un à côté de l'autre, et où le monde extérieur ne pouvait pas les atteindre. Il l'écouta respirer dans son sommeil, sa respiration était régulière et paisible. Sa main gauche était posée sur l'oreiller, sa bague en or blanc et le diamant brillant à son annulaire. Théo sourit et soupira. Ils avaient décidé de tenter le diable (« Nous en avons eu assez. ») et de passer la nuit précédant le mariage ensemble dans la maison d'Amélia. Elle avait désapprouvé mais Théo avait trouvé un compromis en lui promettant d'aller se préparer chez lui pour qu'il ne voie pas la robe de Jess. Ils seraient mariés dans quelques heures, elle serait à lui pour toujours. Il caressa sa joue d'un doigt, et se pencha pour embrasser sa peau rose et lisse. Jess remua et murmura, encore profondément endormie.

Il se leva rapidement, puis aller à l'évier de la salle de bains pour se raser.

En jetant un œil dans le miroir, il vit Jess réveillée, en train de le regarder par la porte ouverte de leur chambre à coucher. Elle ne disait rien mais un petit sourire se dessinait sur ses lèvres. Il sourit à son reflet et continua de se préparer, la regardant dans le miroir à chaque seconde. Elle gloussa quand il leva un sourcil en sa direction.

Une fois habillé, il revint dans la chambre à coucher. « Toi, dit-il en se penchant pour l'embrasser, tu es une distraction. »

Elle prit son visage dans ses mains. « Reviens au lit. » Elle murmura et il se mit à rire.

« Petite cochonne. » Il réfléchit à son offre puis regarda l'horloge et grimaça. « Je suis déjà en retard. » Il sourit en voyant son visage boudeur et s'assit au bord du lit. « Mon garçon d'honneur est très très autoritaire. J'en suis désolé pour Seth. »

Jess sourit. « Tu y crois toi que c'est aujourd'hui ? »

« J'ai hâte de t'appeler Mme Storm. »

« Ok, alors je suppose que tu peux aller chez ta mère. Elle sera là dans une heure pour m'aider à entrer dans ma robe. »

Il lui sourit tendrement et couvrit son ventre de sa grande main. « Toi et le haricot. »

« Moi et le haricot », répéta-t-elle d'un air amusé.

Elle s'assit et regarda par la fenêtre.

« Mon Dieu, quelle belle journée. » Elle lui sourit excitée comme une enfant. Il rigola.

« Ouais, c'est magnifique ici. » Il se pencha et l'embrassa encore. « Bien que rien n'égale ce que je peux voir en ce moment. »

Elle ronronna. « Comment suis-je supposée te laisser partir quand tu dis des choses comme ça ? » Elle l'attira à lui et il se mit à rire.

« Ma future femme est insatiable. »

« Tu as dit que tu étais en retard de combien de temps ? » Elle chuchota en pressant son corps contre le sien. Il gémit, couvrit sa bouche avec la sienne et commença à enlever sa chemise.

« Pas assez en retard. »

Il se déshabilla rapidement et se glissa de nouveau dans le lit avec elle, l'embrassant, sa langue caressant la sienne et explorant sa bouche douce. Ses jambes s'entortillèrent autour de son corps et il put sentir l'humidité chaude de son sexe contre sa cuisse. Mon Dieu, en aurait-il jamais assez d'elle ? Son sexe se leva, droit comme un piquet contre son ventre et il taquina l'entrée de son vagin avec, puis sa bouche trouva son mamelon, le suça et le mordilla.

« Je suis toute humide pour toi », chuchota-t-elle dans son oreille. « Remplis-moi, Théo, baise-moi comme un fou, fais-moi jouir. »

Seigneur... Son sexe grossit de plus belle et se tendit pour entrer en elle et tout en glissant, sa douceur chaude et humide l'enveloppa tout entier, il poussa alors profondément, jusqu'à sa base pour être aussi proche d'elle que possible, peau contre peau. Ses cuisses se serrèrent autour de ses hanches, et leurs corps bougèrent comme s'ils étaient pressés de se perdre l'un dans l'autre. Théo bougea brutalement ses hanches pour se rapprocher encore plus d'elle, regarda ses seins se soulever, son ventre onduler sous leurs à-coups, son visage rosir, sa bouche s'ouvrir manquant d'air et ses yeux foncés et brillants le regarder fixement. Elle était si belle, Théo l'embrassa et elle le poussa plus profondément en elle en inclinant ses hanches pour l'aider. D'une main, il écarta encore ses jambes puis souleva ses fesses, la pénétra violemment à plusieurs reprises jusqu'à ce qu'elle pleure de plaisir et de douleur. Il jouit violemment, ses hanches se secouèrent, son sexe cracha du sperme chaud et visqueux profondément en elle. Il sourit, en sachant que sa semence serait toujours en elle lorsqu'elle marcherait vers l'autel de l'église et qu'elle serait à lui jusqu'à tout jamais. Il la sentit vibrer et trembler, crier en sentant l'orgasme arriver mais il ne la laissa pas récupérer, il sortit son sexe encore dur et la renversa sur le dos, écarta ses jambes et pénétra son anus parfait, bougeant lentement alors qu'elle gémissait et exaltait sous lui. Ils jouirent à plusieurs reprises et au moment où Théo l'embrassa pour lui dire au revoir, ils étaient si étourdis et délirants d'amour qu'ils pouvaient à peine tenir debout.

« Je te vois à l'église, ma belle », murmura-t-il ses lèvres contre sa bouche.

« Je t'aime. »

Et il s'en alla.

Max était en train de se préparer, fébrile, quand Théo appela pour dire qu'il était en route. Seth essayait de le calmer en le distrayant mais Max sentait malgré tout que quelque chose n'allait pas. Avait-il oublié de faire quelque chose ? Non... C'était Jules. Max savait qu'aujourd'hui serait le jour où Jules essaierait de tuer Jess, et peut-être même Théo. Quelle excellente manière d'obtenir sa vengeance.

Tu es parano, se dit-il. Mike, le chef de la sécurité de Théo, était au courant de tout et personne ne posait un pied sur l'île sans que Mike ne le sache. Il partit le chercher et le trouva en train de parcourir un fichier électronique.

« Salut. Tout va bien ? »

Mike leva les yeux et sourit. « Tout est ok. Je pars chez Mme Storm maintenant. »

IL VIT le camion bien trop tard. Théo jura et s'écarta mais la Mercedes rentra dedans. Jules l'avait déplacé de la sortie vers un angle mort sur le chemin de la maison d'Amélia et il n'avait eu aucune chance de l'éviter. La voiture glissa sur la route et finit sa course sur la digue. Elle s'arrêta dans un arbre. La tête de Théo s'écrasa contre la fenêtre et il s'évanouit. Les balais d'essuie-glace continuèrent à danser mais tout le reste était silencieux.

Jules sourit du bord de la route en voyant la voiture en contrebas. Il était temps d'appeler Jess pour lui demander une fois pour toutes, si elle était toujours prête à renoncer à sa vie pour sauver celle de son amoureux.

Jules n'avait aucun doute sur la réponse.

. . .

MIKE TOURNA au coin de la rue et appuya sur les freins. La voiture de Théo brûlait. « Merde. » Mike sauta de sa voiture et se rua vers celle de Théo aussi près qu'il le pouvait. Il ne vit pas de corps sur le siège avant. Il tira son téléphone de sa poche, et était sur le point de composer le 911 quand il entendit le cran de sûreté d'une arme derrière lui. Il n'eut pas le temps de se retourner vers le bruit avant que la balle ne lui traverse le crâne et le tue sur le coup.

JESS SE GLISSA dans la robe qu'Amélia lui tendait et sa future belle-mère l'aida à la boutonner. Bien que d'allure simple, sa robe était lumineuse, fluide et d'un blanc pur. Jess sourit en se regardant. Grâce à Théo pourtant, elle était loin d'être un exemple de pureté.

Amélia se recula et la regarda, les yeux remplis de larmes. Les cheveux bruns de Jess formaient des vagues douces et étaient ramenés sur une épaule. La robe avait des manches en mousseline de soie très délicate qui bouffaient délicatement au niveau du poignet, et la jupe s'arrêtait juste au-dessus des genoux de Jess. Contre sa peau miel, le blanc était étincelant, mettait en valeur son maquillage subtil et ses grands yeux bruns. Amélia soupira.

« Tu es magnifique, Jessie. Je suis si fière que tu sois ma belle-fille. »

Le téléphone d'Amélia sonna et elle se dirigea vers la table pendant que Jess se tournait et admirait sa robe dans le miroir.

« Clem, chéri, comme c'est adorable... pardon ? Oh, c'est si dommage. Bien, peut-être nous verrons-nous à la réception ce soir ? »

Jess regarda Amélia dans le miroir. Max et elle ne lui avaient rien dit au sujet de Clem et de Caroline et Amélia n'avait jamais dit qu'elle sortait avec Clem donc ils avaient décidé de ne rien dévoiler. Amélia souriait maintenant.

« Oui, naturellement... » Elle mit sa main sur le micro. « Clem veut te féliciter. » Elle passa le téléphone à Jess, qui le prit d'un air stupéfait.

« Allô ? »

« Continue de sourire, c'est très important que tu sois souriante. Dis-moi bonjour, Jessica. »

La terreur fit se tordre chaque fibre de son être. Je le savais... je le savais... Jules.

« Bonjour, Clem, ravie de vous parler. »

Elle réalisa que son visage était figé en un faux sourire.

« Bien. J'ai un revolver dans la main et le canon est actuellement posé contre la tempe de ton fiancé. Il y a cinq balles dedans. Toutes seront dans sa tête très bientôt sauf si tu vas là où je te dis d'aller. Dis-moi que tu comprends. »

« Je comprends... Clem. »

« Continue de sourire. Maintenant, trouve un moyen de sortir et viens à la maison. Si tu n'es pas là dans dix minutes, Théo est mort. Et ensuite je m'occuperais de toi. C'est à toi de voir s'il meurt ou non. D'une façon ou d'une autre, c'est le jour de ta mort, Jessica. Dis-moi merci, Jessica. »

« Je vous remercie, Clem. » Sa voix tremblait mais Amélia, occupée à ranger la pièce, ne le remarqua pas.

« Dix minutes, Jessica, et je te laisserai lui dire au revoir avant de planter mon couteau en toi. »

Puis la ligne fut coupée. Jess resta debout, figée, tenant le téléphone. Jules avait Théo. Elle ferma les yeux.

« Jess, ma belle, tout va bien ? » Amélia eut l'air inquiète. Elle essaya de sourire à sa belle-mère.

« Je vais bien. Juste un peu nerveuse. Je vais prendre un peu l'air. »

Une fois en bas, elle attrapa les clefs de la voiture d'Amélia et courut. Théo, j'arrive... Tiens bon...

ELLE OUVRIT LENTEMENT LA PORTE. La maison était silencieuse. Elle parcourut silencieusement les différentes pièces, le revolver à la main. Jess était stupéfaite de ne pas être terrifiée, elle se sentait plutôt furieuse. Vraiment furieuse. Cela se terminerait aujourd'hui. Jules ne s'arrêterait pas avant que l'un d'entre eux ne soit mort donc elle était

certaine de pouvoir le tuer. Elle le voulait. Il avait Théo, il l'avait peut-
être même déjà tué mais elle chassa rapidement cette pensée. L'adrénaline parcourut tout son corps.

« Jules ? »

« Je suis là. »

Elle se retourna au son de sa voix et le suivit jusqu'à la salle de
séjour. Et toute son envie de se battre l'abandonna en voyant Théo
attaché à une chaise, du sang dégoulinant d'une méchante blessure,
la tête baissée et le corps avachi. Il semblait... mort.

Nononononononon.... Elle réalisa que ces cris perçants et hysté-
riques venaient d'elle, et que chaque plan qu'elle avait échafaudé dans sa
tête était en train de s'écrouler. Elle avança vers lui mais Jules l'attrapa par
derrière. Elle sentit une douleur lancinante dans le cou et s'écroula....

THÉO OUVRIT LES YEUX, et pendant une seconde il ne comprit pas. Jess
se trouvait sur une chaise en face de lui, inconsciente, sa robe
blanche – sa robe de mariée – découpée jusqu'au niveau du nombril.
Oh, mon Dieu, non... Elle était venue l'aider et s'était jeté dans les
griffes de Jules. Théo lutta pour se libérer des menottes que Jules
avait utilisées pour le garder prisonnier sur sa chaise.

« Je n'essaierais même pas si j'étais toi. »

La voix amusée de Jules venait de derrière et il entendit cliqueter
le cran de sûreté d'un pistolet, puis sentit le métal froid se coller à sa
tempe. Jules rigola.

« Quand elle se réveillera pour la dernière fois, ce sera la fin. Tu la
regarderas mourir Storm. Tu me regarderas la poignarder à plusieurs
reprises jusqu'à ce qu'elle soit morte. Mais tu ne pourras pas la
pleurer longtemps. Tu la rejoindras rapidement. »

La pression du pistolet se leva et Jules installa une chaise entre lui
et Jess. Elle se réveilla et le cœur de Théo sauta de peur dans sa
poitrine. Son dernier petit espoir était que Jess ne semblait pas attachée mais il savait que c'était encore un des jeux de Jules... Il voulait
que Jess lui permette de la tuer pour sauver la vie de Théo.

Jules alla vers elle lorsqu'elle ouvrit les yeux, il colla le canon de son pistolet contre sa peau nue. « Bonjour beauté. »

Les yeux de Jess s'écarquillèrent, ahuris quand ils croisèrent ceux de Théo. Ses yeux exprimèrent le désespoir et leurs regards ne se quittèrent plus. Elle vit la destruction dans le sien.

« Je t'aime », chuchota-t-elle. Jules grogna et la gifla.

« Ferme-la salope. »

Théo rugit et essaya de se lever de sa chaise. En un éclair, Jules fut derrière Jess, enroula le bras qui tenait le pistolet autour de son cou, et de l'autre, tira son couteau de sa poche. Il embrassa Jess. « Dis au revoir ma belle. » Et il leva son couteau.

Jess mordit son autre main aussi fort qu'elle le pouvait et Jules hurla de douleur. Jess poussa en arrière de toutes ses forces, frappant Jules et le pistolet s'échappa de sa main pour glisser sous le divan. Elle se jeta sur Jules, se battit avec lui, lui donna des coups de pied et déchira sa chemise. Les clefs des menottes de Théo tombèrent de sa poche et elle les attrapa, les jeta à Théo alors que Jules la menaçait de son couteau. Elle l'esquiva et se mit à ramper alors Jules essayait de l'attraper. Jess fit une petite pause, et croisa une seconde le regard de Théo.

Il la regarda. Sans comprendre. Puis il réalisa ce qui se passait. Il secoua la tête. Elle lui fit un clin d'œil. Sur son visage se lisait l'horreur absolue.

« Non, non. Jess, non. »

Son regard était intense. « Je t'aime. Je t'aimerai toujours peu importe ce qui se passera. »

Il secoua violemment la tête, sans jamais la quitter des yeux. « S'il te plaît, non... »

Elle avait les larmes aux yeux. « Je suis désolée, Théo. Je dois le faire. Je t'aime. »

Théo se décomposa. « Non... Jess... s'il te plaît... »

Son visage était déterminé lorsque Jules se releva entre eux. Ses yeux brillaient de colère en voyant son assassin se tenir droit devant elle.

« Viens, Jules. Tu veux me tuer ? Viens, fils de pute, viens m'attraper. »

« Non ! Jess, s'il te plaît, non ! » Théo criait maintenant.

Jules, comme en transe, n'hésita pas, il se précipita sur elle en levant son couteau, et lui envoya un coup dans l'estomac.

« Non ! » Théo hurla en voyant le sang tacher sa robe blanche et sa peau de miel. Jess ignora la douleur insoutenable et se mit à courir, Jules à sa poursuite. Théo, désespéré, chercha des yeux où Jess avait jeté les clefs.

« Mais qu'est-ce que tu fous Jess ? » Mais il le savait. « Tu es si stupide, stupide, courageuse, et belle. » Il sanglota en glissant la clef dans les menottes. Elle entraînait Jules loin de lui, lui donnant du temps pour se libérer.

Elle se sacrifiait pour le sauver.

ELLE SE DIRIGEA d'abord vers la porte d'entrée mais même à cette distance elle vit que Jules l'avait verrouillée. Le temps qu'elle parvienne à l'ouvrir, Jules serait sur elle. Il était tout près, elle pouvait entendre sa respiration effrénée. Elle se rua en haut des escaliers et se trouva presque en sécurité dans une chambre à coucher quand il la rattrapa. Ils tombèrent ensemble au sol, Jess luttant avec le peu de force qu'il lui restait. Jules souriait maintenant, sachant que sa taille et sa force étaient supérieures aux siennes, malgré la détermination de Jess.

« Je vais te tuer maintenant, Jess, rien ne pourra m'arrêter. »

Il pressa son avant-bras contre sa gorge et elle se sentit suffoquer en le voyant sortir un couteau de sa poche. Jess, en sachant que c'était la fin, essaya une dernière chose.

« Je suis enceinte, Jules. Je suis enceinte. »

Il sourit. « Je sais. Félicitations. Mais je m'en fous. Je vais te tuer malgré tout. »

C'était fini. Jess se débattit mais elle sentit le couteau de Jules commencer à découper son ventre, l'horrible douleur n'était rien comparée à la terreur qu'elle éprouvait pour son futur enfant. Elle sentit l'odeur du sang.

« Non Jess, non ! »

Le cri enragé de Théo, qui était tout proche, il tirait Jules loin d'elle. Jess roula sur le ventre, posant une main sur ses blessures, essayant de ne pas penser au bébé. S'il te plaît, petit haricot, tiens le coup.

Théo frappait Jules, les deux hommes se livraient à un combat à mort. « Jess, va-t'en maintenant ! » Théo hurlait. La perte de sang la rendait toute étourdie. Pas encore ça. Elle rampa vers les escaliers et dégringola presque en bas. Il y avait quelque chose qu'elle pouvait faire. Jules avait oublié ce détail dans le combat. Théo aussi. Lentement, péniblement, elle rampa vers le salon.

Théo, dont l'immense force l'avait presque abandonné en voyant Jules poignarder Jess – une fois de plus – se battait avec lui maintenant, il voulait plus que tout rompre le cou de ce monstre, l'écraser dans la poussière. Jules, son couteau à la main, frappa Théo à la volée, mais deux fois dans le vide avant de le toucher. Le couteau déchira la chemise de Théo, la peau de son torse et Théo recula loin du couteau. Jules le frappa à la tempe avec le manche du couteau, et la tête de Théo se mit à tourner. Jules l'attrapa par les genoux et Théo se retrouva au sol. Vulnérable.

Jules rit, leva le couteau pour le plonger dans le cœur de Théo... puis sa tête éclata, ses yeux exorbités sous l'effet de surprise. Le corps de Jules s'effondra sur le côté, et le sang jaillit de sa blessure à la tête fatale. Théo, toujours assommé, leva les yeux et vit sa belle Jess, la main posée sur les blessures sanglantes de son estomac, tenant le pistolet qu'elle venait d'utiliser pour tuer Jules.

Elle le laissa tomber, marcha en boitant vers Théo qui parvint à se lever avant qu'elle ne s'effondre dans ses bras. Il la souleva et descendit les escaliers en la berçant dans ses bras.

« Je vais bien, dit-elle faiblement, ce n'est pas très profond, ça va, je vais bien. » Théo attrapa le téléphone et appela le 911.

Au loin il entendit des sirènes et s'effondra presque de soulagement.

Théo et Jess, couverts de sang, épuisés, se regardèrent l'un l'autre et commencèrent à sourire malgré leurs blessures.

« C'est fini ma Jessie. C'est enfin fini. »

Elle se mit à rire et des larmes roulèrent sur son visage. « Je sais mon cœur, je sais. »

Théo sourit, embrassant ses larmes alors que les sirènes se rapprochaient et il entendit maintenant des cris. Max. Sa mère.

Il les entendit fracasser la porte dans leur hâte d'entrer.

« Ici ! » cria-t-il avant de l'embrasser une nouvelle fois. « Jessie... nous allons sortir d'ici, et nous allons tout réparer, il ne restera que toi, moi et le haricot. Pour toute la vie, ma Jessie... »

« Pour toujours. »

❀ Réalisé avec Vellum

CPSIA information can be obtained
at www.ICGtesting.com
Printed in the USA
BVHW041015150321
602551BV00006B/528